南　剛

意志のかたち、希望のありか

カントとベンヤミンの近代

人文書院

まえがき

小説の第一行目のことばは、それ自体が、そこからあらたに世界をみずからにつづけてつくりだし、無から有をうみだすように切り開いていくものである。（とは、かつて読んだことかもしれない。）もし同じ一行のことばが新聞記事の中で書かれていれば、それは単純に、事実を記述し報道に供するための手段の一部として、用いられているにすぎない。（日常会話はというと、じっさいには小説のせりふの中で、選びぬかれてぴたりとその場面内容を定位するのとほとんどまったく同等に、現実のその言葉の発された相手との空間をぴたりと決定してしまうことがあり、またなにより、詩の中でと同様、「赤い馬はいない」「赤ン坊はいない」と言えば、ことばとなったことによって赤い馬も赤ン坊も、相当の割合で出現してしまうのが、会話での日常言語なのである。）

論文は、つらい。同一律「AはAである」の、主語Aと述語Aはヘーゲルが『大論理学』でいうとおりすでに主語と述語の別であることにより区別されるわけだが、そして、まさにこの道理を体現しつつでないと論文は論文の水準ではありえないのだが、しかし、同一律そのものが意味するところである、Aという概念内容そのものが、想念でしっかりそれと定まったかたちをぴったり示しつつでないぐあいに、やたらにもやもやかたちを変えてはおよそいかんよ、ということなくしては、論文の思考はありえない。論文は、まさに赤い馬が、赤ン坊が、いない、ということを、いるのでなく単純にいないのだということとしても、提示しえなければならない。日常会話で「いる?」という問いに対する答として発された場面ではじめて「いるのでなくいない」という意味のみのものとなりえ、新聞記事ではそれが、日常会話で言語を無造作な使い方をする人と同様になまくらに、「述べているとおりただいないだけ」であることが、いわば——リベラルアーツの基本的必要性に悪のりして言えば——古典的自由科(自由民必修学芸)三学中の修辞学の内容も弁証学の内容も空集合であるという妄念を粗雑に共有しているかのように、「非厳密さ」そのものを土台として成りたっているのだが、論文は、その「たんにいない」という記述をも、しかも厳密に、用いなくてはならないのだ。

小説の出だしのことばとちがって——吉本ばななは小説の出だしを百回ほど書き直すそうだが——、論文は、およそ出だしでは、これは言いたいことのためのたんなる準備づけだ、言いたいことはこんなことじゃない、早く言いたいことのところにたどりついて言いたいことを展開したい、と思うばかりなのである。いきおい、論文は、着想時に題とともに楽しんで空想する以上にはなかなか出だしにかまっていられない。

ところが出だしだけではない。ここにおさめた諸章はもともと独立の論文として発表したものであり、比較的近作ばかりであるものの、すでにいくつかの不統一や、時事的話題を下敷きにしていたため含まれた雑音や、思索展開上あとからは不十分となった点をはらんでしまってもいる。だがむろん、なんらかのかたちでまず「提示」を確定しておかなければ、そのあとのゆたかなひろがりをもった展開は示しえない。ところが、浅学にして、わかりやすい書き下ろしの体裁に全体を書きかえるひまがあったら、思索自体をわずかでも先へ進めるしかないのだ。そうでないとどうてい、ここでその端緒が提起されているはずの、これからめざしている思想の展開はおぼつかない。整合化だおれになりかねない。そこで、全体の統一は、あらたに設けた序章と終章に負わせ、ここでは、各章に特有の事情の、最低限あったほうが理解の助けとなりそうな説明だけをつけ加えておきたい。

本文全体をIV部十章に編んだ。第II部は九四年から九五年にかけてのベルリン留学のいちおうの成果である。個人的事情でそのころしばらくなにも書けないでいたのが、九七年から急に、書け始めた。第二章カント倫理学美学論では、九七年にあったいくつかの展覧会が各節の枕に、またちょうどそのころ三つの異なる機会にひとといっしょに読んだアドルノ『啓蒙の弁証法』批判が各節の脇筋になっている。第三章ノヴァーリス論では、たとえばベンヤミンがロマン派論で体系へとまとめあげようとするノヴァーリスの思想を、そのほんらいの、「主客未分明のくせに堂々と生じる、思考の場そのもの」という視点で扱っている。ベンヤミンをちゃんと理解するためにも、必要な作業であると思う。ここではまた「概念」の、弾性的な切り分けと、数学や音楽とはちがい世界内容指示性をもつことが、補助的に使われる。第四章ハイン論では、日本の旧東独文学の研究者たちが、研究対象が東独そのものとともに消滅してなくなったのではないことを論証する義務を感じていないふうであることへのいらだちが、じつは立論の出発点になっている。それはまた現代ドイツそのものへのいらだち、それに旧東独文学研究者にも現代ドイツにもいらだたないドイツ文学研究界へのいらだち、とも、重なっている。第III部はベンヤミンへわずかずつ視線をあてつつの、カント論の補足である。各章の各節副題に挙げられるような、その時々の出版物からも脇筋の関心を喚起されつつ、これからの思索の中心課題として「提示」する近代そのものの構造の批判へと、関心をしぼり込んでいる箇所でもありつつ、未完成な要素も多々含んでしまっている部分にもなっている。第IV部が、ベンヤミンを本格的に具体的に扱い、こんごの研究計画にも直結する、本書の中心部分である（また第III部でふれたベンヤミンの諸内容も、暴力批判論読解の本格的な展開へむけて徹底的に論じ直す必要を感じている）とともに、第I部が、ベンヤミンとカントのそれぞれの近代のまじわりを捉えた、この端緒の段階での最大のまとまった成果をなす。それであえて冒頭に置いた（これに対しベンヤミン自身によるカント哲学言及は、カントその人をも含むカント時代への言及に比べるとまずい点があると思っているのは第十章でも述べるとおりである）。ベンヤミン研究者にはそこでの解釈自体に異論はありえようが、これが難しすぎて理解できないのは、この第一章のみは、その理解できない人本人の責任だと思っている。

目次

IV

意志のかたち、希望のありか

——カントとベンヤミンの近代——

人間の共同体における、生活と労働との組織化の問題
（ベンヤミン「フランツ・カフカ」第二章より）

現在の生産諸条件の基本的諸関係のもとにおける、芸術の発展傾向
（ベンヤミン「複製技術時代の芸術作品」
第二稿第一章より。一箇所、章内他箇所からの補い）

序章

一

フーコーの『言葉と物』において、一八世紀末以降現代まで連なる「人間」のエピステーメーの中では、一八世紀末の言うなれば新発明品のようなものである人間というものは、じっさいには、奇妙な構造でできあがっている。

そこでは、およそ「人間」という、とらえ方の枠組自体が、一八世紀末にあらたに取り上げられるようになったものである。それは、文献からそれとあとづけられるのだが、たんに文献から帰納的にこのような概念使用の変遷が見られ、考え方の変遷がそこから推測されると言われているにすぎぬのではない。一方で、全的人間、という、「人間学」的な関心のあり方自体が、その時代に発生したものである。他方で、この人間への関心は、じっさいには、ちょうどそのころこちらもはじめて発生した、個別諸科学——「労働」、「生命」、「言語」などを範例とする、経済学、生物学、言語学など——によって、「経済人」、「欲望人」、「情報人」などに分断されたかたちではじめから規定され、たこつぼ型に分裂したもの（経済学主義、生物学主義、言語学主義など）のつながりのない並列としてのみ、はじめから存在しているのであるに、すぎないのである。「ひとが、交換、（タブローに分類される）自然、もしくは言説（これらは一七・一八世紀エピステーメー）をもつものとしての人間を、それ自身の有限性の基礎として、価値づけようとこころみる際の、超越論的＝経験的二重化（カントの第一批判での超越論的観念論＝経験的実在論の立場のもじり）」。「こうして、この折り目（超越論的＝経験的二重化）のなかで、哲学は新しいまどろみに、独断論のまどろみ（カントのもじり）でなく人間学のまどろみに入るのだ」。まったくあらたなものとしての人間中心主義を一八世紀末以来ひとびとは前提としながら、じっさいには、はじめからそんな「人間」なんて、少なくとも全的人間としては、内実をもったものとしては、成立すらしていなかったのであり、単純に、諸側面に分断された人間としてのみ、そのころ成立したにすぎないのである。

そして、「超越論的＝経験的二重化」という揶揄があてはまるように、この、全的人間と、経済学的・生物学的・言語学的たこつぼ定義人間（すでに指摘したとおりそれぞれのたこつぼの間にはなんのつながりもなくそれらはたんに並列されるだけである）とは、さらにわるいことには、いうまでもなく、たがいにはじめから野合してのみ、存在しているのである。もちろん、そこにさらに、もっとあやふやな気分としてのみの（あるいはそれが個人的にでなくことさら社会的にならば社会的強迫としてのみの）無内容な「ヒューマニズム」が、（ほんとうはこれまたそれら野合した二者となんら関係がないはずなのに）かぶさってしまって、ものごとを決定している、というのが、現代の図式だろう。

人間の回復、なんて、できないのだ。成立すらしていなかったのだから。成立でなく、このありさまできていたわけだから。近代の全批判と、法や人間の根本的組み替え再構築が、必要とされている。（むろん人間というものが悪玉なのでも人間が一切ないのでもけっしてない。）

二

カントやヘーゲルが、そのさい強い味方であるのは、まちがいない。なにせ、われわれが人文社会科学的分野のことがらで（といってもごくごく日常の場面でも）厳密にものを考えるときのその思考法自体、じっさいにはカントやヘーゲルの水準に依拠しきっている側面も、あまりにも多いのである。おまけに、日本のカント研究・ヘーゲル研究の、原典内の枝葉末節にきちんと目配りして、同一用語が述べられ方のちがいで当然に持ってしまう〈いままさに照準があてられている意味部分〉の差異からだって帰結するような、用例の差をことこまかくちゃんと正しく指摘し述べ分ける、正確さ、水準の高さは、相当のものなのである。

そのせっかくの高水準を、カントやヘーゲルをたんにありふれた哲学史や文化史のなかでではなくほんとうに近代というものの本質の中におき、功利主義倫理学（現在の日本の哲学研究者の主要副業）のようなどうでもいい問題でなくほんとうに現代思想そのものとして見るような関心を、研究者たちだって少しでも持ってくれたら、その研究者たちも、その成果はいまのままでもこちらにとってありがたく利用可能だというだけでなく、直接の味方になるのだが。だがこれも日本にかぎったことでなく、ドイツ本国における哲学研究者の思想的水準だって、同等かそれ以下、だろう。それで直接には、カントやヘーゲルは、まるで捕らわれた檻からまず救い出して出てきてもらうかのような按配になる。

三

カントにおいては、厳密なものごとの、ゆるぎなく成りたつような根拠をあくまで求めることが、思想の核心をなしていた（本文第Ⅲ部第五章）のだが、カントはしばしば、厳密なことがらのそれ自体の中に、魔法のように、それ自体を根拠としてそれ自体が成りたつしくみを、描き出して見せた（第二章）。記号論理学においてはありえない（偽である擬似証明だととらえられるような）、自己自身に自己の根拠を封じ込めおおせたようなかたちでの、しかしこれぞ完全な自律である。シャボン玉の石鹸液はもともと膜状態であったときになんらかの「端」をもっていたはずで、それが見わけがつかないように閉じて、シャボン玉として完全な球状態にしあがって空中を漂うのは矛盾である（だからそれは過誤なのであるしなによりも根拠をさかのぼって求めていたのに円環的に自己自身のうちに根拠をもっているかのようなかたちへとよりによって移行するのは直前のありかたとも撞着している）、と異議申し立てをしたくとも、シャボン玉は、空中を飛んでいる。そのようにカントの、真、善、美の、自己根拠は、成りたたされている。

第二章で詳述するが、ここではそれが、「善」ということにかんしてはどのような手腕でなされたのか、追体験しておきたい。それは、おどろくべきことに、善とはどのようなものでなくてはならないか、ということの、たった二つの理由を、そのひとつを内容とし、もうひとつをそれへあてはめる文法形式としてさきほどのものの文型を若干変化させる、ことだけによって、できあがっているのである。

まず、善というものは、根拠のないありきたりの内容をあらかじめ含んでいてはならない。法を敬え、国を敬え、親を敬え、などということは、それが原理であるかのようなふりをしながらじっさいには手当たり次第にでたらめに持ちだされているだけであることには疑いの余地がないから、それらは、カントにとってはただのたわごとであるし、むろんわれわれにとってもはじめからそうである以外のなにものでもない。善の原理は、そのような無意味な内容をあらかじめふくまず、形式的に普遍妥当なものでなくてはならない。このことじたいが、善の原理のかたちをなす。

つぎに、善の原理は、もし何々ならば、という仮定の部分を含んでいてはならない。仮定の部分をふくむなら、そこへむかって根拠を遡らなければならなくなる。カントのカテゴリー表での分類でいうならば、ようするに善の原理は仮言的であってはならない。ところがこのさい、選言的（AまたはB）は出てくる余地がないから、つまり、善の原理は、定言的でなくてはならない。「何々ならばという部分を含まないような文法構造であること」ということが、善の原理の中身をなす。そして、「何々がほしいなら何々せよ」を否定しての変形だから、さらに文末が命令法の言い方となって、「せよ」にかわる。

この中身を、さきほどのかたちにそって書きかえてみる。善の原理ということを述べることが可能な場合は、次のようになる。「その原理がそのまま普遍妥当であるような、そういう原理にしたがうこと」。これの文末を、「にしたがって行動せよ」にかえると、それがそのまま、カントの提示した定言命法の文章となる。「その原理がそのまま普遍妥当であるような、そういう原理にしたがって行動せよ」。これをみたすものが善である。善の原理は、そういう構造によって、自己根拠を含みもたされており、そうやって自律的に成りたっている。

四

カントが『純粋理性批判』で「超越論的」という語を用いた用例を、索引にしたがってとりだすと、暫定定義的に用いられたものもそうでないものもあわせて、それらの響きあう和音として、カントの「超越論的」の定義がうかびあがることになる。

フッサールは、奇妙なことに、終生、カントに対して、カントはことあれば「超越論的統覚や意識一般の神話」などをふりまわし超越論的哲学が徹底していないのに対しフッサール自身の「現象学的還元の方法」こそが超越論的哲学をしっかりと徹底させた方法であるとの思いを抱いていたようである（牧野英二他編『カント――現代思想としての批判哲学』、一九九四年、状況出版、所収、渡辺二郎論文九二ページ）。フッサールの側の関心からするとなにを言いたがっているのかわからないでもないこの不満は、しかし、それとあわせて『純粋理性批判』の記述のあり方を再検討すると、カントの論じ方、方法、そのものについて、思いがけない再確認をわれわれにもたらしてくれる。つまり、カントの「超越的」という用語の暫定的定義と見える箇所が、対象に関して「超越的」(いっさいの経験可能性を超える)対「超越論的」(経験可能性のありかたそのものを問う)対「経験的」(それ自体が経験によってもたらされるものである)の三項関係の対立を示しているものであるのに対して、じっさいには、カントの『純粋理性批判』の記述自体が、はなから、「それではその超越論的な経験可能性がどういうぐあいにできあがっているのか、ひとつ、私の意識がそれをなしているそのあり様を観察してみたところによると」という書き方になってはいないのである。それはじつはフッサールの方法であり、これはフッサールが思っていたのとちがっていいわば経験的帰納的な方法なのである(いかにそこから蓋然的以上の構造を結論づけるかのような記述をフッサールがしていようとも)。それに対しカントの記述は、「いまとりあげることがら(認識可能性の種々相のその各項目について)の意味するところを、そのことがら自体を論理的に判断するところで、どうじっさいあるというわけであらざるをえないかをみちびきだしたところによると」という書き方につねになっているのである。まるで分析判断であるかのような方法をまるで超越的であるかのようにいきなり認識能力の種々相の現場にあてはめており、それはしかし、公理系の中で機械的にみちびかれる分析判断でもなければ、対象が超越的なものでなくまさしく超越論的なものを追っているのであるため超越的なものでもありえず、まさにこれこそが、超越論的方法、超越論的記述をなしているのだ。カントの書き方が、なぜロマン派のように反省のなかに溶け出していってしまう必要がなく、安定を保てるか、しかしなぜこころなしか経験的でないところで(それはむろんもともと経験的方法や経験的判断であっては困るからだが)話が決定してしまっていて、中空の空無なようなできあがりをしているかのように見えるのか、は、もともとこのせい、つまりカントが、そしてカントのみが、方法としてまで超越論的であった、ためなのである。

五

カントの、認識能力（そしてそれは、第一批判の「真」にかかわるものだけでなく第二批判の「善」、第三批判の「美」の原理も、カントにとっての人間の上位の認識能力から直接にでてくる論述となる、そういう認識能力なのだが）の種々相についての超越論的議論は、しかし、けっして本質的に経験内容を欠いたものではない。それどころではなく、じっさいには、超越論的方法によって論究される超越論的統覚は、それが超越論的にいわれうるのだということとそのものによって、まさに間主観的にのみ成立している主観である（なぜならそうでなかったら経験的に自己観察されていわれるほかはなかったろう）。またそれとともに、経験の対象となる、感性の作用によって知覚される外的現象は、それが超越論的には、感性の形式としての時間空間内に現象するのであることそのものによって、「他者とともにその中におかれたこの世界と、私との関係」を、あらかじめ前提としている。それはいうなればあの広松渉の共在主観間の相互認定の定式化にすぎない「共同主観性の四肢構造」をいわずもがなのスローガンとしてけし飛ばすほど、認識の客観面においても、他者既包含的・世界既包含的なのである。

それはまた、強烈に、いま・ここの構造のうちにある。感性の形式（そしてコペルニクス的転回によってそれを悟性が包摂し判断することではじめて認識が生ずるわけだが）が時間空間という構造になっている、ことによっても、そのことは自明だが、あるいはたとえば、或るハードウェア記憶装置と、その中に保存された経過的変化をともなう記憶内容（動画映像等）の、そのハードウェア記憶装置自体を映像感覚主体と考えた場合の、仮想的再生を思い浮かべてみるといい。実際の再生では、再生時のいま・ここが生ずるから、この仮定は読みとり部分がちょうど当該記憶内容部分をトレースして定速で再生しつつあることのただの想起（つまり仮想的再生）でないとだめである。——すると、超越論的統覚のいま・ここが、現実的中心になっていなければ、あらゆる知覚は、この、任意につねに同時に仮想的再生にさらされるような（つまり時間空間内の事象を時間空間外の神の視点から非時間非空間的に把握した場合のような）現実的には非時間非空間的な、仮想現象となってしまうのだ。このいま・ここにおいて、まさに右記の、その間主観的な主観と客観は、関係しあっている。

これが、カントの論理構成があらかじめ含んでいる、たぐいまれな間主観性の、主観面、客観面、主観客観関係面である。

六

カントの批判哲学は、前批判期の諸モチーフと考えあわせると、およそ現にあるすがたに大成できたのが奇跡であったかのような、噴飯ものの大時代的な諸関心によって具体的には成りたっている。数学と物理学の理解も、当時の水準そのものの低さにささえられての幼稚さであったし、ニュートンとライブニッツの科学的には無駄な調停に、無理やり苦心を重ねてもいたのだった。批判期を経てなお持っていたらしい自然形而上学や道徳形而上学についての関心は、それこそ、もれなく分類するふりをしつつ、あてずっぽうの経験的内容にかんしての思弁（そのなかでときどきベンヤミンも指摘するような徹底的慧眼も発揮しつつも）を巡らし続けているが、それも前批判期からずっとの性癖である。そのなかで、しかし、認識能力の限界を考えるというモチーフをかれが持ち続けたこと、および、「存在するということ」と「述語的に規定される属性や性質をもつということ」とのちがいに目をあてつづけたことが、奇跡的な、三批判書の結実となったのだった。三批判書は、それがまさにそのみっつすべての分野にわたって、人間のもつ上級の認識能力についての超越論的な考察のみによって、対象をあまさず照らし尽くしたということもすごければ、また、そのそれぞれにおいても、論の端緒と方向づけとをおぼろげに提示するだけでも精々でありそうなところを、論のすみずみまで論じ尽くし（さまざまな細部に異議はあっても）一応の解答を提示し尽くしているのであるのにも、感服するほかはない。

個人、という領域に関しては、一種、ある完成した考察をみている。そこに、しかし、社会（市民社会）が欠けている（カントが社会のつもりで書いているのは社会でなく人間関係や国際関係等々のみでありそれに対してのカントの装備は個人についての超越論的装備のみである）のは、対象として、ドイツではまだそれ自体が成立を見ていなかったからでもあるが、また、市民社会の成立を必然にする生産資本主義自体が、一般に世界史レベルでも成立していなかったという、全世界的な時代的制約のせいでもある。

七

ヘーゲルの弁証法は、教科書的には「テーゼ（正）、アンティテーゼ（反）、ズュンテーゼ（合）」という構造が、合を次段階の正として、時間的また歴史的運動（論理的展開や発展）のうちに積みかさなる、ものとされる。ヘーゲル自身も、むろん、そういう言い方もしている。

だが、ほんとうは、なかでもとくに、正、反なんてないのだ。それこそ、まさにカントの判断表のうちで結果的にはへんてこだと言わざるをえない部分の尻馬に、ヘーゲルが悪乗りしている部分であるにすぎない。（だから、その意味にかぎっては、それとともに、残念ながら合もないことになる。）ヘーゲルの用語に即していえば、個別性と特殊性（それぞれ正と反、そのさい合は普遍性）なんていうのはたいていおかしい。しかも、ヘーゲルが戦略的にカントを引き合いに出して批判をするときの論によってまさに論難されるべきぐあいにおかしいのである。

そうではない。即自的なものは、ヘーゲルにあっては対象としてあり、しかし、認識が進めば、それがほんとうは、主体自身でもあったのだという側面に、（しかしきれいごとに吸収されることは決してなくそれが自身ではない側面でもあったのだという契機は区別としてかならず廃棄されずに残しつつ）転換する、のだ。それが、ヘーゲルのいう、実体が主体になる、ということであるはずである。（それは、実体の側からいえば、自身も主体のまさに一部であったという側面を取りもどすことでもある。）この点でいえば、正、反、合という、そのはじめの正なんて、まず、そんなものはありもしないのだ。つぎの、実体である反（これがまずある）、が、主体である正（合でなくして）になる、だけだ。その弁証法のもっともゆたかな点は、むろん、その合ならぬ正（つまり主体）が、反（つまり実体）の要素を廃棄せずに区別として含み続けつつその全体である、という点であるはずである（だからこそ、それは反が正になるのみでも弁証法なのである）。それこそが、まさしく論理の、有機的発展である。

八

ヘーゲルの体系にあって、もっともゆたかなのは、そこに、市民社会が、相互依存、相互承認として、ある、点である。それは、労働者が工業生産にみんなとりあえずひとりひとりの人格としてひとり分の主体である立場は認められつつ（実態はどうあろうと資格自体は平等の立場であらざるをえない）入っていく、生産資本主義に対応している。ヘーゲル自身には、しかしその意識はあまりに同時代であるものとしてなかば当然ながら、低かった。かれは、社会として描くべきことの多くを、ギリシア古典古代の、王族の近親相姦を原因とし動力としました応報結末とする葛藤（高貴な血族による、自分たちの王朝の破壊）に、すりかえて書いてしまっている。（その矛盾は、『精神現象学』の、歴史的に転倒して古典古代がカント、フィヒテよりあとにくる、へんてこな記述順に、なによりも端的に現われている。もっともこのちゃんちゃらおかしい点にかんしては、ドイツの困った古典古代偏重趣味の流れをくんでしまったものだとしての、一定限の弁護もできよう。）

ヘーゲルでしかしなによりもへんなのは、『法の哲学』においての人倫の概念である。外的にすぎない法と、内的にすぎない道徳が、止揚されたものとしての人倫、という主張であるわけだが、そのさいの構成要素となる道徳にはほんとうはありようもない外的実現性（しかしそういうものとして書かれている）からして、まったくばかげている。またわざわざいうまでもないほどであるが、人倫が、道徳と法とを止揚したものだというのは、論旨がまちがっている。ヘーゲルも、その論の途中で実質的には分けてしまっていて、たんに、道徳と法が別々のものとなっている――つまり人倫の具体像をなす「正反合」の三相とされる家族も市民社会も国家も、とうていそこで「自由」が「社会的」になぞなってはいない。まさに、この人倫の論旨が完全に破綻している点が、ヘーゲルがいかにすぐれていてもそのままでは近代社会現代社会に適応していない、中心的原因となる。しかも、ヘーゲル未理解者（投げ出しての批判者）は、そのこと以前にヘーゲルが難しすぎるから、問題がそこにあるとの指摘には到達できず（単純にその「国家」にはうんざりしてしまうが「市民社会」の説得性をのがれられない）、また、幸運にもヘーゲルをそこまで理解できた者は、たいていはヘーゲルのあまりものすばらしさゆたかさに、そこはしかし問題なのだということを幻惑されて無批判にやりすごしてしまう。

もっとも、この、外的法と道徳の、分裂が、それでは、どう解消されなければならないかというと、それは、再統合（まだ統合されたことはないので再ではないが）によって、というわけではない。それはカントにおいてのように分裂したままであたりまえのものだろう。むしろ、徹底的な、法批判が（カントの『道徳形而上学』の中の「法の形而上学」を題材としての批判と合わせて）、なされるべきだろう。（むろんそれはベンヤミンの「暴力批判論」などについても本書第III部第六章第七章以上の新たな読みをせまる。）

九

ヘーゲルも、カントに劣らず、じゅうぶんに間主観的な側面をも、あわせもっており、それがヘーゲルにさらにゆたかさを与えている。対象だけでなく論じ方自体に、実体が主体になり客観と主観が有機的に関連し思念が形成されることが、概念や思考のたんなる運動なんかでもロマン派的主客不分明でもなく、主客が関連づけられた場での思考が主観的かつ客観的に見られている、魔法がある。区別が同一性に解消されず、かつ、同一性が区別とは同列でなく区別を含みこむ、魔法である。客観が主観かつ客観であることにより主観になる、論じ方の主客自体が間主観的である魔法である。

このカントやヘーゲルのような間主観性を、残念ながらロマン派の哲学者も（フィヒテの知識学もシェリングの同一哲学も）、文学者も（ノヴァーリスの主客未分明だが魅惑的な諸断片、フリードリヒ・シュレーゲルの、まったく無意味なのにベンヤミンがむりやりノヴァーリスと整合化して超フィヒテの体系へと作りなおした諸断片）、そしてそれをもとにベンヤミンが無理やり体系化してロマン派論において提示して見せたひとつの認識論の立場も、もっているとはいえまい。

十

ベンヤミンは、「ゲーテの『親和力』」において、カントの右記のような構造における、一見空無でもある完璧さ（ベンヤミンの個別カント理解ではとてもではないほどそれとはちがったふうな把握と非難をしてもいるわけだが）をとらえ、かつ、そこに社会がなかったこと、ヘーゲルにはその社会があったこと、を、（ヘーゲル言及はないが）少なくとも綜合像としては描いていたことになる、と、いえる。それが、カント・ゲーテ時代の、事象内実のなさである。

ところで、これも本書第八章等でも指摘していることだが、ベンヤミンには、ものすごく精密にかつ正確に論理構造を組み立てて（それは常である）、また、ものすごく精密にかつ正確に当のその論の論述範囲をあらかじめわざわざ限定する記述をしておきながら（それをかなりしばしばわざわざ行なう）、その自分で設けたにすぎない土俵——また無視すると約束したから無視する以外にない土俵外のことがら——を、その論のあとの方になると、ことがらとして黙殺をもって遇するのが正当であるから無視しているのだという論調にすりかわる、といった調子の、ポカが、じつはかなりある。そのことには、あらかじめ、それこそ読みの精力を使う範囲をしかるべきところに定めるべく、あえて注意をうながしておくほうがよさそうである。

近代への徹底的批判は、そのベンヤミンの過誤を読みときつつベンヤミンを理解していくとき、可能性のかたちをより明確なものとしつつ、すがたをあらわにしてくる。

I

第一章　希望のありか

――ベンヤミンの「ゲーテの『親和力』」について――

一　「神話的なもの」のしくみ、あるいは啓蒙期の事象内実と真理内実について
――結婚の真理内実――

ゲーテは、きわめて大きな、また作品の内外でのうのうと伸ばし放題に伸ばしてかつその成果をも存分にあげ味わい尽くすことのできた、エゴイズム的欲求のもち主であり、そしてそれと同時に、きわめて大きな、また作品の内外でのうのうと伸ばし放題に伸ばしてかつその成果をも存分にあげ味わい尽くすことのできた、秩序欲（あの塔の結社の理念や、のちの諦念の概念装置も、そこに含まれよう）のもち主である。その、それらが伸ばし放題である点、成果を味わい尽くすことのできた点に、そしてそのせめぎあいの範囲に、かれの時代のもつ問題性そのものの全領域が反映していると見るかどうか、それをかれの天才とまで呼ぶかどうかはともかくとして、そこには、少なくともその双方向への巨大な振幅が作品の表現にも確固たるものとしてもたらさずにはおかないはばの広がりにおいて、かれの才能があることは、認めないわけにはゆかない。しかし、ベンヤミンの語るところを考えあわせれば、ゲーテにおける、この、「気に入ることは何をしてもかまわぬ」[1]というに近いエゴイズム的欲求と、伝説的な、もったいぶった賢者づら[2]にこりかたまった秩序欲という、根本的なせめぎあいを演出して

いるかのような二つの側面は、存外、単純に統一的な出どころをもつものなのではないかと、考えられる。「神話的諸力についての、すさまじい根本的経験、つまり、神話的諸力との宥和は得られない、得られるとすれば犠牲を永続的にささげつづけることによってのみである、という根本的経験の中で、ゲーテは神話的諸力に反抗した。それは、神話的秩序がまだ支配的であるところではどこでも、その神話的秩序に服従しよう、それどころか、いつでも権力者のしもべのみがそうするようにこの神話的秩序の支配をより確かなものにすることに尽力しよう、とする、かれの壮年の間を通じてずっと新たにされつづけ、内心怖じけづいているくせに鉄のような意志で講ぜられた、試みであった(3)〔後略〕」。このベンヤミンの理解では、ゲーテの秩序参与は、神話的諸力に抗するための、逆か手からの手段である。ところが、この長いきわめて印象深い一文の、訳出しなかった後半部分で言われるように、ベンヤミンの理解では、ゲーテにとって、婚姻関係が、神話的拘束の象徴として、脅迫的なものに思われていたのであり、この、神話的拘束への反抗は——それはそのものとして再び注意を要するが——、ここで考えてみているつながりにおいてはとりあえず、反抗の意図という段階をまるでないのと同様にすどおりして、それ自体がたんに、そういう婚姻関係のような拘束すべてをふりはらって自ら自身に関してはすべての欲求をそのままみたそうという、全的エゴイズムである、という整理が、論理的に可能である。秩序欲につながる、「神話的拘束への反抗」自体が、ゲーテにあっては、全的エゴイズムから生じていることとなる。つまり、ゲーテが、秩序にいそいそと服する様相、その、それ自体が秩序欲とまでなる秩序参与意図の発露は、じつは単純に、かれのエゴイズム的欲求から分岐したものであるにすぎず、それ自体がエゴイズム的欲求といたるところでせめぎあっているというよりも、むしろその、一側面のあらわれであるにすぎないと、考えられるのだ。

ゲーテが、作品の内外において、美的対象を（そしてそれは、異性対象と一致する、なぜなら、彼のエゴイズムにおいては、異性対象は美的対象でなくてはならないし、また逆に美は異性対象において最も美しくあらわれるからである）エゴイズム的欲求にまかせて追い求めるとき、その欲求のあり方は、自然的である。（それは、ベンヤミンにおいては、「ゲーテの『親和力』」の三章から成る構成の中で、神話的秩序をめぐる第一章の、話が作品『親和力』におよんだ本体部分──登場人物ミットラーへの言及以降の部分──の、ほとんど全体が、小説『親和力』やゲーテその人をめぐる自然についてのものとじつはなっていることに、照応している。）ここで自然とは、ドイツ語でのその語の用い方一般がそうであるような、人間外の自然界たる外的自然（みずからあるがままにそれと全的に一致する、分裂をしらない幸福な才をシラーが自然的詩人という場合の、自然の意味あいは、ここではとくに考えない）に、人間の内的本性たる、内的自然（それのみを純化し強調すると、夏目漱石の「天」がそうであるかもしれないような、天性にのっとったすなおなあり方、ということになるが、ここではそれは考えない）を──日本語での日常の用法とちがって──あわせた、その総体をいうばかりではない。本性としてであろうとなかろうと、人間の、生理的条件に由来する部分、反省的理性的要因とは無関係に現象しうる部分、をも、それは含むものであり、また、ことさらその部分に焦点をあてて考えているものである。（これが、ここでいう自然の、定義的中核である。）ゲーテのエゴイズム的欲求は、そういう自然の発現であるとともに、それをことさら自然的条件であると考えないまま、その発現過程に反省的理性的条件によって制約を加えることを排除して、それ自体がまるで聖域であるかのように、およそ制限を加えることが考えられないもの、制限を加える可能性すらまるで全く存在しないかのようで考えられもしないものとして、そのまま当然視されたかのように、あらかじめ認められて存在する自然とまでなった、そのような自然の、あらわれとなっているといえる。──われわれが、異性対象に欲求をおこす場合、おちつきのない、目先をまどわされた移り気や、相手を（とくに男性が女性を）いくつも持つ品々の中のひとつのように愛玩したりふと目にした新品のまあたらしさに気をひかれたりするだらしなさといった、なさけない心のうごきをしてしまうのが、あながち非難のみされるべきでないとすると、それは、ゆるされるべき自然性にそれが由来することによって、──免罪ではなく──許容されるためである。（これが、ここでいう自然の、定義以上に重要な、中心的性質である。）ところがゲーテにおいては、その自然は、自然ということばをすらくぐらないまま、デモーニッシュなもの、という、大仰に自己賞讃的なものにまで移行し、かつその内実は、たんに、徹頭徹尾自然的にすぎないものでありつづける。

長篇小説『親和力』(一八〇九年刊行、ゲーテ六十歳)の世界は、そのようなゲーテの中でもとりわけ、このような自然の力が、オールマイティーの力をふるっている世界である。作中のエピソード(第一部第四章)で説明される化学的概念である標題の、発想自体も、自然的な力が、この作中では、人間に対して、人間の知力や努力を超えて作用するものであること、その自然的な力はさからいえないものであること、それゆえ、知力や努力によってその自然的な力に制限を加えるこころみは整合的に成功しえないものであるから作中の諸人物にも作品空間にも求められてはならないものであること、を、あらかじめあかしている。作中人物たちは、思慮にも分別にも欠ける(主人公の、理性信頼的な妻シャルロッテと自制的で計画的な友人の大尉のペアも、とりわけ自然的な力に対しては、またはおよそたんにもともと、この域を出ない)にもかかわらず自然的な欲求の力に対して性格の極端な差を示し、またその極致において、ストーリーの展開の極致とも重なりつつ、極端な悲劇的な破局のかずかずや破滅をむかえるので、その極端さをうまく実現させるためには、よほどうまく、伏線がはりめぐらされ構成が計算されているのだとみえる。そして事実、伏線はくふうを尽くされている。しかし、この極端さの実現のために必要だったのは、実は、技量ではなく、作者の欲望の極端さのみであっただろう。欲望の由来を、人間の善性でも悪性でもなく許容されるべき自然性であるとし、そしてさらに、その自然性に対しては、知力による制禦は一切が無駄でまた不要であるということを、前提となして、かつ、その前提を、読者に、半無意識的になす推論の上で説得的なものであるとあらかじめ考えさせることができれば、作中人物たちの思考と行動は、容易に極端なかたちをとりつつ、かつ自然的欲望の荒波に翻弄されることとなるからである。主人公のわがまま中年エードゥアルトを、そしてそのために、相手の無垢な少女オッティーリエを、救済することが、ゲーテのこの作におけるとりあえずの、そしてほとんど最深部までの、意図であったことは、作品のどんなわずかな細部においてもみまごうべくもないほど明白であるが、その試みの、必敗を、ゲーテは、知っていなければならなかったことになる。それが、この作の出発点を原理的になす、自然的な欲望への知的制禦可能性の全面却下、であったからだ。それを出発点にしながら、しかも出発点と矛盾する救済を求めることを試みつづけるところに、この作の、全過程がある。そこにまた、この作の、一般的な高い評価と、十二分にロマンチックなすてきに美しい仕上がり――事実、たとえばのちの写実主義期においてこれほどの内容をもつ実作例はあるまい――にもかかわらず（そしてゲーテ同時代の、反倫理的だとの非難は論外として）、登場人物たちの、特にエードゥアルトの、気まぐれな、ちまちました勝手さを追尾するだけである点をとって、下らない小説であるとし、出発点とたどりつく結果意図とのほとんど同語反復的な矛盾からしておよそこの作がはじめから有意な試みでありえない点をとって、無内容な小説であるとする評価も、ありうるのである。――いみじくも、ベンヤミンが、第一章の末尾部分で述べるように、救済は、英雄の死というものと完全に同一である自由、英雄の死によって構造上拘束され、英雄の死そのものをそのまま内容とするような自由では、不足であり、それによっては十分に達成されない。（とはいえベンヤミン自身も、いたるところで、たとえば『ドイツ近代悲劇の根源』において、救済をなすにあたり、その論理構成を超えることができてはいないふしも、あるのだが。）聖別としての救済、などの、死によって達成される、上位の見地においてのみの救済などではなく、「永遠の生における救済[4]」こそが、まことに、求められるべきものなのである。（これはおよそ、救済に関して普遍的な要請である。これが、ベンヤミンの、三章各章それぞれが救済に関与する契機をもつうち、第一章における、救済の、形式面である。内容面は、この節の最後で扱う、論全体の小さなひな形といえる部分の中に、端的に明示されている。）この小説において救済を読むにも、そういう眼が必要となる。

ベンヤミンのこの「ゲーテの『親和力』」は、完成稿においては章名のない三章から成っているが、別に残されている詳細な目次形式の構想によれば[5]、第一章は、「正命題としての神話的なもの」、第二章は「対立命題としての救済」、第三章は「綜合命題としての希望」、という、少なくとも形式上はきわめてわかりやすい題目となっており、実際、「神話的なもの」、「救済」、「希望」を、それぞれ中心的に扱うものとなっている（本論の三節構成も、ベンヤミンのこの三つの章に従うものである）。そして、「神話的なものがこの作品の事象内実である」[6]。ベンヤミンによれば、ゲーテはミットラーとちがって、結婚を法的に根拠づけようとしたのではさらさらなく、むしろ結婚の崩壊の過程で生じる「あの諸力」、「法の神話的暴力」を示そうとしたのであり、「破滅においてはじめて、その、破滅する、結婚の関係は、ミットラーがおしいだくような法的関係となる」[7]。ベンヤミンにとっては、ここで述べてきた、自然的な欲望の力は、破滅をみちびくものとして（ベンヤミンがこの作の内容をあげつつ細かく分析するところに従えば、目次からひろいあげても、自然秩序、大地、水、運命、罪、家屋、犠牲、自然との関係、デモーニッシュなもの、等々、第一章の内容のほとんどすべてがそれに対応している）、まさしく神話的なものの力なのであるとともに、もう一面、神話的なものは、その、法の暴力といった、神話的秩序をなすような、制度そのものをもはっきりと意味する。制度が、真正でない、制度的になされているにすぎない関係の、破滅の過程においては、自然と一致するのであり、それが、この作に充満する、神話的なものをなす。本論のここまでの論旨を基準にとれば、矛盾含み、分裂含みでもあるベンヤミンのこの神話的なものの二重性は、しかし、この小説の見方としては、何ら矛盾ではない。この小説そのものがそうなっているのだ。ベンヤミンにとって神話的なものとして定位して批判・対決する重点は、自然より制度の方にあるのだが、この小説においては、事実あきらかに神話的秩序・制度的諸力であるものが、ここでいう自然に、そしてその無制約的あつかいに、そのままおきかわっているのである。そのことはまた、この小説の中では、（自分のみの欲望を充足することを目的としての、その充足を阻害するような）制度との対決という、ベンヤミンがゲーテにおいてはっきりひろいあげようとする契機が、神話的なものとの対決どころか、そのまま、自然的欲望そのものとして、神話的なものに直接転化していることとも、即応している。あるいはまた、この小説では、制度の扱いにおいて、真正な関係と制度とのかかわり・せめぎあいが除外されていて、それがために、制度にすぎない関係が、自然と——またそもそもそちらからいえばそこに知力や努力の制約を決してみとめないという人間観と——一致するのである。

　ベンヤミン自身は、この論において、自然を、ベンヤミン的自然ではないものの、ドイツ語通常の外的自然と内的自然の和の意味に用いるので、ここでいう自然は自然という語でなくて神話的なものの中にそのまま置きかえられていることとなる。（「これらの登場人物たちのあり方は、自然的ではない」云々。[8]）または、『真の』自然」としての「原現象」は、ベンヤミン的な意味での、つまり個を包摂する概念とむしろ逆に個を包摂せず個のまま立たせて総体性の中に意味づける、理念とまで、なることともなる（それはほんらい、自然の方でなく、理念——そしてまさにゲーテの、「原現象」[9]にはこの連関においてそれが欠けていた——の話題である。理想の形象的直観は芸術にとどめそれに対して学問にのみ理念を認める、ここでの理念観が、ベンヤミンの理念観の中でも最も破綻のない中心をなす）。だがむしろ、ベンヤミンがゲーテに看破する、「責任をとることに対する不安」[10]（それがゲーテの女性に対する——諦念ならぬ[11]——なおざりも決定づける）を結節点として、ここでいう自然は、神話的なものの中にぴたりと同じ大きさに広がっているのである。

　おしゃべりな、結婚制度擁護者ミットラーと、また逆に、注意深く人格も悪くないながら現在の不倫の関係そのもの以上には実は何ら制度と対抗するヴィジョンをもたず身の上の進展上結局は単に制度に回収されてしまうにすぎないことにおいて、生内実の空虚さ[12]を体現しているにほかならない伯爵と男爵夫人のペアとが、ゲーテにとって、自然的な力に制限を加えようとする知力や努力を、おろかしい、無駄なものとして、あらかじめ却下する、口実を示している。ミットラーの、道徳家ぶった説の無内実さ（たとえばカント的考察における「根拠」をおよそもっていないこと）はいうまでもないことだが、伯爵と男爵夫人の、配偶者が離婚を拒むゆえにいっしょになれない中、違法状態のまま、しのび会いの旅行を繰り返すみちをためらわず選ぶことによって、爆発の危機をコントロールしえているかのようなやり方も、決して自然的な力を、うまく制禦していることにはならず、むろん、虚無主義的なげやりさであるばかりなのである。しかし、それらは、実はゲーテにとってそのようである以上に、ベンヤミンにとっても、この作を、この作にまかせて、神話的なものにひたったものとしての状態をもっともらしく確認しておくための、恰好の口実となっている。ベンヤミンの時代においても（このゲーテ論の成立は一九二一—二二年、二二年にベンヤミン三十歳）、おどろくべきことに、あのミットラーが作者ゲーテの意見の代弁者であるとする、およそ作中の空気と反した見方が一般的だったのであり、ベンヤミンは、そのまちがいをていねいに指摘することによって、作内の神話的なものを性急にひとことで指弾せず、神話的なものの充満を、筆をついやして追認しておくことができたのである。それに対し、恋愛感情（主人公たちにおいてあらわれるような）においては、ベンヤミンはゲーテの口実に乗っておくわけにはいかない。ゲーテにとっては、自然的欲求の制約不可性は、たとえば、幼稚な空想的純愛や、非現実的観念的な絶対的不滅の愛が、現実の前ではしりぞけられるものであるようなことをも、仮想上の論拠とすることによって、自明のものとなったであろうが、ベンヤミンにとっては、そして当然、思考の手続きをふめば実際に一般的にも、真正の愛は、そのような雑なものとしてのみでなく、精密な、検討を重ねたものとしても存在するのであって、それが、ベンヤミンにおいては、自然的な力に加えられなければならない知力や努力の内容の、かなめをなすこととなる。

ベンヤミンは、このゲーテ論第一章の冒頭を、有名な、事象内実と真理内実の区別の話からはじめている。注意しなくてはならないのは、直後の、カントとモーツァルトの部分をはじめとして、あとの部分で述べられるのは、事象の、事象内実と真理内実であるのに対し、冒頭部分でのみ、作品の事象内実と真理内実のことが語られていることである。作品の事象内実とは、作品内で描かれている事象における、事象内実のことであり——というのも、ゲーテ時代にあっては、事象に由来するはずのその事象内実自体の乏しさが端的に特徴とされているからである（その方向に従って、[13]「永遠な成長の、種子を求める、ゲーテの探究」がベンヤミン的な「生成する理念」とまさしく反対の空無なものとしてあげられている）——、従って、ことに成立時においてその事象内実と結びついているものである、作品の真理内実は、とりあえず、作品の事象をめぐっての、真理内実であることになる。一気に述べられる、[14]時代とともに事象内実の方は明らかになってくるという規定、注釈は事象内実を求め批評は真理内実を求めるという規定、薪と炎（真理、真理内実）と灰のたとえは、わかりやすそうで、対応を直結させすぎると意味がわからなくなるのであり、要するに、事象内実は、時代が下ってくると、作品の中にのみあって現実にはない奇異なものとして、つまり、炎の下の白い灰として、直接にでなくてむしろ逆にといった具合に、目につくものとなるのであり、しかし、注釈によって、その事象内実自体が明らかにされるのであって、批評家はその注釈からはじめなければならないということなのだ。（このつながりにおいてのみ、『ドイツ近代悲劇の根源』で述べられる例のグロテスクな批評の定義「作品の壊死」も、「翻訳者の使命」で述べられる例の能天気な「作品の死後の生」も、『ドイツ近代悲劇の根源』の別の箇所[15]に収斂しつつ、有意味なものとなる。つまり、作品の効果の減退にさいして真理内実と切り離されて析出する事象内実——それゆえ、ほんらい、「壊死」でも「死後の生」でもなくまた「解体」でもない——に、批評は、作品の美にそっくりなりかわり美を成就するだけの、真理内実を、思想によって、可視的・可読的に、読みだし、つまり作品の事象ほんらいの真理内実そのものが可読的になったものとして、構築するのである。）

ベンヤミンによれば、この事象内実自体が、啓蒙主義時代のドイツにおいては、希薄であることを、この時代は特徴としている。この、冒頭につづく部分で、ベンヤミンは、当時も現代も、文学史的常識にまっこうから反することを、実は明快に、突きつけている。ベンヤミンによれば、ドイツ啓蒙主義、シュトゥルムウントドラング、古典主義、ロマン派というふうに通常分けるドイツの一八世紀中葉から一九世紀初頭にいたる時代は、擬古典主義のひとことで、まとめて見ることができるのである。「ヘルダーとシラーのあと、ゲーテとヴィルヘルム・フォン・フンボルトが、指導的役割をになった[16]」。これは、事実そのものにそぐう、慧眼といわねばならない。まさにこの時代が一連のものとされる中心的性質が、事象内実の乏しさということなのであり、事実そのものよりも、あらかじめもったいぶって持ち出される「全一的人間の生」や「自然詩的民族詩的な言語」といった形式をすでに与えられたものとしての、何らかの内実を、追うということを、それは特徴とする。その意味で、それは全体が、非歴史的な、神話的に文献学的なものであることになるのであり、時代自体が、ゲーテの、思想的解明を欠くゆえベンヤミン的理念を欠くものである神話的なものと、端的に同一の性質をもつものであったのだ。

ベンヤミンは、第一章本体部分で、『親和力』の事象内実である神話的なものを詳細にあとづける（それについては本論ではすでに総括的に述べた）前に、この、啓蒙期の、最もすぐれた人たちにあって、事象の洞察自体がいかに正確になされているか、しかしそれがいかに事象内実の直観にまでは至らぬものであったかを、結婚という事象（そのそのものが『親和力』においては問題となりえておらず、ただ、――自然的な欲求の全肯定の中で――結婚の破綻においてあらわれる神話的なものが、この作の事象内実をなしている、という点において、われわれはベンヤミンと意見を完全にともにしてよいだろう）にかんして、カントの『道徳形而上学』と、モーツァルトの『魔笛』を例に、ていねいな解説をおこなっている。その部分は、よく見ると、このゲーテ論全体の、――構成上のでなく内容上の――ひな形をなしてすらいるものである。またそこでは、「事象」と「事象内実」と「真理内実」について、冒頭部分よりもさらにふみこんだ、説明もなされている。カントの『道徳形而上学』での、よく冗談じみて引用される結婚の定義は、「結婚とは、両性の性的特性を互いに生涯にわたって所有しあうことである。子づくりは必要要件ではない、なぜなら、子づくりが必要要件なら子づくりが終わると結婚は解消されることとなるからである（大意）」というものである。ベンヤミンによれば、事象内実は哲学（哲学者の哲学を除外しており、普通に言えば批評や思想を意味する）的直観（あるいは哲学的経験）にのみゆだねられており、カントの理性にはとざされたままであるが、ミットラー式のごたまぜの寄せ集めとちがって、カントの理性は、結婚という事象そのものに、正確にゆきついていて、そこから事象内実までは、実は紙一重である。カントはこの定義から、結婚の倫理性をも演繹できると考えたが、その部分こそは単なる誤った妄想であって（そしてその種の、本質部分は途方もなく正しいのにそこに旧来の情念論の各項目を解説づけるための単に誤った調和的尾ひれをカントがつけてしまうことは、三批判書においてもしばしば見られることであり、しかも哲学研究の分野ではそれについての峻別はほぼ一切なされない）、「結婚の即物的自然から演繹できるのは、明らかに結婚の非道徳性だけであろう——そして、カントにあっても、思いがけずもそういう結果に終るのである[17]」。つまり、結婚の正確な事象が、このカントの、完全な、予断のない説明なのであり、しかし、結婚の事象内実は、結婚の非道徳性——なんといっても道徳でないのだから（性そのもの、その関係崩壊過程、非道徳な桎梏化）——そのものなのだ。カントの事象のとらえ方自体はその事象内実にゆきついていないながら、それを、思いがけずも、結果として指し示すのである。ベンヤミンがここに挿入する、蠟を垂らしてそこに印章をあてて封印をするときの印影、というたとえにおいては、蠟という材質も、封をするという目的も、裏ぼりになっている印章そのものも、（カントのとらえた、結婚についての）事象をなすのみであり、しかし事象内実は、印影にある名前のイニシャルの意味なのだ。しかも、ベンヤミンは（冒頭と比べるならおどろくべきことに）さらに言う、事象内実への完全な洞察は真理内実への完全な洞察と一致するのであり、「真理内実は、事象内実がもつ真理内実にほかならないことがわかる[18]」。事象内実と真理内実の区別は実質上なくなる。それにもかかわらず、事象内実と真理内実が区別されるのは、事象から一足とびに真理内実に至ることができないからである。結婚という事象にかんするその真理内実は、次の『魔笛』の例で示されている。『魔笛』第二幕の、タミーノとパミーナが受ける、火の試練・水の試練の場面は、音楽的にも演劇的にも曲の頂点をすぎ、演出的にも少々のくふうをすればするほどたいくつが極まるばかばかしい場面であるが、ベンヤミンはこれを、理由もなく、恋の相手を得ようとする場面でなく結婚生活にある二人のきずなのゆるぎなさがたしかめられる場面であると読みかえる——そう読めば、事実、そこに結婚の真理内実があらわれるからである。結婚の真理内実とは、永遠にひとつに結ばれてあることを選びとる、決断である。むろんこれは、愛の絶対的永遠性といった、時間軸において永遠に不易の愛を求める、観念的な、実在しないような愛の想念なのではなく、選びとることにおける、人生という尺度の中での、決断の永遠性なのだ。つがう相手にこがれての時ならばだれもが迷わずとびこむ程度の試練に、現実の結婚関係にあるほとんどだれもが耐ええないし、その試練など受けようとするはずもない。いいかげんな結婚生活であろうとも、それが生活として当然有する味わいというものがある、との、ほんらい相当程度に正しくもある弁明は、そうであってもその土台自体をあらわにしてしまうこの内実の洞察の前に、場所を失うほかはない。この真理内実は、結婚関係にある者、結婚関係を予定している者すべての、のど元に、容赦なく突きつけられていることになる。ベンヤミンは、じつはこれをここで真理内実と明言してはいないのであるが、あとで再びカントの名をさりげなくあげる時に、「結婚の自然的な契機——性——に対してのカントの厳密な指摘は、そこにおける、神的な契機——貞節——のロゴスに、道をふさぎはしない」[19]と述べるのであり、それは、つづけて言われている「真に神的なもの」として、当然に、結婚の真理内実に相当するのだ。（これは、あえて言い切らなければならない。ただし、これが本論全体の中心をなす説なのではまだない。）この、貞節の決断という結婚の真理内実に、結婚という事象の、カントの正確な説明から直接に至ることとは、たしかにありえぬのであり、結婚の非道徳性という事象内実を経て、しかも、その事象内実と実は表裏一体（試練としてあえてそこにとびこまれ選びとられる決断）のものとしてのみ、真理内実は明らかになる。論全体のゲーテの『親和力』にあっても、半ば露骨に事象内実として提示されてもいる神話的なもの（その場合、いわば、本論で導入した自然的欲望が、事象それ自体をなしていよう）とほとんど表裏一体に、真理内実が見られるはずであることとなる。——このように、ベンヤミンをわかるようになるとは、むずかしすぎて泣きながらであっても、眼光紙背に徹するどころか、ページを十枚も突き通すほど、あきらめない読解をゆっくり時間をかけて繰り返すことで、緻密すぎるほどに緻密に相い接し相関するよう書かれたことがらが、きちんとときほぐれつながってくることを、いうのである。

二　「救済」のしくみ、あるいはゲーテの近代未到達性について
――神的なものの欠落――

ベンヤミンによれば、「［前略］『親和力』によってゲーテは、かれの壮年期が契約を結んでいた、あの神話的世界に対して、後期の仕事の中でますます力づよく展開される抗議を、申し立てた」[20]。ベンヤミンは、この、神話的なものにとっぷりとひたされた作品を、あくまで、神話的なものに対する対抗の相において読もうとする。そのとき、ベンヤミンのこのゲーテ論第二章の「対立命題としての救済」において、扱われる『親和力』の諸内容や諸事情に従ってベンヤミンの論述自体も大半の部分において第一章同様に神話的なものをめぐって終始しているにすぎないにもかかわらず、ことがらが救済をめぐってのものであることにおきかわるように、おあつらえむきの口実がここにも存在するのであり、この場合はそれは、サンドバッグのようなじっさいふさわしいたたきのめされ方をする、グンドルフのゲーテ論である。ゲーテに、グンドルフがするような神話化にそぐう面があるだけいっそう、この小説の意味が自主的に支配している層をとりだすように、この作品に貫入する読みをすることができるかどうかは、「このグンドルフの試みの拒絶に、その成否がかかっている」[21]からだ。だがむろん、それが成るためには、グンドルフの拒絶のみでは不十分なのである。――ほんらい、正命題が「神話的なもの」であるとき、それに対する対立命題は、ベンヤミンにおいては「神的なもの」であらざるをえないはずなのが、ここではそれが「神的なもの」でなく「救済」となっているところに、そもそも、見かけを超えた不整合が、ここにははじめから内在されている。「神的なもの」を提示するかわりに、ベンヤミンは、ゲーテに、「救済」を読もうとする。

ロマーン（長篇小説）『親和力』に挿入されたノヴェレ（短篇小説、奇譚）「隣り同士の不思議な子供たち」の、若者と娘のペアに、ベンヤミンは、神話的なものにがんじがらめにされたロマーン全体のあり方の、反空間をな

す、存在様式を見る。それはたしかに、図々しいゲーテの願望においては、救済の純粋結晶化保存のここへの挿入をも、じっさいに意味してもいたろうが、ベンヤミンは、まんまと全面的にそれに乗ってみせる。——ノヴェレのすぐれた娘は、幼いころ、戦争ごっこで唯一娘に勝った隣のすぐれた少年にあまりに本気であらがったので後ろ手に縛り上げられ、それを根にもって激しく敵対するので、親たちは彼らをひきはなした。成長して、別の男と婚約した娘は、成人して再会した幼なじみの若者に心を奪われ、若者が出発する前に催した舟遊びで川に身を投げて死のうとするが、若者は水に飛び込んで娘を助け、たどり着いた親切な若夫婦の家で硬直した娘を裸身にして蘇生させる。二人はそこで提供されたまだまあたらしい婚礼衣裳に身をつつんだ相手をみつめて激しい情熱にかられて抱き合い、まもなくあらわれた親族たちに、祝福を求める。ベンヤミンは、この裸身が、欲望ゆえでなく生命を救うためであること、ノヴェレの二人はロマーンの人々とちがって家族から受けいれられるのであること、等々の、ノヴェレの細部の一つ一つが、ロマーンの内容の対立物をなしているとする。「ロマーンの神話的な諸モチーフに、ノヴェレの諸モチーフが、救済のモチーフとして、対応している」[22]。しかし、ロマーンの中では、イギリス人の客人によって語られた（第二部第十章）このノヴェレは、独身者として登場している大尉の身の上にかつて隣の娘との間でほぼ事実どおりのこととして生じたことであったことが、直後の場面であかされるのであり（第二部第十一章）、ノヴェレの結末は、幸福なものとしては、ロマーンの中では事実の名において否認されていることになるのであって、このノヴェレは、このロマーンにあって、反世界としての救済を成立させえない。ベンヤミンの言うのとまさしく逆に、祝福を求めるこの二人は、親族や、娘のもとの婚約者から、結果的に、決してゆるされることはなく引き離されて終わったのだ。伏線部分（第一部第四章）で、水難事故が大尉の生涯の一時期を画したとまで述べられていることにより、いかにそのごたごたが、長くの期間にわたってつづいたのか、いかに二人の実際の間がらがやはりそのごたごたに耐ええぬものであったかが知られるのであり、また、物語冒頭での大尉の不遇も、この件が尾をひいているのであることが、推測される。そしてこの話自体が、実は、きいていたシャルロッテに――その秩序からやはり許されなかったという事実の効果をもって――気を遠くさせてしまうという害悪を、ロマーンの中にもたらしてしまうのであって、それは、結末において、ミットラーの下らない演説が、とうとうオッティーリエを青ざめさせて最終的に衰弱死の発作に追いやるのとも、対応している。

もともとこのノヴェレは、ロマーンに対立するようにはできていないのである。たしかにノヴェレは、ロマーンの大尉やシャルロッテから完全に切り離されて読まれた場合に、あたかもベンヤミンが結婚生活におけるものとして読みかえた『魔笛』のように、完全な、そしてうらやましいほど一番大事な点において行動に迷いがなく落度のない、ほとんど抽象的にみがきあげられた世界を形成しうる。しかし、それはおそらく、ノヴェレの性質でなく、むしろ、この『親和力』の全体自体がロマーン『ヴィルヘルム・マイスターの遍歴時代』の一部分に組みこまれるノヴェレからふくらんだものであるというそのロマーン、つまり、この『親和力』もその一部であることによりそれそのものであるもともとの『マイスター』という、ロマーンの、もっと言えば教養小説の、性質なのだ。それは、作者の自我・読者の自我たる、作品内の世界自我が、自我の反省をくりかえして折りたたみこむことによって、世界を小説中に折りこんで区切り、作品を、内容において世界に開かれていながらもかたちの上ではじめと終わりをもつ有限なものとして完成された作品として、提示する、ということによっている。あるいは、この、教養小説のロマーンとしての提示、ということが、ゲーテのなした、またこの作品でも(内容とは関係なくともかくわくぐみとして)なされている、唯一の、それ以降現代にまで通ずる、新しいことであったかもしれないのである。ベンヤミンが、神話的なものという事象内実に、あえて時代内での後期ゲーテの独自性をみようとすることの正しさは、ここにあることになる。ここでは空無な、このわくぐみこそが、作品を作品となし、そこでの事象の事象内実に対して、真理内実を、いくら不在に見えても表裏一体のものとして、含みもつものとなるのだ。ここでのロマーン自体は、しかしベンヤミンも途中であえて指摘するとおり、むしろ、その成りたち方において、ノヴェレの性質をあわせもつものなのであり[23]、逆にいえば、まさしくこの作品においては作内のノヴェレの世界とそのまま通底して、その結果、ノヴェレの世界をも、『親和力』全体の、神話的なもので、満たしてしまっていることとなる。こうして、たとえば、チャールズ一世が落としたハンカチに対しておそらくゲーテ好みのかわいらしくないわざとらしい感想、たんに男が男々した手で女に持たせて口にさせている感想を披瀝するオッティーリエ（第一部第六章）と同様に、このノヴェレの娘も、たんに男の立場からした、男に都合のよい形象であるにすぎない。若者にこがれる娘は、「思い出の中では、彼に縛り上げられた自分は、比べようもない幸福に酔っていたのであると、思われるのです」（第二部第十章）。幼いころは、娘は、性の感情によらなかったゆえに、相手と必死になって戦い、しかし性差ゆえ（子どもでも）敗れ、また性差ゆえに、その体格差の理不尽が許せなかったのであり、そして、大人になったとき、性の感情により、その性差あっての屈服、雌伏、従順を、男に対して受け入れるものとして、男の支配を受ける、存在となっている、というにすぎない。ベンヤミンが、娘の若者への愛を、絶対的なものと認めたがっているのとちがって、それは、婚約者との「二人を比べてみれば」と書かれる相対的なものであったし、死のうとしたこと自体、ベンヤミンが一生懸命に、まちがった理解によるつまらない自由なぞの彼岸に立った「決断[24]」と言おうとしているのとはちがって、「愛する若者の無関心を罰するため」であるにすぎなかったのだ。娘の、命をとりとめる裸身は、明らかに奇譚が美の効果を凝集的に高めるためであり、二人が気持ちを意識的に固めたのは、意識をとりもどした娘に若者が「自分が何を言っているのかわからない」まま「決してもう離れない」と叫んだ時でなく、美しい衣裳の相手と「激しい情熱にかられて抱き合った」時なのだ。ベンヤミンが章のさいごで示唆する、「小さなものに宿る幸福[25]」は、残念ながらみじんも存在しない。

ゲーテにおける神話的なものとは、神話的制度、法的秩序への、ゲーテその人の加担をいう。それが、秩序愛や、またここで述べてきた自然的意識としてのデモーニッシュなものなどとしてあらわれる。それに対し、神的なものとは、ほんらい、まさしく、そういう神話的制度を、打破する要素でなければならず、また、すでに見たようにベンヤミンは、ゲーテの神話的なものへの屈し方そのものの中に、神話的なものへの反抗のくわだてとして、そのような神的なものの要素を見たのであった。ゲーテにおける神的なものとは、従って、神話的なものへの反抗として、制度から逃げ、男の都合による欲望を満開にし、それを、現実の実世間の中でもうちたてることをいうのだ。——しかし、この、ゲーテにおける神的なものは、ほんとうは神的なものとはならぬはずである。それは、反抗のために神話的制度と手をむすぶという、その手段の不純さによってそうなのではない。神的なものをなすはずの、その制度と対決してのゲーテの欲望そのもの、男の都合を全開にする欲望そのものが、それ自体として、神話的内実から成りたっているからであるにほかならない。制度への反抗を含んでいようがいまいが、その欲望自体が、秩序的支配により娘たちを味わい尽くす、神話的なものとなっているのだ。ゲーテにおいては、ベンヤミンの奮闘にもかかわらず、神的なものは、（さきほど見た、小説という形式とも対応するかのように、この、反抗の形式を除いては）そもそも欠落しており、神話的なものばかりが渦を巻いている。または、ゲーテにおいては、神的なものは、空無な形式としてのみ、もしくは不在であることの告知・想起としてのみ、存在するのである。

ゲーテは、社交や執務の限りでは如才なく勝利した対人関係・対社交関係をふるまいつつ、おそらくは、当時成立しつつあった、全部の人間を身分によらず構成員とみなす、社会というものに対しては、まだ姿をあらわしていないその内実を予感しようと誠実に苦闘しながらも、ただただ敗退のみをしつづけた。それは、『親和力』においてエードゥアルトを救済しようとするこころみが必敗であったのとも似る。社交関係と社会関係は、根本的に異なる。そもそも、この時代一般に、事象内実が欠けていたのとも呼応して、社会を予感しようとしての敗退というにとどまらず、もともとゲーテにとってことがらの正確な把握においては、社会というものは存在すらしていなかったのだ。たとえば、自由・平等・博愛などという語の内実を、ゲーテは中産市民的下級貴族的一個人のあり方として活写する。ところが、このようなことがらこそ、まさに個人でなく、人間全員を構成員とみなす近代社会についての問題なのであり、そういう社会のこととしてでなければ、これらについては実はおよそ何も言ったことにならないのである。神的なものが、神話的なものに対立するものとして成立するためには、神話的制度を、社会をめぐる思想の中に――神的に――放りこむことが、当然、一つの段階としての論理の網目をそこに成立させ、直接のてだてとなりうるはずであるが、ゲーテにはまさにそれが欠落していたのである。それは、この、啓蒙期からロマン派までの擬古典主義（ギリシア熱だけでなくおそらくローマ好き・それどころかイタリア好きも、たんにその視点からとらえられるだろう）時代自体の、そしてそれを代表するゲーテの、近代（一九世紀以降の、社会の成立した時代、およびそこでの、現代まで続いている、いかがわしい人間概念のエピステーメー）未到達性を意味する。――『オルフォイスの原詞』の希望（エルピス）は、ベンヤミンのいうように[26]ゲーテにとって説明不要だったのでは、ない。それは、それを最終連とする五連からなるこの連詩にゲーテが神話的自註をつけたさい、形式上、先行連への自註を四種の具のように四つのすきまに順にはさみこんだ五層パンのサンドイッチの、最底面に位置づけられたために自身への註という独自の具を欠くだけなのであり、まさに、古代的神話の調和的配置の中にことほがれているのである。

三　「希望」のしくみ、あるいは希望のない決断について
――希望のありか――

ベンヤミンは、ゲーテ論をしめくくる第三章に、構成表の中で、「綜合命題としての希望」という題を与えている。第二章の題と同様に、論理形式の上できわめてわかりやすい整理をされているかのように一見みえるこの題は、しかし、ちょっと考えると、第二章の題以上に問題をはらむものであることがわかる。しかもここではそれは、綜合命題と、希望との、両方にわたる。まず、正命題としての、ローマーンの世界を統べる神話的なものに

対して、対立命題として（前節で指摘したとおり対立命題が救済であることに問題があったが）、立論上ノヴェレの世界によって示される救済を対置したのである以上、いったい、それらを弁証法的に綜合するものである綜合命題が、なぜありうるのか、また、じっさいこの小説に関しては、ロマーンでもノヴェレでもなければ、どこにありうることになるのか。そしてつぎに、救済をも要素とするその綜合が、なぜ、希望であることになるのか。——おそらく、ベンヤミンは、ロマーンの世界を、救済しようとしたのだ、それゆえ、みずからノヴェレの世界に完結させてロマーンの世界に対置したことを、いまいちど、ロマーンの世界にひきよせることが、ベンヤミンにとって、綜合と言われるにふさわしかったのだ。そのとき、これこそが救済であるにふさわしいものとして（前節で述べたとおり、対立命題は、救済でなく神的なものであるべきで、ほんらいの綜合命題こそが、救済であることとなる）、希望が、思い出されることとなったのである（つまり、救済の内容が、希望であるということとなる）。さらに、前々節で述べたとおり、カントの自然的定義により事象のそのものを指示された、結婚という事象の、事象内実は、結婚の不道徳性であり、また、真理内実は、決断であった、そして、この作品の事象内実は、神話的なものであった。ここで、作品の神話的なものに関して、——神的なものの対置の要素が別に要請されようが——救済がこころみられるとき、それは、作品の真理内実（作品の事象内実の真理内実に等しい）をうかびあがらせることになる。

ベンヤミンにあっては、ノヴェレの外のロマーンの世界の救済とは、ゲーテが明らかに欲する自身の分身エードゥアルトの救済ではなく、ただ、オッティーリエの救済である。なぜなら、ここでその救済は、ほんらい、ゲーテにとってのなどでなく、その救済を通じてわれわれにとっての救済を、与えてくれるものでなくてはならないからだ。エードゥアルトは救済にあたいするものでなくエードゥアルトの救済が問題にならないだけに、いっそう、オッティーリエの救済が、われわれにとっての救済可能性と直結してくる。そしてもはや、ノヴェレの、作中での事実が、ベンヤミンにとって問題でなかったのと同様に、オッティーリエの、作中での事実も、——いくらベンヤミン自身がまさしくここでオッティーリエのふるまいや美しさや愛の、真に愛す者の場合とちがう不具合をことこまかく確認していようとも——問題ではなかったのである。

ベンヤミンは、さいごの長い段落の後半部分で、この、オッティーリエの救済による、われわれの救済へのみちすじを、複雑な手法で、示そうとしてもいる。まず、「最終的な希望は、けっしてそれをいだく者にとっての希望なのではなく、ただその希望が向けられる人たちだけにとっての希望である」[27]。この希望は、小説の最後で、エードゥアルトへの愛をシャルロッテを妻とするエードゥアルトに対して貫くことの不能性と、エードゥアルトから離れて生きることの不能性をさとって、衰弱死し、聖別される、オッティーリエを経て、「われわれが、すべての死者たちのためにいだく、救済への希望」[28]に転化される。さらに、神話的なものを醇化しようとするナザレびと的なノヴェレの諸契機が、ロマーンの中では、あの降る星となって（第二部第十三章）、愛しあう者たちの頭上に劇的に降り流れて、この世界へと置きかわる。そして、「この、希望という密儀は、それが、和解以上のものつまり救済を約束している、この世界にでなくて、どの世界にささげられているのか」[29]。ベンヤミンの論理構成は、つなわたり的に、なんとかつながりえているかに見える。——だが、その前に、このオッティーリエの救済自体は、ここでもゲーテのしつらえておいたしくみをそのままとりいれてなされている。ゲーテによる、オッティーリエを経てのエードゥアルト救済を、オッティーリエ救済そのものへと、読みかえているにすぎないのであり、そうである以上、ベンヤミンの意図に反して、このオッティーリエの救済は、いまいちど、われわれの救済でなく、ゲーテの救済へと、反転してしまう。なぜなら、この論理構成では、注意してみれば、希望が、われわれにとってはやはりその前段において決定的にとざされたままであり、いくらすべての死者たちからこの世界のものとまではなっても、それはあくまでそれをいだく生身のわれわれでなく、ただ作内のゲーテの愛惜の念にとっての、つまりゲーテにとっての希望であるに、すぎないからだ。この小説は、まさしく神話的なものとして幕をとじるのである。

ベンヤミンは、この章においても、批評をめぐる、いくつかのきわめて魅力ある、部分部分で比較的独立性のある考察を、ちりばめている。批評と哲学の関係、批評における「表現をもたぬもの」、批評と美の関係、がそれである。それらにより、また、ベンヤミンが、美なるものとしてのオッティーリエをそのまま保存しようとしたことの、そして、そこにおいてのベンヤミン自身の批評の内容は、「表現をもたぬもの」により作品を真なる世界のトルソーへとくだくことによって作品を完成させているのであって、[30]それ自身はそこで、ベンヤミンのこの論の諸内容の断片の遠景にしりぞき、いわば「表現をもたず」黙しているのであることの、事情をも、うかがうことができる。——まず、哲学（普通のことばで言えば、思想）にとって、あえて体系化をなし保証する要素は、体系内のどの要素とも別のものとしてさらに体系につけ加えられるほかはありえないので、従って、そういうほんとうの体系は、捜しあてられえない。「批評が芸術作品の中に最終的に提示するのは、作品の真理内実を、最高の哲学的問題として定式化する、潜在的可能性である」[31]が、この定式化可能性それのみを独立して請け出すことができないのは、体系が捜しあてることができないのと同様であるとされる。それでもこの可能性は、あくまで要求されるのであり、体系を捜しあてるのとパラレルになってしまうような、定式化可能性のそれのみ独立した普遍的抽象的な、いわば定言的自立的な請け出しでなく、事象内実と必ず結びついた、潜在的なもののひとつのあらわれとしてのみ、真理内実は扱われよう。次に、「命令することばで女の言いのがれを中断させることが、ちょうど言いのがれが中断したところにおいて、言いのがれから真理をとりだすことができるように、表現をもたぬものは、ふるえる調和に停止を強要し、この異議によって、調和の震動を、永遠のものにするのである」[32]。これによって美は中断させられ、また内実の永遠性を得るとされる。批評が、いつわりの総体性を、作品においてうちくだくとき（そしてそれが作品を真であるものの断片とし、完成させるのだが）、この力は、ベンヤミンによって、表現をもたぬものとして、とらえなおされていることになる。それは総体性をくだくのだが、それは表現をもたない。——そして、「被いも、被われた対象も美ではなく、美とは、この被いのうちにある場合の対象をいう」[33]。(その前の部分で、この連関では、表現をもたぬものは、被いをとる力でなく、むしろ、仮象という被いに被われてあるということそのものとしてベンヤミンには想定されている。) この美の定義は、「目的なき合目的性」というカントの定義からも置換導出しうるものであるが (そしてここでも、カントが説明の中でこの定義をわりふった章の項目であった「関係性」が言及されている)、それにとどまらないのは、そこからさらに導出される、「それゆえ、美であるものすべてに対して、被いをとりのぞくという理念は、被いをとりのぞくことの不可能性という理念になりかわる。これが、芸術批評の理念である」という点であって、それがこの部分に前の二つの部分を包摂させていよう。これらの三つの各部分は、とらえ方によっては対応に矛盾をはらみつつも、とりあえずほぼ同じことを示しているのであり、そこでは、批評の力は、作品をうちくだいて完成させると同時に被いをとりのぞきえないこととして、表現をもたぬものなのである。

ベンヤミンが、しかし、最終行で述べるとおり、「ただ希望のない人びとのためにのみ、希望はわれわれに与えられているのだ[34]」。ここで見てきた、ベンヤミンの章だての奇妙さゆえに、ベンヤミンをさらにわずかに組みかえつつ、まさしくこの希望を、「対立命題としての (救済ならぬ) 神的なもの」をうけての「綜合命題としての (希望ならぬ) 救済」の内容として、美しいオッティーリエから離れて、ベンヤミンの諸部分中から、見つけ出さなければならないだろう。そのとき、表現をもたぬものは、もうひとはたらきして、『親和力』の事象内実に対応した真理内実の、ひとつのあらわれを、われわれの前に織り出してみせてくれることとなる。

ベンヤミンが言うとおり、「真に愛している者たちにとっては、恋人の美しさは、決定的なものではない。恋人の美しさが、はじめに二人を互いにひきつけあったものであったとしても、もっと大きなすばらしさをさまざまに経て、恋人たちは相手の美しさを繰り返し忘れていくだろうし、その結果もちろん最後には想起の中で美しさを繰り返し認めることになる。情熱はこれとはちがう。どんなにわずかにでも、美しさが失われると、情熱を絶望させる。というのも、愛にとってだけ、美しい女が最もねうちのある宝ものなのであり、情熱にとって最もねうちのある宝ものとなるのは、最も美しい女なのである」[35]。愛にとっては、ノヴェレでも実は示されていない、相手の具体的な美点やチャーミングな欠点のひとつひとつが、もともとの好みや相手との具体的いわれを経ての理由をもって、もしくは理由もなく無条件的に、魅力となるのである。むろん、この愛は、神的な、決断（結婚という事象の真理内実でもあった）をともなってのみ、愛となる。とりわけ、ゲーテに即しては、——そして『親和力』に向かうゲーテに即しても——なおざりにしてしまった相手への、神的な決断が、ほんらい、眼目となるべきことがらであった。（ベンヤミンは、ゲーテがこの作品で、なおざりにしたものへの涙をひろいあつめるという課題を自らに課したという、ベッティーナのゲーテへの手紙の文を引用している。[36]）それが、自然的な諸力への、知力や努力による変更ともなるべきものだったのである。むろん、なおざりにしてしまった女が、この決断にこたえてくれる見込みは、そこでベンヤミンもいうとおり、とざされているに近い。これは、いわば、希望のない決断である。しかし、すでに指摘したベンヤミンのことばどおり、「ただ希望のない人びとのためにのみ、希望はわれわれに与えられているのだ」。見込みがあるからでなく、見込みがないからこそ、決断は、自らを賭しての決断となる。希望がないからこそ、この決断は決断として可能なのであり、そのとき、この決断自体が、すでに、希望のない者にとっての、希望となりうる。これはむろん、われわれ自身が、生身の、欠点ある者であり（相手をなおざりにする場面もしばしばおかしてしまう者であり）、逆に相手から見て無欠のものではありえない、しかも、相手の決断の対象となりうる、ことに、対応している。ノヴェレにおいて無欠のものへと抽象されてしまっているようなものでは実は決してありえない、具体的行状をもたざるをえないわれわれにとって、これは、神的な決断を経つつの、救済となる。そのときむろん、この決断は、ただのやぶれかぶれなのではなく、生においで実感されるものであって、あれこれの批評的認識や時代社会感覚（われわれにとって、おのずと、ゲーテとちがって、社会と人間の関係に対する感覚が、自然体の中に含まれていよう、そしてそこには、神的なもの全般へのいとぐちもあるのだ）を持ちつつの意欲や努力の全般におよぶ、基盤の持続となる。——救済としての希望とは、相手からの応答を得るということの、希望のない、決断である。そしてそこに、およそ、希望があるのだ。ベンヤミンは、最終段落で、あのさいごの「希望」の一文の枕に、ゲオルゲがベートホーフェン（ベートーヴェン）の生家にかかげた、「記念銘版」の詩を引用している。

君たちが君たちの星での戦いのために力をたくわえる前に
私が君たちに天上の星々から争いと勝利を歌ってあげよう
君たちがこの星の上で肉体をつかみとる前に
私が君たちに永遠の星々での夢をつむいであげよう(37)

この詩がすばらしいのは、この詩が、われわれにそうしてくれるからでなく、事実、ベートーヴェンの曲が、われわれにそうしてくれているような曲だからである。ベートーヴェンこそ、みごとなほど、およそ希望がなかろうとも、数々の曲の中で、そこまでですら十分なみずみずしい旋律の感動的な諸楽章に加えて、さらに、入念な努力の少しもゆるむことのない終楽章を、われわれに、われわれのもつ希望に——希望のないわれわれのもつ決断に——、歌ってくれたのだった。——それは今でも歌ってくれている。

II

第二章　啓蒙の弁証論

——アドルノの『啓蒙の弁証法』またはカントの
理性私的使用論・倫理学・美学について——

いかなれば虚無の時空に
新しき弁証の非有を知らんや。
——萩原朔太郎　詩集『氷島』より

一　カントの理性私的使用論または高度資本主義の現代
——アドルノの「啓蒙の概念」——

こんにち、啓蒙は、じつのところ、全く特殊ドイツ的な概念である。世界史の上で啓蒙主義者といえば、ヴォルテール・モンテスキュー・ルソーという三人のフランス人の思想家がまず思いうかぶが、いうまでもなく、フランスの現代思想が、上から蒙昧な大衆を啓発し前近代的要素を社会から根絶して正しい近代化をいっそう完成させるというような単に体系的な体系としてのすじみちを、およそ検討に足るものとしてすら、とりあつかうはずもない。日本は、現代なお、前近代的な要素を多々残した社会である。それでも、いかに硬直したものとなっているとはいえ仮にも進歩派の口から、啓蒙ということばがまじめに語られることは想像しにくい。日本で啓蒙ということばが発せられるとしたら、むしろ国家権力の側から、それも、この語を使ったことに対して反発されるおそれの少ない、何々病について、何々菌についてなどという、安全な話題の場合にであろう。

なおカントの有名な小文『啓蒙とは何か』(一七八四年)の、「啓蒙とは、人間が、自身に責任のある未熟さからぬけ出すことである。未熟さとは、他人の指導なしに悟性を使うことができないことである[1]」という文は、論が先に進んでいけばより明らかになる奇妙さをもともともっており、ここでは依拠しないこととする。「啓蒙する」という他動詞の目的語が、三段落先でわかるように、これでは再帰代名詞とならざるをえないのである。ハーバマスの啓蒙が、社会事業的な他動詞性をかくさないのに対し、カントのこの文を、『啓蒙の弁証法』の総論である第一章「啓蒙の概念」でなく第三章の出発点に置くアドルノは、あくまで根本的には一般的な意味での啓蒙概念を用いながら、カントを批判するため離れてゆく場面においては、啓蒙をカントにおいて以上に奇妙な、再帰動詞どころか、社会の種々相の動きすべてを含みこんだ自動的・総体主語的社会、とでもいうべきものを仮想主語とする自動詞として用いている、という様相を呈することとなる。ここではアドルノの手つきのことさらその部分に注目する場合を除き、啓蒙を、日本語、独仏英ともに原語にも共通の、一般的なクラキヲヒラク意味で用いる。

カントのこの小文において一番興味深いのは、むしろ、カントの考える理性の公的使用と私的使用の説明が、普通に考えられる公人と私人という区別による行為の区分けの言い訳と、完全に反対となっているという点であろう。カントによれば、公務員としての公務を含め、市民社会でのある立場において、その立場における義務に由来する制約を受けつつ理性を使用するのが、つまり公人として行なうのが、理性の私的使用である。逆に学者として読書界の全読者の前で、公務等の立場による制約を一切受けつけないで行なうのが、つまり私人として行なうのが、理性の公的使用なのである[2]。いちばんの趣旨は、私人全般についてでなく私人の学者として活動する領域についてのみ、社会の役職としての公人よりもより公であることを認定するということにすぎないのではある。しかし、市民としての、市民社会上の役割に義務上由来する領域を、公務員や聖職者までをも含めて、おそらく役割契約によるからということを述べられてはいないが理由として、私的領域であるときっぱり断定する点に、高度資本主義の現在の最先端の閉塞をうがつラディカルさを予感させるものがある。つまり、現在、市民社会のありとあらゆる場面においてあの場合この場合に尊重すべき義務を強迫的にさししめすものである、近代的諸理念は、もはやだれからも直接には信じられてはいないにもかかわらずとりかえのきく大義名分として、その都度ご都合主義的にもち出されて、面と向かってはそむくわけにはいかない正義として、個々人を組織や体制の中でしめつける一方である。この、実は高度資本主義最先端での閉塞を閉塞となす最大の鍵である近代的諸理念の亡霊を、単に役割契約の中での私的領域に有効であるにすぎぬものとして、封じこめる、という、意外な解決法に、これは直接につながるのだ。その閉塞を破るという、現在ラディカルということばの意味で唯一ありうることを、しかも理論的に行なう、ということを、これは予感させているのである。この『啓蒙とは何か』自体の中では、この公私の区分は、末尾で、「自由」についても市民社会での市民的自由よりも精神の自由の方が大事であるかのように、自らの構えをおそらくはプロイセンとフリードリヒ大王に送るエールとの兼ね合いで少なくとも表面上は小さくちぢこませるような、微妙な役割を果たしているのではあるが、カントの残したこのわずかな示唆は、たとえばのちにアドルノが考える啓蒙批判をはるかに凌駕して、われわれの現代そのものに直結することとなる。

アドルノは、『啓蒙の弁証法』(一九四七年、ホルクハイマーとの共著。アドルノにはより断章的傾向があると思われ、その場合、より包括的な、批判をうけつけない印象を与える。ホルクハイマーはより断定的体系的な傾向があると思われ、しかしその方がたんに総論的記述を整然となしているだけであって、様々のレベルの批判をむしろうけつけることを当然に予定している印象を与える。全六章中内容上主要な三つの章のうち、「啓蒙の概念」と「ジュリエットまたは啓蒙と道徳」の章はよりホルクハイマー的、「文化産業」の章はよりアドルノ的な構成の印象があるが、ここでは一貫して、文体上、アドルノを代表の著者として扱う)において、啓蒙の論理的な考え方が、数学的機械的論理をなかだちとすることで[3]、必然的に反省や思想を非論理的なものとして失墜させてしまうことを、繰り返し大々的に論じている。それにもかかわらず、序文において明言しているとおり[4]、また「啓蒙の概念」の章の末尾突然三段落にもわたってうたいあげるとおり、啓蒙に対するそもそもの肯定的な評価を捨てておらず、啓蒙のもつ非真理要素を読みあかすことによってこそ真の啓蒙に至る、ということを、アドルノはここでの根本的モチーフとしている。(ユダヤ教についての、「救済」の諸相非真理読みあかしが至るべき救済、「神像」の諸相非真理読みあかしが至るべき神像、という論理構成とパラレルになるものとして、「啓蒙」の諸相非真理読みあかしが至るべき啓蒙、という論理のかたちも考えられてもいる。「啓蒙の概念」の章。[5])まるで風邪をひいた風邪薬に風邪薬をのませておいて、それを人間がのめば効く、というようなこの論法は、スローガンや、目的地見取り図であるにとどまらず、それ自体が方法そのものとなってもいる。非真理的要素を読みあかすという、「限定的否定」[6](「啓蒙の概念」の章)のほかに、具体的な方策は提示されないのである。この方策自体までも啓蒙のもつ真正な内実であるとしそれによって達せられる真の啓蒙を最も実体化して現実に可能であるととる地点でこの論法をとらえるとき、この論法は、実際には、例えばハーバマスの、啓蒙により啓蒙を改良するような明快に啓蒙肯定的な見通しときわめて似かよったものにまでなってしまうこととなる。ただもともと、アドルノのこの本は、すでに第二次大戦中に主に執筆され一九四七年に出版されたものであって、そこで考えられている同時代は、われわれの現代ではなく、もちろんせいぜい一九四四―五年の現代であるにすぎない。この本のモチーフの論法は、古い時代を対象としているものであり、現代に直接あてはまらない古いものなのであって、しかしそのことは、むしろわれわれにとって、この本の欠陥でなく対象としているもののたんなる射程として、はじめから前提となることとなるのである。

われわれがそれにもかかわらず『啓蒙の弁証法』を読むとき、興味の対象となるのは、第一に、アドルノの啓蒙批判がいかに不十分であるか批判することである以外あるまい。啓蒙に対して期待の要素を残すなどというような啓蒙批判が、はじめから、その批判部分自体において、十分でありうるはずがないのだ。そしてそれにもかかわらずアドルノ本人がそれを理論全体の中では十分なつもりで、その啓蒙批判の部分それ自体を精密に展開しきっているとすれば、それにそって検討し訂正を加えることが、われわれにとって、十分な啓蒙批判のための生産的な土台となることになる。第二に、『啓蒙の弁証法』の記述を見ていると、およそ現代ではすでに時代自体がずれているようなあてはまらない議論の中に、ほとんど不思議にも、現代にもまさにあてはまっていると直観的に思われることがらが散見されるが、実際にそれらはどれだけ現代に、またなぜ、あてはまっているか、ということであろう。

しかしながら、アドルノの啓蒙批判は、理論としては、本の大部さにもかかわらず、記述の進展の中でまったく精密化してゆかない。人類の文化的いとなみにとって不可欠な、論理的活動そのものである啓蒙が、現代社会の中においては、必然的に野蛮へと退化する、という、序文で簡単にふれられてあった公式(「すでに神話が啓蒙である。啓蒙は神話的なものに退化する(7)」)が、ほとんどそのまま、かたちをかえていたるところで繰り返されているにすぎないのだ。(またそもそもアドルノは、論理体系の自動化や、産業社会制度内への思想体系の馴致は批判しながら、体系的思考そのものを批判することなどは、奇妙にも考えもしないようである。)こうして、アドルノ批判に論点のたたき台を求めるわれわれの期待は直接はみたされずに終わり、われわれはただアドルノの個別の諸論点につきあわされることとなる。しかしわれわれにとって、もともとアドルノ以上に現代において啓蒙をわざわざ独自に批判する必要があるかどうかもあやしいことなのであって、ただ、啓蒙というような理念が無効になるとはその現代とは何かという、さきほどよりわれわれが解答を与えつつある、まさしく根本的な問題だけが、そのまま、われわれに残されてしまうのである。

そもそも、現在において、日本とドイツとでは、現代というものの性質が全くちがったものになっているにちがいない。ドイツでは、おそらく産業構造自体、経済のしくみ自体が、アメリカや日本やフランスのような、高度資本主義化をしていない。（EU内部への輸出にのみささえられた、非情報・非コンピュータ・非「ハイテク」の、重厚製造業。および、EU内部での神話的技術信用にのみ依存した、低成長ながら不思議とプラスでありえている経済成長、そしてそれをむさぼりつつの、世界最低就業時間数。）それにみあうかたちで、いやそこへいたる最後の一歩を押しとどめるかのように、人々の考えの中に、近代的諸理念が、実効性をもった、それどころか実体をもったものとして、存在しつづけている。社会の中にすでに存在するはずの、制度が閉塞して個人の欲求をがんじがらめにしつつその力を拡散させてしまうということの無力感自体を、この、理念の実効性が、たんに無感覚にさせ、閉塞感がその都度解決しているかのように、人々を古い歴史的空間の中にまどろむように安住させている。それに対し日本においては、未完の近代のまま近代を越えてしまった奇妙なかたちとして、およそ一九七〇年ごろに突入した高度資本主義の現代と、ほとんどだれにでもみまごうべくもなくはだで感ぜられる高度資本主義社会の閉塞感とが成立している。アドルノの啓蒙批判がわれわれの現代にあてはまるのは、むしろこの前段の、日本の特殊性に関する部分にこそ由来する。日本の現代社会がかかえつづけている前近代性によって、人々は会社・組織に忠誠を尽くすが、これがいたるところで、アドルノの描く、啓蒙の進展によって反省を奪われ、目的を資本の目的へと入れかえられてしまったあり方と、一致するのである。日本にかぎらぬ、高度資本主義社会の閉塞感が、この社会状況を、さらに確定づける。日本は、前近代的要素を単に非弾力的に保ちつづけたまま社会全体が高度資本主義に移行したものであるが、そのため、前近代的要素は転換的にそっくり高度資本主義のしくみの中に組みこまれることとなり、ながらく日本特有だった風通しの悪さが、現在、そのまま、米仏と並ぶ最先端の高度資本主義社会の一部になりかわって、閉塞感の米仏以上の世界最先端を体現するにたちいたったものである。しかし、この閉塞感は、もとよりアドルノの考えるような、資本による、直接的な、下部構造からそれにあわせて上部構造までをもひっくるめての、経済的支配によるものではない。およそ社会の中で、近代的諸理念をはじめとするさまざまな理念が代替可能なものとしてすべて骨ぬきにされてしまうこと、そしてそれによって、それどころか、一語一語のことば自体が無効化してしまうことによるものである。ことば一語一語が、代替可能な理念をあらかじめ入れかえての反論にしめつけられつつしか発せられえないことにより窒息し、現代においては記号的指示作用以上のたちあがる力を発話時にもてなくなっていること、これが、理念の無効化以上に、現代の閉塞の、いちばんの本質なのだ。この社会の中では、理念もことばも、思想者表現者が、自前で苦闘して意味を獲得していく以外にはありえないのである。アドルノの公式「啓蒙の非真理要素の読みあかしが、至るべき啓蒙である」と心ならずも少々似たかたちとなりつつ、当然ながら微妙にちがって、このような苦闘しか解決法がないという認識、そしてその個別の思想と表現の苦闘のみが、閉塞を破る解決へとつながるのだ。その結果として、およびその際同時に意識することとして、社会的には、その苦闘は、ことばというもの自体の現在性の水準は不可逆でも、鬱陶しい近代的諸理念の亡霊や、結局はその延命策にほかならない、啓蒙へのいかなるかたちにおいてもの期待を、すべて、たとえばカントの『啓蒙とは何か』の小さな一契機から読みとれる、私的役割契約領域へと、制圧する、ということにこそなるにほかならない。こうして、アドルノの啓蒙を読むことから発した第二の問題は、特殊ドイツがなぜ現代というものに到達すらしていないかということについての有効な視点を包含しつつ、われわれを啓蒙から遠く離れたところへつれて行く。

二　カントの倫理学またはベッヒャー派
——アドルノの「啓蒙と道徳」——

デュッセルドルフを拠点とするベッヒャー派の写真は、タイポロジーの手法によって主観を排除した対象描写を行なうという口あたりのいい俗解と全くちがって、むしろ対象の潜在的同一性をうかびあがらせるものであって、しかもその潜在的同一性が、じつは現代のドイツ人のいやなことには、ドイツというアイデンティティーを提示するものであり、ドイツ人のもっといやなことには、そのアイデンティティーは第二次大戦前の延長上にあるものであって、さらには、それがドイツのみならずヨーロッパ近代をも直撃するものとなっている。[8] しかし、これは現代ドイツ人にとって、全く思いもよらない無意識をいきなりさらけ出されるようなものではありえない。戦後左翼知識人によって、きわめて啓蒙的に、ドイツのアイデンティティーに対する問いは、人々に対して明文的に繰り返しつきつけられてきたものだからである。ベッヒャー派の写真作品は、そっくりその戦後左翼知識人の啓蒙的言辞と内容において対応しつつ、しかし作者自身がそのような主題を主張しもしないほど無意識的に、理論をよそおわず形象として作品へと実現されたものとして、いわば、戦後左翼の啓蒙的主張のちょうど裏返しとなっているのだ。

アドルノの『啓蒙の弁証法』はこの脈絡の中で戦後左翼知識人の論旨の支柱となるものであったが、それ自体としても、「限定的否定」の図式そのもののほかには弁証法的構造をそなえておらず、弁証法というより、むしろ錯覚的な空しい推論、仮象の論理である、弁証論という（カントの三批判書の場合に用いられる）訳語をおもわせるような、空しい形式性を感じさせる。特に、第三章にあたる、「補論二」と位置づけられたカントとサドを統一的に啓蒙批判によって分析する「ジュリエットまたは啓蒙と道徳」の章（ジュリエットはサドの登場人物名）での、カントとサドの扱い方は、たとえばカントとサドに共通する論理の根本的な前提、射程といった、エピステーメーを追究するのではなくて、もっぱらカント哲学において普遍的な言い方が求められる意図を等閑視して、カントの説をただ特殊を体系へと解消するものとみなしての、機械的な論理体系万能へと至る形式的な捨象を行なうものである。その際、サドにおいては、論理形態がカントと似ているというのではなく、それどころかニーチェを双方の意欲に類縁するものとして介して以外には直接カントとサドがつきあわして論じられすらせず、単に、専ら、小説の中の登場人物の会話がとりあげられ、それが、いかにも合理主義者風に理屈ばった徹底性をもっているということが指摘されているにとどまる。（あるいは、サドにおける、不動心を保つ冷静の賞揚が、スピノザやカントと符合するという指摘や、同様に、同情の罪悪視が、やはりスピノザやカントと一致しているという指摘などがなされるが、これらも、とりあえずはサドの登場人物のせりふの構造の、小説らしからぬ理屈っぽさの中で、生硬なかたちで開陳された、合理主義シュプレヒコールであるにすぎない。つまりは、すべて、実は合理主義というよりは杓子定規な生硬さなのだ。）

アドルノの、この章におけるカントの読みは、カントにおける「普遍と特殊の同質性」[9]にもとづいている。カントにおいてたとえば『実践理性批判』で最高善の実現のために自由、永世、神などがあることが要請され、それによって理論的認識との間に分裂が生じてしまうといった事態（それは『実践理性批判』の中でも、構想上はともかくも論の構造上は、純粋実践理性の根本法則が理論によって導き出されるのが中心的部分と見えるのに対し、副次的部分と見えてしまうことだが）は、直接にはここでは念頭に置かれていない。アドルノの論旨はもっぱら、「普遍と特殊の同質性」を、論理実証主義的な非合理駆逐に簡単に同一視できるものとしてとらえることに終始している。もちろんこの「普遍と特殊の同質性」（もともとそれ自体アドルノによるまとめ方）は、しかしカントにおいては、特殊が捨象されてしまい普遍のみに一元化することでことが足りる（論理化・啓蒙化がすすむ）といった具合にはできていない。カントにおいて原理の能力である理性の下に規則（概念と論理認識）の能力である悟性があること[10]とはむろん全く別の意味で、アドルノのいう「計算的思考[11]」の側面を、理性が持ちあわせるためには、普遍の特殊に対する優位が、特殊捨象可能的に、実体的に成りたっていなくてはならない。しかし、カントにいかに上位能力への肩入れがあろうとも、カントが追い求めていることは、ただ人間の能力のより上位の働きの中に、価値あるものを自律的に基礎づけるということなのである。カントにおいては、正しくは普遍と特殊は同質なのではなく、あくまで、認識回路の中でことがらがつながって認識がまさに可能となるその接点として、同致するのである。

むしろアドルノは、「法則の単なる形式に敬意を払うというカント的モチーフ[12]」と簡単にふれているにすぎない『実践理性批判』における「純粋実践理性の根本法則」をなす定言命法「あなたの意志の格率が、つねに、同時に普遍的な立法の原理でありうるように、行動せよ[13]」の、形式性、普遍性を、ここで主にとりあげるべきだったかもしれない。定言命法においてこそ、ことの成りたち上、形式性や普遍性が鍵になっているのである。じっさいアドルノは、章のうしろの方で、ニーチェを論じつつ、カントの定言命法の、『実践理性批判』（一七八八年）でなくそれに先だつより解説的入門的な著作『道徳形而上学原論』（一七八五年）の中でのしかも比較的定式的なかたちをとっていない部分「同時にそれ自身を普遍的立法者だとすることのできる意志がたてる格率にもとづいて、すべてを行なう[14]」を、ニーチェにあわせて「意志」の語がよりはっきり主語となるかたちとして選んで、引用してはいる。そこではアドルノは、カントの定言命法の試みを、神の律法を自律へと変形しようとしたもの、ニーチェの超人の試みを、死んだ神を高次の自己で置きかえて救おうとしたものだとしつつ、この自己立法が、自己立法でないすべてのものを偶像であるとさらけ出すという側面に注目し、すなわち啓蒙そのものや真理や知識をさえ、偶像にすぎないものとしてあばくことになると断じる。ここで「虚偽への恐怖[15]」におびえているのは、しかしニーチェでなくアドルノの方だ。アドルノは、このすべての偶像があばかれた状態を、啓蒙自体がおちこむ破壊状態と同一視して、全く甘受できないものと考えている。およそ、カントは、人生の根拠や人生の目的が空中分解するのを何とか人間としての頭脳力そのものをてだてに阻止しようと苦闘し、人間における価値を、人間の能力のより上位の働き（理性と判断力）の中に自律的に基礎づけるという衝迫をもった。渋沢龍彦は、『快楽主義の哲学』で、人生に目的や根拠などというものがあるわけがないということをあからさまに認め[16]、しかしそれによって実際何ら困ることとさわぐこととなく、人生に文学的・生活者的快楽を求める。アドルノはしかし、人生が無目的無根拠の連鎖になることに耐えられず、自律がそれ自身として無頼に成りたつことが想像できないで、そこではあらゆる真理や知識そのものが、根拠を失い、そのまま否定されてしまうもののように受けとるのである。（そもそも啓蒙を扱うこの本で、ここ以外ではほとんど自律ということが扱われていないのが、奇妙な話であった。自律が有効であるならば、もともと啓蒙が、うまく反省や思想を禁止された計算的思考法へと退化しない。伏せておかれた自律は、一挙にここで、アドルノにおける恐怖の実感をともないつつ、崩れ去る、というしくみとなっている。）こうして、章のさいごにおいて、ニーチェ、およびサドは、啓蒙を極限化したありさまを突きつけ、啓蒙の敵たちによる啓蒙の退化現状の微温的肯定とちがって啓蒙の退化をあばきたてたということによって、アドルノ自身の、「啓蒙の非真理読みあかしが、至るべき啓蒙」の公式の中へと、明記されてはいないが、見事に回収されている。

カントの倫理学の中心をなす、いわば「善」の定式化を開示するものである定言命法は、それ自体いわば中身のない空虚なものであり、たんに形式だけから成りたっているような様子をしている。『実践理性批判』におけるカントの記述は体系的包括的な外装をととのえてあり、ここではそれが他の二つの批判書とちがって定義に定理を重ねていくというかたちをとっているのであるが、その外装をとりはずして、論理構成上鍵となる部分だけをとり出せば、どういう論理上の必要からこの定言命法の形式が生じたか、またどうおよそ奇跡のように、法則というかたちをとって、「善」なるものを提示することができたのか、おおむね明らかである。（またそこから、カント自身は重視しなかったこの法則にはじめから加えられるべき限界と、そしてその限界を加味した時にこの法則が通常理解されているのと全くちがった、どういう意味あいをもつこととなるかも、明らかとなる。）

カントにとって出発点となったのは、もし人間の行動の善悪にとって原理があるなら、その原理は定言的なものでなくてはならないということであった（第一章「定義」の注部分）[17]。原理の命題の文章構造として（形態のもう一つの可能性「選言的」ははじめから省かれている）、「もし何々なら」という仮定部分を含む仮言的なものであるならば、それはたんにその仮定部分の、何々を欲するなら、何々のためには、の実現のためという、特殊目的、特殊利害のからんだ話となるのであり、それでは行動の原理となることはできない。仮定部分の存在しない構文である定言的な文章構造をした命令文でないとだめである。次にカントは、行動の善悪の原理は、具体的客観的な内実を一切含まない、形式的なかたちをしていなければならない、と考えた（第二章「定理一」の本文）[18]。

そうでなければ、善は、全く無定義語式にはじめから根拠も何もないまま天下り的に与えられた、盲滅法の下らない徳目（例えば、社会をうやまえ、だの、法をうやまえ、だのが考えられよう）の羅列となってしまう。（これらの二つの部分が、直接に論理構成にあずかっていることは、『実践理性批判』よりも、むしろ『道徳形而上学原論』第二章ではじめて定言命法が確固としたかたちででてくる部分の直前の、一気にたたみかけた論述[19]において容易に見てとれる。）ところが、カントは、実質上、これらの二つの部分の内容、すなわち、この出発点に対して、仲介部分として、形式的なかたちということを働かせることのみによって、純粋実践理性の根本法則たる定言命法の定式そのものにそのままたどりついてしまう。つまり、出発点の文章を、そのまま、形式的なかたちへと構文変換したものが、とりもなおさず定言命法の定式の文そのものであるにほかならない。「もし人間の行動の善悪にとって原理があるなら、その原理は定言的なものでなくてはならない」という文の内容そのものを、具体的な内実を全く加味されないかたちで定言的な命令文におきかえたものこそが、「あなたが行動の原理というものをもつなら、その原理が同時にそっくりそのままで普遍妥当するものでなくてはならないという、そういう原理に従って、行動せよ」ということをただ形式的なかたちで指し示す、定言命法の定式なのである。

ここで、「あなたが行動の原理というものをもつなら」という部分は、仮言的命法をかたちづくるような（何々を得ようとするなら、という）仮定ではなく、あらゆる制約から独立に行動の原理というものを考える場合の、論理上の、形式的な前提である。この前提によって、定言命法はすべての社会的な徳目の雑音や忍従の強制を排除して、独自の、全く自律的な領野を確保することとなる。しかし実はここに、カントのありとあらゆる「定理」や「系」や「課題」の道具だてにもかかわらず、カント自身がほとんど見落してしまった、論理上の重大な結節点・分岐点にあいた空白がある。それは、いくら人間の能力のより上位のものの中に価値を自律的に確保しようとしても、また理性的存在者であろうとしても、「人間の行動の善悪にとって原理があるなら」に対しては、そんな原理はよけいなお世話だ、まっぴらだ、私はごめんこうむる、とするということが、矛盾せずに全く同時に可能であるという点である。「原理」は、論理的に必然ではなく、この場合ただあるとすればという前提のもとに論じられているにすぎない。その結果、「普遍的立法」は、「私という理性的存在者と、べつの理性的存在者たちとに普遍」のことだという、一般的（およびカント自身の）解釈は、むしろ普遍性を損ない、社会の他律的要素をひそかに持ちこんでしまったものにすぎないのである。実際には、「他律的な原理はまっぴらだが、まあ、私の節操としての、私の原理、私が分裂してしまわないような私の原理があるとすれば」という意味のほかは、自律的には解しようがないところなのだ。「善」の根本法則としての定言命法が、自律的にほんとうに意味することは、「私の節操においては、私は私にとって、私が変節して私でなくなるような恒常の筋だけは決してまげないように行動する」（命令法としては、「私」を「あなた」に、「行動する」を「行動せよ」におきかえる）ということでこそあるにほかならない。無頼の極致における、しかしここは筋をまげられないという、ぎりぎりの節操の、自律なのである。（カント自身にとってこの部分を乗りこえたつもりでいるわけは、ただ、「格率」と「原理」とを、主観的なものと客観的なものにふりわけたことによっている[20]。主観的な行動指針は「格率」なのであって、「原理」は客観的に妥当するものである、というわけだ。しかし、この場合、「格率」はまさに本質上仮言的な、たとえば商人が、「欺くなかれ」という格率を、利殖のための最上の政略として正直でいることを選んだゆえに、自らに課しているというような、およそ具体的なかたちをとってあらわれる個々の行動指針なのであり、主観的節操をあらわす定言命法の原理の方は、各人が自ら、というものであるまま、命題自体の資格としては、一文で客観的普遍的に提示されうるものなのである。）

ラカンは、『エクリ』第三巻の中の、組みあわせが奇妙にアドルノと一致した「カントとサド」の章で、「道徳律は、欠けているものがもはや主体ではなく、対象である場合の欲求を表現している[21]。」「掟が本当にそこにいるとき、欲求はいない。しかし、それは、掟も抑圧された欲求も、ただひとつの、同じものであるという理由によってており、それはフロイトの発見したものである[22]」と述べている。道徳律、掟、原理は、個人における具体的な欲求とあくまでも発生上、由来上否定的に相関しつづけるような、具体的欲求の抑圧形、不在形として想定されている。掟は欲求にもとづくものだがその不在形であるにすぎず、欲求・気ままに対しては掟なぞちゃんちゃら可笑しい。由来を抑圧した掟に対し、欲求を意識する場合に欲求の代置的消去形・代入可能形を考えれば、それは節操とまで置きかえることができよう。そのとき、この掟における抑圧をあばくとらえ方じたいも、実は、無頼にこそ節操が想定されるのだ、というここで試みたカントの定言命法の読み方と同型であるだろう。

三　カントの美学またはウィリアム・モリス
——アドルノの「文化産業」——

ラファエル前派の工芸美術家・空想的社会主義者であるウィリアム・モリスの、木版染色による内装用織物「いちご泥棒」「ウォンドル」、壁紙「アカンサス」「飛燕草」などの作品は、偶然の一致ながら、カントの美学においで、純粋な趣味判断、すなわち「美」に対する判断のうち最も純粋なあり方、とされるものに、きわめてよく符合している(『判断力批判』第一六章)。カントによって、芸術各ジャンルに対する個々の意義づけや、擬古典的作品を題材にとっての、当時の哲学者一般の素人愛好家風の評価は、のちにこの第三批判書のややうしろの方の章で行なわれることとなるが、「美」とは何かを定式化してゆくこの冒頭しばらくの部分においては、「美」そのものを一旦定式化する手つきのみごとさを兼ねそなえた力わざのあざやかさとはうらはらに、人間による目的の概念がわずかでもはたらくものは、本来の「美」にとっての不純物とされてしまうのである。[23](その「美」の定式に部分的に支配され働きを限定されつつの、カント自身が安全地帯で余技風に行なったような芸術論でなく、そのすぐれた「美」の定式を直接に受けての芸術把握のこころみ・芸術論の成立のためには、この人間の関与についての或る種の転換がわれわれにとってどうしても必要とされることとなろう。)カントによれば、すでに人体や家畜や建築などの、およそ人間にかかわりのある存在者の外観の美においても、人間にとっての目的の概念が働いてしまうこととなる。ましてや、人間にとっての諸事情やもろもろの意味が、成立に根本的にかかわる一般の芸術作品の場合には、その成立そのものが、（カント自身にとってもそのジャンルにおいてのその作の出来のよしあしは別として）美にとって不純なものであることにならざるをえないのである。必然的に、自然物の美のみが純粋な美となり、芸術のうちでは唯一、自然の描写が、(24) それも、自然のレプリカやひどい場合にはパロディー(25)と化してしまうような単純に精密な自然模倣でなく、逆に装飾も単なる付加物であって「美」の判断におけるこころよさを少しも増すものではなくて、(26) ただ、造化の妙になりかわるような（カントによれば天才的な(27)）形象付与のみごとなこころよさをもつもののみが、純粋な美でありうることとなる。モリスこそ、その資質において人物描写に向かなかったという事情もおそらく関わってではあろうが、じつに、そのような、自然物を題材とした、形象そのもののこころよさを描いたのであった。

空想的社会主義者としてのモリスは、たとえば小説『ユートピアだより』（一八九〇年）において、一九世紀末の主人公が約二百年後の未来の社会主義的理想国にまぎれこんでさまざまの見聞をするその理想郷の肉づけの中で、工業文明や科学技術に対する敵意をむき出しにしている。(28) 機械による生産力の増大はおよそ人間生活にとって無意味であり、理想郷では必要なものだけを生産する。そして、手でするのが退屈な仕事だけは機械にやらせ、手でするのが楽しい仕事はすべて、機械を用いずに行なうというのである。モリスの歴史意識は、明らかに進歩主義史観の逆のようなものであり、つまり、アダム・スミスの神の見えざる手のようなものは機能せず、人間社会の進歩はすべてそのあるがままにまかせておけば悪化するばかりであって、時代軸に反して産業化社会の動きにたてつくことによってのみ、ユートピア像が成立しうるのだというものである。この考え方に対してわれわれがとなえうる異議は、べつだん、進歩主義史観に抗するかたちで歴史の天使を想像するベンヤミンの歴史意識や、進歩主義史観には真っ向から反対しながら歴史の時代軸の必然はみとめる吉本隆明の歴史意識をもち出すまでもなく（とはいえ、それらをも統合する視線にもあるいはなっていることをひそかに意図することもできるかもしれないが）、次のようなものだ。すべてが歴史の中でたとえ悪化するのであっても、その中の神の見えざる視座からすると、実は調和があるのである。世界内の人間にとって悪化であっても、その世界の総体を外から見る全能の視点(29)からすれば、そして専ら、その視点が世界の中のその都度べつのある一点に求めうるような、世界の総体を見るのと同じ調和が見える、人間には通常は見えざる視座からすれば、無理に神の見えざる手でいちいち世界を善導しなくとも、悪化というのとは全く別の思いもよらぬ観点からした調和が現出するのである。そしてその調和の露出が、またまれに人間にも見えるかたちであるのであって、それこそが、歴史の悪化が反転したような、必然的な時代軸の中での人類の解放という様相ともなりうるのである（むろんそこへは知略を要するが、そこにまた、救済はつながる）。

アドルノの『啓蒙の弁証法』の第四章にあたる「文化産業」の章は、随所に現代にも通用するような社会の分析・批判がちりばめられながら、根本的にわれわれの現実とずれているという印象を与えずにはおかないのだが、このモリスに対する批判が、アドルノのこの章に対しても、そっくりそのままあてはまる。話題自体は断章的な筆はこびで移りかわりながら、アメリカの社会で資本によって芸術が文化産業というかたちにかえられて支配されてしまい、それがまた人々の日常を支配する道具として機能する、という「図式」が成立している(30)、という見解が、社会の制度の全体と個人との複雑な関係、或る社会とそこでうまれた芸術作品との複雑な関係のからみをすべて一意的に直結する支配被支配で置きかえることによって（アドルノお得意の「様式」についてのみ(31)、さすがに、様式による一般性のイデーとの宥和という側面と、モーツァルト以来作品はすべて様式と対決するという側面とのからみが語られているものの、そもそも形式と内容という切り口があまりに包括的である）、それ自体が、まさしく図式的に論ぜられる。その原因と思われることはかなり明らかである。アドルノは、一九四四―五年現在における、ナチズムとスターリニズムと文化産業アメリカニズムの同質性という、まさに目の前に突きつけられてある大問題と対決しようとしているのであって、しかしそれがせいぜい、アドルノにとっての対象の身のたけだったのだ。そこには、むろん二〇世紀の、社会と人間の問題の根底が姿をあらわしているものの、日本・アメリカ・フランスで七〇年代以降成立した高度資本主義社会の、ことに国際的に一種歴史凍結状態でもあった冷戦が終結したあとの、われわれのこの複雑な現代の閉塞状態を見いだすことはおよそできぬような、明らかに現代との間に断絶のある古い重化学工業興隆時代だったのだ。そして、これらの結果として、アドルノの論述自体が、文化産業の支配から個々人が脱するすべのおよそありえない決定論となる。アドルノごひいきのシェーンベルクやピカソなどは、それ自体が歴史的記述の対象となることもあって、真正芸術へともちあげられた書き方となるが、およそ同時代の芸術家が資本プロパガンダの網の目をくぐりぬけて、文化産業に単に支配されているものでない芸術作品をうみだす可能性は、この記述において、原理的にとざされる（文化産業と何らかのかかわりをもたずにはありえぬ、という当然のことでなくて、文化産業に支配されずにはありえないということに直結してしまうのである）。また、これはけっして総括的な論述方向によってたんに外見上決定論になったのではない。細部をつくりあげている論じ方そのものによって、決定論である内容上の必然性もなく決定論となっているのだ。アドルノのこの、話題自体が形式性を出ない図式性、ナチズムとスターリニズムと文化産業アメリカニズムの三者同等視、そして決定論的性格、という三つは、べつべつのことがらでなく根本において、三位一体をなすものである。そしてこの三位一体が、アドルノにおいて、いわばモリスレベルの、前時代的な歴史観を形成してしまっているにほかならない。

この「文化産業」の章で、アドルノは、カントの『判断力批判』における「美」の定式を、激烈に皮肉っている。「目的のない合目的性、という、観念論的美学の原理は、市場が表示する目的のための目的不所持性（諸目的の決定を市場に求めるべく、自らは目的をもたずにいること）、という、市民的芸術が社会的に従うものである図式を、逆のかたちで言ったものである。[32]」アドルノの言があたっているとすれば、それは、哲学の思想自体もそれが生まれた社会のエピステーメーの身のたけに必然的に支配されており、実は市場がすでに決定権をもつ市民的芸術の入口の時代のカントの考えはカントの思惑とちがって市場支配の原理を裏から芸術の制約へと自らすすんであてはめたものに成り下がっている一面をもつのである、という側面においてのはずであるが、アドルノの意図はそこにはない。アドルノの文脈においては、「目的のない」という規定自体が、啓蒙がすすんだかたちでの道具的理性、計算的思考法を直接に代表するものとならざるをえないのである（目的を自らは持たずに、資本の目的に嬉々として支配されること）。むろん、カント自体においてこの「目的のない」はそれとはほぼ逆の意味あいをもつ。カントの定式は、人間の日常の世界の諸連関において、何々のための目的、という（そこには「概念」の関与がかんがえられる）、人間生活にとっての目的連鎖が想定できるが、そのような目的と全く無縁に（しかし見る者にとって主観的にはそこに何らかの目的にかなっているものがうけとれるという満足が得られる）、ということなのであって、「目的のない」が、市場や資本を含む外的世界連関に直接には対応し、「合目的性」がむしろ、「目的不所持性」の側でしかしそれと反対の、目的不所持に決して成りさがることのない主観の領野に対応するものである。

『判断力批判』（一七九〇年）におけるカントのこの「美」の定式も、『実践理性批判』において「善」の定式（定言命法）が、出発点（「原理であるならば仮言的でなく定言的」）が仲介（「徳目天下りでなく形式的」）により同内容で構文変換したことのみによって一気にみごとな定式のかたちをとって導出されたのと同様に、やはり出発点と仲介とから、一気に定式のかたちへとみちびかれるものである。カントのここでの理論書の外装は、他の二批判書とはここでもまたちがって、『純粋理性批判』（一七八一年）のカテゴリー表の四大区分（分量、性質、関係、様相）に仮託し（但し「出発点」が「性質」の方へ、「仲介」が「分量」の方へふりわけられるので、性質と分量の出てくる順だけ逆となる）順に述べるというかたちをとっていて、「関係」のまとめの部分において、「美」の定式が述べられるという趣向となっている。出発点は、趣味判断（「美」についての判断）は、「関心（利害）にかかわりのない適意[33]（快感・満足）」によるものであるということである。感覚上の快感や、また、善悪の意識とちがって、美は、使用上の利便・自分の所有かどうかということにも、また、例えば義憤に価する暴挙に基づくものであるかどうかということ[34]、そしてそもそも一切の概念や知的判断にも、全く関係がない。定式への仲介となるのは、美は「(外からの)主観かつ普遍[35](妥当)」ということである。美は対象そのものにそなわっている客観的属性でなく見る者が外から主観的に感ずる満足であるが、その判断自体、「私にとって」というのでなく、普遍的に成りたつということを、趣味判断じしんが要求する。そのような、対象そのものにおいて存在するのではないが普遍妥当的であるかのように言いあらわした定式化が必要となるのだ。やや細かい言い方をすれば、「関心にかかわりのない適意」の「適意」を、普遍妥当的な満足をみちびくかたちへと変形したものが「合目的性」、つまり、外的にしかと存在する対象が、満足をもたらすような、或る種、目的にかなっているかのような状態、であり、「関心にかかわりのない」を、主観のなす判断であるかのように対象から属性を消去したかたちにしたものが「目的のない」、つまり、外的世界の存在連関・目的連関とは全く無縁に判断を主観の側のみで対象に見てとった状態、であることとなる。いや、端的に、「関心にかかわりのない適意」の、そのような普遍的定式化を、およそ適意の分析上の類縁語であり、対象の客観連関として存在する「目的[36]」、および主観のうけとり方の側でも考えることのできる「合目的性[37]」という、便利な対となる語を用いて、ただ文章変形的、消去的置換的に行なって、主観かつ普遍をみたすべく中空的・定常波回路的かたちに玉のようにとじてみちびき出されたものが、「美」の定式である「目的のない合目的性[38]」であるにほかならない。こうして、カントにおいて「美的判断力批判」というかたちで扱われる美学にかんしても、出発点それ自体から、それをその内容のまままただ普遍的形式的に言いかえたかたちとして、「美」の定式そのものが、みごとにみちびき出されるのだ。

カントによるこの「美」の定式は、われわれの実感に即してもきわめてよく本質を言いあてている。(たとえば女性の顔や身体の美しさにかんしても。さらにカントは、人間の顔や身体にかんしては、人種別の類的標準プロポーションとしての本来の純粋な自然的植物画的美のほかに、趣味判断としては不純物であるがおよそ人間の個々人においてのみ自己目的的に外面に直接みてとれるはずの理念を、「美の理想[39]」と呼び、すなわち、人格そのもののあらわれが類的標準プロポーションつまり美形からのずれとして、人間においてのみ、本来の美に加味される具合に認められると述べている。なかなかいいのにもうひとつ気をひかないモデル的美形と、魅力にみちた容貌のちがいの説明として、きわめて納得的である。）しかし、この定式そのものは一切の概念や知、人間の諸関係を拒否するものであって、これを芸術に適用するには、根本的な修正が必要となる。芸術は、知を前提とし、人間と社会の関係を映し出さないではありえないからだ。カント自身の芸術論では、この「美」の定式にある程度ずつ依拠できるよう、ただ自然の美や、またおよそあるべき芸術論にとって要素のひとつとなりうる部分としては、自然の造化の作用になりかわる「天才」の造形力を論じているのみにとどまる。

およそ芸術、ことに現代芸術は、「私と社会の関係」を問わないではありえない。また、芸術は、実は単なる「文化」であるというより（「文化」とは、人間が人類史と自然の全体を、日常生活にとって必要不可欠なかたちで把握可能となし、存在のむきだしの危険をなくすように、分節化し、再構成する、そのあり方であるにほかならない）、日常的な記号的世界把握を破壊し、存在のむきだしのあり方の衝迫力を人間に回復するという、「反文化」でこそある。カントの考えるような、自然の造化力になりかわるような芸術は、たとえわれわれの思うような芸術にとっても不可欠な要素であるとしても、「範例[40]」を示すようなものであるかぎり、「反文化」としての本来の芸術にはなりえない。文学・芸術にはおよそ、造化的美をなす力・対象をヴィヴィッドに形象する力、と、人間と社会の関係（私と社会、世界、現代との関係）を知的に問う力・作品に「反文化」へと現実を破る迫力を与える力、との、両方が、ともに（これら双方、形象提示力と知的思想的衝迫力とは、互いに独立に、いわば直交する二つの座標軸をなすだろう）、かつ有機的に連結して、必要となるのだ。カントの「美」の定式は、その一方のみを、正確に荷なうものであった。

文学は別として、今世紀初頭の、造形芸術における「モダン」である表現主義、キュービズム、フォーヴィズム等々は、それ自体として発展のすえ自然消滅したというよりも、専ら二つの世界大戦のあおりで雲散霧消し、戦後の造形芸術は、環境芸術のような素材的あたらしさがあるといえばあるにせよ、ただ「モダン」に発生した流派をもたないというだけのことであり、「モダン」に対し「ポストモダン」と言いうる本質的なパラダイム転換は、実は何らそこにありもしない観がある。デュシャンの行なった、作品でないものを作品として美術館にもちこむアヴァンギャルドの破壊力は、芸術への問い自体という美学的内容をもつ「作品」という資格で、まさしく「文化」による対象再分節である「美術史」の中へときわめて平易・安定的に位置づけられ、その構図が、今なお平穏に続いている。そのいきさつ自体知らぬふりをしおおせるとでも思っているかのようなたとえばクリストが二番煎じに無自覚に多様な受容と議論を求める蒲とぶりも噴飯ものながら（梱包対象の歴史性等の議論を逆に虚仮にしていることとなるのみが功績）、メタレベルの多重化にパン種を得つづけようとする二流美学理論・美術評論のマッチポンプ的な芸術への問いの無限後退をこの構図はたんに平層化解消して、別段コンセプチュアルアートを待つまでもなく美術館内外虚々実々「芸術」すべてに「芸術のための芸術」要素を単純明快にげんざい継続給付している。またこうしてもはや自明な描写対象がない中、独仏の苦行僧的な現代日常崩壊礫刑図でなく、同じ現代日常崩壊礫刑図をさえなせば、画面をとりあえず感覚的に即物快であるポップ画像に換えても美学的に全く同じだとアメリカで無意識はるか以前に当然気づかれ発生したものがポップアートなのである。(41) 単純な諷刺や楽天などとはむろん別次元でありつつ、そこでは例えばハイ・アートとマス・カルチャーの分裂や融合などその二流言辞など問題にもならない。これらの、日本ではほとんど正確に語られることのない本質は、独仏の美術館を少し本気に系統だってまわればかなり容易に感得されることなのである。

そして現代、新しく出品される個々の作において必ず強烈に感じられるのは、その作における、造形作家個々人の、思いつきの域を出ないような強烈なメッセージ性である。キーファーのような作者や個別の秀作以外においては、極端にいえば、まるでイマジネーションより小理屈の思いつきにおいて感性を競っているかのようなありさまであり、また、実はおおよそ時代おくれである美学理論・美術評論の桎梏をけちらすべく、実際に各作品において、インパクトがなににもましてあるメッセージ性が出発点となっているし、「美術界」もそれを求めているのである。しかしまさしくそこにこそ、単なるメッセージ意匠でなくて、すぐれた形象提示力と有機的に切り結びつつ、思いつきなどではない人間と社会の関係を問う高度な概念・思想を、構築的に駆使した、本来の知力が必要であるにほかならない。これこそが、カントの「美」の定式にカント自身以上に本格的に立脚しつつ、しかし、カントを正確に読めばおのずと明らかになる奇妙な点を是正した、現代美術の真っ芯を射ぬく芸術論の核心なのだ。

第三章　浸透と弾性のポエジー

――ノヴァーリス「モノローグ」「ザイスの弟子たち」の言語論――

一　概念と弾性
――あるいはアレゴリー――

一七九八年の「モノローグ」と題された一ページ強ばかりの短章において、ノヴァーリスは、「話すということ・書くということときたら、そもそもばかげたことがらである」と言い切る。これは、彼の他の散文断章や、たとえば短篇小説「ザイスの弟子たち」において、一見したところ目につく言語讃美と比べて、いかにも目先の変わったことを述べているかのようであるが、ここで言われていることそれ自体は、少なくとも最後の十行ばかりにおいてあらわれるいま一度の転回を除いては、きわめてわかりやすい、妥当な、基本的なことがらであると言うことができる。

話すということ・書くということときたら、そもそもばかげたことがらである。ほんとうの会話はたんなることばあそびにすぎない。人々が、自分は物ごとのために話しているなどと思ったりする、その笑止なまちがいは、おどろくほかはない。まさに言語に固有な、言語はただ言語自身のみにかかずらうということを、だれも知らないのである。それだから言語は、あんなにもすばらしいみのりゆたかな秘密なのである——言語は、だれかがたんに話すために話すときに、まさに最もすばらしくて独創的な真理を言いあらわすという、秘密なのだ。だがその人が何か特定のことを話そうとするなら、気まぐれな言語は、ばかげたかぎりのひどくトンチンカンなたわごとを言わせることとなる。そこから実際また、かなり多くのまじめな人々が言語に対して持っているにくしみが生ずるのである。この人々は、言語のわるふざけに気づくが、しかし、この唾棄すべきおしゃべりが、言語の無限にまじめな側面なのだということには、気づかない。

人々に、言語にかんしての事情は数学的な公式にかんしてと同じだということを、わからせることができればよいのだが。数学的公式は、ひとつの世界を、じぶん自身でつくり出す。数学的公式は公式自身とのみたわむれ、じぶん自身のすばらしい本性以外の何もあらわさない。まさにそのことにより、数学的公式の中には、物ごとの、こみいった関係のたわむれが映しだされるのである。数学的公式は、自然にとらわれていないことによって自然の構成要素となるのであり、数学的公式の自由なうごきの中にこそ、世界の深奥があらわれて数学的公式を物ごとのこまやかな尺度や輪郭となすのである。言語にかんしても事情は同じなのだ。言語の運指法や拍子や音楽的精神の、きめこまかい感性を持つ者が、自らの中に言語の内奥の自然の、こまやかなはたらきをききとってそれに従って自分の舌や手をうごかす者が、預言者となるのであり、それに対し、このことを知っていても言語に対し十分な耳や感覚を持たない者は、真理をどれだけ書こうとも、言語自体に虚仮にされ、人々からは、カッサンドラがトロヤ人にあざけられたのと同様、あざわらわれることとなるのだ。

以上のことで、ポエジー（文学、詩）の本質本性をこの上なくはっきりと提示したと信ずるわけなのだが、しかし、そもそも私はこのことを言おうと意図したのであってここにポエジー（文学、詩）が成立しているのではないのであるからには、だれもこのことを理解することはできず私は全くばかなことを言ったことにもなる道理なのである。しかし、私がこのことをやむにやまれず言うしかなかったとすればどうだろう。そしてこの話そうとする言語衝迫が、言語の教唆のしるし、私の中の言語の活動力のしるしだとしたらどうだろう。そして、まさに私が実はそうするしかないことを私の意志が意図しもしているのだという事情だとすれば、この文は、結局は、私が知ること信ずることなどと別箇に、ポエジー（文学、詩）であることができ、言語の秘密を、理解できるように伝えることも可能となるのではあるまいか。そしてその場合には、私は天職のものかきであることになるのではないか。というのもおそらくものかきは、ただ言語にとりつかれた者であるのだから。

（「モノローグ」全文、原文は段落なし、ここでの段落分けは論者）

ここで言われていることは、言語が、何かあることがらを言い表わすために、ことがらの方向にひきつけて使うのにはそぐわないような、言語自体の秩序・言語自体の世界（さらには言語自体の存在）を持つということであり、かつ、それが、「ばかげたこと」「たんなることばあそび」「気まぐれな言語」「とるにたらぬおしゃべり」というべきようなことがらであるということである。ことがらを正確にあらわすために言語を用いようとしても、言語はそれ自体の勝手なもつれ方やいたずらに終始し、とても使いものにならない。その言語の手におえない本性に身をまかせて、言語のばかばかしい効果をひき出すのでなければ、なにもいいあらわせない。これは、自らの言語表現をきずきあげる活動を開始しようと思う者が気づくと、つまらなくなり投げ出してしまって別の道へすすむことを選びたくなるような、屈辱的事態である。

このことは、しかしとりあえずわれわれの言語体験に、実際に過不足なく当てはまり、全くそのとおりであるとの一言でむしろすませてしまうべきことがらであって、およそすべてもの書きは、このことを本能的にわかった上で言語に身をゆだね、言語から自分の表現を引き出しているのである。言語自体は、実に頑是ないやくざな代物なのであるが、そこで言語に関して疑念や絶望を感じていてはおよそ表現者となることを放棄していることであるに他ならないのであって、そのやくざさが見えすき、鼻についても、自ら書くことをこころざす人間は、作品を読んで享受するときの端的な喜びとややちがった、言語のそのわざとらしい本性を、まずは肯んじ、身をゆだねなければしかたない。言語の、その用だたなさと、他方、言語のそのおろかしいおしゃべりに目をつぶって乗じてこそもたらされる効果、それが言語のまじめな側面である。まじめな思念を誠実に展開し伝えようとすることでなく、とりあえずは、言語のそのなまくらな本性といいかげんに野合し、およろしくその勘どころをあやつることでのみ、効果をあげることができ、真理を伝えることも可能となるのである。ことは、こまかな言語感覚ともいいうるが、より第一義的にはそれよりも前にまず言われているように、運指法といった、感性や精神以前の、ちょっとした技術的問題、裏からどう言語のだらしなさと慣れ合いそして言語を馴致しているかといった、小手先の問題でまずはある。(この間の事情は、べつの作家の作品においては、気障で甘ったるい作家の言い方だとたとえばトーマス・マンの「トニオ・クレーガー」中間部分での、「表現者は死んでいなければならない」ということばとも一致している。表現者は、表現内容の方に自ら甘く胸をいっぱいにされ動かされるのではなく——いやそもそも表現内容をまじめに展開する必要すらもそこにはないこととなるのであって——、言語自体の効果の秘密の方に、そのはたらきのしくみの方に、身をゆだねなければならない、という主張が、実は思いいれたっぷりに甘ったるくなされているのである。——但し「トニオ・クレーガー」は、そして特にこの主人公の作家仲間の女流リザヴェータとの会話部分は、それ自体、回想の甘さ、春の人をむずむずさせる甘さの中で言われていることに——その甘さの雰囲気そのもののあからさまな呈示・定着自体に、むしろ作品の、ほとんど悪達者というべき価値があるのだが。)

しかし、これを言語に関する言及としてもう少し詳しく見返すと、今まとめたうちの前段の、「言語はことがらの方向にひきつけて使うのにはそぐわない」「言語は言語自体の世界を持つ」という点は、たとえば「ザイスの弟子たち」冒頭「一、弟子」の二段落めの、「言語それ自体は、理解ということをしないし、理解しようとも欲しない」「純粋なサンスクリット語は、語るために話すのだ、なぜなら語ることがサンスクリット語のよろこびであり本質だからだ」という立場と、実は再び、ほとんど異ならない。今述べた、われわれ自身の言語体験のうちにも実はおのずと含まれていることなのだが、これらは、言語が、単に記号であったり概念であったりソシュールのシニフィアンの対立やシニフィアンの分節化であったりではおさまらない、それ自身の世界を持っていることを述べている。言語は、特定のことがらをめぐって、ことがらのために用い、ことがらを言いあらわすために利用できるような、整然たるシーニュの体系とはならないのだ。言語と慣れ合うことで言語を利用し効果をあげるのは、特定のことを言いあらわそうとするのでなく言語全体の勘どころをおさえることで言語を利用するものであり、ことがらとおあつらえむきに表裏一体にくっついて型ぬきされたようにことがらに即しつつことがらをあらわすために利用できるような分節した記号の分布では言語はない。われわれの言語体験をふまえてなお言えば、ここまできたとき言語はほとんど、その中に外界の世界とは別箇の、物質的外物ではないがそれ自体が何らかの存在を喚起し存在をになうような、独自の存在をもつとまで言える。さきほどより言語が言語自体の存在を持つというのはそのことである。シニフィアンの対立などという現象は、ソシュールの用語で言えばラングを固定的・定時的にとらえた場合に現象の記述として暢気に説明できることであるにすぎなくて、およそ個々のパロールとしての言語実例やそれを含んでの言語というものの本質とはほとんど何の関係もない。言語は概念分節化を超えたところに本質をもつ。

それと同時に、先ほどぬき出した後段の、「言語はばかげたこと」という言い方でそれをまとめようとすることは、しかし、言語から、たとえば「ザイスの弟子たち」の冒頭で言及された「純粋なサンスクリット語」などの持つ神秘性を、徹底的にぬぐい去る。たとえば、旧約世界においてアダムが物を神の前で名づけたとおりのものがその物の名になった、というような、言語と外界の存在との、本源的合一性は、ここでは考えられていない。この「モノローグ」において言語自体が持つ世界とは、外界とあらかじめ調和するものではなく、言語が自らの勝手で、自らの都合において持つ世界なのである。ベンヤミンの「言語一般及び人間の言語について」の言い方でいえば、ここで考えられている言語は、バベルの塔崩壊（それにより、物と完全に親和したアダムの言語は亡び、言語は分裂した諸国語となった）以降の、アダム的でない言語・われわれの日常の言語であり、それは、概念使用によって成立している言語である。概念の記号的使用を超えたところに言語の本質があるにもかかわらず、この言語は、概念使用によって成立している。ベンヤミンを離れてノヴァーリスに即して言えば、このことはあまり明確ではないが、たとえば「ことば遊び」「気まぐれな言語」といった言い方に含まれていると見ることができる。ここでの言語は、外界すべてをそのうちに含有するというような意味を含んでの神秘的万物照応調和的な「暗号」などではありえず、言語の中で、言語の都合により（ほとんど、ソシュールの「恣意的」「随意的」「無動機的」ということばがここで連想されるほどである）概念へと無骨に分解している。このことは、ノヴァーリスが、この文の中間部分で、言語を数学の公理体系と類比していることからもうらづけられる。散文断章においてノヴァーリスは数学に対しても神秘的なイメージをいだいていることから、数学ということばだけからは速断はできないが、ここでの数学的公式は、自然から自由なその抽象性からしてさすがに明確に区分された構造から成るイメージであり、その構造の上での、巧妙な組合せによって――それに徹することによって、逆に外界を映し出すことができるのだとされている。言語もその中で勝手に――一つの語が二値的弁別特性の集積としてあったりや隣りあう二つの語の対立により語義のかたちが定まったりやでは決してなくとも、少なくとも――概念に分節化した構造をもっており、その言語のもつ効果・はたらきをわがものとするとき、表現者は表現者となれる（預言が人々に信じられないという罰を神から与えられたカッサンドラのような表現失敗者と対比的に、預言者と呼ばれている）のだが、そこからも、無骨に分節した諸概念から成る言語のはたらき・効果というイメージが感じとれよう。ここでの言語の独自性は、つまり同時に、概念分化によってその言語が成り立っているという側面を強烈にもつ。現在のわれわれの言語は、そもそも、すでにバベル崩壊以降の、概念に依拠する構造をもつ言語であり、その上で、概念利用を超えた、言語そのものがはらむ存在に言語の本質があるのである。

実際に、われわれの日常の言語は、そういうものであるに他ならない。――『レトリック感覚』（講談社学術文庫）で修辞の諸相についてのわかりやすい紹介をわれわれにしてくれたあとレトリックをねたにレトリカルな駄本を書いていた佐藤信夫は、学業の到達点をなす『レトリックの意味論――意味の弾性――』（講談社学術文庫、一九九六年。親本は文庫版の副題が正題で一九八六年岩波書店刊）において、ソシュール及びソシュール亜派により悪名の高いポール＝ロワイヤル式の言語名称目録観を、そもそも、意味の流動性への不安、認識と表現のよるべない浮遊状態への恐怖から来る、事物内在ロゴスの分節構造が観念・言語に反映するとしたいという安心願望（日常的ファンタスマ・原プラグマティズム）として、「ロゴスの構図」と呼ぶ（『レトリックの意味論――意味の弾性――』一〇六ページ）。他方、ソシュール風の、言語記号の分節構造が、世界を切り分けるというあり方を、切り分けが貫通するかたちにおいてポール＝ロワイヤル式にそっくりであるとし、ソシュール風の図式を、世界の新しい切り分けによる貫通に立脚しようという、逆転した安心願望（原プラグマティズム）から生ずる、「逆ロゴスの構図」（同一三四ページ）であるとする（図2）。「それほど《随意的》な言語が、なぜたまたま《構成された構造》となって《世界》を切り分けることができるのか、なぜ現実を切り分けて幻想的かつ日常的な――意味化された――《世界》を私たちに与えることができるのか、という問題を、《随意性》原理によって納得することはむずかしい。（一三九ページ）」「決して《世界》に依存しない随意的な分節構造が、たまたま《世界》に向かって切り分け作用をおよぼしうる理由は、おそらく、まさ

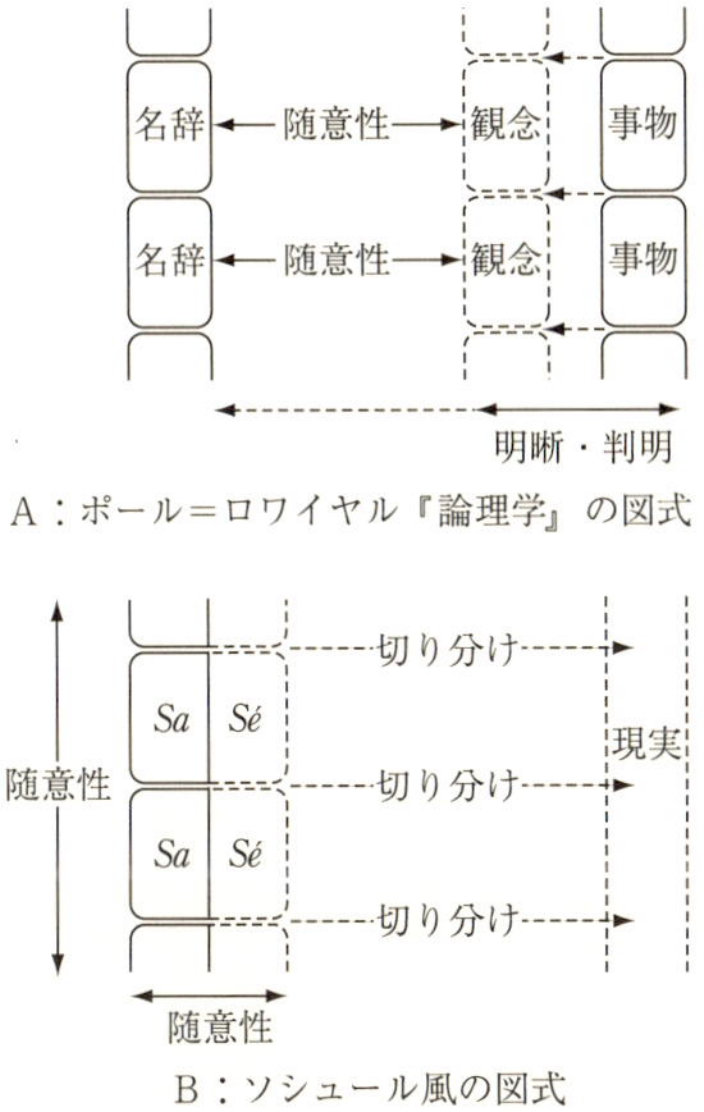

図2　ロゴスの構図
（佐藤 133ページ、佐藤図1は省略）

に図2のAとBの類似によるのだ。（一三九ページ）」「図2のBの『逆ロゴスの構図』で、現実世界との規制・被規制の関係を（原理的に）もっていない随意的分節構造が《世界》を切りわけてしまう、あるいは《世界》を構成してしまうのは、きっと『ロゴスの構図』（A）の左向きの矢の線が、忘れがたい追憶にも似た期待となって右向きに作用しているからだ、と考えるべきではないか。それ以外に、『逆ロゴスの構図』（B）において左から右へ向かう切り分け線の矢の発生をどう説明すればいいものやら、私にはわからない。（一四〇ページ）」「『猫』と『鼠』については、なにしろ人間がそういう概念区分を設定する前から実在的な猫はいつも実在的な鼠を追いかけていたしその逆ではないのだから、と考え、『ロゴスの構図』に近い感じをいだくだろうし、しかし、こと『愛』と『憎しみ』のばあいとなると、逆に言語的分節がはじめてそのふたつを切り分けたのではないか、と、『逆ロゴスの構図』に近い感じをもったりする。（一四二ページ）」「『ロゴスの構図』も『逆ロゴスの構図』も、いずれも意味現象の記述としてはあきらかに不十分である。実際の意味現象はいつも原プラグマティズムによって働き、矢印の向きを無視するからである。あるいは刻々とその矢印の向きを変えてしまうからだ。（一四三ページ）」「随意的な分節体系の網目を透かして見ることによって《世界》に分節を与える、あるいはそれを切り分ける、という考えかたは、おそらく、《世界》には分節以前のあいまいな模様めいたもの、凹凸か濃淡か強弱か、ともかく何らかの斑《むら》が現れていて、けっして均質・一様に見えるのではない……という条件の上でのみ可能なのではないか。まったく何の斑も（したがってどんな限界も環境も）見いだされない一様な《世界》は、自律的で随意的な分節の網目からの投影を痕跡としてとどめる手だてをもたない、と考えるべきではないのか。（一六〇ページ）」「随意的な切り分けとは、白紙を切り分けることではなく、斑を随意的に模様として編成することであった。（一六二ページ）」「［丸山圭三郎『ソシュールの思想』Ⅰ第三章3のコンスタンタンのノートからの引用に対し］私たちは《編成済みの構造》としてすでに自己同一的＝差異的に成立している言語の意味分節にそぐわない《まだ名まえのついていない意味》を心に思い、識別することがまったくできない勘定になってしまう。[……] けれどもソシュール自身、さまざまの《まだ名まえのない》画期的な概念をあきらかに識別し、[……] たとえばそれらにあとから『シニフィアン』だの『シニフィエ』だの [……] というシニフィアンをあてがうことになったのではなかったか。(二〇三—二〇四ページ) ところが、これらの、それ自体として端的に正しい論点の中では、ソシュール風の図式も相対化の中で妥当性を保持されたままであるため、いったい佐藤は、本来どちらか片方がやはり原理的であるしかないものを単に相対性の中に置くことで完結した気分になるという錯覚をしているのかといぶかられてくるが、気をつけて熟読を進めていけば、これは実は、佐藤の大見得の確言はないまま、まさにこの相対性の先に、論理の形態として、ポール＝ロワイヤル式をもソシュール風をも派出させる、言語のより根本的な本質として、「意味の弾性」が、考えられているからであることが明らかとなる(図3—図7)。まるで、主要観念と付随観念、転義、意味のずれといった、硬直した古典修辞学談義であるかのような用語を用いつつ、佐藤は、ソシュール風の既成のシニフィエでなく想念上のそのつどの新しいシニフィエが、

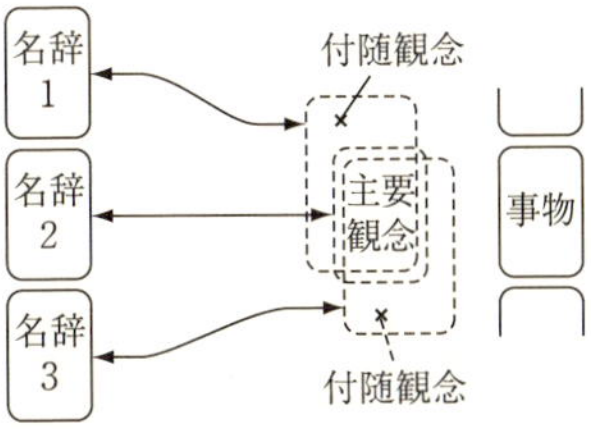

図 3　ポール＝ロワイヤル『論理学』による主要観念／付随観念
(佐藤 173ページ)

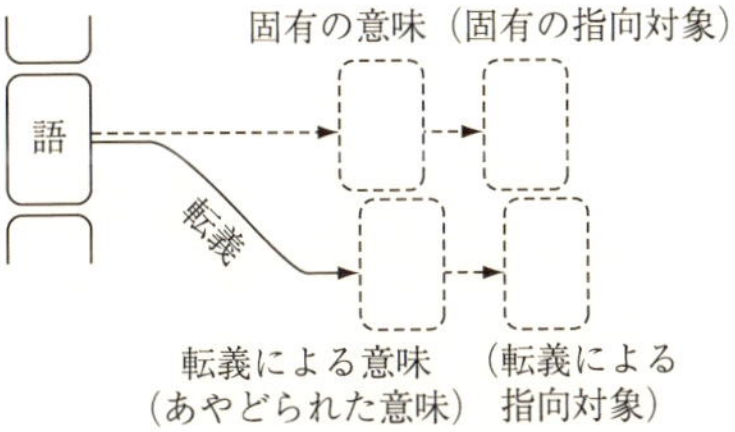

図 4　デュマルセによる転義
(佐藤 179ページ)

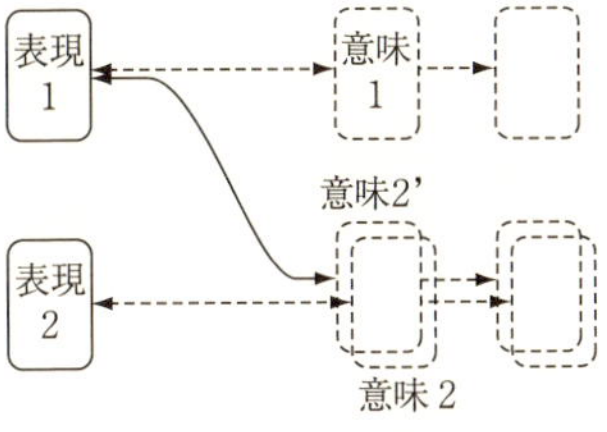

図 5　意味過程の《ずれ》かた
(佐藤 183ページ)

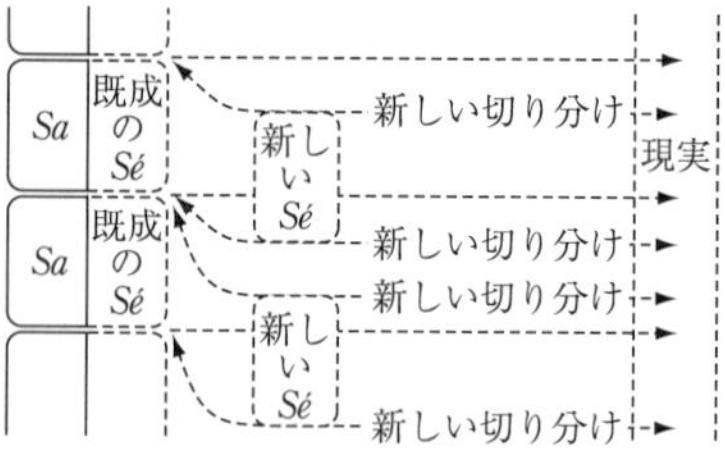

図６　《表現》をさがしもとめる《意味》
（佐藤　206ページ）

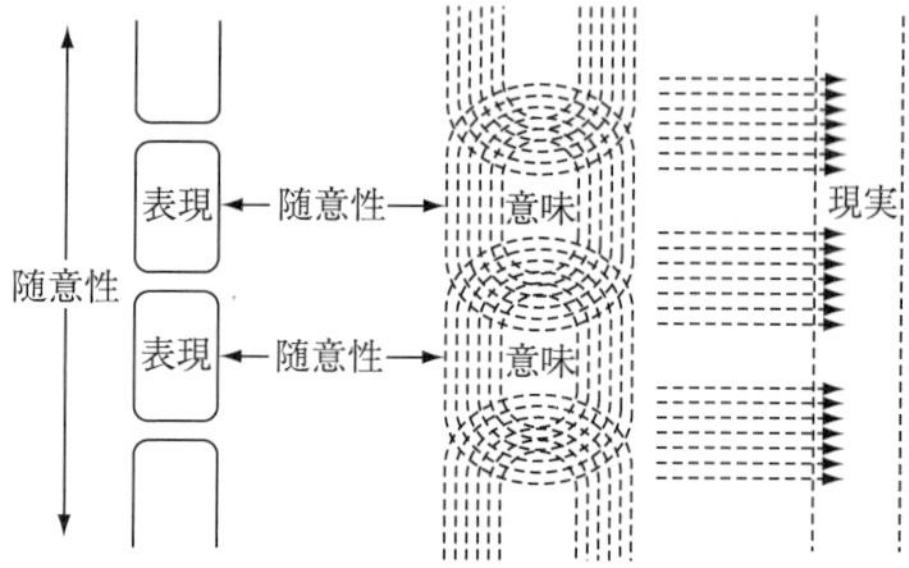

図７　意味分節の弾性
（佐藤　210ページ）

シニフィアンをさがしもとめ、そしてそのシニフィアンはその具体使用においてはその新しいシニフィエに応じて現実を切り分けるのが、言語（具体的言語使用）の本質であるという境位に到達する。ここで、佐藤はおそるおそるしか述べていないが（二〇五―二〇六ページ）この「新しいシニフィエ」「新しい切り分け」という用語法となってあらわれる考え方自体が当然ソシュール風への完全否定となる根本的訂正であり、「意味の弾性」を、「切り分け」のより本質的な根拠として提示していることとなる。（しかも、この「新しいシニフィエ」は、吉本隆明『言語にとって美とは何か』全篇での「指示表出」のみでなく、同書角川文庫版II二六三ページで、コードウェル『廿世紀作家の没落』の、パロール「バラ」はラング「バラ」の否定であるとの説を批判しつつそれを「自己表出」であるとするときの、「自己表出」までをも含み込んでいるのである点に、この説の射程がある。）さらに、佐藤は半ばしか意識していないが、ここで、「新しいシニフィエ」は、言語過程において、（一）シニフィアンより先にまず弾性的な不分明なかたちをもって「新しいシニフィエ」が意識の中に存在し、（二）それが、分節化した概念である「シニフィアンと表裏一体に切り分けられた既成のシニフィエ」をよすがとなして、（三）しかし再びそれをさらに「新しいシニフィエ」へとずらしつつ（四）そのまま現実をぴたりとその「新しいシニフィエ」において切り分ける、という、四段階の局面的時間的経過から構成されるという、全く新しい、ずいぶん決定的に正しい説にまでつながりえているのである。——「モノローグ」においてもわれわれの現実においても同様に、つねに、「想念上の新しいシニフィエ」とは一致するわけのないガラクタでしかない「既成のシニフィエ」たる概念は、それがしかしじゃじゃ馬の勘どころをおさえて巧妙に用いられえたときには、弾性的にかたちをかえて、話され書かれたことばの中で当のその際の「新しいシニフィエ」へとたがわず一致して、その「新しいシニフィエ」が切り分ける現実を、言語存在として、言語の内に持つのだ。

「モノローグ」はこのあと最後の部分で、もう一度大きな転回をむかえる。この「モノローグ」の文章自体、言う中身を言おうとして言っているのだから、してみるとポエジー（文学、詩）ではないだろうと、ノヴァーリスは言いだす。（思えば、ここで読み解かれる前の佐藤の文も、しつこい限定が多くてひょっとして説のねうちがほとんどだれにもわからぬのではないかとおそれられるしろものだった。）しかし続けてノヴァーリスはさらに言う。そうはいっても、この文章はやむにやまれず言ったことなのであって、そして、やむにやまれず言ったのであることを私の意志の方でもたまたま一応意識的に中身として言おうとしただけであれば、すでに述べたこの「モノローグ」の内容にもかかわらず、それこそ、ポエジー（文学、詩）となって、この「モノローグ」の内容をも、十全に伝達するのではないか。それこそがすぐれた文章なのではないか、と。

これは、一見この「モノローグ」の文章の内容にそむくようでありながら、内容を言おうとしていてもそれ以上に言語の本性にのっとって書く能力があれば、それはそれでポエジー（文学、詩）になるのだ、というだけのこととして、いちおう整合的に説明できそうにもみえる。だが、それだけにとどまらないのである。この文章の内容自体が、概念に依存する内容をともなう高度なものなのであり、文章の前半に契機として含まれていた、われわれの言語は概念によって成り立っているということが、ポエジー（文学、詩）にとって本当はもはや必然なのだということを、この末尾の転回部分は、実はその契機としては順接的にうけついで、発展的に示しているのだ。転回であるように見えて、その実それが転回でなくじっさいは順接であること、そのこと自体が、実はまさに転回をなしているのである。何かを言おうとして言語を無機的機械的記号的手段として題材にひきつけて言っても、表現は成功しない。しかしそれにもかかわらず、すでに言うべき何かは概念によらざるをえぬこと、その上で、「新しいシニフィエ」・言語のもつ独自の存在の本性に従った、表現があるのだという、いわばバベル崩壊以降のわれわれの言語自体の正統性を、この最後の部分はあかしている。概念に堕すことが、ばかばかしさ自体まじめな秘密をなすのだった言語の根本事情へまで逆にさかのぼって有効（実はそこでもすでに当然の原理）なのであり、そのばかばかしさの秘密の構造自体をまでうちやぶりつつ、実は直線的に、概念によってこその意識的な表出かりたてとそれによる表現伝達（という逆転）へと、同方向を向いてつながっているのである。（ノヴァーリスがいつものお好みどおりここでもあげた数学と、言語との根本的なちがい——そしてこれが言語と言語以外の多くのもののちがいでもあるのだが——も、数学が完全に無内容な記号と、記号の関係づけ定義との体系であるのに対し、言語は世界とかかわる有内容な概念をもつ、ということであったといえる。ここで明らかにした順接性によって、ノヴァーリスはこのちがいをも、言外に述べきっていることとなる。）

再び、ノヴァーリスそのものからやや離れてこの事態をながめると、「モノローグ」におけるノヴァーリスの言語論は、シニフィアンを左端、シニフィエをその右、事物を右端に置く図を想定するとして、図の左の方にことがらが片寄っている。概念によらないで実は言語はありえぬとしても、結局、概念を用いての伝達は、それ自体、アレゴリー的である。（ソシュール風の言語イメージは、実はそこまで到達していない。ソシュールが語と語の対立というとき佐藤のような弾性をむろん考えていないわけだが、それだけではない。第一に、語と語とは、そもそもにおいて互いに意味範囲を陣とり合戦のように相い接して境界でおしあいへしあいしているのではなくもともと境界をこえて重なりあっているのだし、それどころか、何重にも、まるでソシュールが平面的に対立を考えていたのが実は立体的でありかつそれが平面に投影されたものであるのが実のところであるかのふうに、類義語同士が重なりあっている。第二に、それ以上に、語で言語は決まらず、当然に文で決まるのであり、そのさい、語と語の関係や、文中に採用された語たちの分布布置が、他との対立どころではなくそのつどそのパロールそのパロールとして箇別に、意味をになうこととなる。）採用された語たちの選択、語と語の関連づけ、という、その事態のみでこれは十二分にアレゴリー的なのであるが、本当はさらにそれ以上に、その選択や関連づけが、表出主体の主観によって主意的に行なわれるということで、これはまさしくアレゴリー的なのである。ここでノヴァーリスは、言語にまつわる正しさの種々相のうち、とりわけアレゴリー的、主体主意的な側面に立っているのだ。

二　浸透のポエジー
——あるいは事物——

ノヴァーリスの短篇小説「ザイスの弟子たち」（一七九八—九年）においては、ともすれば見すごしがちであるが、思いがけず頻繁に言語に関する言及がなされている。「モノローグ」と一部共通性を指摘した「一、弟子」の章での出発点に続いて、「二、自然」の章の冒頭においても、スペクトル分光のイメージを介して、人間の原初の命名論、ことがらの分節・分化の説明が行なわれる。この、ことがらの分節・分化によって、人間の内面にも分割が生じるとされているので、ここでも、要素としては、すでに概念による分節が含みこまれていると見ることも可能である。

しかし、ここにおいて特徴的なのは、あくまでも、分節・分化でない方の側面が重視されることである。すぐこれにつづく部分で、再統一や、さらに好みに従って全く別のあり方でさまざまなつながりをうちたてるということが、分節・分化の際に失われてはならなかったのに失われた側面としてたたえられる。綜合的能力をもった太古の人々の、「流体的なもの、稀薄なもの、かたちのないもの」（六六ページ、レクラム文庫版、以下同じ）への感覚能力が讃美されるのである。ここでは言語は、微妙に概念分節の要素を含みつつそれで収まりきらない側面が注目されている、というのであるとともに、われわれの言語でないほとんどアダム的な太古の理想言語のイメージも入りこみ、その言語は実際アダム言語的に自然存在物と根底的に親和している、という神秘的言語観の要素が、神秘主義以上の微妙な含みをもちつつも、明確に交わっている。それが微妙な含みであるのは、それ自体が、概念を無視するのではないがより重視する側面としての事物との浸透がはかられている、という点においてである。これが、実体的な観念自然一体をまぬがれえた要素をもつとき、言語における事物の要素の正当評価と事物との浸透の保持の見識となりうるのであるとともに、一歩実体的な観念自然混合説になったとたんに、みぐるしい非科学妄言へと転落するものである。

それに続く、ソクラテス以前のギリシア哲学者たちを念頭に置いていることをいかにも感じさせる、古代の科学史概観のような部分においても、元素論的な、世界分節的な見解を、要素としてしっかりおさえておきながら、それに続いてノヴァーリスは奇妙なことを言う。「それより以前に、科学的説明のかわりに、〔……〕メルヒェンや詩を、人々は〔……〕世界の成立を最も自然に描写するものととらえているのである」(六七ページ)と。科学的見解より前には、科学以前の見解があった、という、あたり前のことを言っているのではない。科学的要素をおのずと含んだような、あるいは科学による部分部分の分解を再び一つにまとめ直したような、科学を再統一したような見解が、科学以前に成立していた、という、時間的に本当は奇妙なことを述べているのである。そのため、科学史の年代記のようなこの部分の中で、うしろの方になって「それより以前に」と言いだすことになるのだ。この、科学の要素を含みつつ科学を再統一したようなものが、すべての科学の出発点となり、およそ世界把握の根源となる、という考え方が、ここでのノヴァーリスにきわめて特徴的であるものである。これは、相当程度に神秘的世界観のにおいをもつとともに、ここでのノヴァーリスの言語についての言及に含まれる、微妙な神秘的言語観の要素に、ちょうど対応している。概念による分節をたしかに認めつつ、擬制的に概念以前にさかのぼるかのように事物との親和・浸透をはかるのである。(ノヴァーリスのお好みの、「流体的なもの、かたちのないもの」がそもそも浸透を思わせるとともに、ここでの、つかむ方法的よすがのない事物への結果的親和と同位は、浸透というかたちをとるほかはない。）

このあと、「ザイスの弟子たち」の記述は、弟子である「私」の耳に自然把握のいろいろな説の声がきこえてくる場面から、「ヒヤシンスとバラ」のメルヒェンをはさんで、四人の旅人が一人二回ずつ自然把握の説を述べあう場面につながり、最後に聖地ザイスの「先生」がそれを簡潔になぞったような話を教育へと移行させてしめくくられることとなる。（「一、弟子」は、自然観照において、より「自然」に没頭する「先生」の立場、いかにも調和的であるキリストのような「子供」およびその従者となる「私」の同僚の弟子の立場、より「観照」に没頭する「私」の立場、という、ほんのわずかの心性のちがいが述べられていたものであり、そのちがいは、冒頭の「人々はさまざまな道を歩む」と、「一、弟子」末尾の、すべての人に新しい遍歴の道とたどりつくべき独自の故郷があるという部分および「二、自然」最後の「先生」のことばの中の、真に自然に親しむ人々の間でも自然の秘密に到達するのに早い遅いにちがいがあるという部分とによって、いずれもがともあれ認められ、保証されている。）

「ヒヤシンスとバラ」のメルヒェンの前に置かれた自然把握の諸説の声は、弟子である「私」にとって、どれも正しい点があると思われつつ、「私」は一瞬混乱におちいり、それから徐々に落ち着きをとりもどすことになる（七六ページ）。実際にここでの諸説は、それぞれが極端なかたちで、互いに矛盾しているかのように展開されているのである。だが同時に、その諸説のうち、「ザイスの弟子たち」全体の、自然親和と直接対立するような、自然を人間と敵対するものとしてとらえる自然観（七二—七三ページ）すらも、自然を対象的にとらえるという契機として、真理の要素の一つとしてとり入れられているのであり、しかしまた、その部分は全体が接続法の間接話法で書かれることにより、意図的にとりわけ距離を置かれているのだと考えられる。ここにも、「ザイスの弟子たち」における、概念的・分節的・対象的把握の、微妙にのみ加味されるという特殊な地位が、反映されていよう。またこの諸説の部分でも、全般に「詩人」がもち上げられるのであるが、その「詩人」のうちにある「自然研究者」の要素についても、ほとんど矛盾的というべき記述が見られる。すなわち、「詩人」は「自然研究者」と共通の理想言語によって一体のはずなのであるが、但し手法がちがうことが述べられているうちに、結局は「詩人」がほめられ、「自然研究者」は急にけなされる（六七―六八ページ）。しかもその「自然研究者」の要素が、「詩人」のうちに、契機としては含有はされているのである。

これに対し、「ヒヤシンスとバラ」のメルヒェンのあとに置かれた、四人の旅人が二回ずつ自然観を披瀝する部分は、それぞれがそう一面的なものにならぬように、メルヒェンの前の諸説と比べて丁寧にいわば繊細化高度化したかたちで、注意深く書かれている。しかしそれだけにいっそう、四人とも、科学的分析を超越したところに自然理解の根底を置いていることは共通しており、その上でいくぶんかの傾向性の差異があるだけであって、逆に言えば、それぞれの傾向性を、科学的分析以上の綜合的自然理解と巧妙に結びつけているところに、ここでの説の高度化がある。その、差異の面を言えば、四人中はじめの三人のうち、一人めは、どちらかというと自然を基底にして、人間や思考のあり方をそれによって律されるものと考えようとし（八四ページ）、二人めは、自然のうちに霊的・霊力的・宇宙精神的な力を想定しようとし、三人めは、人間的な歴史や精神を逆に人間から発して自然のうちに読みこもう（八六ページ）という傾向をもつ。

これらの綜合的自然理解は、具体性をもつものであることによっていっそう、まるでシェリング式観念蛮勇的自然哲学とも少々似通ったような話題にもなっている。それだけに、これらはとりわけ、われわれの現代科学の知識を前にしたとき、全くの神秘主義的なたわごとにすぎぬエセ科学への転落ぎりぎりのところにあるように見える。しかしこれらはなんとか紙一重のところでそれをまぬがれていることを感じさせるような、そして、これらなりに対象化という要素を微妙に含んでいることをも感じさせるような、ノヴァーリスの魅力のひとつとなっている。エセ科学になりきっていない、微妙に外界の概念的に把握し整序した要素を含んだような、「ポエジー」（詩）が、感じられるのだ。事物との浸透を、言語過程の中で客観的な事物の方へ仮託することで果たす、浸透のポエジーである。ここでは、シニフィアンを左端、シニフィエをその右、事物を右端に置く図において、事物の側への同位ということが――そして言語には結果的にではあれ当然その要素がある――、概念的把握にかぶせるかたちですぐれて理念的に、注視されているのである。
四人めの旅人（美しい青年、きらきらした目をした青年）は、これら三人の立場の綜合となっているように思われる。自然は人間という存在の状態を表現するのであり、自然は人間が話しかけるときに人間と同等の存在である「お前」となるのであるとともに、人間は人間で、その内面の状態に従って、あの自然物この自然物と等しいものとなる（八八ページ）。それとともに、この自然・人間相互照応は、この四人めの旅人において、詩人の讃美として言われており、二回めの発言においても詩人をほめることばへとつながり、「内的な、自然をつくりだすとともに分離する道具」としての「自然器官」を保持することが自然を理解するためには不可欠である（九四ページ）と語られるのである。これは言語論として言われているのではないが、またきわめて微妙だが、「詩人」の場であることにより「自然」を「言語」と読みかえれば、ここでは、「モノローグ」において言語をうまく言語の本性に従ってあやつることができる必要が説かれていたことが、同じ構造であらわれていると考えることができる。そしてここでも、「分離する道具」ということばにもあらわれているように、概念化・分節化・対象化の契機が、自然把握へとその姿をかえつつ、確かに働いているのだ。科学的把握が時間的に逆向きに照射された原初の（再）統一世界把握からはじまり、概念への没落を芯として含むことが、実はここに至って自然理解・事物浸透そのものへとまでも順接していること、これが、「モノローグ」での転回とも似た、「ザイスの弟子たち」の言語論の小さな転回をなすだろう。ここでは、言語のしくみの中で切り分けにおいて事物ととりあえず一致するものである「新しいシニフィエ」が、まさに事物から発して概念をむかえることを介して、いやがうえにも、たがわず事物の中に一致するというかたちで、浸透しているのだ。それとともに、言語に関する具体的な言及としては、しかしこの四人の旅人たちは、太古の聖なる理想言語の追求へと、そのあと急速に回帰してしまう（九五―九六ページ）。アダム的言語は、しかし人間にとっては、明確に意識して事物の言語へと傾斜するということ、あるいは、事物の言語と個々の成功した表現での表現法との関係の真理をさぐること、などという正当な要素としてでなく、たとえ到達目標としてではあれ、各国語の漸進的改良により接近可能な言語であるとするとき（そしてあろうことかベンヤミンの翻訳論に対して、まさしくそれを意味することとなる表面的な読みが横行している）、単なる譫言となる。浸透のポエジーは、事物への、言語の客観的要素をになうとともに、神秘主義観念主義への転落の一歩手前にすらありつづけつつ、凝結している。

三　弾性のポエジー
――あるいは真理――

一七九八年一月一二日付でA・W・シュレーゲルあてに書かれた手紙において、ノヴァーリスは、散文（日常的使用における言語）とポエジー（文学的言語）を比較して、散文（日常的使用における言語）をけなしポエジー（文学的言語）をもち上げる、という要素の解説を含みつつ、散文（韻文でない言語）のポエジー（韻文）模倣による装飾的拡大について述べたあと、しかし、ポエジー（韻文）の散文（韻文でない言語）化による拡大を述べ（散文化ということ自体は、ノヴァーリスに限らずフリードリヒ・シュレーゲルやシェリングも言及する、彼らの仲間うちブームの話題なのではあるが）、その方にこそ、より高いポエジー（文学、詩）、無限的なもののポエジー（文学、詩。いうまでもなくこの「詩」とは、日本語として、詩作品という意味でなく、それぞれの文学作品にあってそれを文学作品たらしめているゆえんとしての「詩」、という用語として）を求める。ポエジー（文学、詩）は、散文（韻文でない言語）化せざるをえないのであり、そういうポエジー（文学的言語）こそが、現代というものの問題そのものや現代文学につながっていくのであって、その先に、より高いポエジー（文学、詩）、無限的なもののポエジー（文学、詩）としての、現代文学の論理や表現がある。（さらには、「モノローグ」が言語論としてすぐれたものになったのは、それが日常的使用における言語にかかずらうのでなく、言語論であると同時に表現論であるような言語論であったからである。日常的使用における言語を対象とした言語論が、実は荒唐無稽な、ラングの理想的固定の場面を扱わざるをえないのに対して、表現論こそが、パロールの秘密にかかわるからである。）ノヴァーリスの、概念・分節への立脚は、とりあえず、おおまかにはこの方向線上にあることができているものである。（ところで、現在、詩において詩語を用いることがほぼ不可能になっているのと同様、あらゆる近代的理念が、ありあわせの自動的に利用可能な大義名分としての用例とそれに対し対立的な理念を相殺的に用いて対抗する用例を瞬時にひきよせることにより窒息し無効化しているのだが、それは、言語すべての閉塞にまで及んでいる。どの語も、現代というものの閉塞のため、近代的諸理念同様、ありとあらゆる組織内会社内での、またマスコミやゴミ本の山による、おためごかしのありあわせ用例とそれに対する先まわりして雁字搦めにしめあげ組織内で無効化させる反論の用例の無限の物量とを語があらかじめひきよせそれどころか語の内にはらんでしまい、語そのものがおのずと持つ言語存在を失って、単に概念記号化している。表現者・思想者も、その概念記号にすぎぬようなことばを用いて、自らの表現・思想を切りひらくしかないし、また、その一語を表現・思想が要求するからその一語を用いるとき――文中の全語がそうやって用いられているような、自前の表現・思想であるとき――それは困難をきわめるものの可能ではある。この、言語の窒息は、ここでも述べた言語の本質のすべてにもかかわらず、現代というものの特性として現在おこっているのであり、言語のゆたかな本質と矛盾しない。現代を近代の発展のあり方の必然性においてとらえるとき、これはここでの散文化の直接延長上にこそある事態であり、現代を特殊性においてとらえるなら、これは言語でなく現代の特質が、言語においてただいまのところ現象していることとなる。）

一方、「ザイスの弟子たち」における、概念・分節へ立脚しつつの言語事情全体を、言語の中で、主観的主意的過程でなく事物と一致する客観的側面にひきつけてとらえる観点は、その側面自体とすれば、ことがら全般の中で当然あるべき、正しさの種々相の一つの要素である。しかしそれが、概念と結果的に同致し「新しいシニフィエ」をそのまま事物の中へもぴたりと一致してただたがわず同じものとして切り分けるという、今まで述べてきた概念をめぐる言語事情の正しさに、とどまるとき、それは——一方でもともとことが事物をめぐる構造としてあくまで愚昧観念自然哲学へ崩落する切りたった尾根に立ちつづけているのであるとともに——他方で、アレゴリー的要素と、事物的要素とから、さらに構成されてなりたつべき、いわば、真理という要素を、欠くこととなる。——そしてベンヤミンにおける真理も、それぞれの単著の中での細かな意味にとどまらないベンヤミン全体の布置の中では、より細やかな意義づけとして、この、事物、アレゴリー、真理という、三項構図で解すべきものである。——真理的要素を欠いた、事物への浸透は、そのものとしてはただひたすらに静的に、同じ「新しいシニフィエ」の浸透でありつづける。

ノヴァーリスの哲学的な散文断章においては（随所で言語に関する記述もなされるが、散文断章相互の、互いに矛盾するような内容の時代的あとづけなどは今は問わぬとして）、たとえば、カント哲学と同様の用語を用いつつ、しかし哲学者とは用語の常識が、根底的に異なっている。それにもかかわらず同じ用語を使って考察が試みられたとき、それ自体として、実は哲学者におよびもつかない境地がひらける場合がある。たとえばそもそも、その語りが行なわれる場における主観と客観のバランスが、およそカントはもちろん、哲学の常識のあるフィヒテやシェリングのような、哲学的に考える哲学者の想像を超えるような不分明状態のままに置かれており、実ははじめから主客合一というべき場に、対象や、対象に関する印象が成立している。「思考とは何か。空間の外での、自由な継起的限定づけである。話すこと・書くことは何か。〈それと同様のものであるが、ただ、空間の中での、特定のやり方によるものである。〉空間の中での、思考の特定の叙述である。時間と空間は互いに指示し限定し保持するものなのであるから、これはそれゆえ思考の特定の記号である。（『フィヒテ研究』一一冒頭すぐ、一七九五年）」このうしろの方で、シーニュ使用者、シニフィアン、語義（シニフィエ及び外的指向対象）、別の人にとっての語義、のあやふやな関係を述べる部分へつながるのだが、それはさておき、ここでの思考ということそれ自体が、圧倒的に、主体をも客体をもはねのけて、わがものがおにあらかじめ成立している様子にはおどろくべきものがある。主体も客体もあるともないともつかぬのに、思考の場があり、対象があるのである。空間は感性の形式であるはずが、他人との間の記号提示のなされる外界がここでは空間といわれるために、思考が空間の外で、つまり、主体とも客体とも未分明無分明な思考そのものの中で内的に、成立するものである。ノヴァーリスのこの非常識の非哲学は、こうして、非常識であるがゆえに、主客合一のひとつの哲学的立場を切りひらいているのだ。（シェリングの——種々の同一性喝破においては看破としての美質とフィヒテにない客観存在にまでわたる内実はあっても——絶対的全的「一者」が、単に矛盾する対立命題対立述語を一つにこねあげ知的直観によって保証させる、無理な小理屈であるのとは、全くおもむきがことなる。）哲学ごっこ的・真正哲学的立場において、ノヴァーリスは、はじめから、そして徹頭徹尾、事物との浸透を立場の根本とすることとなる。

事物との浸透が、言語の使用において、「新しいシニフィエ」へのシニフィアン及び「既成のシニフィエ」の、弾性的なその都度の変形によって、「新しいシニフィエ」どおりのかたちとして語の指向対象現実（レフェラン）がみごとに定まって切り分けられるその場において成り立っているとき、それを成り立たせる鍵となっているのは「意味の弾性」である。それとともに、佐藤信夫から本論において構築した原理をさらに超えて、言語の使用は、現実には語の使用でなく文の使用である。そのため、（ソシュール風のシニフィアンによる押し型的単純切り分けがそもそもいっそうほんらいは正しさの要素をわずかにしか持たずお呼びでなくなるとともに）第一に、語と語の関係、構文化することばづかいひとつのあり方、で、実際には、語そのものの「新しいシニフィエ」とすらもさらに異質の、表現される意味を生じることとなる。第二に、およそ、オースティンの言語行為論における発語行為・発語内行為・発語媒介行為の種々相やF・シュルツ・フォン・トゥーンのコミュニケーション論における事象情報内容・自己開示・相互関係表示・行為指令の種々相などのような、伝達に付随して言語のひきおこす数々の対人的作用としての一見つまらなそうな意味効果も、言語において意図されているかぎり、言語の示す意味としては、解析的には、語と語の関係や構文の細部へと帰されることとなり、また資格的に、そもそも指向対象現実の段階そのものに属するものなのである。その結果、「新しいシニフィエ」の切り分けがそのまま指向対象現実と一般的に一致はせず、そこに――指向対象現実がさらに意味をはらんでことばの意味が定まるところに――言語の、アレゴリー的・事物的にとどまらぬ、真理的要素があるのだ。ノヴァーリスの、浸透のポエジーは、この真理的要素までをも、全く同一の「新しいシニフィエ」の事物への浸透そのものによって――そこからの弾性的な意味拡張の幻像によって――まかなっているものである。浸透のポエジーは、弾性のポエジーである。

第四章　終末の改良主義社会とその小説
――クリストフ・ハイン『タンゴ弾き』小論――

一　「東」批判の無――近代――

　クリストフ・ハイン（一九四四―）の文章はきわめて平明である。中篇小説『タンゴ弾き』（一九八九年）においては、地の文の語りの視座は、主人公ダロウの目に置かれており、それが、まるで見たままの事実を平易に区切って並べているだけであるかのように、一文一文を短く切って、主人公によるしちめんどうな考察をその間にめったにともなうことなく、つづられる。主人公の、断片的な感想や、困惑、あるいは、生活の場面場面において感ずる、結局どうでもいいという無関心の思いは、その中に自然な具合に巧妙におりこまれるため、文章全体は、事実経過を会話部分を交えつつ淡々と描写しているようでありながらも、その全体が、主人公ダロウにとっての印象描写である限りにおいて書かれている、とも――一見まるで逆だが――言ってもよい。この両方は、ここでのダロウにとっての印象自体が、――全くのでたらめな罪状によって二十一か月の懲役に服して一九六八年二月、「プラハの春」の真最中、東ドイツにおいても根本的に情勢が全体主義緩和の方向に変化してその罪状自体もすでに意味をもたなくなった中を、刑期を終えて出獄しライプツィヒに帰る、という、物語の開始時点における——ダロウにとっての自分の身の上自体のバカバカしさ、大学の歴史学上級助手の職も当然失って無職となった状態での、まわりの世界への関心のもてなさの中で、それ自体、実際に即物的断片的となっている、という事情とも、さらに一致している。二十一か月前、ダロウは学生に頼まれていやいやながらタンゴのピアノ伴奏の、臨時代理をたった一回ひきうけたが、タンゴの歌詞がきわめて手ぬるくセンス悪く為政者をあてこするものにかえられていたのを、学生たちの歌が下手すぎてそれとわからなかったまま、学生ともども検挙されて、事情はすべてしりぞけられて学生たちと同じ刑を科せられたのだったが、ダロウが職を失ったのに対し学生たちは受刑自体が別段痛手でもなく出獄後さっそくうまい文化産業商売を如才なく始め、ダロウをほとんどまじめに弁護しなかった弁護士と有罪を科した判事とが連れだって、件のもと学生たちの、当時と同じ内容で今は非合法とされない演奏会に招待され、その出来の悪いあてこすり歌詞と演奏とをベタぼめして、酒場で出会ったダロウにも礼を言うという始末なのだ。物語は、その年の夏すぎまで、ダロウの日常の、知人たちや、もとの同僚、何度ダロウに追い払われても復職援助を申し出る奇態な秘密局役人、田舎の両親、出会った女たち、などとの淡々とした即物的な交わりを含んで、ライプツィヒと、夏にはボーイアルバイト赴任先のバルト海の行楽地ですすめられ、最後に奇妙なデウス・エクス・マキーナ的ドンデン返しをむかえて幕をとじることになる。ダロウ自身は、その間の無関心、無気力、バカバカしさを、牢獄の中での生活や、「自由」ということと関連づけて、これ以上にやや別な説明のしかた、納得のしかたをたびたびこころみるが、とりあえずは、ダロウにとっての関心や気力のあり方の断片性が、印象の即物性、深入りしない平明さとなって、それがこの作品においては、ハインの平易な事実描写的語り口とちょうど同位しているのだということができよう。

このハインの平易な語り口は、しかし、なしとげられたこの作品の与える効果や読みとられる作品の内実において、再び、ハインの作家としての本能というべきものと、近代知識人としての統覚とに、実は分裂しているように思われる。

ハインの、近代知識人としての統覚は、主人公ダロウにおける、未来や自由についての、ダロウ自身の入獄と失業とに直接は由来する閉塞した意識、とらえ方にまずあらわれていようが、それだけではない。およそ、それがダロウの個人的体験にとどまらず、実はどのくらいまで旧東ドイツそれ自体の批判に直結するか、さらには、旧東ドイツの無効性の露呈とともにその体制批判自体もいかに無意味なものになってしまうか、という点にまでも、近代人としてのハインの筆は、それが半ば不本意ながらではあっても及んでおり、あるいは結果的に呈示してしまっている。そしてその全体を、しかしハインの統覚においては、旧東ドイツ体制に異議を申し立てることに今なお近代の王道の方向があるのだ、という、楽観的な観念によって、結局はとりまとめ、旧東ドイツ体制への対抗を一九八九年に出版されたこの作品においてまだなお続けようとしている、という構造であるだろう。

これを順に見ていこう。例えばダロウは、出獄してライプツィヒに帰ってからというもの、将来の職の計画も全くたてることができないまま、毎日、バー、飲み屋、ダンスホールに出かけては、知りあったばかりの女と一夜の関係を結び、次の朝は女の顔をさめた目で見て幻滅しなくてすむように、夜が明ける前に女のベッドをぬけ出す（五二ページ、ページ付はAtV一〇二五、一九九四年、による）ということを、それにいや気がさしてある夕方外出する身動きがとれなくなるまで続けてしまう（五三ページ）。まるで、好きだった女と不本意にも別れてしまったときに、われわれが荒れ放題に荒れた一時期をすごすときにやるような、すさみ方である。その中でも一人、心にとめることになるエルケには、のちに、自分の問題を自分で片づけてからまた私のところに来て、と言い渡されることになる（一六二ページ）が、ダロウにはそれがまさにできないのである。秘密の役人の再三に渡る復職援助の申し出（四九ページ、一五一ページ）や、はては、上役の、もとの上級助手職にもどそうという誘い（一六四ページ）さえも断ってしまうことは、最後のドンデン返しにおいては結果的に幸いすることになるのかもしれないが、その叙述の場において、見とおしのないなげやりさにおいて、読者がほとんどあきれかねないほどである。決然とした態度から出たことでないのは、たとえば思わず乱暴をはたらいてしまいそうになった判事に対するのちのおびえ（一七四ページ）や、友人に力なく助言を乞い求める様（一七六ページ）からも、明らかである。これはダロウ自身によれば、監獄の中では将来のことは何も考えることができず（三九ページ、四九ページ）、出獄後は、監獄のもうけてくれていた日課がないため、するにこと欠くというようなことになる、というものである。ダロウは、自由というものに対して、そもそも処していく能力を欠いた状態となっている（六二ページ）。近代人に特有の閉塞感の出現のようにもみえながら、これは、ここでは、とりあえず、きわめて特定的なかたちで、旧東ドイツというものと結びついた構造を持っている。「自由」とは、ここでは、逮捕前の状態と同じ生活を惰性で続けることから思いがけずとき放たれてしまっている状態を指す（六二ページ）。それは、端的に、旧東ドイツの体制からの自由であるに他ならない。「何々への自由」と見えるものが、実のところただ「何々からの自由」と大きさの上で完全に一致してしまっている。しかも作品上の人物としてのダロウにとってそれはたかが「旧東ドイツからの自由」以上・以下の何ものでもない。その自由の、ことがらのスケールの小ささ、つまらなさ自体が、たとえば亡命先の解放された生活において与えられうる物質的自由の幻影とちがって、やや体制のゆるんだ東ドイツ国内でポツンとダロウに与えられるとき、それがダロウの麻痺感覚を形成するに他ならない。まだある。ダロウのこの「自由」への耐えられなさ（とくに一〇七ページから一一〇ページにかけて繰り返されるとき）自体が、実は、釈放されて出てきたライプツィヒが、もとの東ドイツのあまりに馬鹿馬鹿しい全体主義をもはや維持しておらず、ダロウの愚にもつかぬ誤審を、根本から無効化・無視・抹殺していることに由来している。ここではその誤審自体があまりに問題外であるために、その誤審に対して批判の声をあげること自体が――まだ一九六八年時点での、チェコのプラハはともかく東ドイツの体制自体はおよそゆるぎようもない時期であったにもかかわらず――すでに何の意味も持ちえず、だれにとっても、単にお笑いぐさとしかならないのである。このことはしかし、この作品の出された一九八九年の時点に置きかえて考えるとき、「旧東ドイツ批判」の無効性自体をも、そのまま平行的に、あかすこととなる。旧ソ連・東欧圏崩壊後しばらくのあいだ日本やドイツの「知識人」の間でみられた、壮大な近代の実験装置としての「社会主義」体制（だから、その「試み」を完全に放棄して、単純に東ドイツを解体して西ドイツに編入するのは少なくとももったいない）、というとらえ方は、公平な評価の試みであるようで、実は「社会主義」体制に対する根本的にとんでもない美化である。例えばナチズムが近代の問題性の結果であると言う場合、そのナチズムを生んだ世界の側に、近代の問題性があるのであり、ナチズムそのものには、世界の時間軸にとっての近代の問題や人間にとっての近代の問題は何一つとして含まれていない。ナチズムそのものをめぐっては、文学にとっての問題性は存在しないのである。（このことはナチス体制下において文学が成立しえないということを意味しない。）「社会主義」体制も、近代から生まれたものでありながら、その「体制」自体は、近代からの脱落、時代軸からの脱落であるにほかならず、近代の問題性をおよそわずかなりともはらまない。（いうまでもなく、ここで「社会主義」体制とマルクスの思想や左翼というものにはほとんど関係を認めているものではない。）「社会主義」体制に対する単なる批判は、それゆえ、「社会主義」体制が崩壊し消滅した時、全く同時に、その人間的意味を根本から失ってしまうのである。（文学的意味ははじめから有しない。むろんこのことも、「社会主義」体制下で文学が成立しえないことを意味しないが、そこでの体制批判は、作品の外装ではありえても、その作品が文学であることの要素をなすことはありえない。）資本主義が近代そのものの問題であり人間の問題であるのと、これは全く対照的である。——この事情に、作者ハインは、おそらく全く無自覚ではありえなかったし、それどころかその場にいて小説を書いている人間として、意識のどこかですべて覚り、反応せざるをえなかったであろう（一九九四年夏に京都で個人的に持たれた夕食の席で、前に西ベルリンで暮らしつつ一九六一年のベルリンの壁成立後自ら旧東ベルリンに意図的に身を置いたのだったハインは、論者に対し、旧東ドイツのどの要素を批判しどの要素を救済するかということはない、旧東ドイツに救済できる要素が何一つとしてあると自分は思ったことがない、と述べた）。しかしさらに、それにもかかわらず、近代知識人ハインは、この問題をどこかのポケットにしまいこみ、ほおかむりするかのように、明らかに作品の表面からしりぞけてしまう。意識において近代知識人ハインは、旧東ドイツ体制への批判が今なお有効であるということに固執しているように見える。(作品の年代が一九八九年でなく一九六八年であることは、そのことに対する、〈でもこの時代はこうだったのだから文句はないだろう〉というハインの布石となっているとともに、それ自体が、過去向き・うしろ向きの姿勢をあかしてもいる。)

これらに対し、ハインの作家としての本能は、まず、きわめて平易な、作品の細部において、作品の魅力をつくりあげ、何よりもまずそこにおいて、作品の文学性を獲得している。例えば、ダロウが出獄してすぐの、監獄の町の駅で売店に寄って、気晴しのために、売店の売り子の女と寝ることを想像しようとしてみるが、女が気に入らなくて失敗する場面(七ページ)。何でよりによって、そんなところで、寝ることを想像しなくてはいけないのだ。しかしその想像への、さりげない筆の自然さに、ともかく人間の真実があるのである。或いは、罪状となったタンゴの替え歌歌詞には「エスプリと辛辣さ」が欠けているのを逮捕後見せてもらってはじめて知ったくらい自分は無関係なのだ、という言い分を弁護士におしとどめられ、結局は張本人の学生どもと一緒くたに弁護され判決されたことを回想するときの(七二ページ)、ダロウの感じる、少々のエスプリと随分の辛辣さという「人間」を有する、バカバカしさ。或いは夏のバルト海行楽地での住み込みアルバイト先で、ひょんなことから、毎日いれかわりたちかわり観光客の若い娘がダロウの部屋に泊って、一夜の寝床と夏の旅先のお手軽アヴァンチュールの快楽と食事とを無料でむさぼっていくシステムが成立してしまった時の、ダロウのほとんど無関心で受身な享受と、ラジオのプラハからのニュース(ダロウにとっては全くどうでもいい、ソ連のプラハ進攻)なんかに泣いている一人の娘の様子にダロウが不思議な動物に対するようにはじめて本気で欲情を刺激された時、娘の方はダロウのプラハへの無関心さを軽蔑し、自分があざけられたようにダロウのことばを感じ、別れてゆく場面(一九五—二〇〇ページ)。この最後の例(むろんダロウそのものの側に重点を置いて見ると)は、およそ「社会主義」への紋切り型の批判といかに遠いところに、その日常の中でも、文学があるかということを示してもいよう。(プラハへのソ連進攻に涙するのは、それはそれで、痛い時に痛いという声をあげるのと同様に、あまりにも当然の、ほとんど動物的な、人間的発露——人間という動物の発露——であるにもかかわらず。)

作家ハインの意識において、ハインは、知識人であるよりもとりあえず作家であることに開き直っているように思われる。ハインは、例えば一九九四年夏の東京のシンポジウムでの発言においても、作品を勝手に読みかえ分析する批評家存在に対して、露骨に不快感を表明したという。批評家を批判すること——一方ではそれに同情したくなるほど、出来あいのものさしをあてがってそれへの還元にすぎない「解釈」をわめきたてる学者的「批評家」どもが大学などにおそらくいて、その、作家以上の弁論能力の威力をふるっている現状が想像できるにもかかわらず、他方で、批評の拒否は、単に弁論能力における降伏であるにすぎない——に仮の宿を得て、ハインは、批評家をケムにまきつつ、自らの知識人としての、旧東ドイツ批判の無意味化と、しかしそこになお固執していることの明白化を巧妙にカモフラージュしつつ、旧東ドイツでの自らにとっての現実(体験や見聞が綜合した肉化)をつづる「年代記作者」として、逃げ続けている。

二　ドイツの終末
——現　代——

このハインの小説は、しかしその全体として、現代(西)ドイツ(西が東を吸収したものとしての統一ドイツ)の状況と重ねあわせて見るとき(ハインがその意図を意識的に有していたとは必ずしも思われないが)、実は、旧西のペーター・ヴァイス、ペーター・ハントケ、ハインリヒ・ベル、ギュンター・グラス等の作品をはるかに凌駕して、(西)ドイツの問題性をこそ射ぬいているのではないかと思われる。近代から脱落した東ドイツを批判する作品が近代を中心から射ぬくことはありえぬので、これはむしろ、(西)ドイツの問題性自体が近代の中心からそれたところに存在することに由来しようが、それにしても、もともとの西の作家以上にここでそれが感じられることは注目に値する。

つまり、次のようなことである。東ドイツの消滅により、東ドイツ批判そのものが全く無価値となった。それにより、作家ハインは、当面、回顧趣味的焼き直し以外に、書くことがなくなってしまった。それは作家ハインにとっては当然危機を意味する。ところが、その状態がすなわち、ドイツの文化状況そのものの姿なのではないか。ハインは東ドイツ消滅における自らの危機において、ドイツの状況を、逆説的ながら、最も尖鋭的に映しているのだ。ハインのこの作自体、すでに東欧社会が急速に解放解体されつつあった時代であるのは明らかではあるものの一九八九年のベルリンの壁崩壊以前より書きつがれたものであるかもしれないし、また、これは全くハインのその後の作をも同列に処断するものではとりあえずはないが、おりしも、この作がこの年出版されたこと自体が、集約的にこのことを象徴するものである。

ドイツ社会は、日本やアメリカとも、フランスとも、全く違ったタイプの現代社会である。それが現代社会であるのは、経済的に日本、アメリカと並んで現代の一翼をになっており、その地位が将来にわたってゆるぎそうもない、つまり、現代から決定的に脱落しそうもないから、という限りにおいてであり、ドイツには、或る意味において、現代が完全に欠落している。冷戦体制の崩壊により、世界史も第二次大戦前に接続して再び時間の中に放り込まれ動きだしたにもかかわらず、ドイツ社会は、歴史の動きを離脱した、エア・ポケットのようなところに身を置いている。そこには高度資本主義が存在せず、現代思想が存在しない。人間をとりまく社会構造が、高度化・重層化しておらず、あるいは、いやしくもドイツでも現代社会自体が複雑化してないはずがほんとうはないものを、それを意識の反映の回路にまきこんで大衆心理的社会構造的に重畳して個々人の社会内での閉塞感が露呈する以前に、改良主義のはけ口が——主に戦後左翼陣営によって、しかし保守陣営も不思議とそれに一致して、そしてさらに不思議なことにはこういう保守陣営によるおためごかしに清潔な社会設営にさらに戦後左翼陣営がまた一致して——もうけられ、それが全面的に機能している。趣味を欠いたまさしく物質としての家財道具が物質主義的に人々を満足させ、現代の問題は、失業問題、外国人問題、環境問題、人口問題といった、全くいい気な個別問題へと帰着されてしまう。日本やアメリカでは社会システムの中でのその無効性が大衆の前で本質的にあきらかになってしまっていて、世俗的民主主義やプティ・ジャスティスの主張の旗印やイメージ戦略・コマーシャリズムでの殺し文句として使用可能であるにすぎない（しかしそれ自体社会の重層化の中で亡霊のように人々を拘束支配する桎梏となる）、ありあわせの諸理念（自由、平等、個性、人間性、人間愛、など）が、ここではだれからも全く疑われることなく、そのまま十全に肯定的なものとして、有効性を保っている。そのこと自体を、欺瞞や閉塞であるとはだれも思わず、それがそのように見えないことを社会の不透明さであるとはだれも思わぬまま（唯一の例外が、昨今のボートー・シュトラウスのいらだつあまり転倒して自らを右翼にまでおとしめた発言である）、不思議な洗いざらしの改良主義が、充満し、機能し、流通しているのである。むろんその社会の日常が、本当は高度資本主義社会の息苦しさを風通しよくのがれているはずも実際ないのだが。世俗的民主主義の実は単なる一卵性双生児である、サイレント・マジョリティーが、進歩派の単純な説明に弁舌上はやりこめられてしまうがゆえに逆に屈折させ根深く保持することになる、排斥主義心情・非同化心情が、じじつドイツに――寛容を説く勢力がこの一分の利のある心情に対してのみおそろしく不寛容であるためいっそうナチス前夜に似て――蔓延している。それを破滅へと凝結しないようにおおっているプティ・ジャスティスの――それがもともと自らと関係のないところから発されている気休めであることの――気楽さ、お節介さが、構図全体の中間階級的小市民性をみごとに代表している。（当然のことながら、ここでいう高度資本主義とは、実証でなく思想によって本質的に把握されるという意味では思想概念であっても、その社会が産みだした思想についての高度性をいうものではなく、社会そのもの・経済そのものについての概念である。ドイツが高度資本主義でないことは、すぐにも目につく産業構造の非ハイテク化・非コンピューター化という眼前の事実だけでも十分な根拠といえるものだが、そこからさらに掘り起こせば、最終的には、ドイツにおける、日本からの根拠のない常識と全く反する、労働意欲のおどろくべき低さ、精密手工業以外の機械生産技術のおどろくべき低さという、住めばそのうちいやでも思いしらされるとんでもない実像にまでも、正確に対応していることとなる。むろん、ここから出てくる直接の結論は、西尾幹二がこれを反面教師にしないといまに日本も大変なことになると言うような彼我の現代性の順位を等閑視した暢気なヨーロン家の右翼ごっこ的なものではありえず、むしろ、全く逆に、あれですら国家・社会はつぶれないのだから、日本の企業も、たんなる目的合理的利潤追求のためにも、安心して被雇用者個々人の人間的能力を最大限に引き出して使うことにするようほとんど盲滅法に励んでよい、ということになるばかりである。——さてアメリカは、ある意味では日本と同様に、前近代的ともいえるほどのとてつもない後進性を持ったまま、高度資本主義最先端に突入した社会である。アメリカにおける、一方においては、サイレント・マジョリティーをなす部分の、とんでもなく蒙昧な保守性、無教育の限りを尽くした全体主義的国粋性の体質や、自動車用郊外量販店と下半身合体しての消費商品の趣味の悪い醜悪さや、また、他方においては、民主党支持者のみならず共和党の支持層本流であるような集団としてのWASPに典型的なプティ・ジャスティスの、視野の狭い国際的にはた迷惑なのみであるお節介さなどは、ヨーロッパには見られないほどの、単なる未開明の野蛮さであるといってよい。それで、これほど目の前でありありとひどく後進的な社会である日本がアメリカと並んで高度資本主義ならドイツもいくら何でもそうではないかという、心情的にいかにもありそうな反論は、成り立ちえぬものなのである。この高度資本主義の、経済実体面でなく社会面での最大の特徴が、ここで述べた、もはやだれにも信じられなくなった近代的諸理念が社会的に決して逆らいえない桎梏として流通しているということなのであり、経済実体としては連続的発展数値をなすものにおいて高度以前と高度とを分けるさい、これこそが、まさに眼目であるにほかならない。フランスにおいては、バカロレアのさいのある程度本格的な思想科目必修がひょっとして功を奏してでもあるのか、社会の為政者全体としての、近代的理念に依拠しきった改良主義は目につかず、しかし近代的諸理念そのものは、社会的にとても無害化されてまではいないので、必然的に、フランスは高度資本主義社会の息苦しさ・閉塞を呼吸しつつそのただ中にあるということとなる。——さらに、日本においても、ドイツと同様の微温的な改良主義が、マスコミや、哲学・倫理学分野の学界を、一見したところおおっている。しかし、日本ではドイツと明らかに違って、それらの自然倫理、生命倫理、環境倫理、医療倫理等についての発言は、現代思想とも哲学史思想史とも思考水準の類縁性を一切持たぬものであって、その研究者個人の学的挫折に由来するわき見にすぎないという意味でほとんど反倫理的でもあるほどの、学的価値を欠いた、極めて非知性的な、相手にするも見苦しい言辞であることが、それをかつぐマスコミが確信犯であるとまでは言わぬものの少なくともほとんどすべての知識人の間で、政治的立場の違いによらず、常識となっているものであり、事情はまったく異なる。）

ドイツのこの社会において、作家は、およそ肯定的評価を付与するどの単語もあらかじめ与えられ保証された自明なものとしてはその根拠を喪失していることや、およそありあわせの理念は使いすての大義名分以上の意味をもちえないことをふまえて、日常内での独自の言語的構築、感覚的構築作業をいとなむ、という苦難にのりだすのでなければ、およそ、先よりホフマンスタール以来の、個人の中における個の危機・人格統覚の危機に、環境問題や人口問題などの牧歌的個別問題を交えてお茶をにごすほかは、実際に、書くことがなくなるはずである。（その中で、マルティン・ヴァルザー、マックス・フリッシュ、トーマス・ベルンハルト等の作品がそういった事情と別箇にもつ味——とはいえそれらももっぱら、より現代的に無機的に世知がらく進化した風物と、統覚危機の問題機制との相互照応による——の評価は、ここでは避けるとして。また、繰り返せば、作品が成立するためだけであれば、場所や時代はそもそも問われるものではない。）これは、ドイツに限らず、現代についてのみでもなく当り前のことでもあるのだが、現代ドイツは、社会自体が、一種の終末論的な改良主義状況にみたされ、高度資本主義社会システムの不透明さ自体を見えなくさせ、言語をありあわせの理念で浸しているのだ。そしてそのドイツ社会自体、日本では——独文学界以外すべての、たとえば商業ベース文学批評の、常識の世界では——極端に言えば時間軸を欠いて中世にたゆたっているかのように「全く死んだ過去のもの」として片づけられる傾向にあるにもかかわらず、日米（システム自体としての高度資本主義最先端）やフランス（経済レベル的同時代性と思想の上での時代性最先端）とちがった世界の先端の一つの型、あえていえば目はひかないが第三の静かな終末的パターンとして、存在するだけは、優に存在はしつづけるのである。

三　デウス・エクス・マキーナ
――現　在――

小説『タンゴ弾き』は、全二〇六ページのうち、終りの二〇一ページから結末までの正味五ページ分において、急転回のドンデン返しによって、読者があっけにとられるうちにあっけないハッピーエンドをもって終ることになる。今、その種明かしをしてしまえば、ダロウは、大学のもと上役が、「プラハの春」をめぐる当局過剰弁護が実は事実の推移において逆に当局中傷の失言となってしまって失脚し、かわりにめでたく、入獄前よりも上の位である講師として召還され、もと思いを寄せていた女子学生で今は助手となって、出獄後のダロウをつめたくあしらったジルヴィアにバルト海の行楽地のアルバイト先まで出迎えられて、意気揚々とライプツィヒにもどっていくのである。だが、このあまりにとってつけたようなハッピーエンドは、何を意味するのか。

物語の結末部分は、「プラハの春」圧殺の「チェコ事件」の動乱の真最中のうちにある。この動乱は、実際には簡単に鎮圧されて、もとの「社会主義」体制に易々とおさまってしまうのであるにもかかわらず、またその間、西側の国々においては、学生動乱という、ほとんど「昔なつかしい」風景が展開されていたという付帯状況にもかかわらず、一九八九年の冷戦体制終結が世界史を再びうごきはじめさせたということと重ね合わせて考えるとき、わざわざカモフラージュ的に舞台を過去に設定したこの物語において、冷戦終結と重ね合わせることができると言っていい。冷戦体制下で、むろん西側先進諸国は、社会構造において、まさしく「現代」の諸局面に突入した。その意味で世界史は、東側や冷戦体制そのものを無視して、その間にも確実に、かつことによれば急速にで動いていた。しかしその間、西側においても、世界構造のわくぐみ、「歴史」のわくぐみを、冷戦体制が、同時代的な、そして第二次世界大戦後の日常の空気にとって決定的な、かつほとんど永続的と思われる堅固さで、支配しつづけ、資本主義体制の末端システムをいやが上にも不透明なものにするとともに、資本主義諸国間に展開される「世界史」を、いわば宙づりにして、――「民主的現代世界」という「頂点」へ全世界前史が収束する奇妙に洗いざらし的な感覚の中で――凍結していたのだ。――ダロウは、冷戦崩壊後の世界へと、帰還してゆくのである。

だがそれは同時に、ダロウにとっては、歴史化ではなく、むしろ歴史から脱落した、今のドイツの現状への帰還を意味するものであった。出獄後、日常への興味の喪失から、歴史の研究内容への興味も、連動してなしくずし的に喪失していたダロウは、歴史学の講師として引きあげる今も、実は相変らず歴史への興味を喪失したままなのであり、プラハ鎮圧に向う東ドイツ部隊を見ても、アルバイト先の行楽地でのラジオニュースをきいた時と同様、全く何の反応もひきおこされない。

しかしそれだけではない。ダロウは自分の車を道路のわきによせて、部隊のために道をあけ、部隊にふみつぶされる幻影をありありと見ながら思う。「これがたぶんおれの最後のチャンスだったのだが。」何のためのチャンスとは書かれていないし、何のためのチャンスでありえるわけでもないのだが、とりあえず具体的には、大学の教職という日常へなどと「社会主義」体制秩序にこの動乱の圧殺の時に回収されてもどっていかないためのチャンスということであるだろう。作者の意図においては、ダロウはそれを意識的に選ぶだけの価値観を回復しているわけでもないし、またそれを選んだ場合は結果はただ踏みつぶされるということ以外の何ものでもありえないが、とりあえず無意識に幻覚としてでも作者がダロウに見させたチャンス、ということではあるはずである。しかしダロウが東ドイツ部隊を見ながらそれを思うとき、そこにはさらにわれわれからすれば別の意味のつながりがうかびあがる。つまり、カオスとしての現代史へと向うということのチャンスである。動き出した現代史へと飛びこむチャンス。近代というものの大運動としての現代の先端にある、日本アメリカフランスと同じような、迷宮的構造をもつ社会システムへと飛びこむチャンス。それは、「世界史」の動きとしては、動乱の戦車部隊という物騒な像をまとってここに登場せざるをえないものであった。またダロウ個人にとっても、全くあてのない日常生活の混乱と職業の目算のなさという、破滅的カオス以外の何ものをも、とりあえず意味しうるものではなかった。しかしその「最後のチャンス」をすてて社会復帰するダロウの落ち着く先は、ここで、体制がゆるんでましになった東ドイツをとびこえて、現代ドイツの、歴史脱落状況だったのであり、それとともに、一瞬チャンスのように垣間見えた、日本アメリカフランスのような、現代最先端状況への移行は、かき消えてしまうのである。最後にダロウは思う、あすの朝は時間どおりに大学に出よう、と。むろん現代最先端システムの中においては、「時間どおりに」は、いわば引用符に入れられてシステム内で再利用されたかたちを基本にしてしか、存在しない。そしてその限りにおいてであるなら、この最終行での退屈な日常としてでなく、強迫的に、存在するのである。(高度資本主義がそこでの思想のレベルの現在性について高度というのでなく社会そのものの先端性をいう社会概念であることはすでに述べた。——対応する経済実体そのものとしてさらに本質的に掘り下げた場合には、高度資本主義の最先端は、資本の自己回帰による拡大再生産運動である資本主義の、複雑化高度化である。資本の自己回帰が、一方で、実体経済においては、科学技術が既に高度化しかつ科学の本質として着実により先の段階への発展を継続的につづけるなか、先進国の最先端においてはもはや生産そのものからは離れて高次産業化したことにより、非・生産を舞台にしての自己回帰をさらに継続するという、まったく矛盾しているかのような複雑化を実際に遂げているのであり、他方で、通貨経済においては、人気投票そのものでなく人気投票の結果を予想するむなしい投票であるにほかならぬ投機的為替証券市場や利率自体をも投機対象としおおせる先物市場が、その複雑化した実体経済を担保にそれ自身実体経済と同等の資格を得ている中で、回帰を加速するというまでに、複雑化しているのである。この、資本の自己回帰という、資本主義の近代的、さらにいえば近代小説的な、自己表象的・再帰的基本性格は保ちつつ、生産の確実な足場を離れてなお生産との関連を堅持して複雑化した、そういう高度化なのである。経済個別面のその情勢の根本となり、またそれを社会がとうていぬけだせないでいるありかた全体の中心として、高度資本主義は近代的諸理念が無効化しつつかつ桎梏になっていることを特徴とするが、さらには、すでに述べたように、およそあらゆる肯定的評価を付与する単語、ひいては言語そのものが、根拠を喪失し、社会の閉塞の中で窒息に瀕しているのであり、それこそが、問題性の集約点をなす。——この閉塞に対する、せっかくここでも小説作品を直接の対象に扱いながら、社会思想的でない直接に文学的な対処法はといえば、それこそ、実は、まさに言語そのものを鍵とするものであるにほかならない。ここでは、そのことを確認しつつ、しかしこの小説の急カーブとともにこの理論的ありかだけをうしろに見ながら、論の結尾へと向かうこととする。）

作者が、ダロウの幻覚の非結実を、作内の全体に対する弾劾、いわば逆のごほうびとして書いたとき、それはアンハッピーエンドを意味するものであるはずだった。しかしその前に、このドンデン返しは、ハッピーエンドとしてこそかたちづくられ、そのままこの現在のドイツへと着地している。この結末は、かくして、それ自体が、著者であるハインその人（意識的であれ無意識的であれ）を含む現代ドイツの人々にとっての、おあつらえむきの、ほっとさせ、緊張を緩和させる作用のレヴェルを、機械じかけのように繰り返しちょうど示しつづけているのだ。

III

（企投的間奏）

第五章　特異点と真への意志
――アドルノの「啓蒙の弁証法」またはカントにおける根拠としての理性と崇高について――

虹立つや人馬にぎはふ空の上
――萩原朔太郎　短冊より

鹿がゐるといふことは
鹿がいないといふことではない
奈良の書
――中原中也　未刊詩篇より

一　特異点、またはアドルノの図式二段構造
――理　性――

論理とは、文章または話しことば、あるいは言語以外の表象表現についていわれるとき、ことがらの脈絡のかたちの有意性をいいあらわすものである。他方、われわれが日常多くの場面で正しいと信じている、記号論理学的、機械的論理学においては、論理とは無定義語と公理よりなる自動的な体系のことである。そこでのことがらの真偽は、ことがらとことがらの間の関連と一切無関係な、仮定の真偽と結論の真偽の値の組合せのみによって

決する真偽表によって定まることとなる。それゆえ、論理学的論理においては、まさに言語表現や表象表現における論理のかなめとなる有意性は、それ自体が典型的な非論理であることになる。有意性そのものは、すでに機械的に定義されてあるものと定義されてあるもののつながりや、いわんやそこでつながり自体を欠いた真偽値の組合せには、決して還元されえないからである。それは、機械的論理学に技術的修正を加えた様相論理学や内包論理学においても、原理的に同じことである。ことがらの本質として、これらの修正記号論理学は人間のあたま、考えそのものから発するものを追うのでなく、いわば近似的に、ある種の様相表現を、論理学上で定義し、論理学に組みこもうとするだけのものだからである。それに対し原理そのものは、機械的な定義や機械的な近似からはつねにとらえられずに逃げ、逆に、そういう機械的部分をも含めて、およそ思考すべての根拠となるものである。それは、論理体系上、定義・無定義語・公理の根拠はそれら自体のうちに含まれることはなく逆に一方的にその定義・無定義語・公理を根拠づけるものとして想定される、という、むなしいトートロジーによってそうであるのではない。ことがらの近似が、どんなに近似の網目を細かくしていっても、決して近似されるものと一致することはないという、この場合の、ことそのものの本質によってそうであるものである。

このことがまた、機械的論理学体系は、決して完全であることができず、それ自身の論理では制御・決定不可能である点、すなわち特異点を、少なくとも一つそのうちに有する、という、よく知られた事実の、本当の理由をなす。ゲーデルによる、完全かつ無矛盾の体系は存在しない、という、命題の発見と、その、それ自体、よくぞなしとげた、少なくとも論理の体系内にあっては十全な、背理法による証明とは、このことがらに関する、記号論理学内部からの記述である。記号論理学の外部の、原理からの記述、原理を含む総体からの記述をもってすれば、このことはむしろ、単にあたりまえの、常識的に理解できる理路であるにほかならない。

このことはまたしかし、記号論理学体系の無効性を決して意味しない。記号論理学体系の正しさは、科学的に実証された諸成果の正しさと完全に一致する。だから、たとえば、自然と精神のうちの実在的なものと観念的なものの同一である側面を同一であるとまさに端的にいいきるその端的さそのものにおいて絶大な功績のあったロマン派の哲学者シェリングは、その自然哲学やことに自然目的論においては思弁のみから誤った似而非自然科学内容をつくりだしてしまったが、そのようなものは今日その中にもちろん知覚心理的価値や自然論理的価値をも見いだすべくもない、根本的にまちがった疑似命題であるほかはないことが、だれにとっても明白なのである。しかし、記号論理学体系のこの正しさは、その信奉者が、日常的場面にはすべてあてはまりはしないが厳密な場面においては真であると思っているのとは全く逆に、原理を欠く近似的なものであるがゆえに、ほんとうはそんなに厳密なものではないのだが（古来の、ポール＝ロワイヤル論理学的な、「明晰かつ判明」ということですら、「判明」が無定義語となるに価しうるほどの非常に単純ですっきりした要素にまで分解できていることを意味するとともに、「明晰」が、その要素が無定義語でなく、人間にわかる、内実をもちかつそれが自明の納得的なものであることをうけもっていたのである）、むしろ、他の科学的成果同様、日常的な場面においてこそわれわれがその正しさを当然と考えまたその正しさの恩恵をこうむっているものである。エンジンをかければ車がうごく、バージョンアップされたOSをインストールすれば手持ちのコンピューターが今までできなかった仕事をしてくれる、といった具合だ。記号論理学体系の中での正しさは、一旦証明がなされたあとでは、すでに正しさですらなく、機械的なあたりまえのこととなるにほかならない。犬が西向きゃ尾は東、というふうに。またそうであるからこそ、普遍的機械的な検証可能性の要求もみたされるものである。

　記号論理学的論理においてぬけおちる、このような、原理を、本人の著作意図とも、一般的な哲学史的価値ともかなりかけはなれて、いわば現代思想的に追究する端緒をひらいているのは、――おどろくことにここにおいても――カントの、理性の概念である。カントによれば、理性は原理の能力だからである[1]。この理性こそ、記号論理学においては、あたりまえのことながら想定されない、あるいは少なくとも論理能力全般をなす悟性（記号論理学においては論理判断の能力そのものへの言及は全く不要だから定義すらしないだろうが、人間が論理判断をなす能力をこちらの陣営でも漠然とこう考えておくこととして）と全く別に分けて考えられるはずのないものである。それに対し、悟性は、カントにおいては、この理性とはっきり分けられて下位におかれる、規則の能力[2]、思考判断の能力[3]なのである。悟性は、空間と時間という形式[4]によって現象を経験する能力である感性（そこでの経験は、悟性がはたらく前においては当然ソシュール的な意味の分節化がなされないカオスである）に対して、ア・プリオリな十二分肢のカテゴリー表[5]にそれぞれ対応する判断を行なうものであり、その、カテゴリー表を介することで客観的妥当性を有するという論理構成自体によって、合理的悟性によってこそ経験的なものの認識が由来するというのいわゆるコペルニクス的転回[6]そのものの中身と、もともと二つのちがうものである悟性と感性がなぜ協働するのかというしくみとが、すぐれて保証されていることとなる。ただここで、悟性は論理的判断を行なうという以外に、感性との関係において、概念の能力でもあり[7]、認識の能力でもあるとされるので[8]、記号論理学的論理判断の能力に加えて、ソシュール的な分節化の能力までは、守備範囲のうちに同時にもつこととなる。（なお、理性の問題からそれるのでここでは深く追わないが、――原理へと包摂し悟性と理性をつなぐ判断力の位置[9]と同様――感性と悟性の両方にかかわりつなぐ能力として、感性的直観における多様なものを結びつける能力である想像力[10]がさらに言及されてもいる。さしずめ、知覚にせよ空想にせよ分節化そのものまでを感性内容で充足させて行なうのが想像力であり、分節したものに対して論理思考判断をとりおこなう点以降から悟性の作用というように、分割されよう。）

坂部恵によれば、カント以前まで、またカント自身においても批判期より前までにも、伝統的に、理性と悟性の使い分けがあったが、但し、理性と悟性の地位が逆であった、それがカントにおいては、悟性から「神の知性」の内容が切り落とされたため理性との地位が逆転したものである、という[11]。このことは実は、カントによる理性と悟性の考え方が、哲学史上ほんとうは独創的なものであるといわざるをえないことを意味している。そして、この悟性から切り離された「神の知性」のしっぽが、カント自身の立論の布置を実は或る特有の方向にみちびくことになった。それは、布置自体として誤った要素を含む方向であり、それとともに、ここに着目することで、それ以外の諸概念を含んでの問題点を、再び集約することも可能となる。

カント自身の構想では、カントは数学と物理学においてア・プリオリな綜合的判断がどうして可能か、そしてそれとの類比において、形而上学においてはそれがいかなる限界をもつか[12]、という考えにより、第一批判の叙述を行なった。この構想はしかし、カントの三批判書全体の哲学史上での地位、すなわち広い意味での哲学を構成する三大分野としての狭い意味での哲学（または論理学）・倫理学・美学というしくみの確定や、またこの第一批判そのものの哲学史上の価値、すなわち直観形式としての空間時間や、コペルニクス的転回や、理性の超越論的成果と超越的限界やとは、ほとんど何の関係もないか、あるいは似て非なる別ものである。数学と物理学に関する、ア・プリオリな綜合的判断、という評価は、単に学のしくみについて、論理的に根本的あるいは初歩的なまちがいを述べているにすぎない。そのことは感性についての精密な著述内容がもつ価値とは何らかかわりがない。そして、それ以上に問題であるのは、カントが理性の限界をいうとき、叙述の中に、カントの論述結果とは逆に、しかも論自体をねじまげてしまう具合に、神がかかわってくるということである。カントは理性が原理にかかわり原理を得ようとする運動に、理念として、無制約者を想定してしまう。――そのこと自体が、記号論理学で無定義語と公理を設定するのと同一の粗雑な楽天的な原理無縁・理性無縁の考え方であり、しかも無定義語や公理をきちんとたてないでそれらを無限後退させ無限後退の過程全体を特定の理念で実体的に置きかえる、あやしげなやり方である。むろん、これ自体、理性がこう考えるならアンチノミーにおちいるという仮定のもとでの記述であるし、また、無定義語や公理の無限後退をあやしげながら残しておくことで、理性が原理を求める運動自体にも余地を残すこととともなりえている。しかし、そこで無制約者として立てられる理念は、霊魂と、世界（但し、時空限界、単純部分、自由、絶対者なそのことであり、これらが、ある、なしの四つの有名なアンチノミーをなす）と、神と、というしろものなのである。アンチノミーの後半の二つのみが、定立反定立が同時に真でありうるという微温的な解決になっていて、ことに自由に関しては、のちに、人間が自由かどうかということについて身体的には決定論的機械論を認めるかのような禍根を残すことになるが、それ以外では、あるという証明法が概念の誤用によることをおおむね正しく指摘してあるのではある。ところが、神のしっぽのついた（或いは神そのもの）これらの理念を扱ってしまうこと自体が、原理にかかわる理性の考察として、誤りなのだ。

神のしっぽによる混乱というこの構図は、実は第一批判の中の他の思いがけない場所でも同様に作用しており、そしてそれを解明することにより、それらの概念自体にまつわるもともとの混乱を整理することができる。超越論的ということばと超越的ということばは、カントにおいて基本的には意味が全くちがっていて、後者が経験の可能性を超えたということであるのに対し前者は対象を認識するしかたに関する認識ということであるのは初歩的な知識であるが、またよく知られているように、わざわざこの二つの語のちがいが説明されている箇所に[13]、理解しづらい一文があらわれるのである。「超越論的と超越的は同じでない。純粋悟性の原則は、さきに述べたとおり経験的にのみ使われるべきであって、経験の限界をこえて、つまり超越論的に、使われてはならない。そしてこのような制限を取りはらうような原則、それどころかこの制限を踏み越えることを命じるような原則が超越的原則なのである。[14]（傍点論者）」この前の部分にも似たような用法があるので、これは誤植ではありえない。だが普通の理解だとここで超越論的といわれている用法も、どうしても超越的でないと困るはずである。ここで思いだすべきなのは、超越的ということが、まさに、神などを対象として扱うということである。一方、超越論的とは、理性によって、認識の根拠を問うことであり、特に感性形式やコペルニクス的転回についての、途中の、認識の精密な構成をときあかす記述は、扱う対象自体は神などととりわけ関係ないものの、当然経験対象に悟性をあてはめておこなうのではない、経験の限界自体はやはり超えた、理性のはたらきによって原理を問うものであることには、かわりはないのだ。もともと領域としては、超越論的も実は超越的と同じところにあるのであり、そして、神の仮象というとんでもなく限定的な意味でのみ別に超越的ということがいわれるのが相当であるはずが、カントにとって神のしっぽが重すぎ、超越的ということが、神を認識上は扱えないという無駄な論点をみこして説明のわくぐみ全体の中に不要に混入するために、このような、一見概念の混乱に似た事態が生じているのである。

この説明を、カントのこのあたりの言い方を先にまず認めてしまってそれに立脚するように組みかえれば、次のように言いかえることも可能である。カントによれば、経験にのみよることは経験内在的であり、超越的が、その対極対称をなす。超越的は、超越論的なもの（使用）へふみこえを強いるもの（原則）というふうに、超越論的なものにはじめからかかわりつつ、神、その他の、存在や原則のかたちとなったものである。ここで、超越論的ということは、ことがらとしては経験の限界におさまらない、もともと決して単純な機械的体系の中での論理操作に帰着されえないものであるが、またそれは認識のなりたちそのものを問う感性や悟性の記述の部分では、当然経験にあてはまる認識となるのであって、いわば、——仮説的擬制でなく現実の社会経済実体での物的関係をしっかり反映したという意味でのマルクス的な——唯物論的が、単なる素朴実在論・物質反映論とはちがって、経験的な領野だけでなく超経験的なことがらにわたるということの、対称をなすものである（そして両極でなく中央部分ではむろん対称は相互の矛盾を意味しない）。経験内在的—唯物論的—超越論的—超越的という、相互連鎖列序が浮かびあがる。

また、現象と物自体という、よく知られた分類も、よくよく考えなおしてみれば、物自体をわざわざ言うところに、神のしっぽがぶら下がっているにほかならない。感性と悟性によって成立する認識は、現象に関するものであり、いわば物自体に関するものなどではない——この当然の考えの後半部分は、否定命題としてのみ意味をもつものであるはずなのに、そこから「物自体」というものが、分類の一区分としてとり出されてきて、それが不可知だといわれるとき、その正しいはずの言明自体が、神の幻に対する不要な言述なのであり、そして、まちがった方向に関してものを言ってしまっているということそのものによって、原理ということに関して、どうしようもなく誤った記述であることになる。つまり、体系の中での、特異点それ自体を、根拠として問うという、体系そのものと別の、原理を求める作用を、誤って原理を神のようなものに実体化してしまうことにより変質させてしまうのだ。そして神を正しく否定するとき、原理を求める理性の作用自体がそれと一蓮托生に否定されたかのようなありさまとなってしまい、根拠をさらに問いつづけることは忘れ去られたかたちとなる。物自体は、たんに、すでにその神の域を表示する迷った道標であるにほかならない。

ここで、超越論的ということをめぐって、感性と悟性とは、またすなわち、分節化の行なわれる以前のカオス的質料と分節そのものの形相とは、同じことがらの認識が成立している場においての、その同じ認識の、経験的側面と超越論的側面にあたる――あるいは、それと同じ解釈で、さらにオースティンの言語行為論にまつわる用語を適用して、コンスタティヴ(事実確認的)とパーフォーマティヴ(行為遂行的)とにあたる――、ということが[15]、超越論的ということのあり方そのものから一見言えそうであるが、感性や悟性の間で成立する認識における概念というものそのものを、原理を求める目によって問いなおすと、その構造は、実は、メタレベルから超越論的な側面がかぶさっているという図式ではとらえられない。ことは、同一性、全体性、統覚、などに関してと同じ構造をもつ。「或るものの全体」ということがまさに考えられるとき、それは、まず、全体ということそのものによって、約束手形のように中空のまましかし思考の手続にはのせられ、そしてあとから、その内実として、全体の各部分をなすものが、期日に支払われた手形代金のように、思考につけ加えられるのである。この、内実をなすノエマ側(但し現象学での語法と異なって、当然に経験的充足性が認められる)は、このようにあとから思考の中に補充回収されてくるものであるから、それが原対象レベルで、分節をなすノエシス側(現象学とちがいここではべつに意識をかたちづくる実存的なものであるとまでするものではない)がそれに対するメタレベルだとは、いうわけにいかないのである。この場合、カオス的質料は、むしろ、ことがらそれ自体として、まさに概念の外延に、そして分節そのものの形相は概念の内包にあたるのである。ここで生じていることは、内側にある外延に対して、外側から内包がそれをとりかこみしめくくっているという構図であって、外延といわず〈内延〉、内包といわず〈外包〉とでも呼べばわかりやすいのだが、ことがらは外延（概念の元《げん》の分布範囲全体）と内包（概念の徴表の総体）という語に正しくあてはまっているしまたこれらの語は独仏英語の「外」（エクス）と「内」（イン）にも対応して設定されているので、しかたがない。そしてむろん、論理学的論理そのものにおいては、外延によっても内包によっても全く同じ概念（または集合）が指定されることとなるが、ここでは外延と内包それぞれによって、ものごとの、レベル差でも性質差でもない、位相差が、いや、位相すら同じ見方の方向差が、指示されていることになる。（全体性と、分節一般とを並べて扱いつつ論じたが、同一性や統覚についても事情は全体性と同じである。同一性においては、「同一である」もしくは「補語と同一である」という、まさに同一概念のかなめをなす部分そのものが、約束手形となり、主語や補語の内容が手形代金となる。[16] 統覚においても、一人格というあたりまえの単数でなくわざわざ「統」と見られる部分が、「統」の個々の内容である諸思念諸感覚諸気分諸欲動を本当は含みつつ、先に思考対象となっているものである。[17]）

　理性が原理を求める作用自体は、これに対し、あくまで超越論的であり、ある意味で、メタレベルのものである。しかしここでこのメタとは、かかわりかたについてそのように性質づけただけであって、メタという一つのレベルを設定してしまうこと、或いはどんどんさらなるメタを設けて無限後退してしまうこと、いずれにせよ、一方では固定してとどまってしまうことになり他方では論理体系の中に体系のフィードバック的複雑化によって回収されてしまうことになるようなことをいっているのではない。いわば、原対象レベルと第一メタレベルの間に、原対象レベル平面と垂直になるように、根拠への問いを、立たせること、それ自体が、原理を問う理性の作用なのだ。それゆえ、カント自身が、構成的（コンスティトゥティーフ）と統整的（レグラティーフ）とを分けて、理性が認識を経験的対象以上に拡張する前者でなく、限界を定めたり目標を設定したりする後者に理性の本分を限定してみせた[18]ことは、実は——神などについてのほかは——何の解決にもなっていない。そうでなく、超越論的側面そのものとしての、神を消去しきった理性の地位を、直視しなければならないのだ。（その際むろん、単に誤った数学や物理学に関しての記述も、同様に切りすてて消去することとなる。）理性の、原理を求めるはたらきは――確認すれば――二つの部分に大別される。一つは、感性の空間時間形式や、悟性がカテゴリー表に従って感性に働くことで認識が成立するというコペルニクス的転回やのしくみを、細かく見定める働き。これはカントによれば悟性は構成的（コンスティトゥティーフ）であってよいためもあってすんなり行なわれているが、これもむろん、経験の限界を超えてという意味においても超越論的な作用であり、超越論的な領野である。記号論理学においては、これは、特異点以外のすべての――要するに体系内の全体の――あらゆる無定義語、公理、定義、定理を作定するはたらきに対応しており、これが超越論的作用であるため、記号論理学の体系の追究は、体系と全く対応しない信奉者の脳髄の発案によって、すすめられるのであるし、またこれが超越論的領野であるため、記号論理学の体系の追究は根拠の一切を欠きたんに信奉者の楽天・信仰によってのみ支えられているのである。――もう一つは、原理そのもの・根拠そのものを問うはたらき。これは、カント自身においては、神への否定的考察にまぎれて、忘れ去られてしまった部分である。記号論理学に対応させていえば、このとき問われるものは、まさしく特異点そのものであるということになる。（記号論理学自体が特異点を――消極的言及でなくそのそのものを問うことは――およびもつかない。）そしてこの後者こそが、理性の最もかなめとなる部分なのである。

原理そのものへの問いとは、決してスローガンや努力目標ではない。それ自体が、理性にとって有意な、ひとつの答えを、はっきりと準備するものである。その答えとは、根拠自体を他にまかせるのでなく問いつづけるのだ、ということを介して、ほとんど、その作用じしんのうちに、自己変形的に得られる。それは、徹底的な自己責任なのであり、機械的論理によったかりものの拒否であるにほかならず、つまり、まさに、「徹底した自律と、自前の思想の展開のみによる理念」ということであると定式化される。（この理念とは、カントにおいての神などのむなしい内容を消去した、思想の積極的成果であるにほかならない。）――この、循環論もしくは無定義語と公理の無限後退になるほかないと普通なら考えられるようなところにおいて、まさに、出発点の文を一つの仲介部分のみを介して、形式的かつ定言的な、定常波的に自己完結して恒真的なかたちへと、輪をとじるように描き出すことは、ほんらい、カントその人において特有のやり方である。そのようにして『実践理性批判』では「善」の定式が、『判断力批判』では「美」の定式が、その定式の意味するところはカント自身による理解とは若干異なるにせよ、みごとに産み出されたのだった。[19]――ここに、カント自身によっては見失われたいわば『純粋理性批判』での「真」の定式が、「徹底した自律と、自前の思想の展開のみによる理念」として、とり出されたこととなる。これこそがまた、すぐれて現代思想的な問題である特異点にかんする、現代の昏迷のうちに身を置く現代思想にとって核心的な答なのである。

カントの第一批判に対して――そこにこそ――「啓蒙の弁証法」の見方、つまり啓蒙の自己崩壊、啓蒙の必然的な自動的支配体制化（理性の消滅、悟性の必然的な論理実証主義化）を見ようとしているアドルノ[20]は、カントにおけるこの悟性と悟性でおさまらない理性とのわくぐみを、どうしようもなく徹底して見誤っていることとなる。だがそれは、その悟性と理性という観点自体を、そのままひるがえってアドルノにあててみるとき、ただカントに対する理解のまちがいというのにとどまらぬ、アドルノ自身の有する構図の、おどろくべき欠陥を照らし出すこととなる。アドルノのもつ図式、「すでに神話が啓蒙である。啓蒙は神話的なものに退化する[21]」や、「限定的否定[22]」の内容である「啓蒙の非真理要素の読みあかしが、至るべき啓蒙である[23]」、そして当の右記「啓蒙の弁証法」概念じたいも、図式そのものが、奇妙な二重構造、その片方が欠落しているので単なる欠落単層構造に一見見えもするが実は欠落が絶大な意味をもってしまう二重構造をしているのだ。つまり、アドルノの構図には、理性が完全に欠落していて、すべてが悟性の作用の中に放りこまれ、片づけられている。（「道具的理性」とはたんに用語の誤用であって、もちろんそれは悟性であるにすぎない。）ところが、欠落している理性は、記号論理学においてのように全く存在しないのではなく、欠落というかたちをとって、不可知な、神秘的な真理として、威丈高に、すべてのものに対して自らに近づくように厳命を下しているのだ。しかし、その欠落した真理へいくら近づいても、そこにはブラックホールのように、何もありはしないのである。単に、漸近的に、無限に近づいても到達することがない、ということのみがこの真理の真理性の保証となる。これが、アドルノの根底的な欺瞞性なのである、というより、どこかあわれをすらもよおさせるむなしさ、宿命的なまでに不毛で孤独な、いびつにゆがんだむなしさなのだ。メシア的な曲がなく、回復するものやなしとげの見通しや理念と無縁である。ユダヤ神秘主義がまちがった方向に発現してしまったというよりは、どことなくトラウマ的かつ幼児的である。そしてそのむなしさが、おそらくアドルノにおいて、原罪のようにやましさにみちた「自然支配」や、畸形的に発展のとまったモダニズム趣味にまでも、魔術にかけられたように瀰漫し、それらの母胎となっているものである。

二　理性と欲望、またはアドルノの「主観性の原史」の偏倚
——意　志——

カントは第三批判にあとからつけた、三批判書の総まとめともいうべき序論の最末尾に、理性・判断力・悟性の守備範囲を表にして挙げ、理性に対応する心的能力の全体を、欲求能力であるとしている(24)。欲求能力とは、まさに理性と無縁であるような、たとえば食欲、性欲、金欲、物欲、征服欲等の、やむにやまれぬほど強く欲望してしまうことの、その欲望をいだくこと自体を生じさせる能力であると思われるので、カントはどうかしたのではないかと思わせる箇所であるが、カントはそんなことを知らなかったわけではなく、ここには、実は第二批判におけるカントの構想が影響している。カントはそういう普通の欲求能力を下級欲求能力であるとし（狩りに行きたいので大事な本を読まずに返す、食事に遅れたくないのでいい演説を中座する、いつもなら知的な会話を喜ぶのに賭博に行きたくてぬけ出す、いつもは貧乏人に喜んで施しをするのに芝居の木戸銭の分しか持ちあわせがないため

すげなく断る、といった例を周到にあげている[25])、それを、理性の上級欲求能力のもとに従わせようと考えたのである。しかし、そこに至って、やはりカントは欲望というものに対する、手にとるような想像力の欠落において、どうかしているといわざるをえない。行動の諸欲求に対して、それを制御するような上級欲求能力を設けたくても、それは下級欲求能力と対立するような、別分野別能力における作用であってよいはずがないのだ。諸欲求そのものに対して効き目があるようにするためには、行動の欲求のうちの一つとして、「なんだっておれがそんな見苦しいことをしなきゃいけないというのだ、してたまるものか[26]」という、直接のものでなくてはならないからだ。

しかし、ここでふりかえれば、もともとの、原理を求める、超越論的な理性――いわゆる理論理性――のはたらき自体、一つの意志であり、欲求能力であると考えることができる。たとえば真善美の中でも真のみは、また理論と実践というとき理論の方は、それを遂行するのは、普通のイメージではたんに機械的な、別の意志のまざりものなく純粋に理論的真を求めようとするはたらきであるということになるが、そこには徹頭徹尾抽象的な真の系列以外の意志を考えないため、同時に、この真もしくは理論を追うのは、人間にとって全く別の、名誉欲、職業上の強制、その他の、根本的に別分野の不純な動力に帰するにもまかされていることにもなり、イメージとして、明らかに矛盾している。そのため、真を求め、きわめようとすること、それ自体が、一般の行動上の欲求における意志とは別分野の、欲動を有しない抽象的真でも具体的欲求への依拠でもない、一つの意志でなくてはならない。一般的な考え方では真を求める作用を機械的論理判断の自動的進展能力である悟性にしか考えないので、そこに意志を想定すると奇異な感じをひきおこすわけであるが、この、真への意志は、まさに悟性でなく理性に対応するのであり、理性が原理を求めることの、発生源、欲動動力となるのだ。

権利問題としてこのように明らかである、欲望そのものとしての意志とは別箇にこういう真への意志があることは、事実問題として日常的にすでに実感されている例においてはより自明のものである。たとえば文学を題材とする論文において、いったいこの論者は何がうれしくてこんな論を精力的に展開していくことが可能なのだと不思議でたまらなく思うような、物語理論をそのままものさしのようにあてはめるにとどまらず構造主義的文化人類学的概念をそのありあわせの物語理論にだきあわせて立論のわくぐみをつくりあげているような例に出くわすことがいまだに往々にしてあるが、その場合しがない文学研究者であるその論者に大した名誉も見返りも見込めるものではなく、たんに、——しかしこの場合は理性の目覚めを欠いた——真への意志が、かれの自然な欲望への意志の種々相にもまさって——ここではひどく出鱈目に誤りつつ——欲動として発動しているのである。

　この、真への意志そのものが、また、行動の中での欲望意志とちがって、根拠を求める理性自体のはたらきによって、その場合その場合の行動の中での欲求の実現や放棄の結果がかたちとして形成されてくるそのあり方ともその都度あいまって、幸福ということの成立の根拠ともなるはずである。この幸福は、カント自身においていろいろな不手際を重ねたあげくに神や最高善や道徳とのからみの中に不細工に規定されてしまう[27]——神それ自体が理性の話題として方向のふみはずしであった——のと異なり、具体的な欲望意志と関連しつつ、不当な諦念を前提にすることなく、現実のしかしあらゆる欲望が全ては実現するわけもない局面の中にその都度細かく応じて、たんなる漠然とした気分としてでなく、まさに欲望への意志の成果と真への意志の成果のかねあいのかたちそのものとして——それ以上具体的にここで言えないこと自体が、個別具体の保証をなす——、まさしくカント的に、人間の能力のうちのより上位のはたらきの中にそれ自体として存立してむなしく非知の中でくずれさることはないものとして確固として基礎づけられるものである。

　このような真への意志は、論理的作用において、他の何かの思わくによる欲動の流入というのでなくそれ自体独立の欲動として貫通しているので、たとえば論理的作用一般にかかわる日常の言語においても、しくみのかなり深いところまで、その性質の痕跡が刻印されている。言語のより本質的な場面は一回一回の表現がなされるパロールであり、実際の語の意味も、そのときさらに新たに標準義から微妙にうごいて定まるのだが、ここで直接に問題とするのは、より社会的な、規範的制度的場面であるラングにおいての語の意味の、ある性質である。およそ、ラングという側面においては、語義は超個人的・非人称的にすでにして決しているものであるため（そしてそこにおいては意味が個人的でないからこそ、カラー印刷の描点素子が丸型だろうが角型だろうが同じ画像をプリントアウトできるように、個々のパロールにおける表現をになしうけることが可能となる）、そこでの語義自体について整理する際には、いちおうソシュール的な、語と語の対立によって語義同士が定まっているという言い方を採用しておいてとりあえず構わなそうでもある。しかし、そこでさらに一歩ソシュール寄りに踏み出して、ラングとしての語義は非自然的に、社会的存在たる各国語精神（各国語エス）の恣意によって決まる（各国語精神とはむろん擬人化して想定されたものではないが、社会をになっての少なくとも非人称並みに主語適格存在となる半擬人化を強いるのは、恣意という語である）と言うとすれば、そこに決定的にぬけおちるものがあるのだ。語義を決するのは、真への意志による、ことがらを指し示そうという、強烈な意欲の、痕跡の積み重ねなのである。初源的・発生的にも、たとえば漢字の象形・指事・会意文字や、和語の古語の奇妙な転義の語源や、手話の一語一語の表わし方やの、ありとあらゆる指し示しや、仮託や、比喩的方法やの堆積に、それはよくあらわれている。対立という静的現象への還元などもってのほかなのであり、いわば、ラングにおける各語のデノテーション（主要義、表示義）自体が、コノテーション（副次義、共示義）的非実定的な、指し示そうという意志による、これでもかこれでもかという、あの手この手による対象指向作用の結果であるのだ。（社会的以前の自然的条件には完全に目もくれず恣意性をふりまわす丸山圭三郎が、その中でも、語と語の対立のみから語義が確定されるという水平間の関係における恣意性の方が、語と語義との結びつきにおける垂直間の関係における恣意性よりはるかに重要だと繰り返すとき、[28]丸山は二重にも三重にも誤っていることとなる。）

このいかにも些細なちがいが、しかし真への意志の貫流そのものから由来しているのを思いあわせるとき、この何でもなさそうな逆転は、実は、現代社会の日常における、言語自体の窒息の、一部を振り払う契機となりうることがわかる。――現代の日常において、人々やありとあらゆる会社・組織が、およそ近代的理念をそのつど取りかえのきく大義名分として用いることによって、ありあわせの理念は反論可能性へつながるあらゆる対抗的な既存理念をすべて瞬時にひきよせてしまうに至りすでに無効化しており、それが、近代的理念にとどまらずおよそことばの一語一語がその口に自動的反論可能性をつめ込まれて発語と同時に死んでしまうと言いうるまでに、日本の高度資本主義状況は先端化している。もとより、自前の思想や表現により、その語を使う必然性があるところに語の一つ一つを使えばその語は死なないのであるし、また、作品としての言語表現とまでなるに限らずおよそ日常的言語においても、かつ別に現代に限らずともいつの牧歌的むかしでも、たんに惰性的な語使用が、決して語が生きて立つものになるわけもない。ただ、現代の問題は、社会の全体、閉塞状況の全体によって、個人が発する一語一語に対する、反論をからめつけての窒息が、自動的にしかも猶予なく行なわれてしまうので、語を窒息させないためには大急ぎですでにして同時にその語の入るあるひとかたまりの生きた文章となる自前の思想・自前の表現の中に定着させるだけの、熟達した頭脳の技量をほとんど必要としてしまうほどである、という点である。――ここで、例えばとある中央省庁から、「さわやか運動」なるものを敢行奨励する通達が、いかにも無味乾燥の他の処理文書の山と全く同様の箇条書きによる詳細内容指示の外観をそなえて、この中央省庁の管轄する末端外局のはしばしにまで遅滞なく送付されてくるとき、これを職場でつい目にしてしまった者は――神経がまだ麻痺していなければ――、これは全く意味のないそもそも本気でないアリバイ的擬態を装っているだけの項目であるはずだからと気をとり直そうとしつつも自らの言語中枢にある「さわやか」という語がとんでもない悪性の中毒に冒されてほとんど回復不能となっていることに気づくはめになる（そしていかに言語能力・思想能力に秀でた者であっても、この中毒から簡単に癒えるのは、その時より以前にすでにして「さわやか」の一語が不可欠に立った使い方をした表現をみずから書いているという場合に限るはずである）。ところがその場合われわれは、えてして、このような、言語を実定的制度的使い方をしたものであるお役所言語は、語のデノテーション

（主要義、表示義）のみが無残に放り出された、コノテーション（副次義、共示義）への配慮を一切欠いてコノテーションにおいて破滅的にまちがったものであると、みなしがちである。実定的制度的手続きの思考法（社会中枢部が、社会をともかく日常において機能させることをたてに支配するさいの、常套的手段）は、たんに形式論理のレベルでいっても個々の判断の厳密さも細部の事態の同定における論理性も欠くものであるにすぎないが、その疫病的使用においてデノテーションでの開き直りを許せば、あとは社会のお互いの役職内での棲み分けの問題となってしまって、こういう言語使用をただすのは至難のわざとなる。しかし、これは、コノテーションでなく、デノテーションそのものとして誤った、直接に駆除されるべき言語使用なのだ。語の選択の際の、その語に蓄積した意欲に託してことがらを指し示したいという意欲そのものにおいて、――たとえばこの場合さわやかというのと――正反対の手あかのみがこびりついている時、それは表現法や文飾においてゆきとどかなかったのでは決してなく、デノテーション（主要義、表示義）の語義そのものの誤りとしての指弾を受けるものである（ラングの――たとえば正書法等についての――決定に一定の責任を負うものである公権力公教育――当の省庁の所管分野でもある――によって、誤用として改めて挙げられ周知されるにふさわしい）。――もちろん、件の省庁所轄官吏は、自らの下級欲求能力の発動によって、この誤りを認めることはありえないのではあるが、少なくとも、理路において、閉塞内にどうせからめとられ回収されることとなるような微妙にねらいをはずしたものでなく、このように閉塞の核心を一つ射ぬくものであるとき、それは、閉塞をつき破るための、直接の力となるものであるはずである。

アドルノは、『啓蒙の弁証法』において、啓蒙を進展させる、人間の論理能力という主観性が、啓蒙における原初からの自然支配に由来しつつ成り立っているという、「主観性の原史」[29]を考えている。これはまた、ミメーシスの重視[30]ともつながる、『啓蒙の弁証法』の通奏低音的副次伴奏旋律でもあるだろう。この「主観性の原史」において、アドルノは、ここで述べたような、行動上の欲動の意志のほかに、真への意志そのものが、理性の発動源、原動力として当然想定されざるをえないということとは完全に無縁である。アドルノは、意志を自然支配をとり行なうような通常の意欲の側にのみ、偏倚させていることになる。それだけであるならば常識的理解と共通なのであるが、しかしそれだけにとどまらない。アドルノの、単一視の偏倚は、この意志を、直接に、アドルノ的啓蒙（「啓蒙の弁証法」の呪縛のうちにある啓蒙）をとり行なう悟性に、まるまま付与してしまう。抽象的な真を、欲動の原動力もなく抽象的な機械のように、非物質的に追究する悟性——そして、その悟性とは本来は別箇に、但し人間がその悟性を働かせる際には肉体をそなえ諸欲求をそなえた人間として、はっきり意図を見せることはなくとも、真そのものとは別の世俗的日常的利益をめざす欲動にとって何らかの益することがあるがゆえに、真そのものを追究するモティベーションが成立する、という、一般的な日常的理解をもはるかにとびこえて、アドルノは、理性を欠いた機械的な「計算的思考」[31]である悟性そのものに、通常の、行動上の欲動をひきおこすものである意志を、そのまま付与する。まるで、ＳＦアニメーションにあらわれたナチス（的近未来仮想敵）のみがもつような性質であって、これが、思えばもともとあらゆる弁証法的変化も歴史も欠いていた、つねに単純に同じ顔をした機械的論理計算能力であった「啓蒙の弁証法」をになう、主体性であったにほかならない。

三　同じい適意、またはアドルノの破綻のモダニズム
——崇　高——

カントは第三批判にあとからつけ加えた序論の末尾に設けた上級認識能力の表において、判断力の総体を、快・不快の感情という心的能力にわりふることによって、[32]この第三批判が、哲学の三大分野の一つとしての美学の地位を基礎づけるものであることを明確にあかしている。しかし、カントのそもそものこの第三批判の執筆意図は、全くこれと異なる、とるに足らない自然目的[33]の記述を、柱とするものであった。第二批判において、構成的（コンスティトゥティーフ）には認識不可能である神を、統整的（レグラティーフ）に道徳的に要請するとい

うおまけをつけたカントは、よせばよいのに、その両者の橋わたしをするというつもりで、しかしとんでもなくことがらのすじみちをふみはずして、同じくあくまで統整的ながら、現象として実在する外的存在たる自然に対して、それを見る人間の主観においてのみ勝手にであっても、自然目的を想定するということを考えてしまったのである。ことは単純に徹頭徹尾分子物理学・分子化学的存在である、生物学の分野に属することなのであり、そこへ主観的と銘うって自然目的（むろん、ここでは、生物学においても当然設定されるような、生殖目的、繁殖目的、進化目的といった、そのそれぞれの中で具体的連鎖関係として部分的にとり出しうるものを超えた、それどころかそのような機械的なものと対立する点のみをそこからぬき出した観念でこそあるような、知性的存在者による自然目的をいうものである）などといったあやしげなものをもち出すことは、単に蒙昧な、児戯に等しいことであるにほかならない。この結果、第三批判の構成は、せっかく「美」の定式を奇跡的手腕で普遍的にみちびき出しながら想定自体が自然対象に片よってしまっているため芸術に対してそれを正しく適用するには或る種の根本的変更が必要となる[34]前半の美的判断力批判の部分とあわせて、後半として、目的論的判断力批判をだきあわせるものとなっているものである。そしていうまでもなく、その目的論的判断力批判の部分は、――その中でさらに展開する道徳的神学の部分[35]が、いやしくも神を認めるという仮定の上では、およそ現在に至るまでのあらゆる宗教の原理主義派における迷信、教条、偽善、圧制を風通しよく打ち払ってくれるだけの効果、かつてハイネが第一批判についてロベスピエールになぞらえた理神論の神の首切りの刀の冴え[36]をさらにいちだんと研ぎすましたかのような各宗原理主義の神の首切り効果をもつほかは――ほとんど一顧だにする価値をもたない。

また、美的判断力批判の部分も、主要な話題を集中的に論じている箇所においては、話題は、大きく、美についての部分と崇高についての部分の二つに分かれており、その崇高の部分は、普通に見ると、とりあえず相当奇妙にみえてしまう内容となっている。第一に、もともと伝統的にいわば美の亜形態として無反省に美と並べて論じられてきた崇高を、そのまま美と並べて論ずることは保ちつつ、立論上神のしっぽのついたカント自身の使い方における人間理性（カントの用語はむろん単に理性だが、本論で特異点と対応づけて構想するものとのまぎらわしさを避けるため、以下しばらくこの訳語を使う）にくっつけるやり方を思いついてそれを力まかせに遂行したかのように、構造が、無理な曲折をしている。崇高は、自然物自然現象に見てとれ、人間を危急の恐怖を感じさせないたなあげにしたあり方でうちのめすものであるが、しかし自然自体が主役なのではなく、それどころか、そのうちのめすものをさらに超える人間理性の崇高性を自らのうちに感ずることに、その本質があるというのである。[37]（不快を通じて感ぜられるしくみをもつ快であるため、これはすでに「美」の定式の自己存立的なあり方との関連では、明らかに副次的な、派生的な立場に立っていることになる。）[38]およそ人間理性の崇高性を感じるためになぜ好きこのんでまず必ずうちのめされないといけないのかわかりえないし（下位能力の捨象といってみるとしても、その捨象がなぜ不快をともないつつまでして不可欠なのか――人間理性は自らを裸にしないとわからないほど自らに対する想像力を欠くというのか、原理的に説明のつけようがないだろう）、またたとえば現在だと、具体的に、太陽系四十五億年の歴史をコンピューターグラフィックスを駆使してこと細かに見せつけられたとき、安手の悠久の感に感じ入る者ならいても、その宇宙史をさらに凌駕する自らの人間理性をまさにそこで実感する馬鹿は、まずいまい。そして第二に、この崇高は、論述上、大なる量を感じさせる自然についての数学的崇高と、威力を感じさせる自然についての物理的崇高に分けられているが、それを分ける時の理由が、心的動揺を想像力が関係づける先が、認識能力であるか欲求能力であるかというそっけない記述のみであって[39]そのあといきなり二種の崇高が導入されていることにおいて、そもそも根本的に矛盾している。説明もなく認識能力（悟性）と対比される場合の欲求能力をうけもつものは理性でなくてはならないが、そちらの側である物理的崇高一種でなく二種ともにおいて人間理性が崇高の説明のかなめであるからだ。――カントにおけるこの崇高の構造について、柄谷行人は、発言の中では白眉であるといえるような、明快なマルクス的把握をしている。崇高は人間理性の無限性を疎外（外化しての対象化）したものである、というのだ[40]（このような末節部分に対する評価は柄谷からすればむしろ心外であるかもしれないが)。疎外態であるとするならば、うちのめすような投影被写体と人間理性とのあらかじめの一致の側面が、曲折なく言えるのである。この場合、この崇高は、論のシンプルさとして、一つの説とはなる資格はもつが、前述の欠点を有することにはかわりない。

ところで、目立たぬ箇所であるが、第三批判の中の総注として書かれた或る部分に着目すると、崇高について、疎外ですらない直接の価値が、うかびあがってくる。カントはそこで、判断力に対応する守備範囲である快・不快の感情について、第三批判本文冒頭からの数節を整理したものにさらに崇高一項の補足を加えて、快意の感情は、対象が、感覚快であるか、美であるか、崇高であるか、善であるかの、いずれかである、というのだ。(41) ここでは、一般的なありとあらゆる欲動意志の対象でもある感覚快までも含めて、あらゆる上位下位の、対象に対する意欲のあり方の種類が、快意の感情でしめくくることを介して、広い意味での美意識の中に統合されている。崇高をどうしても理性とむすびつけようとするカントの性向を尊重しつつこの布置を見返せば、ここで崇高は、まさしく原理の能力たる本来の理性と重なりあい、理性と並んで、カントにとっての、根拠を意味することとなる。そして、ここでの崇高がになっていた欲動の対象は、真を、それも、欲動とそぐわない機械的一致真でなく、理性真、根拠真をあらわすことになるのである。すでに述べたように、真への意志が、一つの独立の欲動として存在するのであり、それが、根拠を求めることを意欲する原動力として、理性を真へとかりたてる。崇高とは、ここで、一般的な理解では欲動を欠く抽象的なものである真を、快意の中へ位置づけるため、理性の欲動源になりかわり、人間を真へと——原理へと——ふるいたたせる根拠となっているような快意の感情であるにほかならない。それがカントに即していえば、理性そのものを感ずるということなのだ。(疎外という言い方をすれば、理性の疎外態というよりも、カントの概念構成において存在しなかった真への意志の、その欠落を埋めるべきもの・しくみの疎外態といえるだろう。)カントの崇高の論述順じたい、数学的崇高からより理性に関与する物理的崇高へと突き進むものだったのであり、布置の上で理性へつながろうと論理構成上の空白点のまわりをむくむくとわいた、真への意志の熱気だったといえる。こうして、カントにおいて崇高は、真への意志を広い意味での美意識の中にとかし出しつつ、自然の表象の中に、真への意志を映し出すのだ。（カントがあえて神のしっぽを残した深遠なる人間理性の方は、もともと、第一批判での理性の議論の際話題自体の過誤であった神——神は認識不能であり認識不能のものを認識としてでっちあげてはならないという話題——が、案の定第三批判の構想からすでに自然目的というかたちで肯定的積極的に理性の中に入って一体化してしまったものであり、ここではもはや問題にもならない。）

　ここでは、この、真（根拠真）、善、美、それに感覚快一般が、判断力がつかさどる適意が満たされるかどうかという、共通のわくぐみを持っている。別個のものである別種の欲動は、美意識ということで同じいものである適意が、どう満たされるかということで、欲動が行動に移される時に事実有効であると思われるような、共通の尺度を持っていることになる。人生を人生中の美的価値でのみ評価しようというジュネ風の耽美主義でも、人生の時間軸にそった連綿たる欲動の現実世界といわば垂直な方向にユートピア的価値を確保しようというニーチェ風の美的ユートピア志向でも、現実世界の中に現実を従わせる規範として美的価値をもちこもうというシラー風の美的教育の思想(42)でもなくて、これはただ、別々の意欲に従う別々の欲望も実際の各人の行動の中では美意識という共通の土俵の上で調整され、実現のかたちをもつということであり、それを不確定ではかないものにとどめず原理的には思考の中へ位置づけうるものとする(43)、上級認識能力諸力の、人間的な力なのだ。

　アドルノにおいてはこのような上級認識能力諸力間の統一的関連など論理構成のどこをたたいてもおよそ薬にしたくともないのはもはやわざわざ言うまでもない。アドルノお好みの芸術の美ですらそれが真そのものにとっての根拠となろうべくもなく、根拠というものの統一観念ははじめから思考のわくぐみに上りもしないものなのであって、美も、わずかに、進んだ市民社会の外化結実体現や真正の一般性の理念の宥和やをあらわす形式と、本当はさらにそれを超えて進んだものである内容との、緊張関係のきしみそのものとして(44)、ある種の真実を裏手から告知するものであるにすぎないのである。しかし、アドルノのその、一九一〇年代のモダニズムまでではほとんど自身にとっての発達をたどりつくして止まってしまった趣味と対応するものである形式・内容芸術観自体、そのアドルノ本人のもつモダニズム自体も、さらによく見ると、本人の思う以上の、構造としての破綻を示している。つまり、そこではモダニズムは、芸術における真実をになう要素としては、一旦、形式という桎梏となってしまったものとしてのみ、市民社会の歴史を作品にもちこまなければならないのだが、そうやって否定的なものとなることによってのみまた論ぜられること自体も可能ともなった形式要素は、一方で、アドルノにおけることがら一般の必然的な論理形態としては、非真理要素の読みあかしに貢献しそれを受けぬくことによってのみ、可能的真理がありうるのであることにおいて、もう一方で、論旨上当然そのもともと否定をうけた形式が内容にあてはまらず内容によってさらに否定されることによってのみ芸術論として結構するのであることにおいて、――いずれにせよ、内容の詳細にもよらず、さらに否定を受けることとなる。一回の否定による論のひねりと見せつつ、実際にはモダニズムへと収斂する芸術自体が、その形式要素を介してアドルノにより二重否定を受けているのだ。――いきおい、個々の作品に関して否定の否定を受けた対象として、否定的評価で断じぬくか、肯定的評価に転ずるかは、事実において、たんに恣意的にアドルノの好悪の暴力においてなされている。モダニズムの、作品における形式と対立する内容は、現代芸術に対してあるべき直接の好みの具体的詳細としては論述上はなおざりにされ、しかしそのまま肯定の判定の中へと密輸入されているものである。むろん形式要素の対極へと概念操作してみちびきだされるものであるマテリアールやミメーシスは、ここで芸術の形式と直接に歴史の現在においてせめぎあっているはずの内容とはならない。こうして、なによりもアドルノにおいては、芸術、ことに現代芸術にむかうとき当然直接にいちばんの問題となる、対象作品のイマジネーションや判定者（アドルノ）のセンスがとわれることは徹底して排除されているのだ。

むろん現在、われわれのまわりの事実は、こうしたアドルノのかたことのように転倒した、しかしちょっと論旨に賛同する者を単純な啓蒙の支配のなす必然系列の中にうつぼかずらのように本当はひきずりこまずにはすまさない、文化産業や自己保存などの観点のように、暢気なものではないのであり、言語と社会の、ともにがんじがらめに身動きのとれなくなった閉塞にまですすんでいる。(むろん、とりあえず法的自由は保障されており、身じろぎはできる。ところが言語の場でも社会の場でも、油圧ブレーキをとりつけられたかのようにその身じろぎが自動的に減退させられてしまうのであり、だからこそ、閉塞と言い、言語がほとんど死んでいると言うのだ。)

このこと自体が、そうなることを直接に止めようとすることがまったく意味をなさない、歴史の必然なのであり、また、――むろんじじつ日本とアメリカそれにもともとの西ヨーロッパ(ドイツはもちろん歴史的にそうでない)のごくごく一部のみがそうであるような、社会の技術革新自体の最先端化や国民可処分所得の飽満といった経済実体面とも正確に重なりつつ、しかしそれ以上に――この閉塞こそが、高度資本主義最先端の、定義に近いほどの特徴そのものとなる。最先端の精密電子機械工業の技術革新そのものが恒常化していることに乗って資本主義自体は単純な製造業からはなれて複雑化することそれ自体が日常化して、それもまたある意味では社会の飽和の風景をかたちづくっているなかで、社会のシステムや流通する理念、社会と対抗的に採り上げようとされる理念までもが全くのそれに対する対応を見せず旧態依然として使いものにもならなくなったまま、まさしく飽和しているのが、高度資本主義最先端だからだ。日本は本来前近代性にほかならない社会の風通しの悪さによって一気にアメリカをも越えて歴史においてまさしく世界でも最も進んでこのまっただなかにあるのであり、またアメリカも、いくら風通しのよい、自由競争自体の独占無競争への終結を強者の本能により勝利者たち自身がにくみ奇跡的に回避する、自由競争再生産の一面と、きれいごとのすりあわせを経済制度の最低限の改革やマイノリティーの諸理論へまで組み上げる能力の一面をそなえているとはいえ、他民族の他国を民主的に扱おうという想像力は相も変わらず一滴も持ち合わせない中、近代的諸理念自体の当然の無効化と言語の記号的浅薄化により社会はきれいごとを本格的に理論化する能力を全くうしなってまさしく半身不随に飽和しているものであって、さらにフランスは、閉塞が正確に呼吸されていることにより、高度資本主義社会の最先端の一角を占めるものである。

そしてもちろんここにあって、思想も作品も、双方とも、言語の閉塞と社会の閉塞の両方ともにとりかかり、風穴をうがつものでなければならないのは自明のことである（あたかも、フーコー、ドゥルーズ、デリダの、それぞれ初期の著作群もそれをめざしていた――と論者はそれらを読む――のと同じように）。すでに前の節でも述べたように、思想や言語表現作品としては、それは、自前の思想、自前の表現ということに尽きる。[45]しかしそのとき、やはりすでに述べたように言語そのものとして思想や作品のことばが立たなければならないことやそのための条件は、いつの時代でもむしろかわりないのであって、すると、とりわけ現代において、自前の思想、自前の表現のいとなみは、言語そのものよりむしろ社会の閉塞に対応するレベルにはじめから属する、特別の事件であることになる。すげかえ可能なありあわせの大義名分となる近代的諸理念を、はじめから遮断すること。社会的に、自前でない言語を、ただ駆逐すること。指示意欲と異なるお役所的言語使用がデノテーション（主要義、表示義）において誤っているのであることをはっきりさせ、文飾の不手際という言いわけの逃げ道を断つこと。語が二値対立的分節よりなる記号であるという説（それは当然アドルノのいうような啓蒙の野蛮化に自動的に至る道である）をゆるさず、概念というものを、発話者にとりあえずラングへと身を堕すことは強いるがそれを通じて達意のパロールとしてラングと別の表現のゆるぎない意味を確立するという、言語本来でのあたりまえの性質へと、回復すること。のさばる実定的手続きの思考法やその上にたつ社会システムによる、真綿のようなしめつけ（社会の閉塞の、実体的社会でのあらわれ、機能の部分）に、ほんとうは単に身をまかせて遊びつつ目はしを利かせて偉ぶるような論議となること決してなく、思想として直接に立ちむかい、実定的手続きシステムの中であげ足をとられることをおそれた皮相な人間主義に助長されることでより言語にまとわりついてくる本当はとるに足らぬ自動的反論の山から、日常的言語使用での言うはしから語が死ぬことにはならぬだけの意味形成の余裕を、とりもどして、たんなる記号表示作用のみへとやせほそってしまった日常の言語を救うこと。批評作品を含め、文学作品としては、一作一作が、社会において常識的合意形成がなされたものの謂いである文化や、その文化のもつ構造の全体性を、その都度作品により構築され把握される人間の生そのもの・非日常的非記号的言語一語一語の指示により現出し切り開けていく作品世界[46]へと、突きぬくというのみである。——これらは同時に、言語の閉塞そのものを打破するいとなみでもある。言語の（むろん言語秩序のではなく、すでに述べたような言語の本質の）回復自体が社会の回復をもたらすのでもあるのだ。だがそれ以前に、これはそれ自体が、思想的に、より社会そのものに照準をあわせたいとなみと、おのずとなるのであるにほかならない。

第六章　意志のかたち

——カントの理性公的使用論またはベンヤミンの〈神的暴力〉について——

一　プリヴァート（「過去分詞プリヴェ」）とエコノミー（「オイコスのノモス」）

——カントにおける〈公的〉〈私的〉逆転の確認——

カントについて全く新しい理解を一挙に提示することを、縦横にもくろまれはりめぐらされたいくつかの軸のうち実は最も重要な軸とした本書第二章において、しかし、別の軸との関連のうえで『純粋理性批判』については論ずる切り口が直接には見いだせなかったため、論のわくぐみは、カント哲学の三大分野構成上は哲学（狭義の哲学、つまり論理学または認識論）が入るべき地位に、それにかわって、現代世界認識という立論上のもうひとつの主要軸との関係から、『啓蒙とは何か』の分析としての理性私的使用論が、変則的におさまる仕様となった。その際、カントの論旨は理性の私的使用と公的使用を、むしろ後者に重点を置きつつ、論ずるものであったが、それを、前者に重点を置きかえることにより、まさに現代社会に直接あてはまる視線を切り出すことが、論点となった。『純粋理性批判』についてのそれらと関心をともにする論点は、のちに本書第五章において、前論と同様の論理構成から、しかしこの第一批判に関しては、カント自身のより根本的な主張に従ってカントの主張の本体そのものを変更するという、前論をもとに前論より一次元増した手続きによって、はじめて見いだされることとなった。そして、それを受けて本論においては、ここまでほんらい関心の積極的対象になりえなかった、『啓蒙とは何か』における理性の公的使用への、こんどはさらにあたかもその後者拙論（本書第五章）の実践であるかのような着眼により、現代社会の核心をより直接的に突く、全く新しい視座の形成へとつなげながら、カントをめぐっての構成上の円環を側面や背面から興じつつ補完してもれなく閉じると同時に、ベンヤミンへの展望を開くことを、めざすものである。

ここではまず、本書第二章で論じた、『啓蒙とは何か』における、カントの理性使用についての〈公的〉〈私的〉の言い方の、常識からの逆転を、確認しておきたい。というのも、この、いかにも逆転に見えるカントの論じ方に対して、逆転と考えないでも単純に理解可能であるとする反応が、大きく二つに分けて実際に存在するのであり、そして、単に放っておいて全くかまわない小さな異論可能性と考えられるそれらに対して、それぞれ直接の反証となる深層事実に偶然ゆきあたったことが、本論を新たに発想するいとぐちとなったからである。

カントの記述によれば、公務員としての公務を含め、市民社会でのある立場において、その立場における義務に由来する制約を受けつつ理性を使用するのが、つまり公人として行なうのが、理性の私的使用である。逆に学者として読書界の全読者の前で、公務等の立場による制約を一切受けつけないで行なうのが、つまり私人として行なうのが、理性の公的使用なのである。[1] 普通に見れば、この〈公的〉〈私的〉は常識に対して完全に逆転したものとなっており、そこに大きな意義があるのであるが、このカントの語法が慣用に対して全くそむくものでないとする論拠のひとつは、「プリヴァート」（プライヴェート、私的）の指すものが、為政者たる王家の内部の役職なのであり、王家の私、という意味で、実際にプリヴァートなものであると言える、というものである。[2] それはまた、小領主分立的な、家庭外交的なイメージでの国際関係をもととし、そのそれぞれの内政のあり方の位置づけを、それらの国際的な図柄全体の中では、私的であるとするような、領邦国家的な、しかもなかでも宮廷的な、意識にもとづくものであるといわなければならない。

加藤典洋によれば、しかし、プリヴァートとは、歴史的には、よく誤解されるのとちがって、個人に属する、という意味なのではもともとない。[3] プリヴァートとは、ポリス的な（ポリス内の）関係であるポリティカル[4]（ポリーティッシュ）なもの（ポリティックス、ポリティーク）を、剝奪された、という意味である。語源的にも、まさに、奪われた、という意味以外の何ものでもない過去分詞[5]なのであって、たとえばフランス語では、現代語の形でも、この過去分詞プリヴェが、そのまま、プリヴァートを意味する一般的な形容詞そのもののかたちとなっているのである。

王家の私をプリヴァートと考える語法は、それゆえ、伝統上ありえないものである。君主が、君主たるいかなる側面においても、だれかに何かの権能を奪われていることはありえない。王家にも、家庭内の、秘められた、私生活的なできごとがあるとしても、その側面についてのみ何らかの権能を自らが自らから奪うというご都合主義は、論理上不可能である。奪う、と宣言しても、奪う主体が自ら自身であるかぎりは、一種の「やらせ」であるにすぎず、すなわちそれは決して奪われたものとはなっていないからだ。王家を完全に機関であると定義しないかぎり、君主には毛の一本だにプリヴァートなものはありえない。――大日本帝国憲法の法的に唯一常識的でほとんどそれ以外に整合的理解のありえぬ解釈である美濃部達吉の天皇機関説により、明治憲法下の天皇には、この意味で、その万世一系の神聖不可侵性にもかかわらず、むしろ私的生活がありえた。しかし、象徴天皇制である日本国憲法下においては、天皇は君臨すれども統治しない立憲君主ではなくて象徴であるため、その人間宣言にもかかわらずむしろ法的には人間ですらなく、そのため機関となることはできない。それゆえ、当然ながら、現行憲法下で天皇にはプリヴァートな側面はあることができない。現在、天皇は憲法に明記された国事行為のほかに、法運営上、公的行為と私的行為をなしつつ生存しているようであるが、いうまでもなく公的行為は憲法第三条第四条の規定により、第七条に明記された十か条の国事行為以外にあってよいはずがない（そしてそこには「等」の文字は一切存在せず、類似物追加はありえない）。第八条にいきなり出現する皇室の財産は、皇室が私財を有し、それに当然対応するほどの大きさのプリヴァートな側面をもつことをも予測させるかのような文言であるが、その条自体が、そこで言及されているものは根本的に国会の議決にのみもとづくものであることを規定するのを本来の内容としているのであって、それについて天皇が私的活動としておよそ何かを決定する余地は毛一本分もない。人間がなる機関でない象徴に、プリヴァートな私的行為はあるよしもないのだ。アメリカのある州の法が、罪刑法定主義を形式上おざなりに完徹する目的で、「ハトはこの公園に糞をしてはならない」(すなわち、もしすれば、この条文をタテに、バカ市民団体に文句をつけられるおそれなく焼鳥にできる)「犬は人を噛んではならない」(同様に、人が犬に噛み返しても安心だしまたは違反犬を合法的に保健所送りにできる)といった、動物に理解できるはずもない身勝手きわまりないこっけいな動物適用条項を設けているのとちがって、日本の国法は、たとえば自然破壊の告発者に動物たちの代弁を認めない確定判例を待つまでもなく、当然人間(そして特殊な場合だけ胎児)のみを対象範囲としているから、人間でないがだれが見ても生物である天皇には、国事行為のほかに、憲法その他のいかなる国法も関与しない、生物的生存行為のみが、かくてありうることとなる。——ここからも明らかなように、機関をなす立場に従事している人間の方には、プリヴァートな側面がありうるのであって、それこそが、公務をその個人の側からとらえた側面であるにほかならない。(そこでは、奪われてあることは、すでに本質的に逆か手にとられ転換されていることとなる。公務を公務に従事する個人の側から見る、ということから、奪われているあり方における関係としてのみ公務を解釈することが、みちびきだされうるからである。)それが、ただ役割契約上のみその役職についているにすぎないのだ、とする、という、公人の立場が〈私的〉であることの、根本的に視線を組みかえた拙論新解釈だったのであり、閉塞した現代市民社会にあける、あきらかな解放の風穴だったのだ。

カントの文章の〈私的〉(プリヴァート)という使い方が常識にそむかず常識を逆転しないとするもうひとつの論拠は、それを、国家財政、つまり国家の家政(ハウスハルト)とむすびついた側面を指すのだ、それゆえ公人の活動にあてはまる、とするものである。[6] 宮廷的イメージではないながら、国家運営を、財政的経済的側面でとらえたものである。しかしこれは、家政(ハウスハルト)へのイメージの畸型的退行化、とからかう必要すら実はないのであって、その、経済的把握ということそれ自体が、歴史的にはありえぬ退行であることを、みずからあかすことになる。

これも加藤典洋によると、エコノミー(経済)とは、オイコス(家)のノモス(法)、すなわちオイコノミーが、原義である。[7] それは、すでに述べたようにポリス的なものということをそもそもあらわすものたるポリティーク(政治)に、根本的に対立するものである。ここで、オイコスとは、ポリス(都市)と対立しポリスと全くちがう原理にもとづく空間であり、そしてそもそもこの二つの領域は、その構成要素を異にする。直接民主制を構成するポリスに対し、オイコスは、ポリスでの奴隷制の対象となる、征服された、野蛮なアジア的空間であり、[8] またポリスの一員である家長の支配の対象となる一つ一つの家父長制家空間を指すのであって、そこでは、奴隷をもつどころか、子を捨て、殺すことまでが認められていた。[9] ポリスこそが、言葉の空間であり[10](だから同時に、これがそのままのかたちで現代に再現できるはずもないことも自明である)、他者との関係を生きる複数性の空間である。[11]「政治は、これまでにない意味と価値を新しく作りだす行為の領域であるのに対して、経済は、人間の不変の共通の本性に根ざし、これなしには生きていけない不足分の充当(=解消)にあたる行為の領域を意味し[中略]、前者が人間と人間のそれぞれの違い(徳)を基礎にうまれる空間だとすると、後者は人間の互いの共通性(本性)を基礎にした空間[12]」であった。「これを簡単に人間と動物といってみることもできる[13]」のであり、ポリティカル・エコノミーという用語はそもそも完全な形容矛盾であるにほかならない。[14]

このような意味で、経済(エコノミー)とはそもそも、家政(ハウスハルト)であったのである。[15]——特に公務としての、国家・政府等における公人の活動は、カントにおいても、領域の上で、この動物的存在条件たるオイコノミーの対局にあることは、いうまでもない。公務に関する、国家におけるハウスハルトとしての私的なもの、という解釈は、したがって根本的に意味をなさないのである。カントの、公人としての理性の使用は理性の私的使用だという説は、そのままの転倒がもつ意味として読解されなければならない。——その場合、プリヴァートな領域として公務を見ることは、このオイコノミーとの関連で言えば、やはりここでも、オイコノミーの被制約的側面の残りの方がもつ余地において、つまりプリヴァートのその外(契約外の部分)での自由選択や複数性において、見ているのだということになる。公人としての理性の使用を理性の私的使用だとすることは、公的立場の役割規定を、たんに〈私的〉に役割契約にもとづくものとしてのみ有効であるにすぎないとすることだ、との読み解きが可能なのであり、それによって、雇用契約内容以上の〈公的〉責任を社会が個人になすりつけるみちすじを無化して、近代的諸理念の閉塞により現代社会のあらゆる場面にあらかじめしかけられてあるがんじがらめのあげ足とりの無限連鎖を、風通しよく、断ち切ることができるのである。これが、理性の私的使用に関する限りでのことがらの、十全な内容である。

二 ヘーゲル的な「否定的」わくぐみとしてのラング
——最良でも必要悪にすぎぬ「公共性」——

一般に、「公」の概念は、実際は多義的なものであり、そしてそのどれもが論ずるに足らぬほど根拠にとぼしく、かつ、そのそれぞれがしかし有害である。だが大きくわけると、「公」は、集団主義と、公共性との、二つのあり方で、現在われわれの前にあらわれている。前者は、たとえば「国」を公とするような強制意識・強制欲のことである。この場合、「国」が権威として持ち出され、その「国」への服従を強要するという、権威主義がともなわれることとなるが、「非国民」ということばがあらわすとおり、鍵となっているのは帰属する集団への集団主義である。ここでの強制自体の主要内容は、個が自分の属するその集団に全面的に奉仕することであるにほかならない。「国」を「会社」「部局」等々の集団におきかえても、やはり集団主義による小さな公が出現可能であり、そこで集団の利害にそむいて社会正義をなした者に対して発揮される腹いせが「犯人さがし」と呼ばれることが、それが「公」であることを示している。この「公」は、直接的な支配暴力が苛烈に発揮されるような、単純に野蛮な法支配の状況下では、もちろん深刻な死活問題をまきおこすものであり、また、現代社会においても、国法も、それを強制する警察・軍事権力も、あいかわらずこの集団主義の「公」によって、法維持の暴力を発揮しているのではある。社会内でのさまざまな不都合な強制力のもととなる、慣習的意識に粗雑にもとづいた、いろいろな段階での介入やそのまわりをうずめる思惑も、たしかに今なおこの集団主義に浸されてはいる。しかし、この集団主義の根拠となっているもの、そして、もしそれが明確に意識されたならば正当な根拠ですらあるものは、実はむしろ逆に、極端なエゴイズムである。「私が私が」が昂じて、「私の会社」が前面に出てくるのであり、「私の国」のおそれおおい権威や帰属意識・忠誠意識が生じるのである。この集団主義的な「公」を、集団内の他者におしつけようという、集団主義のきわめてみにくい、極端なあらわれ方の場合にも、その心理構造には、エゴイズムが容易に見てとれる。つまり、より自覚的指導的、地縁小ボス的な場合には、人々をその「公」に従わせても自分にとってはその「公」に従うこと自体が大事なのでは少しもなく、人々を従わせた「公」の中で自分が有する地位を借りて、自分が儲け、地位をさらに確実にすることが大事なのであり、この場合、厳密にいうと、精神上は、「公」は完全に虚仮にされているのであるし、また、より無自覚的付和雷同的、庶民的な場合も、その「公」の権威が少なくとも自分自身のアイデンティティーの一部を消極的になしていてそれにたてつかれると自分自身の尊厳の存立可能性が根本からけがされたように感じるという、自己防衛的な意識が根底をなしているのである。そのアイデンティティーは実際には未生（未成熟未成立）のアイデンティティーであり、寄らば大樹のかげのその大樹を歯牙にもかけられないと、自分はいっそう立つ瀬を一切奪われたかのように感じるというわけであって、いずれにせよけちをつけられるのは、自分個人の、（未獲得の）領分なのである。——集団主義が、エゴイズムを自覚し意識化した場合には、たとえば愛国心が、他者をもそれに従わせようとするどころか、自国（私にとって大事な私の国）の正当に誇れる部分をはれがましく思い、恥ずべき部分は恥じつつその限界の生じた条件をまわりの現実から愛憎こもごものうちにつかみ出す、という、きわめて自然な、だれにとってもあって当然の、正当なエゴイズムの健常な発露となるのだ。（ただしその場合には、集団主義はもはや「公」とは無縁かもしれない。）

必ず反倫理的でせいぜい長上権威道徳的であるにすぎない集団主義的な「公」とちがって、「公共性」を志向する「公」は、必ず倫理道徳的であり、それだけにいっそう、思想的には――その思想的無益さに無自覚でいる場合には――有害である。（これに加えて、政治的保守がいわばプロテスタント的清貧・興産の倫理道徳を意味し革新が倫理道徳より性的解放――反家父長制的および反資本主義的――の重視を自動的に含意するものであるヨーロッパとちがって、政治的保守が反倫理道徳的な権威にいまだにしがみつき革新がたんなる――俗流――倫理道徳をひきうけているにすぎぬものに堕している日本のかなしい風土が、この「公共性」を、いっそう現状に回収され現状を強固にするに加担する無残なものにしてしまう。）ここで「公共性」を志向する「公」とは、たとえば国といった集団や、権威を、いっさい否定し、公共性そのものに「公」を見いだそうという立場のことであり、その、集団主義とのちがいは明白である。そもそもこのような公共性の「公」は、社会における利害の調整をしか意味しえないものなのであって、会社制度や司法制度について抜本的改革をうちだすような論点などでないかぎり――利害調整論なら本来はそこまではいくべきだろうしまたそこまでいくとそれはふたたび思想との関連をもつものとなるだろう――、思想が対象とするにあたらないと考えられる。実はひそむ、公共性の「公」の無益さ、有害さまでも、普通には、わざわざ論じて、確認しておくまでもあるまい。しかしここでは、「理性の公的使用」を新たに考える道を開く露払いをしておくために、公共性との関連で、「公的使用」が普通に考える限りではいかに論ずるに足らぬものであったか、もし単純に論じればいかなる限定的な内容となるはずであったか、見ておきたい。

社会において制度となって支配している外的秩序のほかに、その社会において生きている人間の、いわば内的秩序というものがある。生産関係の進展等によって、人々の内的秩序が変化しているのに、外的秩序が旧態依然たる時、行政当局の下した結論は人々との間で緊張をはらみ、その緊張は外的秩序そのものを変革してしまうように人々の間に変動をもたらすし、逆に、外的秩序が旧態依然であるのも人々の間にいくぶんかはそれに呼応している内的秩序があるからであってもし仮に外的秩序が人々の内的秩序からほんとうにはるかおきざりになっている時にはそれはもはや秩序として意味をなさず、単に死文化し無効となる。ところで、この内的秩序とは、制度を欲し、秩序にあてはめられてあることを望む心なのでは、もちろん必ずしもない。外的な制度においてだけでなく、内的なものにおいても必ずある、コード的・規範的側面、その形成されてあるあり方、であるだけである。だからこそ、そのような内的秩序への適合が、社会的にも時代を動かすだけの破壊力を持つのだし、また、作品論において内的秩序に注目することが、つまらない迷妄な側面、単なる弱気の極限にすぎぬものをわざわざとりだして臆面もなく振り回していることにならないで、実際に顧慮に値する要素を扱っているということになるのである。内的秩序が、コード的・規範的であるとは、たとえば、日本語の標準語として、どの言い方が正しいか、どの言い方が排除されるべきか、という各人のもつ標準語意識における、その、コード・規範のことである。秩序そのものでなく、何をもって同意すべきものとなすか、何をもって不同意となすかという規範意識、そして、その規範意識の集積である、同意不同意を決し導き出すコード（抽象的規則）の体系として、およそ内的秩序は存在するのだ。（それぞれの個々人の意識のはたらきにとっては内的秩序はコードとして必要不可欠なものながら、特に個人のものの場合ほんらいきわめて無意識的なものなのであって、ある一要素の指摘が分析として有効な場合もむろんあるほかは、たとえば先にコード全体として自覚、意識化、解明、提示など、生きつつ人生の時間内でできるわけもないし生きる場でする必要もない、ましてや、他者とのその調整など、ただ有機的――しかもじつはほとんどフィードバック的というよりただ結果的――に以外は、たとえばそのすりあわせを公共性のルールとするという具合には、決してできようはずもないことも、ここで確認しておきたい。）

ところで、この「標準語」の例の場合、このコードは、ソシュールのいう、ラングであるにほかならない（いうまでもなく、潜在的抽象的にとらえた言語能力全体をいうランガージュ、実際に話されたもしくは書かれた個々の実現態のことばまたはその総体であるパロールに対し、ラングは各国語、そのそれぞれの規則の全体、をいう）。つまり、標準語とは、たとえばドイツ語学者が考えるような、統一とか人工とか純化とか整備とか普及とか政策とか統制（そして逆にその中での許容とか逸脱とかをたてにとっての規範性のなしくずし否認）とかいった個別事情の論議[17]とは何ら関係のない、コード意識であることになる。この、コードたるラングは、いうまでもなく、個々の発話的には、パロールの選択形成に対して、発話者の意識内で、上から規制を加えるものとして、かぶせられることになる。ラングはつねにパロールと対立する。ラングを、もし、その国語の今までに存在する全パロールから帰納的に抽象されるものとして定義するとしても、しかしそうやって抽象されたラングは、その時点で考えられる限りの、およそありうる無限のパロールを、指示してしまうこととなる。しかし現実にはラングによりつつランガージュが発するパロールは、伝達可能性・了解可能性としてはラングのコードに依拠しつつ、しかし実際に形成される意味としては必ずラングに反するだけの内容をはらみ、そしてかたちとしても、時々刻々ラングに変化を加えてゆくものだからだ。（この、コードたるラングが関係するのは、むろん国語全体の標準語、たとえば標準ドイツ語、標準日本語に限らない。また国家による国語統制の要素は、内的秩序の別の部分への沈着を経てはじめてラングに影響を与えているにすぎない。このことは、たとえば権力による統制の一切ない広島弁においても、県内東部方言の尾道弁も広島弁の一種であることに対しては、標準広島弁が考えられざるをえないことから、自明である。むろんその尾道弁においても、後背地での用例に対し商家の伝統を独特に受けついだ標準尾道弁があり、という具合に、各層で、ラングの規範はありうる。）

このラングのような、規範として働くコードが、個々人の内的秩序としてでなく、社会的に共通して通用するよう要請された場合、その中身が、積極的に追求される公共性の、個々の項目であり、公共性の個別とりきめの内容であるにほかならない。このとき、公共性は、ラングがもつ消極的な必要不可欠性の側面と、それがシステムとして個々のパロールを抑圧する側面とを、性質として、すべてそのままあわせもっていることとなる。具体表現であるパロールの成立のために、規範体系としてのラングがまず不可欠であるとしても、それは、ヘーゲル的意味における否定的なものの必要性、つまり、それ自体は否定的なものでしかないのに全体ができるための足場として不可欠でありかつ完成後はとっぱらわれるというのでなく完成後も全体の一部として残る(18)、そういう必要性であるにすぎない。公共性も、まさに個人の活動に対して、同じように働く。いくら必要でも、それは個人の活動に対して同時に抑圧的でしかありえないのだ。つまり、公共性は、公共の利益をあらかじめ含んで、かつその最良の可能性において、必要悪であるにすぎない。これがまた、一般的に、最も開明的に考えた場合の「公」の、そしてそのまま理性の「公的使用」をめぐる種々相の、限界を示すはずのものであった。

ラングを主要分野とする研究者の仕事に、規範コードのこのような限界は如実にあらわれる。ソシュール解説者丸山圭三郎は、独自の主張内容の戦略をえがく上で、むしろラングを悪役の位置に想定することになるのだが、論理構成がもともとあまりに全面的にラングに依拠しきっているため、その謀叛の過程で、二つもの奇妙な転倒を示すことになる。一つは、恣意性のイメージにおいて。丸山にとって、シーニュ(記号)の恣意性とは、繰り返し解説しているように端的に非自然性・社会性・文化性(自然条件に由来せず、人間の文化の結果にのみ由来する)であり、ソシュールの初歩の理解としてさすがにそこにはつまずきの余地などありえなかったはずである。バンヴェニストがこの用語を必然性と言いかえるように主張したのは、事実、恣意的ということばの本来の意味に、「任意の(選択意図の一切ない)、無作為的な」と「意図的な、作為的な」の完全に正反対の意味があることによるとりちがえ防止にすぎない(バンヴェニストは、「意図を一切欠く」をよりはっきり条件づける語に改めて言い直そうとした)。ところが丸山はバンヴェニストをこうときほぐすかわりに「バンヴェニストに理解できなかったこと」を、力をこめて述べる。「《構成された構造》においての拘束が強ければ強いほど、シニフィアン、シニフィエの絆が必然的であればあるほど、《記号学的構成原理》の次元においては、それが文化的であり社会的であり歴史的であり——とりもなおさず反自然的、すなわち恣意的であることがわかるのである。[19]（傍点省略）」ここで勇み足をなしているのは、実は、《構成された構造》であるラングにおいて成り立っているにすぎない「恣意性」に、力余ってつけてしまった《記号学的構成原理》である。まるで、実は丸山も《構成する構造＝主体》であるとするパロール[20]でなく、通時態の、ラングそのものにおいて、人間が開明されさえすれば、直接に、意図的な「恣意性」をふるうことができる（または言語契約調定者の半非人称的エスの意図的恣意）と、ひそかに主張されているかのような幻像が、うかび上がるのだ。事実としてこの《記号学的構成原理》が消極的抽象的以上の解放的内実を構成して示すことはついぞないのであって、「ルポルタージュ言語、コミュニケーションの道具」批判[21]は、必要な装備の一切を欠いている。すでに素描されていた「ラングの本質は恣意的価値体系であることを確認することによって、構造の産物である人間が同時にその構造をのり超える方向を示唆した[22]」の後段は、丸山の意図によらず「ラングによって」の仮装をまとうのである。

転倒のもう一つは、丸山の考えるカオスのあり方において。丸山自身の思っている、現実把握論の段階を超出した現実変革論のこころみにおいて丸山は、「まず最初に、人間が動物と共有する、シンボル操作以前の感覚＝運動的分節によって生れる第一のゲシュタルトを、市川浩氏の用語を借りて〈身分け構造〉と呼ぶことにする[23]（ルビ省略）」。「過去も未来も、コトバの産物であり、ヒトはコトバによって『今、ここ』ici et maintenant という時・空の限界からのがれ、ポジティヴな世界をゲシュタルト化する身分けに加えて、ネガティヴな差異を用いて関係を創り出す非在の世界を言分ける。この第二のゲシュタルトを〈言分け構造〉と呼び、その構造を生み出す構造化能力がランガージュであるとすれば、この過剰としての文化の惰性態こそ、ラングにほかならないことを明確にしておきたい[24]（ルビ・傍点省略）」。ここで丸山が現実変革論をもって任ずる「第二の記号学」は「カオスそのものを『読む』営為であり、［中略］世界と人間、人間と人間の新しい関係づくりである[25]」。ところがおどろくべきことに、丸山にとってカオスとは、たかだか「コトバを持つ以前には〈身分け構造〉が過不足なく掬ってくれていた自然が、文化の網では掬い切れないカオスとして存在し始め、これが日常の生活にまで氾濫する」[26]ものでしかない。その結果、「第二の記号学においては、［中略］ラングは、［中略］文化としての〈言分け構造〉すなわちコスモスにあたり、パロールはこのコスモスと、〈言分け構造〉によって〈身分け構造〉が破綻した瞬間から生じたカオスとの間の往復運動のモデルである」[27]にすぎない。ここでは結果的に、ラングはコスモスとして、カオスを創出までしているのであり、パロールの鳴物入りの「運動」は、たんに、自然としての〈身分け構造〉をはさんでラングにカオスを導きつなぎ、文化であるラングを日々回春させるものにとどまっている。丸山悟空が自分でどういうつもりでいようとも、いきついた先はお釈迦ラング中心主義をことほぐ以外の何ものでもなかったのだ。むろん正しくは、カオスとは、むしろ人間の「今・ここ」が、単に自然のうちでなく、自然と人類史が無限の連鎖をみせながら一回的具体的に交わっている場と接しているのである[28]、その無限の連関のことであると考えなければならない。カオス先在のゆえんである。対象を自然だけとし、人間が文化と社会を生み出し、人類史を形成していくというモデルでは、人類史は整除された構造の複合物であることになってしまうが、事実は、人類史のどんな部分も、生み出された途端、自然と人類史の無限連関のなかの新たな部分となり、改めて人間によって把握され直されるべき対象となってしまうのである[29]。この自然と人類史の重なりを、人間の共同体の日常にとって、共有された安全・利便な把握の、構造として、組み上げ固定化したものが、文化であることになる[30]。そしてこのときにこそ、カオスは、「今・ここ」の裏側で世界のすべてをまきこんでうずまいているのであり、芸術の刃をよびよせて閃光し、思想の営為とわたりあうものなのであるにほかならない。――およそ、このようなカオスからとざされていることが、公共性をはじめとする、コード的規範に立脚した、恥じる気配もないまどろみにとっての、睡魔のこんこんたる水源になっているのだ。

三　理性の〈公的使用〉と〈神的暴力〉のかたち
──加藤典洋『可能性としての戦後以後』『日本の無思想』と吉本隆明『私の「戦争論」』──

加藤典洋によると、タテマエとホンネという用語の現今の使い方においては、ホンネは、少し前の辞書記述にあるような、「本心から出た言葉（信念）」という意味でなく、逆に「口に出して（は）いわない本心」である。[31]つまり、現在、たとえば戦後日本に独特の、政治家が「失言」を撤回してかつ信念をまげたことを恥じない理由に、たとえ前言撤回してもホンネのところでは失言者の信念は変わっていないのだ、と人々がおのずと考えているという、「ホンネの共同性」があり、この場合、この「口に出していわない本心」としてのホンネが、信念として承認されていることになる。[32]しかし、さらに注意の要ることには、この新しい理解によるホンネが用いられたタテマエとホンネに関しては、ホンネは、そのホンネがどの集合規模にとってのホンネかということによって、そのままより小さな内部の部分集合単位にとってはタテマエなのであり、つまりタテマエとホンネは無限に入れ替わり可能なのであって、その系列は最終的にはいちばん内側に「どっちだっていいや」というホンネをさえ含意しているものである。[33]加藤によりつつさらに加藤をほんの少し組みかえて整理すると、ほんとうはホンネは「口に出していわない本心」ではやはりないのだ。実際には、タテマエとホンネをめぐって、ホンネをなす人間の「主張」として（というのもホンネはその人間がいだく「主張」をなす）、一、「本心から出た言葉である〈信念〉」、と、二、「口に出していわない本心、だと人々に思われていながら、しかし実は信念ではなくそれ自体一枚内側のタテマエであるにすぎぬゆえ本当は本心ですらないところの、〈口に出していわないホンネ〉」、と、三、「口に出していわない本心、という、新解である「正解」、しかしその実やはり「誤解」である考え方を、承認している場合の、ほんとうのかくれた本心・ホンネとなってしまっている、〈どっちだっていいや〉」の、三つの、全くちがう「主張」のあり方が、存在するのである。二つめと三つめは双生児なのであり、それがそのような誤解を含んだまま、つまり二つめの事情をすべてわかった上での世間智としてでなく（そうであってはじめて世間智となる）、事実そうであるように「ホンネの共同性」にとりこまれささえられたものとして、原理となって社会をおおいつくすとき、それは、一つめとは決して相い容れぬものとなる。

加藤は、このような現象の発生した理由を、先の敗戦直後の日本人の精神構造のあり方に見ている[34]（それは『アメリカの影』『敗戦後論』と一貫する論理構成である）。しかし、この現象自体は、信念による言葉がいかに無力化されてしまうか、ということであり、そしてその原因が、いかにすげかえ可能な大義名分が信念による言葉を包囲し窒息させてしまうか、にあるのであって、さらに、社会自体が大義名分のそのすげかえ可能ということをこの現象自体のいわば内部動力として保持するようなものに現代変質してしまっていることが、〈どっちだっていいや〉のレヴェルの指摘に、ちょうど対応しているものなのであり、まさしく、高度資本主義下の現代日本社会状況の特徴であるにほかならない。この閉塞の状況に対抗する有力な手がかりとして、旧拙論はカントの理性の〈私的使用〉に注目したのであったことは、すでにふりかえったとおりである。

ところで、加藤は、ハンナ・アーレント『人間の条件』（志水速雄訳、ちくま学芸文庫、一九九四年）『革命について』（志水速雄訳、同、一九九五年）をてがかりにしつつ、このような状況によって「言葉が死ぬ」と、「公的領域」が消える、それは、ポリス的・政治的（ポリティック）な領域であって、「公共性」、「公的なもの」のことである[35]、とする。そもそも加藤によって指摘されている[36]、カール・シュミットの、「民主主義が民衆に同質性を要求するのに対し、自由主義は異質性を要求する[37]」・「民主主義が［中略］政治的なものへの治外法権の領域はないとする国家総動員体制の全体主義への第一歩だ[38]」、またシュミットと政治的立場は対極にあるはずのアーレントの、「政治的・法律的平等は［中略］同質性の増大をともなっていた。けれどもそのような境遇が同質的になればなるほど、個人と集団における非同質性も大きくなった。［中略］このような条件のもとで、平等は、その基準となる尺度とその根拠となるべき超越的な実在性を、失うことになった」[39]は、それ自体の細やかさにおいて、いかに、もともと民主主義平等主義を大雑把にでなく正確精密に検討しさえすればはじめからそこに右記閉塞の構造を生み出す内部動力装置がひそんでいるかが、初期段階からすでに明らかになるかを、あますところなく示している。「公共性」「公的なもの」も、おのずとそれに対応する緻密さでとり扱われていることになる。──加藤自身においては、この緻密さは、「もしいま、公共性というものを現代にほんとうに根づかせようとしたら、けっして私利私欲に敵対してはいけない」「私利私欲を出発点として、その上に能動的な公共性を新しく作りあげる」[40]、という論旨となって、展開されてゆく。

加藤がアーレントによりつつとり出すこの「公共性」「公的なもの」は、むろん、古代ギリシアにおける公私の対立と対応している。すでにひいた、あの、ポリス（ポリティーク＝政治、意味と価値、公的＝パブリック・エッフェントリヒ、言論、複数性）と、オイコス（エコノミー＝経済、不足分の充当・解消、私的＝プライヴェート・プリヴァート、言葉のない世界、共通性）の、対立である。そこでの信念・言論、複数性が、言葉のない世界、共通性の中へととりこまれ、いつの間にか（アーレントにあっては古代ギリシア以降の歴史において、加藤にあっては敗戦後日本において、本論にあっては高度資本主義下の現代日本社会の閉塞において）、成立の場自体を失ってしまうのである（アーレントでは、この過程は、「公的なもの」が似て非なる「社会的なもの」によってとってかわられる過程である）[41]。ところが、この言論の場こそが、すでに見ておいたように、まさにカントの理性の〈公的使用〉だったのであり、われわれはこの観点から〈公的使用〉をいまや本格的に検討しなければならない。（加藤自身のまさにカントの『啓蒙とは何か』をとりあげた章は、公的私的の逆転を右記加藤の論旨の確認として読むだけにとどまっており[42]、ここではとりあげない。）

カントのこのような理性の〈公的使用〉を、まさにこのような、現代の閉塞に対して、〈私的使用〉以上に閉塞の再生産自動内部動力そのものをうちやぶりつつ、有効性をもつものとして、そのあり方の構造を、さらに諸条件の中から切り出すこと。――このことと最も反対のものとなってしまうのは、いうまでもなく、たとえば共通の理解の可能性の条件を公共性の内容として求めるような、またはコミュニケーションの有用性を規範として課すような、ありふれた民主的「公共性」、社会正義を重んずる「公的なもの」である。それらは、共通の理解の可能性を規範として提示してしまったとたんに、コミュニケーションの場を規範として相手にも参入をうながしたとたんに、まさに、規範は理解のあらかじめのコードとはなるものでなくそんなものなどなしに思想そのものは互いに切りむすぶのだと考えるような相手――そして少なくともそれはまともな考え方には最低限含意されている――にとっては、まさしくみずから主張しているのと逆の、対話の一方的終了、主張の一方的おしつけになるにすぎず、ほとんど論理形態上、実は提案の体をなすことすらむずかしい、初歩的欠陥をもつ。そして、それは措くとしても、現代との関係で考えると、まさしく前記カール・シュミットやハンナ・アーレントの引用においてうかびあがってきていた、民主を求めるゆえにむしろ現代社会の内部に言葉に対するしめつけのしくみを生じさらにそのしくみの自動的再生装置をまでなしてしまうというあり方を、これらこそがなしてしまっているにほかならないのである。それはまさしく、すでに指摘した、ラングの必要悪としての限界、コードの必要悪としての限界にも、それぞれの論理のあり方がなしている構造の上で、ちょうど対応しているものである。共通の理解の基盤を求める「公共性」、コミュニケーションへの参入の同意を求める「公的なもの」は、けっきょく、アーレントがオイコスの特徴にみとめる、単一性に根ざしている。それらのとんでもなく楽観的希望的にいだく自己像とはまさしく逆に、それらは、アーレントがポリスの属性とする複数性の対極をなすものであるにすぎない。

それでは、カントのいう公的な言論、理性の公的使用を、このような、共通理解コードの要請やコミュニケーション参入の要請におちいることなく、複数性に根ざしポリス的なものとして成りたたせることとは、いかなることであり、またいかにして可能となるのか。加藤が前著『可能性としての戦後以後』から一歩先へ踏み出して小著作『日本の無思想』において明確に主調音としてうちたてたこの問いに、加藤は、考え方の基本となる原理の再確認（ここでもここまでなしたような）以上は、具体的な解答をやすやすと提示するにはいたっていない。ところが、その解答は、福沢諭吉の「瘠我慢の説」に関する、加藤の前著の方においてのより詳しくまとまった論考の、しかもその加藤の読みを微妙に訂正したところに、うかび出るのだ。

福沢の「瘠我慢の説[43]」は、明治維新の際に幕府方の指導的地位にありながら敗北後新政府側での役職についた、勝海舟と榎本武揚を、「立国の要素たる瘠我慢の士風[44]」の立場から、批判するものである。この論は、「立国は私なり、公に非ざるなり」の一句にはじまっており、冒頭、諸国の分立状態からして、立国がすべて人間の私情に生じることで天然の公道でないこと、しかしその私情がやがて「忠君愛国等の名」のもとに「国民最上の美徳」と称されるようになること、といった、論のみちすじをたどる。すなわち、加藤によれば、ネイション・ビルディングをささえているのは一個の私情であり、国がなくなったら、ないその国を支えるのは、私情すなわち瘠我慢であるというのがこの論の主眼なの[45]であって、勝、榎本への批判の論拠も、旧君への忠義や死なせた部下への責任などではなく、そこにこそあるのである。加藤が、このように読んだ福沢の論を、敗者によるネイション論の企て一般の系列に位置づけ、その状況を一九四五年の敗戦後と比較する手並、また福沢の、別の論における、私利私欲の、公共性を築く基底としての重要性主張を傍証にひく手並は、見事である。雑誌『日本人』によって「拝金宗」とこきおろされた[46]従来よりの福沢の立場は、特に神の見えざる手のもと決して公益にまどわされない私利追求が国富の唯一の根拠となることを主張するような、経済的自由主義を激烈にとなえる、「私の利を営む可き事[47]」、「西洋の文明開化は銭に在り[48]」、「私権論[49]」といった、その題そのものに内容がすべてあらわされている諸論において、明白なのである。

ところが、福沢の瘠我慢の主張の、いちばん決定的な部分においては、事情はさらによく見ると微妙に異なっている。「左れば、自国の衰頽に際し、敵に対して固より勝算なき場合にても、千辛万苦、力のあらん限りを尽し、いよ〳〵勝敗の極に至りて、始めて和を講ずるか、若しくは死を決するは、立国の公道にして、国民が国に報ずるの義務と称す可きものなり。即ち俗に云ふ瘠我慢なれども、強弱相対して苟も弱者の地位を保つものは、単に此瘠我慢に依らざるはなし。啻に戦争の勝敗のみに限らず、平生の国交際に於ても、瘠我慢の一義は決して之を忘る可らず。欧洲にて、和蘭、白耳義の如き小国が、仏独の間に介在して、小政府を維持するよりも、大国に合併するこそ安楽なる可けれども、尚ほ其独立を張て動かざるは小国の瘠我慢にして、我慢、能く国の栄誉を保つものと云ふ可し(50)(ルビ省略)」。ここで言われているのは、国を支えるレッセ・フェールの私利私欲のことではなく、また、敗れてなくなった国をさらに支えるものでもなく、やはり、極端には「国民が国に報ずるの義務」とまでいわれる意味での、「立国の公道」なのである。しかも、それが、衰亡時にとりうる態度として言われながら、その態度を有することで実際に問題の中心にあるのは、現実的な弱者の立ちゆく平常なのであり、現実主義を確信づけるために、ヨーロッパ小国先進国の国際政治の場面がひかれているのである。瘠我慢とは、現勢において弱者であろうとも、むしろ、現実問題として強者の中で立ちゆくために、強者との間で、強者と強者の関係をむすぶことである。

強者との間でむしろプラグマティックに成功するために、弱者がこそこそせず自らも強者として対等の立場ではっきりと言論を表明すること。強者としての一対一の立場はむろん言論につながるのであり、その、瘠我慢によって仮構された場が、ポリス的な公的な場となる。——これこそ、まさしくカントの理性の公的使用が、ポリス的、複数性のあり方をまとってあらわれた、具体像であるにほかならない。個人的な自由さ・フェアーさ、創造性・活力の、起源となる、自分の基準に即して男対男で勝負にひかぬ意志のことである。弱者のプラグマティズムとしてのこの瘠我慢の意志は、それが理想主義的でなく現実主義的であることによって、高度資本主義の閉塞状況に対しても、そこでの閉塞を再生産する内部動力装置に対しても、かわらず一人分ずつの、うがつ力を発揮する。この意志のすぐまわりでは、そしてこの意志が近辺へまで波及した場においてはそれだけいっそう、勝負の生産性が保たれることとなる。およそ一般に経済的自由競争は独占へと、つまり自らの逆へと、必然的に帰結するものであるが、現代日本社会における新保守主義的な競争原理とは、競争から勝敗決定・勝者固定の過程すら経ることなく、その導入の瞬間においてすでに、自らの逆である、固定的勝者による支配権を新たな草刈り場にも適用するということを意味している。それが新保守主義のせいである部分は、しかしその喧伝における、粗雑さ・おためごかし・ほおかむり・丸どりという部分のみであるにすぎず、しくみそのものは、現代日本の高度資本主義の閉塞状況に由来するのだ。しかし、弱者が勝者固定を認めず競争をいどむ意志をもつこと（それはすでに強者としてのふるまいなのだが）、そしてそれにもまして、この意志が、たまたま実際に勝者となる場面においても、勝者がまさに弱者におちいらず強者対強者の関係をむすびうる者つまり強者としてふるまうことにより、自ら勝者の立場を固定するよりも、自らの勝利がより発展するために、あえて敗北のおそれすらある競争をつづけることによって、社会における、自由競争の生産性も保持され、全体の単純利益にもつながるのだ。それが理想論でなく結果的単純利益の誘い声でもともとありうることによって、この意志は、閉塞を、独力においてはわずかでありながら、確実に、うがつものとなる。

この意志はいかなるかたちをもつか。

ベンヤミンの「言語一般および人間の言語について」において、バベル以降の、現実の人間の言語が論じられる部分で突如この現在の言語の性質に「法」そのものが帰属させられ、批判の視線の波にさらされるが、それは論旨上まさしく、本論で論じた、規範としてのラングの限界に対する批判であるにほかならない。（ベンヤミンのこの論を、テクストそのものにひたすら即して具体的集中的に扱った論考は本書第八章であり、詳しくはそちらにゆずる。しかしこの点に関しては、知恵の木の解釈をめぐる神秘的事態でなく、それが端的に論証なしに、裁きと「法」におきかえられている事実それ自体によって、実際に本論で提示したコードの限界ということに、中身がぴたりと対応している。論証なしに裁きと「法」におきかえられる論理構成自体は、実はベンヤミンに独特の、ことがら事項がまるでそれらの段階間で照応しているかのような神秘的な誤解を与える具合に、まわりの付帯事項をもともなが高密度に相い接して並べられているために打てばひびくように論旨がある段階と次の段階との間を、まわりの付帯いつつ自在に行き来する、という記述にこそよっているのであるが、そのつながりにおいても、概念的な善悪認識が「おしゃべり」とされることが「法」とのおきかえの鍵とされていることとの言外の本当の内容は、概念による伝達の不十分さの裏面である伝達不要要素の過剰と、コード規範の限界との間の、対応移行なのである。)――吉本隆明は、『私の「戦争論」』において、「いずれは、自衛隊をなくせ、国家の軍隊を解体せよということになるのですか」という問いに「原則的にはそのほうがいいですが、［中略］自警団的なものにすれば差し当たってはいいんじゃないでしょうか」と答えたことを受けて、聞き手の、「国家間の戦争は否定するけれども、個人で戦うことは否定しないわけですね」との確認に「そうです。北朝鮮でも中国でもアメリカでも、どこかの国が戦争を仕掛けてきて、日本国を勝手に占領しちゃった、そして僕の家族なり知人を殺しちゃったという場合、それでも我慢するか、『いや、やっぱり我慢できねえ』と思って戦うかは、僕の勝手ですからね。それは僕の自由であって、誰も否定することができないものです。たかだか日本国憲法がどうであろうと、それは僕の勝手です。それは法律問題とはなんの関係もないことです[52]」と述べている。たかだか日本国憲法との関係で言っても、ここには（吉本自身を含め）憲法を扱うほとんどだれも気づいていない真実が実はある。第九条第一項後半が第二次大戦前のパリ不戦条約に類似のもので自衛戦争を当然のごとく除外し自衛戦争を認めている、という解釈（そしてそう読めるように諸方による条文修正の上可決されたからよけいにそう読むべきであるとの説）を採用するとしても、第一項前半において、それは国権の発動たる戦争のすべてをあらかじめ封じこめられた上でのことなのであり、第二項後半では国の交戦権を認めないというダメ押しの封印までがなされているのである。その結果、残されている自衛戦争は、日本国家によるものでなく、まさしく自警団――民兵がかかわってもよいのだから、当然警察権力ぐらいまではこれに加勢しうる――によるものとなるのであり、第二項前半で保持しないとされる陸海空軍その他の戦力とは自警団を超える規模のことをいうのである。（すなわちおどろくべきことに、自衛隊は、一九五〇年に警察予備隊として発足した段階までは、完全に合憲であった。のちの五四年に自衛隊に整備された時でなくその前の五二年の平和条約発効時に、警察予備隊から保安隊に拡充されたことが、自警団を超えた国の戦争、国の交戦を予定した戦力への変質を意味し、正確にその時点が、違憲へのターニングポイントであったこととなる。現在自衛隊は、しかしこれもあまり気づかれていないことだが、同じく違憲ながらまさに日本の司法にさしとめられることなく国際間で発効している、国際条約たる安保条約の定める日本国の義務にもっぱら担保されることによってこそ、合法である。条約は準憲法の地位をもつからである。ここで、条約第六条米軍駐留は、砂川事件確定判決がいうとおりむしろ明白違憲でなく、条約第三条が、憲法遵守をうたいつつ条約発効時に違憲存在として同時に存在することとなる保安隊の存在を前提としていることによって憲法第九条の誤解解釈をこの条約下の日本に余儀なくさせることによってこそ、この違憲でしかも憲法下で完全合法という組みかえが、はかったように機動的構造的に完遂されているという、おどろくべきしくみが、ここにある。そもそも論理構成自体としてほとんど日本では気づかれていない、戦力における国の国としての関与のあるなしという、合憲違憲の真の分岐点は、どこが解釈のかなめかすら気づかせない手際で、こうして安保条約により——どうでもいいがそれこそ国ごとといってもよかろう——乗っ取られた上に、巧妙に隠蔽されたのである。安保条約によって、日本は、ヨーロッパ人が真相を知ると腰をぬかすような、準占領状態に置かれているのであり、これは、例えばヨーロッパにおけるNATO基地の風景と日本における米軍基地の風景を見比べれば——そして少なくとも日本の一般国民と異なりヨーロッパ文学・哲学研究者はこの風景を自らの眼で見ているはずなのだが、なぜかだれも見ていない——本能的に肌で感じるほどに自明である。安保条約廃棄は、しかしアメリカから真に独立してやっていけるのかという検討能力と覚悟能力、および、その実現時に必要となる、社会全体の真の創造性のプラン内実、があって、はじめて寝言でない論題となる。）だがここではるかに大事なのは、吉本の「勝手」（二度言われている）が、まさしくあの「痩我慢」、つまり、弱者が強者との間で、強者と強者の関係をむすぶ、理性の公的使用にほかならないことだ。そもそも自由とは、「公」ごときによって保証されるものではない。そんなものは幻影にすぎない。与えられる奇跡的恩恵への待望にすぎないし、制度ごときへのその調整の役割をはるかに超えて過度の期待にすぎないし、それになにより、そんな自由は、その内実自体が、他による保証を待つだけの消極的自由であるにすぎないからだ。そうではなく、自らが勝手に、自由な、強者としての弱者の意志をもつことこそが、〈公的〉な場自体を作りだすまでに〈公的〉なのであるにほかならない。——しかもいっそう大事なことは、この、理性の公的使用が、さらに「法律問題とはなんの関係もない」という帰結をもつことである。ラングのコード規範の限界を介しての、右記ベンヤミンの「法」批判をこそ、これは内容としている。ここで、それと似たベンヤミンの或る概念を思い出せば、理性の公的使用の意志のかたちが何であるか、明らかになる。

ほかならぬ「暴力批判論」における〈神的暴力〉[54]がそれである。法措定的法維持的暴力である〈神話的（ミューティッシュ）暴力〉の全的対立物である、法破壊的暴力である〈神的（ゲットリヒ）暴力〉は、しかしまた非暴力的でもあるため、その、抑圧的宿命的なものを「神話的」と呼ぶのに対して解放的なものをこそ「神的」として「神話的」なものに根本的に拮抗しうる開明的な地位を切りひらいて与えていること自体において、目もくらむばかりに明晰明徹、天才的であるにもかかわらず、その実際ありうべき現実のあり方は、ちっとも明白にならない。ベンヤミン読みたちを失望させるようなソレルのプロレタリア的ゼネストをもち上げる甘さをみせたり、[55]ラングのコードの本質的「法」親縁性をすでに洞察していたにもかかわらず、本論でたどったようなポリス的言語の特殊性を画定することなしに人間の言語による「話し合い」全般を、楽園でなく人間の領分において、もともとは非暴力的領域としての言語であった[56]として無雑作に信頼し提示してみたり——そのさいの、嘘の不問容認、契約の敵視、外交の全面評価は無茶で、たとえば外交とはほんらい、ありとあらゆる努力の総体としてのみ、つまりそれこそ、ここでいう理性の公的使用となるものをそこから取り出してのみ言えるようなものとして、何らかの指標となりうるにすぎない――など、大事なただそのひとことの、法破壊的暴力である〈神的暴力〉の本義の外郭以外は、全く何も明らかにならぬのである。[57]〈神的暴力〉の内容は、しかし、理性の公的使用の意志の発現としての、吉本の述べた、〈法律問題とは何の関係もない私の勝手な意地〉（自警団という具体場面に限らず、同じ論理構成のすべての場合に）であるべきだ。それが事実法律問題と何の関係もないまま、現実の中での意志の発現であることによって、それは、この世界の内部の存在でありつつ、法破壊的（むろん法違反的ということでなく、法措定的・法維持的なものを破砕する、という意味である）であることを時空内に貫徹できるからだ。――理性の〈公的使用〉の、現実のかたちとは、吉本の言う〈法律問題とは何の関係もない私の勝手な意地〉の発現を内容とする、〈神的暴力〉であるにほかならない。それは、発現の意志としては、ポリス的言論として、あの「瘠我慢」のプラグマティックな実効性をもつのであり、そして発現して、法の根底の無効化を実行するとき、〈神的暴力〉の顕現となるのである。

第七章　近代の五つのステージ
——ベンヤミンの時代論および暴力批判論の再展開のための序論　またはカントについての四つの小さな補足——

一　超時代的な人間構造の基礎としての〈非在の抽象〉〈反省と意識〉〈時空と本能〉
——小浜逸郎『なぜ人を殺してはいけないのか——新しい倫理学のために——』を読みかえて——

善と効用的価値とは、まったく別のことである。およそ、ものごとを判断するさいの判断基準自体をあいまいな常識にまかせているにすぎないような、日常一般的な論議の場合、これらは単純に同一視されている。小浜逸郎の『なぜ人を殺してはいけないのか——新しい倫理学のために——』においても、全体として、「よい」ということが、抽象的な善そのものであるのか、単純に、好ましい価値（有益さ、支持対象）であり、だからそれは善である、と、気軽に等置されていることになっているだけなのかが、区別されずにいっしょになっている、といった傾向が、いたるところにあらわれる。善とは、しかし、抽象的な、それ自体が、善であるもの、の、なぜそれが善であるかを哲学においての倫理学的（むろんかならずしも哲学史学究的にでなく、また、いかにも装備を欠いた素手のまま素人談義式科学知識に依拠しながら俗的なヒューマニズムのごった煮に味付けを施すことに終始している観のある主流の現代倫理学的にでなく）に、原理において問うものであるのだし、価値は、価値そのものというのでなく一般的に近づきうると理解されている日常的用法におけるものとしてとりあえずは、いろいろなまったく異なる場面や立場や理由やによって、まったく異なる種々の位相において、選択され、よしとされることである、というだけのものであるにすぎない。そのような通常の用法での価値には、原理性も絶対性もなく、ただ、そちらのほうが採択されるのである、というだけのことである。そういう通常の価値の中でも、むろん、たとえば、あることが強制されないで許容されてあるべきであるという意味でよしとされるということと、あることがもし可能なら望ましいという意味でよしとされるということとは、ほんらいはおよそ、理由、文脈、意味内容が、まったく異なるのである。

そのような、小浜の論理基盤にもかかわらず、小浜がそこで取りあげる話題において、小浜の意図しているのとはかなりちがう具合にではあるが、われわれに、普段あまり気にとめずにいることを改めて考えさせ、それが人間構造の、超歴史的な部分のありかたを、目の前に取りださせてくれることになることが、いくつかある。本論では、同様に著者の意図とは別個に普段気づかぬ大事なことを見つけさせてくれる手がかりとなる次の笹沢豊から見えてくる歴史認識(本論の中心部分)の、前段階として、まず、小浜から思いおこされる基本的な人間構造を見ておきたい。——本論は、この、倫理と歴史をめぐる作業によって、論者が現在進行させている諸構想のうち、ベンヤミンの、暴力批判論を緻密に読解しなおしベンヤミンがそこで論じ残したことをさらに展開するという仕事と、ベンヤミンが、ゲーテ時代認識から、歴史認識、エピステーメー認識、近代認識、現代認識をどう本格的に構成することになるはずであるかをさらに展開し構築するという仕事との、準備段階をなしておくことを、めざす。(これまでに引きつづきとりあげるカントは、ベンヤミンにあってそうであるのと同様に、ここでの時代本質区分において、マイナスの方向にその属する時代を画するものとなるが、また、ベンヤミンにあって以上に、ことがらの中心において決定的な意義を持ちつづけるものとなる。)思考の展開の中で、近代そのものをめぐる部分がふくらんでこざるをえず、自説全体の中でのその位置づけに、途上でこそ生ずる基礎部分としての有機性を与えうるよう、ここで、かたちにしておくものである。

小浜は、標記の著作の「第一問」(以下「第一章」というように表記)、「人は何のために生きるのか」において、「意味」や「目的」という概念は、もともと、その都度の具体的な目的連関の中で使われるはずのものであるとし、とりあえずかなり正しくもある論をくりひろげる。「しかし『人生全体』といった包括的な観念に対してまで意味や目的を求めるに至って、そこに一つの転倒が起きたのである。そのつどの行動や表現をそのつどの意味や目的によってつなぎ合わせた連鎖の体系であるはずの『人生全体』の観念に、人は意味や目的の観念を適用しようとしてしまったのだ。[中略]だから人生そのものに『意味』や『目的』などを求めるのはもともと無理なのであり、要するに人生には『意味』も『目的』もありはしないのである。[1]」(小浜は、ここからさらに、「単なるシニシズムやニヒリズム」を避けるべく、「人の生きる意欲を支える一般的な原理」に向かうが、それは矛盾と言わざるをえない。そこでは人生の内部から人生全体に意味も目的も求めえないのであるからそのばあいなおかつ生きる意欲を支えるものをさぐるなら、それは、生きてあることそのものの自然的傾向、生物的本能、であらざるをえず、一般的な原理などではないのである。そしてじじつ、たとえば食欲、性欲、睡眠欲そのものの充足が快をなし、それ自体や、その継続もしくは反復の欲求自体が、生をなしているのであり、その逆の、飢餓の苦痛、非充足の苦痛、安息を破られて襲撃され獲物となる疲弊感や痛覚の苦痛、そのものが、死に直結しているのである。子孫の繁栄を誇る喜びも、自然的性欲に派生的形態として含めうる。この自然性の論点については、しばらく措く。)たしかに小浜のいうように、人生にほんらい、意味も目的もあるはずがないように、思われる。ところが細かいことを言えば、ないもの、非在であるかのようなものが、人間構造には、じつははっきり、しかも非常に意義深いものとして、存在するのである。

それを考えてみるために、「美しい『花』がある、『花』の美しさという様なものはない[2]」、と言ってみよう。花の抽象的な美しさなど、いくらありがたがってみたところで、存在としてはありありとあるわけがないではないか、だまされるな、ありありとほんとうにそこにあるのは、美しい花の、具体存在そのものだけなのだ、といったほどの意味である。これも、そのかぎりにおいて、いかにもそのとおりのことである。しかし、たとえば、信仰を持つ者や、教会の秩序の代弁者なら（そういうものの考え方は一般的妥当性を持たないものとしてこのような場合当然のように除外されているわけだが）、神がこの世のほかの意味や目的だと言うだろう。ところが、それと同様に、たとえばさらに、真、善、美、などということを考えるなら、それらも、この世のほかのものだということになる。およそ、プラトン的なイデア、まさしく現実界ならぬイデア界の存在であるプラトン的イデアが、そういうものであるのはあたりまえだが、それだけにとどまらない。それを、現実のものについての観念部分として読みかえるアリストテレス的エイドスも、みな、この意味においては、この世の外のものだということになる。だからこそ、ニーチェは、そういったものに、ヨーロッパのニヒリズム、最高価値、として、批判をくわえた(3)。しかも、こういうエイドスだったら、じつは、イデア的なことがらにかぎらず、存在物一般にあてはまる。現実をなす存在物において、形成素材たる質料の補集合としておよそ素材以外の抽象的に理解される要素がこのエイドス（形相）であるにほかならないからである。つまり、人間的存在が、動物的意識であるだけでなく人間的意識でもあって、抽象的理解をするという側面を持つ限りにおいて、人間的存在にとっては、こういった、観念的なものである非存在が、欠くべからざる領野として存在するのだ。

花の美しさも、美しい花において、美しい花そのものよりもまず問題にするに値するものとしては、存在しない。そもそもが、非存在の領域なのだから。それでも、人間的意識にとっては、そういう抽象的な非存在は、はっきり、存在するのだ。そして、およそ、一切の抽象的価値は、人生の目的などといった小浜が領域ちがいとするようなものにかぎらず、真とか善とか美とか、そのいちいちが、こういう、非存在の、意識作用として、存在するのだ。小浜が挙げる目的の系列はもちろんのこと（小浜は「目的」の連鎖については述べているが、無益の逆として以外の「意味」は必ずしも連鎖をなさないはずを、そういう自存的な「意味」についてはじつは述べていない)、およそ価値物(そういう「意味」)をなすようなものは、すべてが、そうなのである。概念全般からしてすでにそうなのであり、抽象化した価値物はおろか、たかだか、有益な諸事象のためにも、人間的意識は、かならず、このような〈非在の抽象〉を必要とするし、また日々それとかかわりつつ、生きていることとなる。

引きつづいて、小浜の第三章（「『私』とは何か、『自分』とは何か」）からは、これと同様に、人間的意識のあり方について、虫めがねでものぞくかのような、細かい観察が、思わずひきおこされる。「普通に生きていれば、『私とは何か』とか、『自分とは何か』などという問いを発する必要がないはずだ」(4)という、とりあえずきわめて健全で説得的でもある考え方を、逆説的に出発点として、リアルな「自分」を、自分が関わっている具体的な人間関係の交錯に、帰着させる。ところで、それはしばらく措くとして、それ以前に、たしかに、反省という心的活動は、小浜が思いおこさせてくれるとおり、素直な状況ではないしろものである。人間の意識のみが、反省をする。これは、やっぱり、不自然で、奇妙なことなのだ。ドイツ文学の初期ロマン派の反省（レフレクシオーン）を扱うと、レフレクシオーンは、主体と客体が一致しているさまであるため、思考がその思考自体を思考する、こととなり、それを分析しているという行為はといえば、思考の思考の思考となり、といったように、メタ論、メタメタ論、という具合の、メタレベルをより掛け合わせていくさまに無限後退、無限退行する、アポリア（難問）論としてのメタレベル論となるのが、（進行でなく関係の無限性を問うベンヤミンの場合を除くと）ありがちな類型のひとつである。だが、それだと、アポリアのパターンをアポリアと名づけてものごとをそのパターンに持ち込むことにより何かを言いえているかのようにふるまうがそのじつパターン自体を定式化して名づけているだけにすぎない下らないアポリア論となる。ゼロで割る作業が微分（極限的にゼロになりつつあるもので割るにもかかわらず極限的にゼロと考えれば関数式上でかえってうまく割り切れてしまい接線の傾きが出ることになる）のようにことがらをえぐり出すのとは異なる、単に、ゼロで割る、もしくは、無限に逃げ込むような、形式的なアポリア論になるものである。ところが、じつは反省において、事態はそれどころではない。メタの複合でなく、ことがらの矛盾自体が、決定的なのである。思いおこせば、反省ということそのものが、つまりそもそも、それがあるから人間的意識が意識であるような作業が、不自然なものなのだ。意識が意識であるということ自体が、動物として不自然きわまりないことなのだ。主体と客体が一致するなどというのは、考えるということそのものにとっても、普通のことではないのだ。

その、主体と客体の一致自体が、意識を生む。考えつつある私、などではない。考えている私と、対象になっている私とは、思考にとって資格上は、同一であると定義されているものであるにもかかわらず、それらは、けっして同じものとはならない。客体の私は、主体と同じものとして定義された、符牒で考えられつつ、じっさいには空無な形骸であり、主体そのものと矛盾しつつ存在する。それは、そのつど、思考の主体の方が動いて、思考が次の位相に進展したあとで、客体の私の形骸が、内容で満たされる、まで続く。反省というありかた、そして、それにより、朦朧とした動物的意識と明らかに異なって成り立っている人間的意識は、このように、つねに、矛盾のうちにおかれている。こうして、意識は、それ自体、まさに、デリダの言う差延[5]であるだろうし、吉本隆明の言う純粋疎外[6]であるだろう。本源的言語衝迫、表現欲求意識である、デリダの「原（アルシ）エクリチュール」が、名指されてすぐ字消し線で抹消されなければ、本源的言語衝迫、表現欲求意識としてうそになるように、その、——デリダについてよく言われるような時間的延期などでなく——差異過程[7]自体が、人間的意識としての差延をなす。吉本においても、時空感覚に対応する生物的な原生的疎外に対して、人間的意識の反省が、いわば純粋疎外をなしていよう。意識自体が、そのもの自身を対象とする、矛盾として存在するのである。そのような反省的意識が、人間的意識における自己をなすものなのである。

小浜がひいている有名なキルケゴールの冒頭も、小浜の解説では不十分である。「人間は精神である。しかし精神とは何であるか？　精神とは自己である。しかし自己とは何であるか？　自己とはひとつの関係、その関係それ自身に関係する関係である。あるいは、その関係において、その関係がそれ自身に関係するということ、そのことである。自己とは関係そのものではなくして、関係がそれ自身に関係するということなのである。[8]」（小浜はこれを、まさに自己が単なる関係そのものであるかのふうに、「動き」「営み」「働き」としてだけ読んでいる。）意識とは、自己自身に関係するということ、そのものであり、あるいは、関係は関係であっても自己という関係であることの要は、まさにその関係が自己自身に関係しているということ、そのものである。（この「あるいは」以降は、キルケゴール自身の「あるいは」以降の言いかえの、説明である。）高度な知性でなく、動物にだってあるといわざるをえない共同社会性でもなく、その、奇妙な反省という構造の意識自体が、人間的意識の特性なのである。（こういうものだから、一般論はわかっていても自分のこととなると、というどころか、自分の当面する問題にかんしてまさに自分についての一般解までわかっていても、精神状態も生活も律することができるどころではないのも当たり前である。）こういうものとしての〈反省と意識〉が、人間構造の基本をなしているのである。

さらに、小浜の第四、五、六章（「人を愛するとはどういうことか」「不倫は許されない行為か」「売春（買春）は悪か」）において、同様に、微視的で基本的な、人間構造についての真実が、およそ、はじめて、喚起されるのである。性においては、人間としての、無条件的にその相手でなければだめだ、その相手をどうしても得たい、という意識のほかに、動物的本能が無視できないものなのであり、それがしかも性に関してのみでなく人間的存在の根本の様相のひとつをなす、という点がそれである。そもそも、一方では、およそ人間の愛は、きわめて精神的・観念的・絶対的なものである。相手を愛してしまうのに、じつは合理的な理由はまったくない。相手のもつ、才能も衡迫も、ましてやそれよりもつまらないものである才気も見目も心根も、愛してしまった場合にはまったくどうでもよいのであり、つまりは、取り柄がなくともそんなことは関係ないのである。愛するようになったきっかけが、たとえばじっさいに容貌上の好みであろうとも、愛している場合には、他の異性の方がもっと美しくてもその比較は何の意味も持たない。また、個別の魅力的な欠点への愛着も、それが独自に決定的なものなのではなく、忘れられないあれこれの思い出のエピソード同様、それがその相手にまつわる事実だからかけがえのないものであるにすぎず、その逆ではない。そうやって愛してしまった場合、相手への愛は、まさしくこの世に不在の、しかし人間構造においてありありたる存在であるものとなるのであり、その相手は、絶対的に交換不可能な、無条件的なものとなる。この、人間としてのその相手のみに絶対化される意識は、いかにそれが、その相手のためであればむろん死をもいとわぬものであっても、けっして一方的な、献身的なものではない。すでに自分の命運が定まっており、自分なんかもうどうだっていい、せめてその相手のためには何か残してやりたい、という、特殊なシチュエーションでなければ、愛しているなら私を忘れてくださいというのがどうしても不可能であるような、必ず相互的な、相手を要求し続けるものである。（このような愛に対し、引き合いに出される神の愛というのは、それこそ愛と無関係な、用語の流用である。博愛は人間にとってたんに愛の一種否定であるような、愛と全く別種な態度であるが、神の愛は、博愛ですらない、抽象的にただ無辺な人知のすべてを超えて現象の結果全部を他のバリエーションの可能性と比べて最終結果において最上の神意であると定義するだけの、ものであるからだ。ただし神の愛が、決して神からの一方的な恩恵として不信心な者にももたらされるものでなくて、神への愛としての信仰を必ず要求するところだけは、愛と似てはいる。[9]）他方、その、人間の愛そのものが精神的なものであるのに対して、ちょうど対応する肉体的な面が、動物的条件による、性愛であるということになる。しかも、ふしぎと対応して別のものが表裏完全一致する、というのではなく、これらは矛盾しつつ、ちょうど相い即するのである。愛する、ということばの、比喩的用法でも何でもないほんらいもうひとつ完全に正しい意味が、男が女を行為として「肉体的に愛する」ことであるゆえんである。そのさい、情交という行為自体は、有性生殖の生物的本能条件（それは理由をもって性差的である）に突き動かされて、生命的快感そのものをもたらすものであり（食欲の充足そのものや味覚の嗜好などとともに、人間の文化的分節化とは無関係に哺乳類一般の意識野における分節化を欠いた情動においても、強烈な快感をもたらしているものであろうと考えられる）、人間的構造による非在の絶対的愛とはべつもののはずである。それが、非在としてしかもこの世の人間的意識の中に現在する絶対的愛は、現象の中に、相手を得るということのやむにやまれぬ成就のかたちを必要とし、その、行為としての結実が、性愛の肉体面をなしているのである。

ほとんど当たり前のことでもあるのだが、生物的存在である人間存在が、人間的意識に対応する現実物を現象内に持つとき、それは、生物的・本能的条件にひたされた、というより、生物的・本能的条件自体がそういう質料面をそのままになう、ものとなる。カントは空間と時間を、悟性が論理的判断を適用する質料的現実を、人間の感性が、受容するさいの、あらかじめ人間の認識能力(の一部としてのここでは感性)にそなわった、「直観の形式」であるとした。[10]ところが、生物的・本能的条件は、人間にとって一定の無視しえない影響条件となるどころでなく、むしろ、カントがあくまで認識の条件の一部において考えようとした、時空そのものを、人間に用意するのである。(カントについての補足ひとつめである。)カントがこれを、認識の内部(悟性部分でなく感性に受け持たせているとはいえ)で考えようとしたこと自体、ベンヤミンが「ゲーテの『親和力』」において「当時の(啓蒙期から初期ロマン派までひとしなみのゲーテ時代の)経験の、事象内実の乏しさ」[11]と述べたことにも、おおよそあたっているであろう。[12]だが、それ以上に、これは、微視的にならなければ不可能な、〈時空と本能〉についての、人間構造にかんする認識そのものとなっているのだ。

また小浜はここで、プラトンが『パイドロス』の中で、愛の思慕と美への思慕を同一視していることを論難もしている。[13]ところで、カントにおいては、いま見た、生物的・本能的条件が、時空という、人間のする認識にとっての質料面を、そのままになう、という点は、美にかんしては、「想像力と悟性の自由な遊び」[14]というかたちで、あらためて述べられることになる。いわば「美」の定式[15]というべき、見事な手際でつむぎだした確定がなされるのとあいまって、美の実際のあり方を述べるものとして、それは繰り返し言及されている。ところが、じっさいにはそもそも性における本能は、意識の、身体と観念・人間的構造が、完全には一致しない点において、想像力と悟性の遊びをなすのである。カントにおいても、叙述の中で、この「想像力と悟性の自由な遊び」は、認識一般にもじつは同時に働いているのだという相も[16]、それらの箇所で同時に触れられているのは、ほんらい正しいのである。とはいえそれは、小浜のプラトン批判にもかかわらず、そのまま美にもかかわるものである——というより、美においても認識一般においても、カントの思いを超えて、人間の上級能力の自律成立的な無欠性の結晶化から離れて、微視的には意識の人間構造独特の分裂である点に、認識も美も同様に成立するのだ(その、カント的に形式結晶化した定式化そのものには、とはいえ、ことがらの本質のまさに人間理性により把握する理解として、ゆるぎない正しさは認めてしかるべきである)。美が、主観なのに普遍妥当を要求、というのも、目的のない合目的性、というのも、そのうまくおさめられた言い方に刻印されている矛盾的要素は、じつは、その、身体と観念・人間的構造が完全には一致しない分裂にこそよっているのだ。(カントについての補足ふたつめである。)まさに、時空や本能的内実に対応する想像力と、人間における愛の観念的絶対性に対応する悟性の、分裂した、かつかかわり方に他から制約を受けないような、遊びによって、この美は、美の定式を満たす半ば非在のイデア的な美として成り立つのである。

二　近代の五つのステージ
——笹沢豊『自分の頭で考える倫理——カント・ヘーゲル・ニーチェ——』を読みかえて——

すでにひいたように、ベンヤミンが「ゲーテの『親和力』」において、啓蒙期から初期ロマン派まで(通常のドイツ文学史では、啓蒙主義、シュトルム・ウント・ドラング、古典主義、初期ロマン派にわたることになる)を、ひとしなみのゲーテ時代と考え、その根本的特徴を、経験の、事象内実の乏しさにもとめたとき、そこで言われていることは、ゲーテ時代、つまりフランス革命の動乱期が、じつは、一九世紀的な近代とは歴然とした差を持つ、別個のものとして画されるべき時代である、ということまでをも、意味の射程に当然におさめている。フーコーの仕分ける、[17]各時代の知の深層構造であるエピステーメーは、一五、一六世紀は「類似」の時代（シニフィアンとシニフィエを類似性が媒介して結合させるからシーニュはそれらの三項関係となる）、一七、一八世紀は「表象」の時代（シニフィアンが二元的体系的にシニフィエを透明に表象するからシーニュは二項関係になる）、一九、二〇世紀は「人間」の時代（「労働」「生命」「言語」などを範型とした「人間」、すなわち「経済人」「欲望人」「情報人」などが知の深層の基本形となる）であることになるが、ゲーテ時代は、深い意味で、「人間」の時代よりも前のものであるにすぎないのだ。[18]（ただしフーコーそのものにおいては、ゲーテ・カント時代は、「一八世紀の最後の十年」として、また人間エピステーメーの端緒とこそ位置づけられもするかもしれないが。）なお、ここで、この一九、二〇世紀は、「人間」概念そのものがそこでじつはやっと初めて誕生した時代、つまり、「人間諸科学」により諸領域に分断されたものとしてのみはじめからあるものである「人間」の時代であり、フーコーの論は、その「人間」の分断を批判するものであるとともに、そういう分断されたものでしかはじめからない「人間」概念への依拠そのものをも根本的に批判するものである。

　さきほどの小浜の場合と似て、標記の笹沢の『自分の頭で考える倫理――カント・ヘーゲル・ニーチェ――』も、倫理的話題をめぐる諸問題に対しての解決案はあまり厳密ではないし、カント、ヘーゲル、ニーチェの説の紹介も必ずしも中心的部分でもない。ところが、この本のカント、ヘーゲル、ニーチェのとりあげ方によって――目のつけどころにやはり「自分の頭で考える」姿勢が反映されているわけか――、思いがけず、近代というものとその時代区分に対する、このような、ベンヤミン、フーコーを発展させつつの認識を、さらに深める契機が、喚起されるのである。

　笹沢の、標記の著作の第一章は、カントについてのものとなっている。ここで話題となるのは、人間の自由をめぐる倫理的諸問題を対象としつつの、カントの倫理学と、そこにおける、理性の自律、および、それに対する、笹沢の実例をあげた批判である。笹沢による、理性の自律ということそのものへの批判をめざす論点については少し措くが、笹沢に対論を喚起するひっかかりどころとなっているのは、カントにおいて、善が、人間の認識の高次な上級能力としての理性の中で自己完結できる点である。[19] そしてこの異論はじっさいカントにおいて、注目に値する。カントの論自体が、いかにそのものとしてすぐれたできをしていようと、問題ではない。結局、カントの認識には、社会というものは、じっさいに、ちゃんとは出てこないわけなのだ。あくまで、理性というものの自律的なはたらきの、上級欲求能力であることの高次さそのものに依拠した、ただ個人としての、価値の実現、ということである。理性の働きと限界の見極め、善の定式、美の定式——それらのいっさいが、そういうものとして成立する。

笹沢自身はむしろ奇妙なことを書いてはいる。ほんとうは、カントにとって、道徳が、もし普遍妥当的なものとして存在するなら、それは、論理的に言って、普遍妥当であるためには仮言的なものではだめで定言的なものでなければならず、また、普遍妥当であるためには当てずっぽうの具体的な内容を含んだものではだめで形式的なものでなければならなかった。自己の幸福のためというのは、仮言的になるから、また、道徳とは別ものの不純な具体性になるから、道徳ではないことになる。それを笹沢は、カントの理性の本質にとって、嘘をついてはならないのは無条件のものであり臨機応変をゆるさないとか（ストーカーに追われた女子学生が助けを求めてくる例[20]）、他者の人間性を「目的それ自体としての人間存在」として積極的に尊重するためには他人の幸福の故意の阻害を避けるだけでは消極的であり他人の目的を促進する必要があるとカントが述べるのは自己の幸福追求の禁止を意味するとか（二千万円必要としている自殺者の例[21]）、などの、解釈を示している。だが、たしかにカント自身、抽象的な定言命法から、嘘をついてはならないというような結論も簡単に出てくると誤って自己解釈しているが[22]、それはカントの早とちりで、定言命法からそのようなお題目は絶対的なものとしてはけっして出てはこないのだし、また、あたりまえだがカントは幸福を反道徳だとするのではなく、たんに自己幸福目的に従属した善行的行為は道徳とはまったくの別ものだとしているだけなのである。女子中高生に安易な売春をしないよう説得するという話題では、他者を自身のカラダにすりかえているのはともかくとして、理性とカラダの一体性という、カントに擬されている論拠が、有効とされたますぐあとでは直接に無効とされているが、それは一体性が括弧の中でそのまま「カント的な物心二元論」に置きかわっているからなのである。[23]また笹沢は、カントが善と幸福を対立的にとらえているとするモチーフから、善と幸福との一致である最高善をカントが要請することにかんして、幸福を「カントは、なぜかここでは『完全な善』と呼ぶ[24]」といぶかる。むろん、幸福そのものは、笹沢が繰り返すのとちがってカントにとっても当然望まれるものであるから最高善にかかわるのである。また、努力は必ずや報われると思ってがまんして生きているような人は通常、他の鳥の巣から卵を蹴落として自分の卵を生みつけ育てさせるというやり方をかっこうが旧約時代以来繰り返しているのに罰されないで平然と世代を永らえおおせていることにひどく憤るが、そのようにじっさい善は幸福においてはそのままではけっして報われえないとの、きびしいただしい現状認識があるからこそ、カントにおいては、自明には実現しえないものとしての善と幸福の一致が、あえて要請されることになるのである。(カントにおいてはこの要請によってのみ、より高次なものとしての神や不死が、やはり要請として、切り開かれる。)

笹沢が一貫しているのは、しかし、ロールズの『正義論』をひきつつ、ロールズを批判しながらではあるが、ロールズ同様、功利合理主義の立場を、基本として、選びとってしまっているところである。笹沢とロールズは、功利合理主義を原理として採用しながら、それに、完全に無修正な利己主義同士の衝突による不具合を避けるために微修正する、というスタンスを、無条件的にとっている。(笹沢は、カントに擬した幸福罪悪視のむこうをはって自らは功利合理主義をとる、という流れになっている。)修正無しで自由放任が機能するとはさすがに思えていないにもかかわらず、功利合理主義のみが、唯一、規範の理由ともなりうるかのようだし、また、功利合理主義が基本的に承認されることそのものにのみ、おそらく自由や権利ということの内容を、はじめから認めてしまっているのである点に、おどろくべき、神の見えざる手への信仰が、笹沢にもロールズにも、じつは、見てとれるのである。(ただロールズが、功利合理主義のあくまで内部で調整条件をみつけようとこころみるのに対し、笹沢は価値判断部分のみは功利合理主義内部では生じないとしそこのみを共同体主義におきかえるものである。)自由競争によりすべてがうまくいくとの信仰は、しかし、自由競争の結果、あっという間に格差と独占が生じそれ自体が自由競争を必ずはばむものになるので、けっして現実と一致しない。自由競争がまるで成りたち続けているかのような、外観を保つ努力を加えることは可能だが、それは、それ自体、当然、自由競争への制限、完全な自由競争の否定である。こうして、ロールズの、「正義の二原理」[25]は自由競争の人工的再生産の組織化のはかない試みほぼそのものであり(そのさい「無知のヴェール」は敗者に身をおく想像力の単なる言いかえにすぎない)、しかもじつはそこにおいても、また、それへの再訂正として笹沢が持ち出す、相互に無関心ではなく利害関心をもつ功利合理主義者たちの利害関心の調整[26]、という観点においても、社会という観点は、カントと同じく、完全に欠落している。ここでもカントでも、関係が、認識主観をモデルにしたものにすぎず、市民社会において独特である社会関係とは、つながりを断たれているのである。

ところで、カント自身においては、幸福追求権は、否定はされていないどころか、およそやはりそれが、自己決定権の、中心なのである。自分の価値観を満たすという自己決定権が、どうあっても、自律の、中心になっていると、やはり考えるほかはないからである。するとむしろ、カントには、自由放任主義(その教義)の原理への芽と、理性の上級能力の中で完結してしまう善の原理とが、ほんらいは背反するはずが、間違って、共存してしまっている、という可能性の方こそ、あることにはならないか。その自己決定権を、カントは、しかし、ちがった方向へと、振り向けるのである。その秘密が、カントにおいて一般には奇妙にしか見えない、自由の意味である。というのも、カントにおいては、自由とは、善の原理(「道徳の法則」)に、自分から、従う、ということを意味するのである。[27] たちの悪い冗談のように見えかねないが(また『実践理性批判』の結語でカント自身が「私の上なる星をちりばめられた天空と私のうちなる道徳の法則[28]」と言うときこの冗談に自分でひっかかっているにちがいないが）、カント的脈絡においては、しかしこれは、当然そういう意味だとみえるような、みずからすすんで法則に適合する、ということを、意味しえない。[29] 自分の価値観を満たすという自己決定権は、みずからの人間をみがき鍛錬しようという、それ自体がじつは上級能力としての理性の中で自己完結するようなものでこそ、あくまであるはずなのだ。自分が、存分にありたいようにある、自由である。自分が存分にありたいようにできている、ということそのものをめざすゆえにそれが自由であるような、自己鍛錬の自由なのである。（カントについての補足みっつめである。）これは、一般に自由について考えるさいにも、重要な論点となる。というのも、自律という理由で当然に主張される自由は、むしろほんらい、こういう自分をみがく自由でこそあるからだ。自分の理性が他律を排除するから当然に自分によって自分にみとめられる、というかぎりで、他者の徳目の横やりを絶対的に排除するものとしての、自由は、こうであるしかないのである。それに対し、そうでなくたんに、「私のことは口出しせずにバカをするままに私の勝手にほっといてよ」という種類の自由があるとすれば（そしてそういうものはむろんそれはそれで認められなければならない脈絡が存在する）、それは、後述の別の理由によるものでなければならない。

笹沢の第二章は、ヘーゲルについてのものである。ここでとりあげられるヘーゲルはすべて、通常の中心部分ではない。だがすでに、笹沢第一節、第二節の[30]、愛と所有権の対立関係は、そこからここで注目する第三節の内容へとまさにエピステーメーを書きかえて発展するヘーゲルの説の発展史理解においても、ことがらそのものとしても、重要である。ただし、第四節、第五節の[31]「自由主義」を一部「共同体主義」に修正することや、「分かちあい」として肯定される「国家」は、笹沢が思っているのとはちがってその第三節の内容から出てくることなのではなく、笹沢が自由放任主義のドグマのみをみずからの自然な思索の出発点としてしまっているために、すでにふれたようにその見せかけの貫徹のためにこそ、その修正を余儀なくされ、無根拠な「世間一般」の〈共通善〉の「認識の共有」を持ち出していることに由来するのであり、ヘーゲル自身が後年やはり自説をかんちがいしておちいった国家主義ともども、まさに理性の自律に祓われてしかるべきものである。

しかし、ヘーゲルが、権利を乗りこえるための愛の理論化に挫折したところから、愛とは相い容れない所有の権利のうちに、まさに愛とは別種の欲求充足の可能性を、「相互的な依存関係」「相互依存のシステム」「相互的な承認」[32]として、見つけだした、という要素は、どんなに強調してもしきれないほど、重要きわまりないものである。なぜならこれこそが、まさに、カントの理性とはじっさい無関係な要素である、社会をなすからである。ラーメン屋が、私自身ではおよそ不可能なラーメンをつくってくれ、ところがそのラーメン屋は何々屋に何々を依存し、という、相互依存のシステムが、社会である。社会が、相互に欲求を充足させるしくみを、どんな小さな物品一つとっても、成立させているのである。ところが、カント的な、自律する理性は、およそそういうものとは無関係に成立しえてしまっているために、理性も、自律も、いかに理論水準的にすぐれたものであろうとも、そういう社会とは、関係をもちえないのである。ところがそういう社会は、無根拠な横槍のようなものではなく、まさにわれわれの前に、しかも根本的には桎梏としてである以上に（もし本気でむしろ桎梏だと思うならそれに代わって無人島の生活を選ぶことはじつは現代人個々人にとってかなり現実的に可能であるがだれもそういう完全自給自足の生活は決して選ばない）、われわれの極めてすぐれた相互欲求充足の可能性として、われわれの生活条件そのものとして、存在するのである。これは、エピステーメー的に、カントにはわかりえぬものであった。全員がすでに同資格者としてこそ労働者として取り込まれ参入するしくみの、生産資本主義が、一九世紀に、成立したからである。民主主義的、人権主義的な思想によりでなく、資本主義生産を可能にするためにこそ、つまり、可能的労働者としてこそ、この時代には、各人が、資格として、まったく同等のものだと、社会的に定義されるのである。それは、一八世紀段階での自由思想としては、市民社会を形成しえず、イギリスやフランスにおいてもカントやゲーテと同等に事象内実を欠いた、アダム・スミスの自由放任主義や、モンテスキュー、ヴォルテール、ルソーの啓蒙思想を、表象のエピステーメーをかたちづくるほかはなかった。しかし、資本主義の必然によってこそ、資格的平等を定義とする市民社会を作り出しえた。それが、フーコーの、人間のエピステーメーなのである。カントにおいて、まさに欠けるのは、こういう、資格的に平等の構成員からなる市民社会の見地と、それによって与えられる、事象内実であった。それは、理性の自律のただしさや、善の定式のただしさとは、次元の異なる問題、およそ、領域自体を異にする問題である。個人的な最高価値・最高領域とは別のことがらとして、われわれは、市民社会の、システム的互恵性の中にある。それに貢献できないよりはできる方がたしかに結構である、という意味で、それは中位価値の中位領域である。（カントについての補足よっつめである。）つまり、カントはこれにより修正されるのでなく、ただまったく別の象限にもわれわれは同時に関わっているのである。それが、われわれの、人間構造なのだ。

この、エピステーメーの異なる別々の時代に由来するような要素を、われわれがそれぞれちがう位相として同時に持っている、ということは、とても重要である。笹沢の第三章（最終章）はニーチェについてである。笹沢やニーチェの細かい点には、もうふれない。ただ、意図でなく結果で評価するという、自由放任主義をこんどはその結果を共同体への貢献度で計るということにより、歯止めをかけて形となしたらどうかという、「共同体道徳[33]」の仮説は、外部からの無根拠な徳目導入にすぎまい。また笹沢は、その自由放任主義が意図の善悪を持たぬ点で、ニーチェの既存道徳批判を自陣に招じ入れようとしているが[34]、ニーチェの一切の事物への肯定に共同体社会秩序や国家までをも含ませようとしているのと並んで[35]、牽強付会にすぎよう。ところが、笹沢が、第二節で[36]スケッチしている、ニーチェの、民主主義を禁欲と単純に同一視しての畜群道徳よばわりは、いかにも聞き古した、見苦しい貴族主義的な、牧師の息子のコンプレックス丸出し言説であるにすぎないとわれわれは通常思いがちだが、カント、ヘーゲルと並べられると、ここからも、強烈な真理が、沸き立ってくるのである。つまり、民主主義そのものに対する素性の洞察が歴史的本質的に正しさを含んでいる点があること、そして、それが、二〇世紀現代のこととして（そのかわりめ間近に）あばかれていることは、重要きわまりないのである。

民主主義（デモクラシー）は、まず、主義（イズム）や主張・信条ではなく、ただの制度、擬制である。その制度は、制度として、当然批判を許さぬ絶対のものではなく、相対的なものにすぎぬはずだし、また、それが適用されるにふさわしい場がどこであるかをも照らし出すことになる、来歴と力学を持つのである。民主主義は、まさにニーチェが明らかにしたように（笹沢はアリストテレスの『アテナイ人の国制』第二〇章をひいてそれを歴史的に裏付けている）、「力への意志」の、権力闘争の場に、成立したし、成りたっているのである。民主主義は、「力への意志」の権力闘争において、民衆が、国家、法秩序・法権力から、一個の独立した成人として、法的介入をとりあえず許さない判断を行使しふるまう権利として、成立する。万人の万人に対する闘争のうちに裸である、万人の万人に対する闘争のシステムそのものが、法制度としての民主主義であるからにほかならない。これも、近代初期の開明思想の実現ではなく、資本主義が消費資本主義段階にまで達して、万人が消費において社会決定に関与することそのものを、消費資本主義が闘争システム化するものである。資本主義が、万人のもつようになった決定権に対処するために、万人を、いわば規制緩和の極限である法的資格の位置に、放り出すのである。法的な自由（法的な人権）とは、これである。天賦人権などというものはないのだ。天賦に近い侵害されるべからざるものとしてあるのは、カント的な、自律をまっとうする権利、自己鍛錬の権利、自分がほんとうにありたいとおりが存分にできている権利である。法的権利はそうではない。法的権利は、ある判断が、自己鍛錬という方の意味においても、また、市民社会の平等な参画者の貢献という方の意味においても、全くの愚行であろうと、正しい自己鍛錬や正しい市民社会貢献を、国家、法秩序・法権力から迫られることをまぬがれる権利をいうのである。まちがっているからというので非難されず、正しいからというので強制されないところに、法的権利が成りたつ。つまり、法的権利そのものが、本質的に、愚行権なのである。（「私のことは口出しせずにバカをするままに私の勝手にほっといてよ」というのは、まさにこれなのである。）。これは、われわれの生きている、理性や市民社会のまた別の層をなす、もう一つの位相であるということができる。人間のエピステーメーそのものがその時代急激にきしみをあげはじめることにより、これがこの連関の中でのニーチェにおいて露呈していることになる。愚行権であるため、自律よりも限界が広いが、またほんとうはこの象限自体が、かなり限られた内容のものでもある。たとえばこの法的自由はむき出しの闘争そのものであるから、この自由は、子供がこれによる自己決定を主張するなら、結果における責任にさらされるぞという以前に、出発点として、むしろ保護監督義務者の、権利としての口出しに、はじめからむき出しでさらされることをこそ、直接に、意味するのである。またここから明らかなのは、原初の自然法状態は想定できても、そこから個人が調整役の国家に権力委譲するような、社会契約など、ありはしないことである。調整役に権力を委譲などとんでもない話であり、あるのはじつは、法制定・法維持権力による、自然法の、あらがいづらい剝奪状態だということになる。

近代も、カント・ゲーテ時代になってやっと人間が成立し、しかしまだ社会がなく、一九世紀には社会ができたが、まだ人権があやふやで、人権らしい人権が主張されるようになった二〇世紀になると、今度は、人間も、人間性も、ありもしない、かのような、理解が一般にありうるが、それは、これらの諸段階の、弁別理解の難しさによっている。非社会的な、理性の自律的価値自体は、カント的に考えられ、それがあくまで絶対的なものであるが、人間には、そのほかに、ヘーゲル的な欲求充足互恵システムに貢献できるならば貢献すれば当然とても結構なことであるという、社会的価値というものがあり、これは、一九世紀以降の、生産資本主義のために労働者が同資格で社会に参与するとされた、市民社会に独特のものである。そして二〇世紀の消費資本主義において法制度そのものとなった、むき出しの闘争のシステム化としての、法制度としての民主主義、法的自由があるのだ。それがしかし、そのあるがままにおいてそのまま、「法からの自由」として、われわれが社会決定に関与する、裸の、最低限の、基盤価値・基盤領域そのものでもあるのだ。

これらは、フーコー的にいうと、カント・ゲーテの古典主義時代エピステーメー、一九世紀の人間のエピステーメー、そして人間のエピステーメーの煮詰まってきた段階、に、相当している。その前に、フーコー的には、類似のエピステーメーがあったわけだが、それは、たぶん通常は、ルネサンスの近世であることになるだろう。木田元の『反哲学史』においては、まさしくこれらが、デカルト、カント、ヘーゲル、ニーチェとして、各一章ごとに、分けられている。つまりは、近代の、第一ステージ、第二ステージ、第三ステージ、第四ステージということだ。木田のデカルト解釈における、デカルトにおける神の地位の奇妙さも、このことによく対応している。通例、デカルトの意義としては、あらゆる認識に可能な限りの疑いを方法的にいだいて、「我思う、ゆえに我あり」という、その疑っている思考作用の存在は明晰だ、との考えに至ったが、そのさい、論理構成上は神は棚上げになっている、という点があげられる。デカルトにおいてはその直後に、その思考を保証するものとしてじっさいには神があっという間に復活するのだが、それはデカルト解説上通例無視されるのである。ところが、木田は、この労作において、ていねいに、神のかりそめの復活どころか、デカルトの思考法においては、人間の生得的観念が客観に適合するには、理性的法則として世界を支配する神の摂理が、論理上じつはほんとうに不可欠だったこと、また、機械的自然観がむしろ世界創造の意図を人知レベルで忖度しないことにおいてキリスト教の信仰にかなうこともデカルトが気にして確認した点であったことを、あとづけているのである。[37]この、あまりといえばあまりなほど、蒙昧な、前近代的な思考法は、フーコー的にいえば、「神と人との類似」が中心であるためである。むろんフーコーは一七世紀のデカルトをそれ以前の類似エピステ!メーに放り込んではいないが、清教徒革命より前でもあり（またそもそもフーコーも世紀になど厳密対応させてはいない）、ここでは坂部恵があげていた一四世紀以来の[38]、「神と人との類似」エピステーメー（フーコーでなく論者区分）が、フーコーが見た一五、一六世紀のルネサンスのエピステーメー（類似のエピステーメー）から一七世紀の（本体は一八世紀に至る）古典主義エピステーメー（表象のエピステーメー）初頭にまでもくいこみつつ（そしてさらにはホッブズ、ロックの法制度思想・政治思想）、イギリス経験論と大陸合理論の一対をなすベーコン、デカルトあたりまでの、「近世」として、近代の第一ステージをなすものと、したい。市民社会をなお欠き、事象内実を欠いた、フランス啓蒙主義からカント、ドイツ初期ロマン派までの、理性の自律の時代が、表象のエピステーメー(フーコーにただ乗りするのでない分、しかしフーコーにも依拠しつつ、独自の見方をとりいれて、「透明な認識主体」のエピステーメー、と言っておこう)として、近代の第二ステージをなす。(産業革命前のあの時代の諸作家に、現在のわれわれが、まるで同じ立場で、身を置いて考えうるようにも感ずるのは、ゆえのないことではないのである。)以降ずっと人間のエピステーメーであるうち、一九世紀・ヘーゲルの市民社会、二〇世紀・ニーチェの(むき出しの闘争としての)法制度民主主義が、近代の、第三ステージ、第四ステージをなす。そして、現在、こういう認識のもと、はじめから必然的に分断されてあるものとしての人間主義の、解体が、可能となるなら、それは、近代の第五のステージと言いうるものとなるであろう。

三　時代論および暴力批判論の序論としての歴史意識と倫理の交点
——応用問題としての小浜第七—十章——

小浜は、表記の著作(全十章)の残り部分のうち、第七章に、『他人に迷惑をかけなければ何をやってもよいのか』をあげている。小浜は、章の冒頭を、「『他人に迷惑をかけない限り人は自由に自分の欲望を満たしてよい』というのは、近代自由主義社会の原則である[39]」と始めている。だが、この原則は、人間の個々の判断の問題でなく、容認か禁止か、という、法的場面の問題であり、法的自由のことであるにすぎない。「何をやってもよいのか」ということを、個人の内部のことがらとして言うとなると、話はまったく変わってくる。しかも、そのばあい、いいか、わるいか、は、カント的自律、ヘーゲル的市民社会分担貢献、ニーチェ的法制度民主主義、という、みっつの別々の場面で考えなくてはならない。相互に、近代展開史上全く別の段階に由来する、独立の、しかも、われわれがそのすべてを生きている、最高価値、中位価値、基盤価値の領域であるからである。

自律においては、自己をみがいて、思うとおりのように存分にできて、はじめて、「よい」のである。そして、それがほんらい、善の定式の自由な選びとりにもつながる、普遍的なことなのである。善のみをいうのであれば、「よい」はそこにあることになる。ところが、資本主義の市民社会の平等な資格の構成員としては、欲求充足システムへの分担分が、社会の発展のためにおあつらえむきにうまく担うことができるならば、それはそれで、結構なことであるし、主体の側の満足にも、正当に、当然つながるだろう。それはまったくべつのことがらである。そして、消費資本主義のむき出しの闘争そのものである、法制度民主主義においては、互いの最低限の能力が、常識的に互いに対して要求されているのである。それは、ちょっとしたことばづかいの言語能力とか、最低限の計算実行能力とか、対人諸側面の最低限の判断バランスとかの、最小限である。(これらが、じつはちょうど、現在まともに答えられることのない「なぜ勉強しなければならないのか」の、当然分けて答えなければならない、三つの理由をなしている。何をやってもよくはない、とはつまり、三つのそれぞれの分野において、もしくはそのどれかにおいて、つねに、まして思想の知とは何か想像もつかない未成年段階では当然に、勉強が要るのである。本来勉強は、自分を、高度に、知において、みがくためだ。「あんまり考えることなんてすきじゃない」ばあいは、それでも、やってみるとじつは得意にこなせる技能で、市民社会の役に立てる、しかもだれにでもできるわけではないし高度な修練も要るような、技術系、工科系の能力でも、もっているかもしれない。それを強制的に法的にやらせられたらおおごとだしそれを正しくても法的には強制されないというのが法的自由だが、貢献できるならば、すれば結構なことなのである。「どうやってもできないと自分ではっきり見切りがついたから苦役をゆるしてほしい」ばあいは、それでも、最低限の常識的内容を身につけておかないと、むき出しの闘争に対処しきれず、だからまたすでにして「だから身につけておけ」という保護義務者の口出しにむき出しでさらされるのである。)

小浜第八章『なぜ人を殺してはいけないのか』[40]、第九章『死刑は廃止すべきか』[41]に対しても、先ほどのと同じ対応において、本来の善悪の倫理学的倫理と、無法者であろうが内心受けいれているものである一定の秩序意識と、法律によって定められた規範と、は、まったくちがうということが、ほんらい、いえる。戦争での法秩序の命令や昔の敵討ち義務のほか、死刑執行人は、人を現在も、殺し続けているではないか。犯罪の三要素の、構成要件（実行行為内容と行為遂行意図）、責任能力（心神喪失だと責任能力がない）、違法性のうち、合法的にまさしく法自体によって実行を命じられた殺人だから三つ目の違法性を欠く、というだけの理由で、それは犯罪にも問われないのであるにすぎない。人は人を殺すものなのであって、そもそも、本来の善悪をなす、理性の自律におけるカント的倫理では、「人を殺してはいけない」という戒律自体が、相対的な、根拠を持たない徳目となるのにほかならないのである。カント自身は、すでにふれたように、定言命法からこのような徳目的結論が簡単に導出できると考えていたが、それは誤りである。本当に、それを殺すことが、自分にとって普遍妥当な原理となりうることで、それを殺しても自分そのものとしての節操を絶対にはずすことにはならないのか、ということが、あくまできびしく、問われるだけなのである。（その道徳が、殺すことを禁じない場合どころか、特殊だが、むしろ殺すことをどうしても一貫して激しく命令しているような場合すらありうるだろう。そのさい罪悪感にもつながらないことは、だれもゴキブリを殺しても、まな板の魚を殺しても、罪に思うわけがないのと同じである。）

個人が内心受けいれているものである一定の秩序意識は、社会的に流通している常識の反映でもあるが、個々人がこの程度だろうと納得している、規範の具体内容である。これは、そのあやふやさにおいて、本当の自律の倫理に比べれば取るに足らぬものであるとともに、また逆に、その秩序意識と比べて実際の法内容があまりに当を失している場合を考えれば、法がいかに無根拠で、せいぜいこの秩序意識に依拠して成り立っているにすぎないものであるかが、よくわかるはずである。

法はというと、法を重んじなければいけないほんらいの理由は、まさにその内心受けいれている秩序意識の一項目に、法の顔くらい立ててやってもよかろうということがはじめからあるほかは、いっさい、まったくなにも、存在しないのである。（法がよくできていて、内心受けいれている秩序に極めて近い場合には、それは、法にでなく内心の秩序そのものとして、とりあえずその法の定めてあるままに従っておく、ことになる。）法を守るべき現実的理由は、法によって、暴力でおどかされていること以外には、存在しない。法は本来の倫理ではなく、倫理と比べてそれ自体は根拠をもたずあくまで単に無意味、無価値なのであるにすぎない。

死刑存廃云々は、国家の勝手による刑罰があることと、復讐権が国家によって収奪されていることとの、是非にふれないでは、ありえない。法維持権力による殺人の是非（法秩序ごときが殺人を命令するという、いちばんの本質においてはこれはゆるしえぬものでありながら、しかし国家がすでにして復讐権を奪っておりしかもいためつける殴打刑というせめてもの妥協案がありえぬ以上、復讐代行の必然的妥当性の前では問題にならないかもしれない）、法維持権力が人に殺人をさせる是非（しかしこの場合は個人的に回避可能なのにその命令により殺すほどの執行人なのだから問題でないかもしれない）、そもそもの復讐においての殺人の是非（これにあらかじめの答がないことはすでに論じた）は、たいした問題ではないだろう。問題は、何らかの行為が、それがなんといっても法をおかした犯罪だから、という理由で刑罰を受けることがあってはけっしてならない、という点なのである。復讐権の収奪自体に問題があるが、それがすべての国家・地域での現状である以上、刑罰は、必ず、だれかになされた、ほんとうに許し難い不当行為に対しての、正当な、復讐としてのみ、なされるべきなのである。法を犯したということそのものなどは、道徳の前では、問題にもならないのである。（だから、教育刑はじつは極めて旧弊で、応報刑以外にはあってはならないこととなる。）死刑であるかどうか以前に、法秩序などが、個別判断の是非より前に妥当することとしてのさばってはならぬのである。

小浜の第十章『戦争責任をどう負うべきか』において、小浜は、丸山真男をひきつつ、道徳的責任と政治的責任にふれている。(42) 戦後世代には道徳的責任がなくとも、言動においてよい関係をうまく築くという、政治的責任がある、というのである。だが、これは通常、道徳的責任と法的責任が言われるところであり、それに政治的判断を加えた三つで整理するべきだろう。するとこれも、同じ対応において、つまり、カント的・自律的、ヘーゲル的・市民社会的、ニーチェ的・法的権利的、の順に、道義的責任と、政治価値創造的責任（国を愛すると称しつつ諸外国との利害を損なう単純式ナショナリストはこの意味でまさしく国賊と言われるべきであるとともに、国家利益のためには自国益優先本能を持つこと自体は当然であるとの主張自体はこの意味で成立はしうるものであって、つまり、政治的価値創造責任は、むしろ市民社会的有用性に対応しており、道義的責任の方があくまで個人の決定的な自律的価値に対応する）と、法的責任と、になる。（法的責任とは、たとえば、昭和の天皇は日米開戦時において、有名人中では美濃部達吉とほぼ二人のみの帝国憲法立憲君主制解釈者だったから、憲法上、内閣の輔弼に天皇が逆らうことは許されないと考えており、御前会議が開戦を決すると、仲良くしたいのになんでこう波が立つんだろうという和歌を詠み、臣下どもが下を向いているからもう一度詠み、それでも皆黙っているからしかたなく開戦を許可したものであって、それ自体に、法的責任は問いえない、しかし、臣民たちは天皇は神だと教え込まれて無駄死にさせられたのだから、どうあっても道義的責任はまぬがれえない、という具合のものである。）すると、戦後世代日本人に問われてはならないのは、法的責任なのであり、政治的価値創造責任はそれもそれで負えれば結構であるが、戦争責任そのものはむしろ、法的責任因果関係を超えた、歴史的多層関係的な（日本社会にいることだけで、有形無形の金銭的サービス的恩恵の、法的にはどの一本とて認定されない先方との関係の細いしかしきわめて多数の糸の網の目に、くるまれるように包まれてもいるのである）道義的責任で、やはりあるだろう。それは、たしかに小浜が論難する高橋哲哉(43)などの場合とはちがって恥じ入るようなものではない。法的責任は、法的自由同様、愚であろうがなかろうが法によってとやかく言われるべきものかどうかということであるにすぎず、他方、理性的価値に照らしての自律的認識の判断が、道義的責任の問題である（法によってはとやかく言われなくとも）、というだけなのである。

ところで、今、およそ共産主義から何か政策的要素を取りいれるのすらむずかしいほど、時代は、スターリニズムとは無縁に可能であるはずであったあらゆる理論的共産主義から、はなれてしまっている。たとえば共産主義が、こうまで手助けとならない時代に、この時代が新しいエピステーメーに相当するほどの近代の第五ステージである、と言ってみたとて、めざましいほどの社会変革、社会救済は、いったい可能なのであろうか。――唐突だが、革命は可能であると考える。フーコーにおいて示唆されるような、人間主義の解体の実現が、その、具体的一半をなすだろう。そこで言われる人間ははじめから人間諸科学の諸領域に分断されたものとしてのみ、成立したものであって、人間については、分断からの回復でなく、そういうものとしての、人間主義の解体が、はじめからめざされるのである。たしかにたとえば文学において、「人間がある」「人間がない」などと当たり前のように言われる人間は、そういうものではなくてまとまりをもったものとしての人間なのではある。ところが、そういうまとまり自体が、まさしく、不在としての観念なのであって、それは人間諸科学の諸領域全体に関しては、まさに、存在しないものなのである。

ここで考えてきたものの近辺からだけでも、てだてはたちまちみっつある。法制度民主主義の誤解的崇拝（主義でなく制度にすぎない民主主義が主義とまちがえられ、万人を裸で闘争状態に放り出す法制度が開明思想ととりちがえられて絶対視されることにより、開明思想の主義主張のための力となりうる「法からの自由」の側面は「法の中での自由」にすりかえられ、他方、「存分にすること」である自由の内実自体が「存分にしないこと」にすりかえられている）を、打破する。資本主義の誤解的崇拝（修正市場経済制度そのものであるはずの資本主義を、資本の主導においてしかありえぬかのように思わせる誤解が、資本主義ということばから生じ、法的に妥当な資本の取り分や市民社会に制限を受けるべき資本の権利の検討が妨げられている）を、打破する。法的言語（現代の言語自体を閉塞させている最大の要素で、あらゆるところに、敵対的なすげかえ可能の大量の大義名分を先回りしてばらまいて充満させ、それが言語使用に雁字搦めにまとわりつき足をひっぱることによって、言語使用自体を締めつけ窒息させつつ、法的権利や法的自由などの比でないほど使用場面領域を超えて社会全体をおおいつくしている）を、打破する。――これらの三位一体が、それのみで、人間主義の解体の具体内容を、相当部分なすのであり、革命的な社会改革の実体をなすものである。つまりは、消費資本主義の、近代の第四ステージにたかだか特有の事象たるべき、先述の基盤価値・基盤領域を、現実の場面からえぐり出し、そのほんらい適用されるべき、むき出しの闘争のシステム化をめぐる、ことがらの位相のみに、とじこめることである。その詳細は、だがこれを序論とする本論各論において、その都度展開されることとなろう。

IV

第八章　事物と表現

——ベンヤミンの言語論について（I）——

一　言語哲学の地平、あるいは言語論における媒質の性質について

——事物と名——

ヴァルター・ベンヤミン（一八九二―一九四〇年）の言語論「言語一般および人間の言語について」（一九一六年）は、その、聖書記述に依拠しつつの説明の神学的外観（それゆえそれを真にうける度合いに応じて多かれ少なかれ神秘的でもあらざるをえない）や「媒質」（メーディウム）に相当程度以上に置かれた力点はさておくとすると、黙せる事物とそれに対応する音声を与える人間の名、という論理構成によって、この論自体をベンヤミンのもつ世界像全体の集中的なあらわれというより、むしろ、表現論として読んでみたいという欲求を、読む者に喚起しうる。事物自体が存在としてすでに持つ、事物の言語や、それの声として人間が与える、名、という、部分部分に仕分けされての考察が、たとえばソシュール亜流による馬鹿のひとつおぼえのような「言語名称目録観」（ポール＝ロワイヤル論理学の提示する世界観に対する悪口）攻撃には完全に欠落した、シニフィエそのもの、シニフィアンそのものの本質についての洞察的ほりさげを代替し、しかるのちに、その部分部分たる事物と名の組み合わされる様において、それ自体が言語表現の基礎をなす、という構図が、うかびあがるからである。ソシュ

ール言語学の修正としてベンヤミンの言語論をうまく整合的にあてはめることをかたちづくれば、それは表現論をおのずとなす、というわけである。しかしその試みは、直接にはやはり成功しない。ベンヤミンの叙述の密度が、なんといってもそれをゆるさないのだ。この言語論はたかだか言語学の補正などを意図しているものではなく、密度において結果的にやはりベンヤミンの世界像の集中的な呈示をなしているのである。シニフィアン、シニフィエに対応するみちすじそのものは、あくまでここではごくごく小さい傍流の一契機となっているにすぎない。

しかし、この言語論自体を、細かく検討しなおすとき、ふたたび、それとは全くちがう理由で、表現ということが鍵とならざるをえないことが、明らかとなる。それは、ベンヤミン自身の精確さにもかかわらずそれでもなおベンヤミンがなした小さな勇み足にもかかわることなのであり、表現ということに注目すること、そのベンヤミン自身の勇み足を確定することが、決して、ベンヤミンに対するちがう関心からの横車やあるいは揚げ足とりといったものとなるのではなく、それどころかそれ自体、ベンヤミンの精確さそのものや、その世界像を、より正確に理解するための、不可欠な行程をなすのだ。

それは、ベンヤミンがこの論の冒頭で導入する、「言語一般」と「人間の言語」にまつわるものである。ベンヤミンは、「人間の言語」という言語、つまり、「言語」という方式によって伝達がなされる言語にかぎらず、「言語」(普通に考えられている言語のことであり、つまりドイツ語、英語等々によって言いあらわされる通常の言語活動、人間の「言葉」)という方式によらないで伝達がなされるものも、すべて、言語であるとするのであり、それが、「言語一般」をなす。「人間の精神生活の表出はすべて、一種の言語としてとらえることができる。[……]音楽の言語、彫刻の言語について論ずることができる[……]。ひとことで言えば、精神的内容の伝達はいかなるものでもすべて言語にほかならない(1)[……]。」

ベンヤミンのこの言語論の、立論の発生基盤における、最大の特徴は、この、広義の言語(=言語一般、=精神的内容の伝達をなすものすべて）と、狭義の言語としての「人間の言語」を、あわせて論じていることである。それは、標題にもすでにあらわれている内容でもあるのだが、しかし、それらは、並べて論じられたり論じわけられたりしているだけでなく、当然「人間の言語」は「言語一般」に含まれる関係にもあるため、重ねあわせて論じられている側面も有するものである。ところがそれらは、重ねあわせて論じられているだけでなく、ふたたび単純に逆から見れば、論じわけられている側面も当然持つのであり、そのため、論理構成の細部において、どういう関係にあるのかを、くわしく検討することが必要となる。そこで、常にその意識のもとにことがらを見ることを、いちいち形容詞付きの言い方をするばあいにはそれによって意識に留意点を一段階ふやしてしまうことになる繁雑さを避けつつ可能にできるよう、ここでそのそれぞれに敢えて名前を与え、「広義の言語」を「広言語」、「狭義の言語」を「狭言語」と呼ぶこととしたい。——この、全く何でもなさそうな呼びかえが、じつはベンヤミンの論理構成をよりはっきりと洗い出すこととなるのだ。それどころか、そこに、ベンヤミンの、ほとんどことばのあやの上での巧妙なすりかえでもある、小さな勘ちがいのようなとりちがいをこれによって見つけだすこととなり、そのとりちがいがしかもベンヤミンの立論のうちのある部分には存外大きな影響を与えていることがわかるのは、すぐに見るとおりである。

ベンヤミンは、広言語を広言語として説明するため、狭言語によらない言語というのの例のほかに、狭言語によりつつしかも狭言語そのものとは別のもの（狭言語とは別の精神的内容の表出）をなす、たとえば「司法の言語」、「技術の言語」といったものをもあげている。それらは、資格においては、その場合の狭言語の特殊なことばづかい（たとえば司法の言語では法律や法廷独特の用語法）というのとはちがったものとしてあげられているのであるが、つまり、それぞれの分野における考え方全体がなす抽象的体系の表出のようなものとして想定されているのであるが、しかし、少し考えればわかることだがそれが「表出」である限りにおいて、事実においては再びそれらは、たんに狭言語のその分野その分野の特殊なことばづかいと一致してしまう。狭言語によりつつの表出であるためだ。そのため、ほんらいの広言語は、それらの事例でなくもっぱら、狭言語によらずなされる精神的内容の伝達であることとなるのであり、それは、広言語と呼べるべき伝達が成功しうるものとしては、事実上、まさにあげられていた音楽の言語、彫刻の言語といった、表現活動の場合を言語と呼んでいるものなのであるにほかならない。ところが、ベンヤミンがさらに続けるところによれば、「自分の精神的内容を伝達することはすべてのものに本質的だから、生命のある自然の中にも生命のない自然の中にも、なんらかのあり方で言語に関与しないできごとも事物も存在しない[2]」。すべての事物が広言語に組みこまれることは、広言語の側からすれば、事物が表現（芸術作品の表現）の組成の一部をなす（実際に、文学だと、狭言語において人間の名づけた事物の名と事物との組みあわせにより、その組成がなされることとなる）のであるとともに、右の司法や技術などの狭言語におおいかぶさった特殊例などでなくまさにその事物の言語が、人間による名と関連することで、広言語と狭言語の両者ともにかかわって両者を橋渡ししているのであって、さらに言えば、本当は、そこまでは何となく言語ということばを拡張することによって狭言語は広言語の一部であるようにほのめかされていたにすぎなかったのが、事物の言語こそが、広言語を論じることが狭言語にもあてはまるその両者の含有関係を保証しているものとなっているのである。

ベンヤミンの分析は、ここからしばらく、広言語をめぐっておこなわれていることとなる。論ぜられるのは、言語的本質と精神的本質の区別、「言語において（in）」と「言語によって（durch）」の対立、そして、この言語論のかぎりでの、「媒質」の性質である。

精神的本質とは、狭言語によらずにみずからの精神的内容の伝達がなされるのが広言語なのであった、その精神的内容が、すぐあとの行以降においてから急に言いかえられたものである。それに対し、言語的本質とは、それにひきつづくくだりの中で、言語（広言語）としてあらわれたものの本質、あるいは、伝達可能性が現実態として成立している言語（広言語）が、言いかえられたものである具合に、急にあらわれる。それはより正確には、少しあとでいわれるように、「言語は、事物それぞれの言語的本質を伝達するものである」[3]ということになる。それが、言語と言語的本質の関係である。精神的本質は、ベンヤミンによれば、言語的本質とは、通常の状況では一致しない。「ある精神的本質にあって伝達可能であるものが、その精神的本質の、言語的本質である。［……］言語は、精神的本質が直接に言語的本質に含まれている限りで、精神的本質が伝達可能となっている限りで、精神的本質を伝達する。」[4]（これそのものが、言語的本質と精神的本質の関係である。）そして、言語と精神的本質の関係は、「ある精神的本質にあって伝達可能なものが、そのまま直接、その精神的本質の言語である」[5]ということになる。この、精神的本質と言語的本質のちがいは、のちに、啓示が話題となるときに、最もわかりやすいかたちであらわれている。つまり、精神的本質と言語的本質を同一視する場合には、語りえぬもの・語られないであるものという要素を精神的本質に認めず、精神的本質はすべて、語られたもの・語りうるものの中に、溶解してしまうということになるのである[6]（精神的本質と言語的本質の区別のために言われたのではないこの説明において、理論上精神的本質と言語的本質をわけることの意義が、きわめて当然のこととして納得される）。――そしてそんな、精神的本質と言語的本質の言語における一致などということは、ほんらいもおよそありはすまい。啓示自体の立場としては、神によりことがらの側の方がすべていい子をして言語の中にあらわれるからそれが一致するのであるにすぎず、そして、言語哲学でその説をとる立場としては、言語の側が万能にすべてを語りつくしうるからそれが一致するのであるにすぎない。いずれをとっても実際にはとても首肯することなどできぬ妄念であると言うほかはない。そしてついでに言えば俗流ソシュール的・似而非ポストモダン的な、《質料の中身としての形相は、すべて、区切られることによる差異のみ・あるいは体系間の差異のみがそれを作り出すのであって、およそ質料自体のもつ形相は先に存在しはしない》とする、息の長い流行にもこれはぴったりだが、カオスを知らないその立場は、実は、まさにその、啓示により質料側のカオスになりかわり、かつ万能言語によりそのカオスを語り尽くす、神秘主義の二乗に、哲学的には（立論上差異万能の観念論への完全一元論化と対象実在へ完全に依拠する唯物論への完全一元論化の不用意で不細工なドッキングであり、つまり哲学的な論理の「根拠」を知らず山勘のドグマをその代用としているため）なっているに他ならないのである（なおここで念頭に置かれているのは丸山圭三郎の説の他に柄谷行人の説である）。ベンヤミンは、あとで見るちょっとしたことばのつまずきの結果として、言語哲学上、実はこの一致を採用するに至っているのだが、それはベンヤミンの論証を待つまでもなく、すでに途中のベンヤミンのことばづかいにおいても、単純に実現している。ベンヤミンが、そこまでに、「自己を伝達する精神的本質は、名において、言語そのものとなる[7]」というとき、名をもちいる言語のばあいは、「言語そのもの」を介して、すでに精神的本質と言語的本質（言語的本質はそもそも「言語」そのものとしてあらわれる）は一致しているのである。ベンヤミン自身は、自らの言語哲学の布置を説明するためには、言語的本質と精神的本質を分けることからはじめる必要があったが、説として、結局その一致を採用している。その事情の自覚が、はじめの方の部分で、「この背理［この二つの本質の一致］は言語理論の中心に解決として位置を占めるが、背理でありつづけ、論の冒頭に位置する場合にはときあかしえぬもの［その前で言われる『奈落』］となる[8]」と言われていることとの内容である。（ベンヤミンがそのあたりにつけたこの論で唯一の脚注「というより、すべての哲学的思考の奈落をなすのは、仮説を冒頭に置く誘惑ではなかろうか」は、あたり前のことをわざわざまじめくさって強調構文で言うことで、一種わるふざけをなしているだろう。むろん、哲学的には、仮説を冒頭に置くことは、俗流科学主義をはじめとして、すべて、根拠のなさ、独断、教条の、根元である。ただし、この部分は、ベンヤミンの、立論上出発点と逆のことがこの論であとで論証されるのは仮説作業一般の場合と同様であるという、弁明ともとれる。）

少し前の部分へもどろう。ベンヤミンが精神的本質と言語的本質の区別から出発するとき、同時に強調されるのが、「言語において（in）」伝達するのと、「言語によって（durch）」伝達するのとのちがいである。そしてこのちがいにおいては、後者は単に誤った考え方としてひきあいに出されているのであり、そして前者の方は、言語をあとでふれる「媒質」として伝達するのと、同じこととなる。「すなわちたとえばドイツ語は、けっして、われわれがドイツ語によって伝達できる——これは誤っている——ことすべてにたいする表現なのではなく、ドイツ語は、ドイツ語において自己を伝達するものすべての、直接の表現なのである。この『自己』が、精神的本質である」[9]。少しあとで詳しく見るように、これに加えて、「すなわち、人間は、自分自身の精神的本質を、人間の言語において伝達する」[10]ことになる。ベンヤミンが、広言語と狭言語に関して、用語上の重大な使いまちがいをしていて、それが、この言語論において論旨が採用する主張を決する、決定的な鍵となるのは、そこにおいてのことである（しかし論全体のおよぶ領域と射程は、その、どれが与党となったかというのとべつにまたある）。だがそれ以前に、この「言語において」と「言語によって」のちがいから直接言いうることとして、「したがって、言語の話し手というものを、言語によって自己を伝達する者であると考えるなら、言語の話し手は存在しないことになる」[11]と述べられるとき、そこには、そもそも、言語とはここでどういう単位で考えられているのかということについての混乱があらわになる。すでに例が出ているものとして、狭言語であるドイツ語、英語は言語であるが、それは、ラング（規則の抽象的体系）そのものというより、同じく狭言語に依拠しての技術の言語、司法の言語同様、特定のあるシステムがその自然状態での運用において帯びてしまう特定のメンタリティー的なくせ（偏向）、つまりロラン・バルトのいうエクリチュール（『零度のエクリチュール』）であるだろう。それは言語としてベンヤミンに採用されている。また、次に見るように、事物に対して、人間が名づける名も、言語としてベンヤミンに採用されている。ところが、言語においては、精神的本質が自己を伝達するのが定義なのだから、その精神的本質が話し手と言いかえられるとき——作品においては、作品において成就している作品精神がそれになりうるが——狭言語の個々のことば（発語）すなわちパロール（亜流による色揚げをとりはらったソシュールの用語法は、その整理された度合いにおいて、このようにきわめて有益である）においては、むしろベンヤミンにとってこそ、このままでは話し手は人間としては存在しえないのは、あまりにも明らかなのである。或る特定のパロールにおいて自己を伝達する者は、人間ではなく、この関連の中では明らかにそのパロールの意味そのものでしかないこととなってしまうからだ。これについては、したがって、ベンヤミンに整合性を与えるためには、ある整理をほどこすことが必要となる。すなわちベンヤミンにあっては、名が狭言語の中に位置づけられることを受けて、名においては、(名がでなく)人間が自己を伝達するものとされるのだが、人間が狭言語において自己を伝達する場面が想定されうるためには、それは名においてのみならず、パロールにおいて、と、拡張されなければならない。(それが名でなくパロールであることによってまた、論が進むと名がはらんでゆく特権的地位は、――パロールならば――防止されることとなる。)しかしベンヤミン自身は、その整理をはるかに超出して、そこで人間の位置をいびつに変形させて論を展開することとなる。

その前になお、広言語と狭言語をつなぐ位置において、きわめて納得のできる書き方がなされているかぎりでの、事物の言語と、人間の与える名を、見ておこう。すでに見ておいたように、自然の中の生命のある、また生命のない、すべての事物の精神的本質は自己を伝達する。その伝達可能なものが、言語的本質であった。「言語は、事物の言語的本質を伝達する。[……]事物の言語的本質は事物の言語である。[12]」ところが、あとで何度もはっきり言われるように、この事物の言語は、一切の音声、表出を欠いて、黙している(それは、ベンヤミンの想定する、至福の楽園状態にあっても全くかわらずそうである)。「事物の言語は不完全であり、事物の言語は黙している。事物には純粋な言語形成原理――音声――が拒まれている。事物は自己を多かれ少なかれ物質的共同性によってしか互いに伝達することができない。[13]」この事物の言語に、音声を与えるのが、人間による名である。「もしランプや山々や狐が自己を人間に伝達しないなら、その場合どうして人間はそれらを名づけることができるだろうか。ところが人間はそれらを名づけるのである。[14]」それが、人間によって事物に対して名づけられた、名なのである。――ここで、事物の言語とは、(差異万能主義がおばけ的に実体化したかのような妄言「シニフィエなきシニフィアン」ならぬ)「シニフィアンなきシニフィエ」であるということができる。「シニフィアンなきシニフィエ」として、事物の言語は、言語において外的存在自体をはらむ、いや、言語における外的存在そのものである。それに対し名づけられる、人間による名が、表出をなす音声としてシニフィアンであるのとともに、それが事物の言語の伝達をうけていることにより、シニフィエに十全に対応し、シニフィエを含みこむ。そもそも、すべての観念を、自然的条件に一切よらずシニフィアンの側の分節のみにより、そしてすなわちその分節もシニフィエ側の条件はその場合には一切関与しないわけだからつまり全くの空虚な形式的対立のみにより、細分化されたものとなっているのだとする、ソシュールの「恣意性（任意性つまり本質的無動機性の意）」の説では、そのシニフィアンが、外的存在と何らかの特定的関係を一切もつことがありえないのだ。（それはバンヴェニストのように「必然性」の語を導入しても無駄である。必然と定義しても、それを与える実質的担保が、体系内に一切ないからだ。）仮説を冒頭に置く科学主義、記号論理学的論理実証主義は、当然ながらその冒頭に仮説として架設された無定義語と公理を、一切の存在と関連づける根拠をもたない。これは現代数学の基礎でもあるものだが、しかし、その道の学者がその根拠のなさを、実際には何をあてはめて運用想像してもかまわないことにより存在とむすびつけてイメージしおきかえる場合、そのイメージの根拠は、根拠自体としては、根拠をまさに切りすてることを内容とするその方法には、当然ながら絶対的に拒まれているのである。それらは存在と、決して関係することはできない。一切選択意図なくどれでもお構いなしに交替しつつゆるされなければならないあてはめ方に、特定の意図で一つ、この現実の外的存在をあてはめつづけることの、惰性において以外には。言語もまさしくそうなのだ。差異のみが差異化された各部分の内実を産み出すという仮説の体系は、そのそもそもの第一歩において、実は、存在との（外的現実との）関係を、一切もつことができない。外的現実とおよそ何かの特定の関係をもつことが、まさしくそこでは、規定上排除されているからだ。シニフィアンの網目により世界を切りわけようという彼らの意図に対し、世界の層は、シニフィアンの網目の層の下で、層自体が、決してふれられることのありえぬ高速のスピードで動いていて、網目が一切かからないというのが、この場合の正しいイメージなのである。

網目の何らかのとっかかりというその第一歩がみたされた場合にはじめて差異体系説は説の資格として事物の言語説と対等の土俵に立ちうることになる（そしてそこですでに指摘した、神秘主義の二乗である等の批判にさらされる）が、その第一歩を否定することが、すなわち無動機性の主張なのである。ベンヤミンのことばでいうと、「言葉はことがらに対して偶然的につながっている［言語の恣意性］とか、言葉は何らかの慣習により［言語契約説］措定された［俗流ソシュール的言語非自然・完全社会産物説］事物の（またはその認識の）記号である［言語記号説］とかの、言語に対するブルジョワ的見解に対応するような、ものの考え方は、これにより［事物の言語・人間の名により］もはや生じるべくもない[15]」のだ。ところが、事物の言語こそは、外的存在を言語存在としてはらむ、「シニフィアンなきシニフィエ」なのであり、そしてそれにぴったりと即応する名（事物の言語の方からの語りかけという構造が事物の層と名の層を完全につなぐ触手となる）が、シニフィアンとして、その即応によりシニフィアン・シニフィエの一体性を保証されるものであるとき、そのシニフィエをいわば「古いシニフィエ」としつつ、実際にこの名がさらに使われるパロールにおいては、シニフィエは——佐藤信夫のいう——「新しいシニフィエ」として[16]、やはり言語存在を十全にはらみつつ、その位置を確定するのである。

ベンヤミンがあっという間に採用してしまう論の細部においては、これはすぐに奇妙な方へずれるが、その原因もまたしかしすでに何度も示唆してきたとおり瑣細なものである。「事物の言語的本質はその事物の言語である。この文を人間にあてはめていうと、人間の言語的本質は人間の言語であるということになる。[17]」このあてはめ方の、ことばのうらに、しかし、この文面だとことばが必ず誤読される構造がひそんでいるのだ。事物の言語的本質はその事物の言語である。この事物の言語とは、広言語における事物の言語である。それゆえ、それをそのまま人間に適用すれば、人間の言語的本質としての人間の言語とは、広言語なのであり（少なくともこの文そのものが直接狭言語を意味することは決してなく）、人間が自然状態の存在としてあることによってすでに自己を伝達している（そう自然状態を解釈する）そのすべて（むろん知的活動や人間がなす芸術としての表現のすべても含む——つまりそこでも、論の内実をみたすのは芸術表現であり、ゆえにまた、論を支えるのは表現論である）を、意味しているのだ。つまり、人間の言語とは、通常の人間の言語、言葉による言語（狭言語）を、意味しないはずなのである。（これがさきほどから示唆していたここでのベンヤミンの「小さな勇み足」である。ここで変更を要したそのほかの点も、すべてこの「小さな勇み足」がもととなって生じていることがらである。）ところが、人間の言語、という文言は、事情がいくらわかっている読者によっても——それどころか書いているベンヤミン自身によって、その文言の普通の意味、というより、ベンヤミンが標題において定義的に与えている意味、すなわち、人間の狭言語（普通の言葉による言語）であると、直接に誤解されてしまう。そのため、それ以降においては、人間の言語的本質が狭言語であるという、はっきりと論理的過誤である前提をもとに、話が進んでしまうのである。言語的本質とは、精神的本質のうち言語において伝達可能なもののことであったから、それをあわせると、人間は名づける（言葉で語る）ことにより自己の精神的本質を（伝達可能なかぎり）伝達することとなるが（直接つづけてそう言いかえられている）、これも同様にまちがいである。命名する言語すなわち狭言語についてという意図をはっきりもちつつ、一歩ふみ出てその次の部分の広言語に関するくだりの中で、新たに定義的に導入される、「人間の言語的本質は、つまり、人間が事物を名づけることである」[18]のみ、——すでに見たように、広言語の中での狭言語としての事物の言語と人間の名づけた名の関係の確定として、理論上有意である。その場合しかし、この文の意味は、狭言語に焦点を置いて見るときはそこの文脈全体の広言語での定義からは変形し、言語的本質自体が、「自己を伝達すること」でなく、パロールにおいて人間が自己を伝達しうるための関係性の土台たる、「事物を名づけること」としてやや強引に定位されなおしていることとなるのである。さきほど変更をほどこした、人間が（名でなく）パロールにおいて自己を伝達する（そのさい主語はパロールでなく人間でありうる）、ということが、ここに直接に接続されうることとなる。（伝達と名づけの間のことがらの絶対的ちがいを無化することはできない。ベンヤミンが右で今指摘した誤りの中でこれを無理やりおしとおして「人間は事物を名づけることにより自己を伝達する」[19]と言うとき、厳密には名の使用ですらなく神の前でのアダムの唯一一回的な名づけしか指しえぬことにおいてそれは狭言語どころか広言語とすら関係のないものとなり、そのゆきつく先が、この伝達相手が人間でなく神であるということとなる。その極致において、ことはおのずから言語からそれて、神学の中へと退場するのであり、しかもそういうものとして、論のこの要素は自らに引導を渡す排気孔をも自動的に同時に用意していることとなる。「名において、人間の精神的本質は自己を神に伝達する。」[20]神のこの用法が神話的なものと対立する神的なものの内実提示をなすとそのままおし広げてみなすことは、この神が聖書の神そのものであり言語が現実の狭言語そのものであるため、その世界をどんなに濃密に充塡していっても、幾多もの神話的な諸文脈との対立関係をそれ自体においていっこうにもちえず、無理であろう。)その定位の結果、事物と名は、広言語と狭言語をつなぐ位置を、「シニフィアンなきシニフィエ」「新しいシニフィエと一体のシニフィアン」として、うるのだ。(そのとき、名も、楽園における名でなく、狭言語をめぐる言語哲学の地平における名である。)ベンヤミンがずれていくことになる先である楽園の言語については、のちにくわしく分析するが、ここでは、ベンヤミンのこの誤りも含めての観念布置が、論のこの箇所の具体部分においては世界像をでなくまさに狭言語を扱おうとしたことにこそ由来するのであることを、すなわち、ベンヤミンにとっても対象は狭言語そのものなのであることを、確認しておきたい。すなわち、「名において」でなく「名によって」[21]と考えることが、論の範囲の限定なくそのままブルジョワ的言語観とされるのであり、ことは、実際のこのわれわれの言語、つまり狭言語、それも楽園でなく現在のこの狭言語そのもの、を、そもそもめぐっていることは明白なのである。

ベンヤミンにとってキーワード中のキーワードである、媒質について、ここでついに、見ておかねばなるまい。精神的本質が、自己を、言語によってでなく、言語において、伝達することが、すなわち、この段階での媒質である。「言語において」とはそのまま(伝達可能なかぎりのものが)言語となってという直接性、無媒介性のことである。「あるいはより正確には、どの言語も、自分自身において自己を伝達する。」[22]これはつまり、能動かつ受動（メディアール）という、媒質（メーディウム）の、基本的定義そのままであるにすぎない。すなわち、「自分自身において」ということが意味する能動かつ受動が、ここでいわれている媒質の内容のすべてであり、それはその前段階の、（「言語によって」でなく）「言語において」の、直接の言いかえをなしているのみである。自己を、ということが意味する、主語と客語の一致が、言語となってという無媒介性に、体現しているのだ。（このことがまた、いうまでもなく、ここまで行なってきた言語思想の非神学化解釈がベンヤミンにおいて根本的に正しいことの、うらづけをなす。また逆に、ここで行なってきたことはベンヤミンの言語哲学自体の整合化と、それに由来する最低限の非楽園化訂正であり、媒質その他にまつわる論の根幹やさらにいえばベンヤミンの世界像の中核部分も、実はここではそのまま保存されているはずである。）これは、ベンヤミンが『ドイツ・ロマン派における芸術批評の概念』において肉づけした、哲学的内実をもつ媒質とは、じっさいには、相当程度に異なる可能性があるものであるが、また、ベンヤミンのこの論においても、話が直接移行した先としての楽園の言語においていわれる媒質とも、けっして一致はしないものである。こうして、初期ベンヤミンの言語論は、楽園の言語へと土砂くずれのように全身でなだれをうちつつ、しかしその直前に、首尾一貫した、言語哲学の地平を、かたちづくっているのだ。

二　初期ベンヤミンのオブセッション、あるいは楽園における媒質の性質について
――啓示と序列――

広言語（言葉によらない言語をあわせての言語、いま、とくに、言葉によらない言語の方のみを考える）が言語であると呼ばれるとき、それは、精神的内容が自らを伝達することができた、現象としての、その大わくの全体を含んでのことである。それを狭言語にあてはめるとき、狭言語（言葉による言語）においても伝達が十全になされえた、願望の像が発生する。狭言語を、そのまま広言語として理解しようとしたもの、広言語におきかえてしまったもの、それが、ベンヤミンにおける楽園言語の基本である。言葉による言語を、そのまま、全的に芸術

表現におきかえたものなのだ。

だから、ベンヤミンの『ドイツ近代悲劇の根源』にいたるまでの初期の論考に、オブセッションのようにしつこくあらわれる、この楽園言語や、そこでの序列の観念は、そのしつこさにもかかわらず、そのそれぞれにおけるベンヤミンの叙述の緻密さに、ほとんど全く影響を与えない(だからこそ、ベンヤミンのその叙述は、緻密なものでありえている)。むしろ、その、かぎりなく稠密に互いにぴたりと接しあっている序列の間での、神秘的なやりとり、という観念、ベンヤミンの(この言語論そのものの主張以外の)論の内容をそう理解すれば主旨としては——いまのべたとおり——誤解となってしまうその観念は、ベンヤミンの、全体がかぎりなく稠密で全体が一気にわかるときにやっと各部分がいっせいにバタンバタンと連動してわかっていくその叙述の、比喩的なイメージ像とこそなっているものである。

それゆえ、ベンヤミンのこの論自体において、与党として採用された啓示についての説明の延長上で、「ここには次のことが告知されている。宗教においてあらわれるような最高の精神的本質のみが、純粋に人間と、人間の中にある言語にもとづくのであり、他方文学を含むすべての芸術は、言語精神の究極の精髄にでなく、事実完成した美においてであろうとも、事物の言語精神にもとづくのである」[23]と言われていても、これがあらわすのは、まさに次のことにすぎない。すなわち、広言語(本論のこの部分においてはさきほど以来もっぱら芸術表現)に完全になりかわったものとしての狭言語のイメージ(それは狭言語としては誤りである)は、広言語へのなりかわりこそが純化であるにもかかわらず、まさしくその、純化された姿(つまり引用後半の芸術でなく引用前半の宗教の方)としては、広言語よりもより言語精髄的なものとなってしまうのである。

こうして、「言語一般および人間の言語について」のちょうど中間四割強の部分において長々と記述された、啓示として完全に伝達可能であるような秩序(そこではすでに見たように言語的本質と精神的本質は一致する)と、それが、空間そのものからして楽園に移しかえられて描かれた、神の摂理にしたがった各層の間での言語の順次移行的伝達のもととなる互いに密な序列は、実際には、ベンヤミンの世界像そのものをなすものでは全くなく、ベンヤミンの叙述自体の比喩をなしているものであるにほかならない。人間が自己を伝達する相手が神であるならば——仮にそこに世界像があると仮定しても——それは言語的世界像とは全く別物である、宗教的世界像であるにすぎない。こと自体が、言語とは別のものをそこで話題としている、しかもそれが、精神的本質の伝達の、言語においてはじっさいは決して想定されるべくもない極限的完全性の比喩（それはいま述べたように、究極のなりかわりということを方途にゆきついたものである）を理由に、言語精神と認定されているにすぎないものである。——そもそも、言語哲学の根本的布置をベンヤミンはまず述べ、次に楽園言語を（とにもかくにも論として支持するものとして）述べ、そのあとうしろ三割弱の部分で、楽園追放後の人間の言葉を、まさに、現在の人間の狭言語そのものとして述べる。そのとき、根本布置はそのまま現在の狭言語にあてはまらなければならないのであると同時に、楽園言語は、あとで現在の狭言語について述べられることとの差異がまさに構成的に現在の狭言語の性質をうかびあがらせるような構造において述べられているのでなければ、本来、その楽園言語の部分の論は全く意味をもたないはずである。（それは、楽園言語を基準に狭言語を論じようとベンヤミンがとりあえず意識上の与党においては意図するときなおさらそうである。）そしてそういう構造は、ここには一切欠けているのであり、ただ喪失感のみが、悲しみとして、現在狭言語の側の性質を、しかし、現在の事物についてと同様、楽園とはほんとうは全く無関係にそちらで独自に新たに発生するベンヤミン特有の考え方として、決定づけることとなるのである。

この部分でベンヤミンは、しかし、十分に意表を突き注目するに足る聖書解釈と、そして聖書の表層部における記述そのものにずいぶんずさんにずれる初歩的な聖書誤解の数々をも、ヴァラエティーに富んで示してくれている。一番特筆に足る聖書解釈は、創世記冒頭部分において、神が、人間以外のすべてのものは、「あれ」と命令する言葉で言葉そのものによってつくったのだが、人間だけ、土からつくったといわれていることについてのものだ。（現代の聖書学の見方では、こんなことはむろん聖書編集者が参照した原資料のちがいに由来する矛盾であるにすぎぬはずである。それを、ここではむろん字義どおりに突きあわせて、解釈するのである。）この、まにうけるならば印象としてどう見ても人間の方が他の被造物より一段劣った存在にしか見えぬ比較を、しかしベンヤミンは、神が人間に息を吹きこむという一点をもって、逆転する。他の被造物においては神の言葉は存在の質料へとそのまま移行してしまった。ところが土の質料をもつ人間に吹きこまれた神の息（生命、精神、言語）[24]は、それ自体が、言語という贈り物となり、それによって人間は自然を超える地位に高められる、というのである。——それに対し、ベンヤミン読みがまさかと思って聖書をわざわざ調べてはみず従って指摘しないベンヤミンの聖書誤解は、まさにこの部分にあるのであって、天地創造の概略（そこでも人間は——材質・方法を明示されず——つくられている）を述べた創世記第一章でなく、人間の原材料が土である話が第七節で明確に出てくる第二章の方においては、実は第一九節において、野のあらゆる獣、空のあらゆる鳥も、土でつくられているのだ。それをあわせて第一章第二章を総合すれば、要するに、万物が土でつくられ、——第一章での魚も鳥も人間も「産めよ増やせよ」と言ってもらっている説明もあわせて——神の言葉を吹き込まれているのであるにすぎない。また、ベンヤミンは、「あれ——神は作られた——神は名づけられた」のリズムと言うが[25]、そのようなリズムはリズムとして存在しない。そもそも神による名づけが行なわれているのは、第一日の、「昼」と「夜」、第二日のうち「天」、第三日のうち「地」と「海」だけなのであり、例外中の例外と言わねばならない。しかもこれらは、よく考えてみると、例えば「昼あれ」ではおよそ意味をなさないから「光あれ」と言ったため、できたあとで改めて夜とのペアにおいてその光を「昼」と名づけなおすという手続きがとられているための例外にすぎないのであり、省略のいちばんないかたちでの範例をなすものではないのである。そこでは少なくとも、創造と、神による名とは、明白に、一切関係がない。ベンヤミンが聖書を誤読した、リズムが、むりやり、神による名に言語的楽園的地位を与えている。

ベンヤミンによるもう一つの興味深い聖書解釈は、この、神と人との間の、言葉を吹きこんだという共同性(明記されていないが念頭に置かれているのはこれである)と並ぶもう一つの人間と神の言葉との言語共同性である、人間の固有名についてのものである。人間は認識する言語により、すべての事物を名づける。しかし、人間の個々人に与えられる固有名は、そうでない。個々人を名づける固有名は、人間が、相手からの伝達をうけて、認識する言語により、完全にふさわしい名を与えるものとはなっていない。ところが、ベンヤミンはここにおいても、固有名に事物の名より低い、認識とはならないものを見るのでなく、「厳密には人間が名[固有名]に(語源的意味で)符合していない(26)」こと自体を、固有名の、認識以上に神の創造にかかわる印とするのである。その、神話的表現知が、固有名はその人間の運命だというものであるとされるのであり(ベンヤミンはその知をほめつつ、しかし神話的なものを脱するとき、運命という考え方をむろんとらない)、ベンヤミンの主張は、ひとことでいえば、固有名はその人間の現状をあらわさないがその人間がどういう人間になるかはあらわす、というものなのである。——言語論の中に、もっともらしくおりこまれてはいるものの、ほんらいは別個の、小さな主張であり、しかも、それ独自にはかなり通俗的であるようでもありながら、それにもかかわらず説得的な(神話的なものとの対立関係の中に移し置いても論としての論理の発展のみちすじをしっかりなしているような)、主張であるというべきだろう。

なお、すでに述べたが、楽園言語における媒質は、この言語論のはじめ三割弱で措定されうる、言語哲学の地平における媒質とは、全く異なるものである。その一番わかりやすい用法は、神の言葉が、創造の媒質(27)、と呼ばれていることだ。もちろんそれは例外的に用いられているのではなく、その用例が、楽園言語における媒質概念を、極限的に特徴づけるものでなければならない。言語哲学の地平における媒質概念であった、〈「能動かつ受動であることそのもの」と同値としての「言語においての自己の伝達」〉にあっては、「自己の」というところに「能動かつ受動」が成就していたのに対して、ここでの創造の言葉は、神からの受動、創造への能動(いかにその言葉自身が、他の質料にはたらくのでなくそれ自体が肉化して創造物と化すのではあれ）という、受動と能動の相手の差を本質的に内包するものであり、それは、ほんとうは「能動即受動」となることは決してありえない。（相手がちがっても能動と受動が同時にありさえすれば能動かつ受動だなどと言うのであれば、それは、すべてのものがむろんなぐりっぱなしでもなぐられっぱなしでもないこの世の存在者一般と、完全に同断のことであるにすぎなくなる。）むしろ、その、能動と受動との相手の差が、ここでの、序列、つまり、下から上へと密に相い接していることによる完全な伝達を、体現するものなのであり（それはまた、のちの、「翻訳者の使命」で本格化する、狭言語に即しつつの表現を対象とした翻訳概念とは全くべつの、狭言語と同一視された広言語に狭言語での用語をむりやりそのままあてはめた、ここでの、序列間の伝達のイメージとしての翻訳概念となってもいる）、その世界像全体としては全体の収支決算があうことにより主語と客語を同一にとっての「能動かつ受動」が成り立っていると強弁（というより実はむしろ揶揄となる）できても、まさに要素要素にとっては、「能動かつ受動」が分裂展開（つまり崩壊）した、にせの媒質となっているのだ。――「すでに諸言語間の関係は相異なる密度の諸媒質間の関係であると述べたが、その関係によって、諸言語相互間での翻訳可能性が与えられている」[28]。しかし、述べられていたのは、ほんとうは「関係」ではなかった。「諸言語間の相違は、諸媒質間の相違であり、諸媒質はいわば、それぞれの密度により、つまり段階的に、区別される」[29]といわれていただけであった。「関係」は、微妙なすりかえとしてもちこまれているものであり、その「相違」が「関係」となるとき、媒質には、非媒質的な序列方向性が、往復流通性の見かけのもと、すり込まれることとなっている。そもそも楽園言語における「名」が、ベンヤミンのいうような事物の言語と音としての名の完全一致一体性、を意味するものならば、その名は、ほんとうは音をもつ必要は何もないのである。空気自体ごときの振動においては無音のまま、その空間は序列間での完全伝達をいとなみつづけ、外から見て、比喩的な声に埋めつくされていることになりうるし、ならねばなるまい。しかし、言語哲学の地平における、音としての「名」は、シニフィアンとして、事物の言語のシニフィエとは、別ものであることにおいてずれつつ、しかしそのシニフィエがもつ言語存在とはっきり関係して、言語表現（パロール）として新しいシニフィエのうちに言語存在を移しかえるものとなるのだ。

そもそも、このような、楽園の序列間における伝達の、序列自体によって保障される「送り出されたもの」と「受けとられたもの」の完全一致性は、また神学的観念自体としても、フィクションであるにすぎない。カントによる、「神の存在論的証明」の、十全な打破は、「存在は属性ではない」ということを要点とするものであった。どんな実在しないものも、空想できる、そしてその空想の完全性には、それが観念の外でも実在するかどうかは、何ら関係ない（空想したものは空想の中で存在するのだし、そこで語られる存在はその空想界の首尾の中での存在である）。すなわち、外的世界において実在するかどうかは、観念における属性とは何の関係もない。「神は完全でなければならない、完全であるためには存在するという属性ももたねばならない、ゆえに神は存在する」という論法（神の存在論的証明）における「存在」は、外的実在としての存在とは何の関係もないのである。完全一致性もこれと同じだ。動詞 sein（être、be）のもつ、「存在する」、と並ぶもう一方の意味である、「イクオールである」、というコプラにこれは対応している。存在が属性でないのと同様、コプラも述語ではない。つまり等号は等式右辺ではないのだ。この等号の完全性は、式表現においては等式左辺である命題の主語（その最左辺である、源としての神）の完全性からは決してみちびき出しえない。なぜならそれは神の完全性のうちには含まれないのだから。ベンヤミンによる序列がはらむ完全一致性は、序列の空間の神による保障からは、実は決して生じないのである。

三　現実の言語、あるいは言語の表現と表現の言語について
――表現と概念――

現実の人間の言語は、この楽園言語ではなく、楽園追放によって楽園状態が失われたものであるのは当然であ

る（聖書上ではそれはバベルの塔のくわだてのせいで神により人間の言語が混乱させられればらばらにされてしまったことに対応する）。ベンヤミンはこれを、言語精神の堕罪、自己自身以外の何かの伝達であるとはしつつ、これが、人間の言葉の誕生の時であるとはっきり認めている[30]。（したがってそこでは、啓示も、精神的本質と言語的本質の一致も、神も、すでに消え去っていることとなる。それとともに、ベンヤミンがここを人間の言語そのものの出発点と考えるとき、思考法そのものとして、都合のよすぎる啓示は、やはりあらかじめ、ベンヤミンの生理そのものにとっては──たとえば真理内実の、ありえぬあらかじめの全般的開示と同断なのであり──、拒絶されていたのだということとなる。）

ベンヤミンによれば、この、人間の言語（人間の言葉）の根本性質は、堕罪の原因となった木の実、すなわち善悪の認識の、性質によっている。ベンヤミンはそれを、「キルケゴールが使う場合の深い意味における〈お喋り〉」であるといい、これが唯一の浄化として、裁き、判決をひきおこすとする[31]。──ここでは、善悪の認識は、まさしく認識（楽園言語において保証されるような）とは別物であり、無効の、余計なものにすぎないと言われていることになるが、それは、善悪が、事実の認識に対して、様相論理に相当するような、別レベルをなすものだからというものではない。「もの」の認識でなく、「ものについての認識」であるもの、そのもののことをいっているのである。「ものについて」である点がそのまま、事物の事実でなく善悪を語るものということになっているのだ。つまりは、様相なのでなく、事実の相そのものの認識において、それぞれが概念をなすいろいろなことばを、重ねてもち、少しずつその意味内容が異なりながら用いることとなっている、言語の現実のあり方が、この善悪の認識であるにほかならない。（たとえば、先生／教師／先公という名辞の重なりあいとずれは、そのどれもがむろん楽園言語的なそのものの認識と完全一致した名でないことをも示すものであり、そのとき、それらの並存は、とはつまりそのひとつひとつもそのつど、雑多迂遠なお喋りなのである。）これが、余計であるとされ、それ自体が、また、法的言語をひきおこす。

ベンヤミンは、この言語――概念の言語――の特質を、堕罪の意味として、三つ、しかしより詳しく見れば四つに分けて、指摘している。[32] 第一の一つめとして、この人間の言語は、人間には分不相応な認識の手段である。これについていうと、概念は、「何々について」の認識をなすものであり(手段でしかないことにより)、しかしその「何々」において、意味内容をはらむことにより、概念的な(概念区分や概念操作を可能とするような)知を構成するとともに、また、その「何々」についての、事物の言語と通じあうことによる言語存在を、概念あればこその対象世界の把握・保持として(たとえば音楽の音が、楽曲内での相互関係においていかなる概念的意味をも外的世界に関係して構成しないのとちがって)、自らのうちにもつ。これは、言語使用におけるその都度の意味である新しいシニフィエに対する古いシニフィエである。ベンヤミン自身も、堕罪後の人間言語に、それが過剰命名ではあっても、[33] その過剰命名においても事物の言語との関係が維持されてはいることを認めている。第一の二つめとして、概念は、言語を少なくともある部分では単に記号化してしまう。これについては、われわれの日常的使用の言語伝達において、新しいシニフィエがぴたりと像をむすばない場合、古いシニフィエを漠然と指し示すような概念区分を不如意に扱って伝達が行なわれていることに、じじつ、たしかになることと、即応している。古いシニフィエの言語存在をそれは必ず不如意にしか指し示さないため、外的世界との関係においては、単に大雑把な慣習的なものとしての記号的なものとなり、かつ、概念区分には効率的に依拠するため、日常的通用における粗雑な実用には、それなりに耐えつつ、まさしく記号的指示を、伝達しあうことになる。この場合言語は道具となり、しかもそれは効率にはそぐいつつ使用者に本質的にそむく扱い勝手の悪い道具である。

第二としてベンヤミンのあげるのは、名の直接性のかわりに、裁き、判決の直接性が言語に生ずるということである。このことは、第二としてはひとことで言ってのけられ、またこの三重の意味といって列挙される前にはかなりことば数をついやしつつしかも論証なしで言い放たれているものなのだが、概念の言語が、何かについての認識の語であることから、直接に納得されるものである。何かについての認識、そして、重なりつつ微妙に異なる諸語によるおおいつくしからなる体系、それらそのものの認識のあり方が、判決なのだ。そして、それが、「名の直接性のかわりに」といわれるように、シニフィエにおける言語存在、事物の言語の要素との関連を、ぬぐい去って抽象化してしまい、おのれの全く抽象的な空虚な概念構成からなる体系に満足してしまったものになったのが、法的言語であるにほかならない。この法的言語は、しかし自身を、非論理的に、外的現象におよぼし、猛威をふるう。しかもそれだけではない。法的言語のような空虚さが、あらかじめの対立論旨、すげかえ可能の大義名分として、社会の各人の手に渡され、その相殺的（それ同士が相殺されてゼロになるのでなく、互いのパロールに向けての相殺）抑止網が社会をおおいつくしているとき（それは現代の高度資本主義社会の特徴である）、言葉は死ぬ（個々の表現や思想による渾身の回復を待つことになる）のだが、その、言語的原因は、はじめから、概念の言語の中に内在していたのである。

ベンヤミンのあげる、概念の言語の第三の意味は、言語精神のひとつの能力としての抽象の能力の根源も、この堕罪（による言語の概念化）のうちに根ざしている、ということである。これも、全く論証ぬきに語られているのだが、さきほどの、第一の意味のうちのひとつめとふたつめが、それぞれ正（ベンヤミンははっきり正とはしていないが、言語哲学の地平との組み合わせでそれは正としてまず解しうる）、負の内容でありつつ対応していたように、第三と第二の意味が、やはり同じことの正、負の内容として、ほぼ対応しているものである。概念の言語により、事物にまつわるようなおよそ一切の内容を全く欠いた抽象的な概念を、扱うことができ、また、事物から、あえて内容を捨象した部分のみを抽出する、という、抽象作用を行なうことが可能になる。ベンヤミン自身の用いている、言語一般（ここで言ってきた用語では広言語）という語も精神的本質という語も媒質という語も、当然のことながら、じつにまさにそういう、抽象的な語であるにほかならないのである（それは楽園言語には決して内在しない）。ベンヤミンが少しうしろになって、これも論証ぬきで、急にあげる「言語のもうひとつ別の注目すべきあり方[34]」としての、過剰な精確さ（過剰命名が、それを示す）は、この、第二と第三の意味のペア、事物的内容をもたない精確さの積み重ねの、負の側面と正の側面に、対応している。

楽園言語においても音声を欠いて黙せるものであった事物の言語は、いまや、ベンヤミンによれば、深い悲しみのうちにある。(35) (ベンヤミンは、これを、堕罪のあと、地をのろう神の言葉と結びつけ、自然の外観がきわめて深い変化を受けるとするが、むろん、聖書ではこれも、創世記第三章第一八節で、土にいばらやあざみが生えるだけである。) 黙せることと悲しみとは、ベンヤミン的文脈において、ここで三段階を経て深まってゆく。自然は話せないことを嘆く。しかし次に、自然はそもそも嘆く。嘆きとして、分節化されない言語表出をなす。ところがさらに、「自然は黙せるがゆえに悲しむ」が転倒され、「自然の悲しみが自然を沈黙させる」。そしてこれこそが、まさしくベンヤミン的状況である。被造物は、時間のうちにおいて、そもそも変化をこうむり、その自然態においてはどうあがこうとも勝者の暴力的な歴史にさらされ、はかなく敗残するのみである。(歴史の外の神の見えざる視座からすればそこにさえ別の調和がありうるのかもしれないが、その視座自体の露出は、歴史の中にあっては例外的である。(36) 「神学的―政治的断章」においては、彼岸的な不死性の原状回復に相応する現世的な原状回復として、没落の永遠性でもある、メシア的自然のリズムが、幸福といわれているが、それは被造物の没落が直接に救済の相に究極的には相い即していることを一方で指摘しつつ――それはそのものとしては歴史外の全体相であり現実内の幸福とは別局面の論理である――、被造物が総体としては没落しつつ、はかなくくずれてはまたその中でリズムとして繰り返し現世で成立する幸福な状態のことを、あるべき政治的目標やその方法のとりあえずの根本原則として、言っているものである。) 悲しみは、したがって、歴史の中に置かれた被造物には、そもそも必然的なのである。――この悲しみの中で、楽園言語における名が、回復すべきものとして追想されるとき、しかしその名は、言語哲学の地平における名、楽園言語における名ともちがった、第三の様相を呈する。それは、すぐれてベンヤミン的文脈を刻印されてのアレゴリーを、一語で代理して、指示するものである。ほんらいは狭言語の表現としてなされるこのアレゴリーが、表現の言語(広言語の成果のすべて、狭言語による文学的表現における結果としての成功した伝達も含む）の成り立ったかたちにいきなり転換され追想の手つきでたぐり寄せられたものが、ここでの名であるにほかならない。

この言語論の最終部において、ベンヤミンは、一方で、この、言語（狭言語）の表現を、表現の言語（広言語）の実現態へ仮託することに、終始する。最終段落の内容は、すでに消滅しているはずの楽園言語へ、現実の人間の言語の純化されたかたちを、おきかえなおす、位階序列の再陳列となる。しかしベンヤミンは、その直前で、記号について言及することにおいて、狭言語の表現のしくみ自体への手がかりを残している。というのも、そこで述べられる記号は、狭義の記号、すなわち、言語記号観における（言語学と記号学が同一視され言語と記号が無細工に一致した意味での）記号ではなく、いわば広義の記号とでもいうべき、芸術表現が成功したときになされているような、「伝達不能なものの象徴」（啓示の場合とちがって伝達不能のものが当然に前提されている）・「言語の象徴的側面」であるからだ[37]（これは後期の「模倣の能力について」などでも、表現のなりたちに基礎論的な担保をなすものとして、展開されることになる）。そこで言われる、「言語と記号の関係」は、まさしく、狭言語の広言語へのそのままの仮託ではなく、逆に、狭言語のしくみの中で、狭言語がいかに広言語（芸術表現）でありうるか、つまり、言語の表現はいかにして表現の言語でありうるか、その構造を、追うものでこそあるのだ。（それはまた、言語のしくみに即しては、アレゴリー以上の、真理の側面をも、それと名ざされぬまま、いくぶんなりとも、にならうものとなる。）この構造の、くわしい展開にかんしては、しかし、ベンヤミンにあっては、具体的には、のちの言語論「翻訳者の使命」の、翻訳において、翻訳されるものが何かという、概念構成を、待たねばならなかった。

第九章　表現と真理
——ベンヤミンの言語論について（II）——

一　言語の表現
——翻訳という形式と親縁性——

ベンヤミン初期の、二つめのまとまった言語論、「翻訳者の使命」（一九二一年）。ボードレールの詩集『パリ風景』をベンヤミンが独訳して、独仏対訳のかたちで刊行したさい（一九二三年）序文としてつけられたこの論は、文学作品を対象とした翻訳論であり、さきの「言語一般および人間の言語について」以上に、本質的に表現論として読むことができる。しかし、ここでも、ことがらが言語そのものや翻訳そのものについても語られるものとなっているため、またならざるをえないため、ベンヤミン自身が整序したと思っているよりも存外、過誤をも残し、または、ベンヤミンが思うより少し複雑であって、しかもその複雑さによって、ことがら全体の本質が、ベンヤミンもおそらくそこにねらいを定めたのであるほぼちょうどその場所に映しだされるものとなっている。

まず、ベンヤミンのここでの過誤と思われる点は、ことがらの、言語そのものとの関係である。文学作品の翻訳は、必然的に言語の翻訳であり、話はあくまで、言語そのものを土台としないわけにはいかない。この意味で、言語そのものは、ことがらの重要な参照要素となる。ところが論自体は、デリダも見ぬいているように[1]、文学作品の翻訳に話の対象が限られているのであり、言語そのものについての事情がここで直接あかされるわけではないのである。言語そのものについての事情がここであかされているとすれば、それは、言外にである。ベンヤミンの意識は、しかしどこかで、言語そのものについて直接に扱い抜いたというように置きかわっているふしがないではなく、これはたんなる過誤として、修正されなければならないし、また、その修正の指摘をしておくだけで、おそらくことは十分である。土俵の設定のしなおし――というより、土俵の表示のしなおしである(なぜなら、言外にならず、言語そのものについての新たな知見もじじつここに含まれている)。

それに対し、ことが、言語全般の翻訳そのものをも当然に前提としながら、文学作品の翻訳をめぐっているという点は、論自体が、さいごまで、微妙な点において、意味作用や言表全般と表現とにかんして、細かく腑分けされなおしつつ注意深くたどられることを、じっさいには要求するものとなっている、という結果をきたしている。話が、意味作用についてなのか表現についてなのかが重なりあいつつ、しかもいちばん肝腎なところではそれが腑分けされなおしつつすなおに見つめなおされたところに、ことがらの全体像が、正確にうかびあがってくるのだ。

ここでは、「翻訳者の使命」全十二段落(原文で十三ページ)を、基本的にその分量によって六段落・三段落・三段落に分けてここでの各節で扱いつつ、全体としてほぼベンヤミンの具体的な叙述に順に従いながら、論をすすめたい。ただし、ここでの読解のかぎとなる――というより、ベンヤミンがいわんとしていることとしてそれらはそう読むのであらざるをえない「親縁性」「志向」「真理」という重要概念にかんしては、繰りかえし、他の著作を参照する。

この「翻訳者の使命」がさきの「言語一般……」と異なり、文学の場合のみを明確に対象としていることは、冒頭から、翻訳という用語のちがい以上に、伝達という用語のちがいとして現われている。翻訳は、さきには諸事物や人間のあいだで、「高次の言語は低次の言語の翻訳である(2)」という、意味の照応関係として、扱われていた。それはまた、「精神的本質が言語において自己を伝達する」[3]、その伝達の照応関係であった。ここでは翻訳はむろん、ボードレールをフランス語からドイツ語へ訳すといった、人間の諸言語間でのものだ。しかしそのさい、文学作品において、「伝達の範疇外にある」[4]ものの翻訳が、ここではじめから論の対象となっているのである。さきには大筋において、その精神的本質の「伝達」が論を形成していて、ただ終わりのあたりで、「言語は伝達可能なものの伝達であるだけではなく、かならず同時に、伝達不可能なものの象徴である」[5]という見とおしも述べられていただけだったが、ここでは、その、伝達不可能なもののみが問題となるのであり、「伝達」は、まるでその重視が文学の翻訳を悪しき翻訳へと誤らせるあやまちの転轍点であるかのようである（第二段落）。しかしまた、さきにおいても「伝達と密接にむすびついた象徴的機能」[6]と言われていたとおり、じっさいには「伝達」を土台としながらでなくてはこの伝達不可能なものの象徴もありえず、これについてはのちの第十段落にかんして、厳密な腑分けをしながらの読解をふたたび要することとなる。——いずれにせよこれらふたつの言語論について、言語が稠密に世界を媒質として満たし、伝達や翻訳によってじっさいにあたかも啓示的に被造物間で呼応しあっているという世界像をなす、というような、統一的なひたすら整合的な解釈を行なうことは、そのあるままにおいて直接には、いかにも無理であろう。

冒頭ふたつの段落の内容は、この、文学の翻訳が問題となっているということを念頭に、理解しなければならない。第一段落では、芸術ということを明示しつつ、受容者と作品の関係が述べられるが、じっさいには、そこで話題になっていることも、芸術全般でなくことさら言語で書かれた文学作品の場合において、翻訳元あるいは翻訳先の諸言語それぞれを理解できる者のことなのである。ベンヤミンはおよそ受容者がどうでもいいと言っているのではない。受容者ということについては唯一、人間一般の存在と本質が、人間一般の肉体的また精神的本質が、おのずからのまたありうる能力としての理解力が、意義を有するのであり、それに対して特定の受容者に文学作品が理解されることを考えることはまったく無意味だ、と言っているのである。特定のある言語（こと翻訳にかんしてとくに翻訳先の言語）の理解者というものは、まさに特定の受容者にすぎないのであって、考慮するのはあまりにも無意味だ、というのだ。

第三段落で述べられている、翻訳が「形式」[7]であるということは、論の根本的な構造において、さらに重要である。作品の翻訳可能性についてくどくどと述べられる箇所なのだが、そして翻訳可能性についてまるで場合分けであるかのようなようすの記述がなされるのだが、じつは場合分けでもなんでもなくて、その部分では「ふさわしい翻訳者がじっさいに実在するかどうか」が副次的なとるに足らないことだということが示されているにすぎない。主要事は、その作品が、翻訳を要求しているかどうか、ということなのである。第二段落で述べられていることとあわせれば、それは、伝達不可能なものの翻訳可能性なのであり、その翻訳可能性がある場合は、作品自体によって翻訳が要請されている場合であることになるのだ。その、翻訳が「形式」であるのは、批評が「形式」であるのと、同じ意味においてである。批評が作品を解きあかす形式であるのと同様に、翻訳も作品を解きあかす形式なのである。そのときそれが形式であるのは、作品にとってであって、それが形式といわれる理由は、作品によってあらかじめ要請されているからであり、また、とりもなおさず批評と翻訳とがそれに分類され並列されるありようのものだからである。

ある文学作品が翻訳を要求するものであるかどうかであるこの翻訳可能性は、その作品に内在する（第四段落）。作品の、「生き永らえる生」[8]（ユーバーレーベン、そののち同義で「生き続ける生」フォルトレーベン）という用語がそこで用いられているが、その「生き永らえる」のは、ふしぎなことにイメージとして死に重点をおいたグロテスクな誤解を広くまねいているかのようでもあるのだが、ここのみでぼやっと御託宣のように押しいただいておくのでなく、ベンヤミンのつねなる中心文脈[9]でちゃんと考えてみるなら、ほとんどまったく当然に、ただ作品の真理内実が、なのだ。「原作の生というよりも」、と言われているが、まさしく、原作の生そのものでなく、その真理内実が、分離して、原作よりも生き永らえるのである。事象内実と真理内実をめぐることがらにおいて、真理内実がそれのみで分離した様相を敢えてとりあげるという、この構図が、この翻訳論を決定的に性格づけている。ベンヤミンのつねなる中心文脈においても、作品の外の現実世界で作品に描かれたような事象内実がモードとして完全に古び、いわば死にたえて消えていくから作品の中でそれが容易に目につくものとなり、しかし真理内実の方は隠れたままであるので、事象内実と真理内実が後世にとってはそのぶん分離して現われはする（そしてその真理内実を思想的に文面に明示的に映し照らすのが批評である）。だが作品そのものとしてはその事象内実は真理内実を宿したものとして、真理内実と、見方においては分離しても当然に一体のものであるままである。しかしここでは、翻訳というあたかもことがらの人為的な切り口において、作品つまり事象内実（なぜなら作品において目に見えているのは事象内実である）よりも、真理内実の方がより長く生き永らえる相が、着目されるのである。そして、この場合、そのいわば人為的に、空想的に純粋に、生き永らえる真理内実は、しかしそのものとしては明晰に意識化されない。それこそが、それがまさに翻訳だからなのである。そうでなく、その生き永らえる生としての真理内実は、成功した翻訳として、純粋にそれのみが取りだされたかのような（そしてたしかに原作そのものとは分離している）ありかたのまま、翻訳作品に内含されていることとなるのだ。その点が、批評と翻訳という、それぞれの形式の、決定的ちがいである。文学作品の成功した翻訳においては、真理内実が、それのみにおいて純粋なものとして、そこでのみ、取りだされてある、しかし、批評においてのようにそれは明かされたものとは、なりえないのである。またその成功した翻訳での真理内実のありようは、仮想的に純粋に分離析出した相のもとにある。それがこの翻訳論の、ことがらへのアプローチのありようなのだ。（ロマン派論での、絶対的な形式と作品の生き永らえる生との関係[10]や、もしくは、絶対者のうちで生き永らえる形式というあり方[11]も、作品の叙述をなす通常の意味での形式たるジャンル形式よりも生き永らえるとされているものなのであり、つまり作品の叙述よりも生き永らえるのであって、これと根本的布置として変わるものではない。）

ここで第二段落での翻訳のよしあしのみっつの相を、やっとよくわかることとして見ておくことができるし、また、翻訳そのものについての話がすすめられるのを追うさい、そろそろ見ておくべきことでもあるだろう。第一の悪しき翻訳は、作品の本質は伝達不可能なものであるところを、伝達可能な部分、言表内容のみを、他言語へと置きかえてすます翻訳である（ベンヤミンがうしろで、よい翻訳論として言及するゲーテの西東詩集「注解と論考」翻訳論でも、三分法のひとつめにあてられる「散文訳[12]」に対応する）。第二のやはり悪しき翻訳は、伝達不可能な文学的なものを訳者が訳業のなかで独自に詩作し、伝達可能な部分も非厳密な伝達となり文学的な部分は当然に原作とは別ものの代作となるような翻訳である（ゲーテでもふたつめの「自家薬籠中のものに置きかえてのもじり訳・パラフレーズ・補足」に相当する可能性が高い）。第三の、文学作品のあるべき翻訳は、ベンヤミンの用語で明示するなら、全文のさいごで言われる「行間の翻訳」（ゲーテでもともかくそうなる）のような訳である。ゲーテでもこの行間の翻訳は、もうひとつじっさいにはよくわからない、あるいは矛盾をはらんだ代物であるが、ここでは少なくとも、「文学的なもの」が、生き永らえるまったく仮想的に純粋に取りだされた真理内実として訳されえてある翻訳、であることになる。（その、さらなる性質や、可能なかぎりでのじっさいの構造は、もっとあとの部分についての分析により、明らかになる。）

翻訳が、そのように、通常の生そのものの領域ではなく、生き永らえる真理内実が純粋に移しこまれる領域であるとき（それが翻訳における高次の生の発展である）、そのことに対応して、その翻訳のじっさいの両言語間で問題なのは、通常の生の「類似」とはちがう、両言語間の「最も内的な関係」すなわち「親縁性[13]」である（第五段落）。通常の生における類似は、また、非言語的な類似なのであって、それに対してこの両言語間の親縁性は、通常の生における類似とはべつの言語的な類似のあり方であることになる。この親縁性は、言語についてふれられるベンヤミンのべつの論考「模倣の能力について」（一九三三年）で扱われる、通常の類似（それはすべて言語を擬声語とする見解——これも一定度には正しいとベンヤミンは考えておりまたじじつそうでもあるが——などに含まれるような、知覚される感性的な類似であるはずである）に対する「非感性的な類似[14]」に、ひき比べることができる。非感性的な類似は、「語や文の意味連関が担い手となるのであり、それに触れてはじめて出現する」[15]ような、知的な類似である（またこの類似こそが魔術の力を清算するものとされるのであり、論が占星術などをてがかりに展開されるにもかかわらず魔術的なものとして理解されてはならない）。非感性的な類似そのもの、親縁性そのものは、文学の場合に限らず、通常の言語使用全般にかんして、考えられている。翻訳元と翻訳先の両言語の、表現の発想のくせや文化的傾向が発話の行動そのものにもたらしているくせのあり方や、ありきたりな伝達をふくめ、両言語の現象一般にかんして、親縁性がそもそも考えられている。両言語は、「言おうとすることにおいて親縁性をもつ[16]」。言語現象一般にかんしては、おそらく感性的類似と非感性的類似がたんに並列しつつ伝達がなされ、また伝達文の翻訳もなされることになる。伝達ではない文学の翻訳にあっては、この非感性的類似、親縁性が、ことさらにはたらいていることに、成立した翻訳の結果において、なる。

親縁性はまた、両言語全般のあいだにだけでなく、文学作品の翻訳において、いわば原作と翻訳作品との関係そのものにあっても、ことさら考えることができる（第六段落）。原作が書かれて時間がたったために翻訳元の言語のなかで新鮮でなく陳腐に見えるようになった、あるいは一般的でなくて古めかしく見えるようになった原作の語句を[17]、そのとおりのぐあいに「正確」に、陳腐あるいは古めかしく訳すことは、後世のその段階での主観性にすぎず、まったくの駄訳である。ベンヤミンは、認識論一般での認識の客観性を引きあいに出しつつ、その手の無駄な「正確」さでの、現実的なものの模写を、客観的ですらありえないのだと、批判する。むろんこのことは、対象模写のねらち、現実的な対象のねらち、現実的な対象につくことのねらち、あるいは事物のねらちを、否定してしまうことなど意味してはいない。しかし、要素として事物の対象模倣とは切り離されての、親縁性が、文学の翻訳においてはそれだけで独立して考えられ、重視されているのではある。対象における通常の感性的類似や模倣とちょうど補集合をなしてしまうような、知的に語や文の意味連関を介しての、ただなんらかの点で相補的にのみ似ているといえるような非感性的類似としての、親縁性において、文学の翻訳はある。また、そこでの、翻訳元の言語の時代的変容のなかで、原作にかんして生じてしまった語感の変容は、たとえばその変容して新たにそうなった語感が、言語の「後熟[18]（ナーハライフェ）」なのでは、むろんない。そうでなく——むしろそれと補集合的にそういうものを捨象して——、ただもとのものから変容してしまったということそのものが、言語の（また原作のとも言われる）「後熟」なのだ。

翻訳作品がつけ加わることによって翻訳先の言語がより富んだものになっていくなどというイメージは、ここでベンヤミンが考えていること（翻訳における作品の真理内実の純粋な分離その他）とも、またいかにもベンヤミン的な思考法（作品の真理内実の思想的析出その他）とも、そぐうものではなかろう。それにもかかわらず、ベンヤミン自身も、「翻訳元の言語の後熟」に「翻訳先の言語の生みの苦しみ」を並べてしまうような箇所において、きわどいところで、翻訳先の言語がじっさいにその翻訳作品を得て進化するという観念に接近してしまってもいるようにたしかに思われないでもない。おそらくそれは、ベンヤミンがここで念頭に置いているあのゲーテの翻訳論の、肯定される第三のパターンが、ゲーテにおいては、そういう側面をももっていたため、ベンヤミンがそれにどこかで引きずられているためでもあろう。思えば、両言語においても翻訳作品においても「親縁性」を想定するということは正当なのであるが、原作の「後熟」だけでなく言語の「後熟」を考えることはすでに、論中そこかしこで翻訳先の言語の進化の発想へ瞬間的ながら立場が移行してしまいそうになる、その臨界点であるだろう。

こうして、ベンヤミンのこの翻訳論においては、基本的布置として、文学作品が原作の言語から別の言語に翻訳されるあり方の事情において、言語というものが、表現ということと、必然的に重なっている（翻訳の前提としての言語全般の事実）。そして、論が表現のみならず無意識の上で言語（翻訳の成果としての言語全般の富裕化という誤解）へと自動的に置きかわってしまいかねない箇所においてかえって、ここでの言語と表現とのあいだの断層が、あらわになっているのである。

二　表現の翻訳
――志向と意味されるもの・意味するしかた――

ベンヤミンはここで、重要な概念をいくつか、あらたに持ち出してくる。「志向（インテンツィオーン）」「純粋な言語」「意味されるものと意味するしかた」が、それである[19]（第七段落）。「意味されるものと意味するしかた」が、表現や翻訳について具体的なしくみの分析を用意しているのに対し、「志向」は、ことがらの根本的な性格を、さらに決定的に描きだすものである。

ここでは、諸言語の親縁性に、諸言語がたがいに補完しあう志向の総体によって、到達されうる、とされている。ところで他方――ここでものちにそちらの側面も明示されるからじっさいここも全体をよりその方向のもとで解すべきであることが確かなのだが――『ドイツ近代悲劇の根源』でよりはっきりと示される規定のしかたにおいては、「志向」の死が、真理となる[20]。概念の志向、認識の志向でなくて、真理は諸理念から形成されている無志向的な存在なのであり、真理に参入し消滅するのが真理にかなった態度である、との意である。（そこではまた同時に、理念が言語的なものであること、そして、理念を、言語の外的伝達と対極にある自己理解へもたらすような、言語の象徴的側面についても、指摘されている。）つまり、ここでなにより、まず志向によりつつ、というものであるところが、翻訳の勘どころなのだ。だから、論の対象が文学作品の翻訳なのに、ことがらが意味作用とも伝達ともかかわってしまうし、ここでパンという、日常のただ一語の例が、「意味されるものと意味するしかた」にかんして、持ち出されなければならないのである。言語全般の、「意味されるものと意味するしかた」の事情が、論の土台となる。しかも、文学作品の翻訳のみが、またそこでの志向の消滅と真理が、論の中心的対象なのである。

そしてここでは、諸言語のなかで、全言語の志向の総体によってのみ可能な「純粋な言語」が「意味されている」[21]、ということのうちに、諸言語の親縁性があるとされる。この「純粋な言語」は、仮想的一言語としての「純粋言語」ではなく、その都度の言語表現において伝達とは別の作用つまり知的要素そのものにおける部分に着目して、それを抽出するぐあいにそれにふれているものである。ある一理想言語でなく、その、「意味されている」というありかたは、諸言語間のそのときどきの語の志向同士のあいだでの親縁性、そしてむろんさらに諸言語間のそのときどきの文学作品における一文一文同士のあいだ（原作の一文一文と翻訳作品の一文一文）での親縁性のことを、あるいはその親縁性の純粋抽出態のことを、すべてかつその都度、指しているものであるにほかならない。だからこそ、ここで「意味される」のが、「純粋な言語」であると同時に、ドイツ語のブロートという語とフランス語のパンという語とで共通に「意味されるもの」としても用いられているのであり[22]、その用語法自体もまた逆に、「純粋な言語」の適切な読み方を指ししめしているのである。ふつうかならず「純粋な言語」というかわりにそう読まれているような「純粋言語」など、ここにはない（「純粋な言語」は、たんに形容詞つきの普通名詞であるにすぎない）。しかもその各具体言語表現（諸言語間での志向の補完のしかたとしての）において「純粋な言語」である部分は、「志向」を、また「意味されるもの」やまさに概念を用いる（少なくとももとりもなおさずしくみとして概念を介する）その「意味するしかた」を、もとにはじめて、成りたちうる。

この経緯は、「純粋な言語」自体が、じつは必ずしもほんとうの重要概念ではなく、たんに論において経過的にふれられる対象であるにすぎないものであるとも、いえる。しかしまた、逆にこの経緯が、ひとつの仮の焦点としての「純粋な言語」のまとう限界を、「志向」と関連しつつ、如実にしめしてくれることともなっている。すなわち、「志向」されることにまさしく依拠しつつその「志向」の補完のあり方として想定される「純粋な言語」は、それ自体として、真理そのものではまだなく、真理漸近的なものであるにすぎない。ところが、真理が到達不可能なものであるとはかぎらず（なぜならすでに諸理念によってのみ真理は形成されているのであり、その諸理念がそれが想定されるさいの形相面での資格としてはすでに実現態においてあらかじめ考えられうるとすれば、真理もはじめから実現態において考えられることになる)、逆に、その真理漸近的な存在である「純粋な言語」の方が、それ自身も到達不可能な(それへも漸近することしかできない)、ものなのだ(なぜなら仮想的な抽出態においてしかそれは想定されえないのだから)。「純粋な言語」は、そういう、それ自身が漸近的なものでしかなくそれへも漸近しかできない、地位にある(そもそも「媒質」は「真理」そのものではなく、すると、「純粋な言語」がその一例となる純粋な「媒質」は、一般にこのような性格であらざるをえないものとなるとも考えられる)。

これらのことは、要は、以下のように言えるだろう。じっさいの具体言語じたいは互いのあいだで「親縁性」を直接は示さないが、「意味されること」と、概念を用いてのその「意味するしかた」とにかかわるその都度の認識の「志向」そのものによってのみ、諸言語の知的要素の「親縁性」があつかいうるのである。そしてこれは、文学以外を含めての言語の場面だけでなく、この翻訳についてのもとからの話題である文学にもかかわり、しかもその概念にまつわる迂路を経て、文学の個別表現にもかかわる。だが、諸言語の生長自体においてじっさいにこの「純粋な言語」の部分が把握可能になることはなく、それは生長をいうなら終末(かりにそれがメシア的ではあろうとも)としてのみ想定しうるものである(逆にメシア的なものが必ずしも終末である必要はなく、すると、時空外への純論理的言及が終末の仮装をとりうることのほかでは、有意なメシア的なものはじつはけっして終末でないことになる)。そして、真理における「志向」のなさ自体は、それとまたこととなる。真理はベンヤミンの意味において理念的であり、それは不到達漸近点ではない。(なお、ベンヤミンはベンヤミン的理念を言いあらわすときプラトン的救済に同時にふれたりするが、ベンヤミン的理念はプラトン的な純粋仮想界である別界としてのイデア界などではなくむしろカント的に現実のあいだに理性の想定するようなものであることを基本とし、それへ、いわばパラメーター的擬制的統括枠のようなものとしてうちに個物を保ち立たせつつのしかし総体性であることが、加わる。[23])

成功した翻訳においては、言語は、その翻訳先の言語じしんが現実にそうであるよりも高度な言語としてはたらいていることとなる（第八段落）。翻訳において、原作の文学作品において伝達以上のものである核心的な文学的内容は、いかに成功しようともまるごとは翻訳しきれないのだが、そういう、純粋な内容部分を、翻訳は原作以上に純粋なもの（「言語のいわばより高次でより純粋な気圏[24]」）として、もってしまっているのである。しかしまた同時に、原作において伝達可能以上のものであったその純粋な文学的内容は、翻訳作品においては、いわば翻訳先の言語がアクロバット的にのびちぢみしながらサイボーグ的に翻訳作品体をなしてかろうじてとりまとめられ使われていることとなるため、翻訳作品は、そこからさらに他の言語に翻訳することは不可能であるとされる。翻訳作品そのものとしては、翻訳先の言語が無理やりはたらいて、伝達可能な内容のサイボーグ体が、伝達可能以上なものをも、そこに——その無理に由来する分離ゆえより純粋に——体現する。しかしその翻訳作品からかさねて他の言語へ翻訳しようとするとき、その翻訳は伝達可能な部分をよりどころにするしかとりあえずはないから、仮にそこから訳すならすでにそこで無理に各部がのびちぢみして作品全体の一体をなしていたその伝達可能な部分は、ばらばらになりのびちぢみの元の寸法となってたんに不可解な破片になり、伝達をになうことすら不可能となるのである。ましてやその再翻訳においては、純粋な文学的な内容は、触れられずにとり残されてしまうことになる。翻訳においては、伝達可能以上の要素を、言語がより純粋に、しかし伝達可能部分に対してむりやり、はらんでいるのだ。注意しなければならないのは、翻訳という作業そのものおよび成立した翻訳作品としては、あとのところでふたたびことがらのかぎとなる「意味されるもの」と「意味するしかた」の関係は、原作と成功した翻訳作品とで、同一なのである。ところが、翻訳先の言語そのものがそのときどうはたらいているか（その翻訳先の言語それじしんにとって）、およびその翻訳作品での翻訳に使われているその現実言語がどうはたらいているか（翻訳作品にとって）、ということとしては、言語は、無理に各部がのびちぢみしながらはたらいているのであり、人工的なつぎはぎの磁場でのみ「内容」を過不足なくおおっていることになるのである。翻訳先の言語がそのつぎはぎとのびちぢみを翻訳者の辣腕ですでに経たものとしての「意味するしかた」が、原作と翻訳とで、「意味されるもの」と同一の関係にあるのであり、翻訳先の言語の自然なそれ自体のありかたとしてならば、「意味するしかた」は、そのつぎはぎとのびちぢみを無理に経ている点そのものによって、原作とはまったくことなるのだ。まさに原理的に、この無理によって、純粋な内容部分として、「純粋な言語」が翻訳作品において原作よりもより分離的にあらわれていることが、可能となるのである。

「翻訳者の使命は、翻訳先の言語の中で原作のこだまがそこから呼び覚まされる、翻訳先の言語へむけての志向を、見つけることにある」[25]（第九段落）。むろん、この志向は、作品の個別表現のいちいちにかんして、翻訳元の言語表現と翻訳先の言語表現において補完しあい、そのことによって両言語のなかに、補完されあったものとしての純粋な言語を洗い出して、とくに翻訳先の言語においてそれを不自然さにおいて純粋に分離されたものとして含まれるものとする（しかも具体的にはその翻訳先の言語の上でも分離して取りだすことは不可能である）ものである。話が文学作品の翻訳であったことに照準をもどしてまとめると、段落冒頭のこのテーゼのようになるのだ。むろん、それに続く箇所で「多数の言語をひとつの真なる言語へ統合する」ということが言われていても、その「ひとつの真なる言語」とは、ひとつの具体言語となることはけっしてなく、多数の言語の「補完」しあっている（ひとつの同一の）ありさまとして、その多数の言語のうちに（そして分離を想定されるあり方においては成功した翻訳においてのとりわけ翻訳先の言語のうちに）あるのみである。そこでふれられる「真理の言語」「真なる言語」は、志向のない真理同様、「そのなかにあらゆる思考の求める究極の秘密が、緊張（インテンツィオーンと同根のインテンズィオーンの同義語）なく、じしんは沈黙しながら保存されている[26]」ものであり、あらゆる理想的具体言語における志向をぬぐいさったものとしてのみ、それは想定されるのである。志向のなさという点で、それは前述の「真理」そのものと同様の立場にありつつ、「言語」として仮託されているとき、その実態は前述の「純粋な言語」とほとんどかわらないなりたちのものである。それは予感と描写のみされる。そういう「真なる言語」が体系によって統べられことほがれているような認識論体系も言語体系も実在しないゆえに、

「哲学のミューズも翻訳のミューズも存在しない」。むろん、そこにひかれるマラルメの文中で言われる、諸言語が複数の言語であるゆえ欠く「最高の言語」も、おそらくはマラルメじしんにとっても半意識的にすぎなかったことだが、単一化された具体言語のうちにでなく、諸言語のうちに、諸言語の志向していることの補完そのものが描きだすいわば空想的な同一の言語としてのみ、ある。さもなくば、たとえば英語のみ残して他言語を圧殺撲滅すればそれのみで完全にすむといったたぐいの話になる。もちろんマラルメもその「最高の言語」が具体単一言語などでありえないことの詳細をこそ根本的にわかっているゆえに、その箇所で、「考えることとは、道具立てをもちいずささやくこともせず、いまだ暗黙のままに、不死のことばを書くということである[27]」（つまり考えることとは言語使用を完全に超えたことである）と、そもそも述べているのであるにほかならない。

三　翻訳の真理
——伝達不可能なものと表現の真理——

ここまでのことがらの基本的なあり方において、ベンヤミンの、言語の翻訳および文学作品の翻訳についての考えは、リクッとしては、あるいはベンヤミンがのぞむなら理念的には、もはや明快であり、ここで整序しなおしたかぎりにおいて、ことがらそのものがどうなっているのか疑問の余地を残していないとすらいえるほどである。それにもかかわらず、このことがらのあり方においては、じっさいに望ましい翻訳はどのようにしてなりたちうるのか、あきらかではなく、それどころか、ベンヤミン自身も手を焼いていることには、実地には、望ましい翻訳の成立の説明は、むしろ頓挫しかかっている（第十段落冒頭をベンヤミンもそのようなことを述べることで始めている）。まるで、望ましい翻訳は、がんじがらめにあっち立てばこっち立たずといった具合に条件づけられて、ほとんどなしえないかのようだ。しかもじつはここにおいても、ベンヤミンはすでにみずから気がつかなかったほどことがらのより厳密な真相にかぎりなく近づいており、しかしほんのわずかのところで、大魚を逸しかけているのである。ベンヤミンがここで使っている概念を、もっと詳細に洗い直し、そのことがらそのものに応じて構成し直し関係させ直せば、翻訳そのもの（しかも言語そのもの、表現そのもの、真理そのもの）の秘密が、さらにあきらかになるのだ。（そしてことは、「意味されるもの」と「意味するしかた」やその関係にもっぱらかかわるものである。）

まず、ベンヤミンは、どう言っているか。「原作のなかで語がもつ意味は、原作にとってのその文学的な意義からすれば、意味されるもので尽くされるものではなく、その特定の語において意味されるものが意味するしかたとどのように結びついているかによってこそ、意味は文学的な意義をもつこととなるのである。このことは、語は感情の音色をともなう、とふつう言いあらわされていることがらである」[28]（第十段落）。また、「ひとつの器のかけらを組み合わせてつなぐためには、もっとも細かい細部にいたるまで互いに合致しなければならないが、そういうぐあいに似たかたちである必要はないように、翻訳は、原作の意味に自身を似せるのではなくて、むしろいつくしみつつ細部にいたるまで原作の意味するしかたをじぶんの言語のなかに形成し、その結果、かけらがひとつの器の破片だとわかるのと同じぐあいに、原作と翻訳がよりおおきなひとつの言語の破片だとわかるように、しなければならない」[29]（同）。

ここで、これだけからしても、この二つの引用のあいだで触れられしばしば「逐語訳」と解されている「ヴェルトリッヒ」は、「逐語訳」ではなく、「ことばどおりの訳」でなくてはならない。語の意味は、意味されるものが意味するしかたとどのように結ばれているかによって、文学的意義をもつ。意味そのものに、あるいは意味されるものそのものに、しわよせがいってもいいのだから、およそ逐語訳ということは成りたたない。逐語訳そのものならば、単語単位で意味を単純になぞっているだけということになってしまう。あるいは少なくとも逐語訳では――逐語訳ということ自体の細かいところのあり方をどう解そうとも――けっきょくは単語単位での意味を軸にしてのみ翻訳が形成されていることにならざるをえない。ましてや完全にすべての単語を原文の語の並び方やつなげ方の発想にまでしたがいつつ順次訳すようなイメージでの逐語訳なら、むしろかならず単語単語に即しての意味こそが唯一無二の軸となってしまうこととなる。そうではない。ここでなにより重んじられなければならないのは、原作の部分部分でのいちいちの言い方をなす、意味するしかた（しかもじつは原作での意味するしかたそのものでなくそれと親縁性をもつような意味するしかた）を、翻訳先の言語のなかで形成することなのだ。そのさいなにより、意味されるものと意味するしかたの関係を、正確にそのまま、翻訳に移しこみ、かつ、そのうち、意味するしかたそのものを、もとのものと親縁性をもつようなものというかたちで、保持する、ということになる。意味されるものと意味するしかたの関係を正確に移しこむことは、ただしむしろ結果的に実現しうることであり、直接そのつど、翻訳過程において指針となるのは、意味するしかたの、原作と翻訳とのあいだでの親縁性である。意味されるものへの、意味するしかたの志向が、もとのものと親縁性をもつようなものであるように、翻訳をつくりあげるのである。これこそがまさに、原作を翻訳がたどるさいの、「ことばどおりの訳」ということであるにほかならない。ことばどおりの訳とは、なにより、じつはもとの意味するしかたそのものでなく、それと親縁性をもつような意味するしかたで、訳す、ということなのだ。それがとりもなおさず、じっさいにもまさにことばをことばどおりに追っているということなのである。

また、このことよりさらにここで明白であると思われるのは、「ことばどおりということこそが、文でなく語が翻訳者の原要素であることを証明している」(30)（第十段落最後の部分）と言われていることの意味あいである。このことは、文でなく語が、言語の原要素であることなどでは、まったくない。ここでの論理のみちすじ全体を思い返せば、それはあまりにも明らかである。創作の表現においては、まさしく語でなく文が、言いあらわすことの単位なのである。まったくあたりまえのことだが、伝達を超えたものが、創作においては、その発想の場面においてすでに、根源的なのである。そして、だからこそ、ことさら翻訳においては、文でなく語が、つねにそれを基本にたどられるべき、原要素となるのだ。翻訳においては、創作と、作業内容がまったくことなり、それどころか手順としていわば逆になるのである。創作のさいのように伝達を超えたものから発しつつ文でおおづかみしておいて語へとその語義を確定しつつ形成がゆきわたるのではなくて、すでに目の前にある原作の一語一語が、翻訳の出発点となる。そして翻訳は、その一語一語を、翻訳先の言語の使用法において言語にどんな無理をおわせようともおかまいないしに、翻訳先の言語をのびちぢみさせつつ、両言語の親縁性そのものをそのさい純粋に発現させるべく、翻訳先の言語へと移しこむ。意味するしかたが、原作でのかたちそのものとして忠実にではなく、両言語の親縁性をえがきだすように原作でのかたちの補完物となるようにというぐあいに忠実に、すなわちことばどおりに、翻訳先の言語において翻訳の作業によって形成され直される。同じ一文中で言われている「シンタックスの移しかえにおいてもことばどおりに」とは、まさにそのようなありかたのことである。根本的にはこの、元の創作においての、語を超え伝達を超えたものの語への決定的優位性こそが、そして論理のたどる形態としては、諸言語の桎梏を取り払ったような言語ならぬ純粋な言語を翻訳のなかで実現するために創作とは逆の手順を翻訳においてとるこのような逆転性のありかたが、まさに、ベンヤミン的なのである。ここを反対に解すると、ベンヤミンでなくなるだろう。

逆にいえば、もし翻訳が文を要素として行なわれた場合、そのすがたが、ここでベンヤミンが忌避する、「意味の保持ということにはずっとよけいに――むろん文学や言語にははるかにわずかにだが――悪い翻訳者のだらしない自由の方が、役に立つ[31]」と言っていること、そのものなのである。ことばどおりに、一語一語のはたらきを吟味し翻訳文中で原作の意味するしかたとたがいに補完物であるように訳を組みあげる、ということをするのでなく、むしろ、文として原作がなにを言っているのか、伝達内容が少なくともあらかた伝わるようにざっくりと訳す、というのが、そのようなだらしない自由な訳である。ベンヤミンが言っているとおり、それの方こそが、伝達内容自体の中心義の保持はできるのである。そのような翻訳は、少々漫画的な発想で説明すれば、くどくどしい法廷語でたとえば検察側が「弁護人は何々し、何々したところが、云々」と陳述するものを、その中心義としてコギャル語に翻訳すれば「うっせーつんだよッ」になる、といった、「要は表現をまったく変えればこうこうだということだ」という翻訳で、まさしくあるのである。いま挙げた例は、ここでの「悪い訳」と漫画との共通例になるように作ったため、少々苦しいのだが、しかし一方で漫画においてこのように表現の発想を根本的に変えて通常は思いもよらぬ言いかえがなされながらたしかに大義はそうであるという手法は頻出するものであり、他方、ベンヤミンでも「法廷語」等は（そしておそらく「コギャル語」も）言語一般の独立の一種にたしかになるのである。そして、他言語間での翻訳においても、伝達の中心義がともかく伝わるようにという大づかみの訳とは、意訳でなく内容の正確な訳だなどとたとえば言いつつ、およそ作業過程的要素として、このような、発想を変えての言いかえということが、——別言語であるゆえになおさら自動的に——含まれてしまっているような翻訳でまさしくあるのだ。また、伝達のためのみのことばであるならば、伝達さえ完全に行なわれればそれで足るのだから、そのような言表の翻訳は、むしろこのような文から発する大づかみの翻訳で十分でありまたそれがじっさいその言表のためにはとりあえず十全でもある。それに対し、伝達以上のものをも訳そうとする翻訳のばあいは、言語以前の原作の純粋な内容を、原作の言語表現と補完的に翻訳先の言語で形成するために、逆に原作のことばどおりに、原作の一語一語の文中でのはたらきをゆるがせにせず、翻訳先の言語に無理を負わせながら、原作と親和性をもつ意味するしかたを翻訳文において割り符的につくりあげることになるのである。「むしろ翻訳作品から言語の補完へのおおきな憧憬が語り出すことこそ、ことばどおりの訳によって保証される忠実の意義なのである(32)」。

ベンヤミンそのものがすでに完全にこういうことなのであるとき、では、そういうベンヤミンの論になお欠けているものは、なにか。なによりも問題なのは、ベンヤミンの言っているところにおいては、翻訳においてかろうじて、意味されるもののひとりが、保持をゆるがせにされていいだけで、ほかの、伝達可能なものを超えた文学表現においていちばん本質的なものと、意味されるものと意味するしかたの関係と、そして、意味するしかたとは、それぞれが、固く保持されなければならないことになっていて、どうやってその文学作品の翻訳が成立しうるのか、翻訳の作業手順はどうありうるのか、身うごきがとれなくなってしまう点である。このうち、意味するしかたの保持は、そのものとしての保持ではなく、割り符的に親縁性を補完するものを、ことばどおりに、翻訳先の言語に、形成していくのであったから、そのものとしての保持よりは、手順上、身うごきの余地はある。しかしまた、意味されるものも、第十一段落で「接線が円に瞬間的にそしてただ一点でのみ接するように[33]」と言われるのをはじめ第十一段落と第十二段落で計三回にわたって、翻訳において原作の意味されるものに「接せられる」と述べられており、それは、「接せられるだけでよい」との意なのだが、「接せられる必要はある」ことの確認にもなっていて、そこにも手順上のしばりがさらに存在してしまうのである。——そして、ベンヤミンはここで十二分に理念的に厳密であって、これはまるでベンヤミンの立論においてどこかになんらかのぬかりがあってこのような不都合が生じているなどといった性質の問題でなどないかのようだが、ところが、このことにかんして、さらに整序の厳密化をこころみることが可能なのである。

第一に、ベンヤミンは、言語全般と文学とに問題が重なるために生じていることに、ここでも注意を払わないでいすぎている。「意味されるもの（ダス・ゲマインテ）」という用語と並んで、用語としてそう根本的にはちがわないものと思われる「意味（ズィン）」という用語が、悪い翻訳において保持がめざされる大づかみされる伝達的な文意として用いられているが、「意味」は、文学の翻訳においても、一瞬のみ接せられるだけでよくしかし一瞬一点で接せられなければならないものとして述べられている。伝達文においては、「意味」は「意味されるもの」と同一だから、文学の翻訳においてもそれが、もし一致しないにしても、なかば等置したまま放置されていることになる。「意味」はまた、文学的意義をもつこととももなるのであったし、フランス語単語「パン」とドイツ語単語「ブロート」が共通して親縁性をもって補完的に指す指示内容も「意味されるもの」であるとされるわけだから、文学の翻訳においては、「意味されるもの」（および「意味」もほとんどそのまま）は、ここでむやみにことこまかく細目に分けたてるのでなくなにより実態に即して考えるなら、伝達文のばあい大まかな文意とだけ考えればいいものなのとちがって、語において「意味されるもの」と、文学表現としていわば「表現されるもの」とを、実際上、分けもっているのである。「意味されるもの」（もしくは「意味」）と、ひとくちに言われていても、まず、語において「意味されるもの」は、円の接点のように翻訳においてただ一瞬接せられ、それだけの規定性を翻訳作業においてもつのに対し、文学表現で「表現されるもの」は、理念的にはそれが「意味するしかた（ディー・アルト・デス・マイネンス）」の親縁性を割り符的に確実に保持することをはかる照準となりつつ、そういうものとしてゆるがせにできないものでありながら、「意味するしかた」たる語の親縁性の補完においてのみじっさいの翻訳作業は進められただそこから結果的にのみあらわれる、ものとなる。「意味されるもの」との一語で言われるべく、「表現されるもの」は作業の支点たる「意味されるもの」のその都度一瞬の接点と連動しつつあらわれるのである。――第二に、より本質的な点だが、「意味されるもの」と「意味するしかた」の関係こそが、文学的意義をになっているのだから、翻訳においてもっとも保持されるべきものは、じつは、「意味されるもの」と「意味するしかた」の関係であることになる。この、「意味されるもの」と「意味するしかた」の関係こそが、いま、文学表現においていわば「表現されるもの」と言っておいたものにほかならないのである。――さらに第三に、いま述べたことだが、この「意味されるもの」と「意味するしかた」の関係の保持が、原作と翻訳とで親縁性が補完されるように翻訳がなされているということを作業のさいにはかる照準尺度となるのであり、理念的にもっとも保持されるべきものだが作業においては結果的にのみ保持されるものとなるのでありつつ、しかしまた、「意味するしかた」の原作の文との親縁性を割り符的に翻訳の文のなかでつくりあげるという作業において、原理的に単純に同時形成されるのである。これは、翻訳の解明、翻訳の規定の整理となっているのみであって、翻訳についてのさらなる規定とはならないのだ。

これらによって、文学作品の翻訳のじっさいの場面の手順が、端的に可能なものとしてあきらかになる。意味されるものとしての、語の意味に、一瞬その都度接しては、そこを支点として連動しつつ、翻訳は、意味するしかたである語の一連が、原作を親縁性において割り符的に補完するようにことばどおりであるようにということを作用点としてすすめられ、しかしそれが理念的には、また結果的に、意味されるものと意味するしかたの関係の保持ともなるのである。むろん、翻訳先の言語においては、意味するしかたは無理にサイボーグ的にはたらいているわけだが、翻訳作品の表現そのものとしては、そこで伝達以上のものが翻訳され、その、言語が無理をしたすがたにおいて言語がむりやりはたらいているはたらきとして、意味されるものと意味するしかたの関係が保持されているのである（その、言語の無理の結果、かえって言語を脱して純粋に保持されあらわれている、意味されるものと意味するしかたの関係が、言語ならぬ、純粋な言語をもなす）。この、文学の翻訳が、語の意味されるものをそのつど一瞬接する支点とし、一連の語の意味するしかたをただ割り符的補完だけめざして翻訳先の言語のなかで構築するということを作用点とする、ということが、ベンヤミンそのものにもほとんどいわばそのまま含まれつつしかし規定し直して初めて見えてくる、ベンヤミンのわずかに及ばなかったかのような、翻訳の真相である。そして重要なことだが、これが端的に可能なことだから、このようになされた翻訳においては、まさに伝達以上のものの純粋なすがたとして、表現の真理が、あらわれ、もしくは少なくとも、含まれていることになるのである（媒質としての、しかし到達不可能な、言語、などという段階などではなくして）。その翻訳は、しかし改めて思えば、われわれが丹精込めて訳すばあいの、きわめてまともな翻訳のあり方そのものなのでも、また、ある。創作が意味から発するからこそ翻訳は語から作業を発して、一語一語のはたらきを大まかな文意などですまさずに翻訳先の言語にぎゅうぎゅう無理を負わせつつ、ただ意味するしかたが割り符的にことばどおりであるよう、その結果、意味されるものと意味するしかたの関係つまり表現の真理（文学作品の表現において伝達以上のものである本質）が保持されるよう、訳しこむのだ。——このとき、これが、翻訳先の言語の自然なあり方を顧慮するものなどではなく、翻訳先の言語に無理を負わせるからこそなりたつのだという事情が、言語全般や、また伝達的言語をも含む翻訳全般における、ことの細部を、さらに照らし出す。たとえば、言語ごとに、その言語使用者たちの歴史的主体がもつ文化のくせの影響により、発話者個人でなくその言語のいちばんニュートラルな言いあらわし方において、ある場面であることがらを言おうとすればそれをどのような発想にもとづいて言うことになるのかがその言語のくせとして定着してしまった、エクリチュール(ロラン・バルト的意味での)のくせがある。また、そういう発想のくせ以前に、そもそもある遂行目的をもってその発話をするというさい、(その目的行為そのものの行為遂行と並行してオースティンのいう行為遂行的発言をするわけだが)およそその行為遂行のためにはその行為遂行的発言などをどの程度じっさいに言語化するのか(どれだけの度合でその実行目的をじっさいにわざわざ行為遂行的発言として発話にいたらせるか)、についても、諸言語は文化的くせをもってしまっているのである。大ざっぱな伝達文意を訳す翻訳においては、前者は、自動的に修正して発想を根底的に別のエクリチュールの自然なくせへと置きかえ、後者は、あえて翻訳先の言語でもその場で同じ機能で言うならどうなるかといったそれこそ法廷語のコギャル語への翻訳とか慇懃無礼語の罵倒語への翻訳といったていの機能文へと(そのように意訳しなければ大意が伝わらないとなれば)移し入れられることになる(その段階では、前者の努力のみでならたとえばエクリチュールの自然な組み替えのなかでその慇懃無礼さなら慇懃無礼さを移し入れるということがあるがそれは、もはや放棄される)か、逆に文化のちがいとしてとりたててそのまま訳して翻訳先の言語使用における行動パターンの文化的富裕化のようなことが行なわれるかである。ここでの文学の翻訳のなかでは、前者はたんにすでに言語現象上のこととして、意味するしかたのことばどおりの訳として元の言語へよりそわれ、後者は言語外現象としてそこに問題があるという顧慮自体がはらわれず、それによりいかに翻訳先の言語にさらに無理をきたそうともそのまま文化的背景を捨象してことばどおりに補完する訳が貫徹される、こととなろう。そしてそれが、そもそもこれらおなじみの言語上の問題の、あるべき解決の位置なのだ。つまり、後者について、文化的に諸言語は互いを富裕化させるのではなく、それは諸言語にとっていわば不純物なのだし、また前者について、文化の言語本体への浸透は、そもそも諸言語が、知的な非感性的類似以外の部分では相互排除的でありそれ自身も不純物そのものであることの一契機であるにすぎない。そしてこれらの点で、文化的富裕化でなく、翻訳先の言語がつねに身をきしませてのみ、翻訳先での意味するしかたが細部の部分部分に応じた表現ごとにつくりあげられる、ということが、文学以外のばあいでも、遺漏のない翻訳の原理なのである。——だがこのことは、言語がすべて、文化的不純物と完全同値であって、だからこそ親縁性の補完は言語を壊しつつのみなされる、ということでも、まさにある。だからこそ、そもそもあるがままの諸言語に親縁性が想定されえたのであった。また、個々具体の意味作用そのものは不純物からなる個別諸言語に固有のものであるにすぎないが、およそ意味作用を介してということが、主観にとっても客観にとっても、そもそも言語の、「純粋な言語」をも宿しうる、理念的な性質の質料面をなすのである。

このあと、第十一段落で、ベンヤミンが表現の真理について直接述べていることとなっている箇所がある。ここまで見てきたことよりさほどめずらしいことが言われているわけではないのだが、なによりも直接的な部分なので、やや長くにわたるが、引用してみる。「すべての言語と、その言語の作品形成物のうちに、伝達可能なもののほかに、伝達不可能なものが、のこる。それは、それがおかれてある関連に応じて、象徴するものとなり、または、象徴されるものとなる。それは、諸言語での有限な作品形成物においては、象徴するものでのみある。一方、象徴されるものであるのは、諸言語の成り変わりそのものにおいてである。そして、諸言語の成り変わりのなかでみずからを描きだし、それどころかうち立てようとするものが、純粋な言語そのものというあの核なのである。しかしこの核は、［諸言語の成り変わりという］生においては、隠されまた断片的なものであろうと、それでもありありと、象徴されるものそのものとしてあるのに対して、他方、諸言語での作品形成物には、ただ、象徴するものとしてすまうのである。あの［引用直前］究極の、［伝達されえない］本質は、［伝達されえない］そこで純粋な言語そのものなのだが、諸言語においては、言語的なものとその変転とにのみ結びついているのに対して、他方、諸言語での作品形成物においては、鈍重で異質な意味を付着されている。その意味からこの本質を解きはなち、象徴するものを象徴されるものそのものにし、純粋な言語をかたちあるすがたをもって言語運動に奪還することが、翻訳の、強力な比類のない能力なのである。純粋な言語は、もはやなにも意味せずなにも表現せず、表現のない、創造的なことばとして、諸言語すべてのなかで意味されるものであるが、この純粋な言語のなかで、ついに、すべての伝達、すべての意味、すべての志向は、それらが消失すると定められているひとつの層へ、到達するのである。[34]」ここでも気をつけないといけないのは、あくまでも、文学作品の表現のみが、話題の前提となっているということである。象徴するものは、表現そのものである。象徴されるものは、表現の、真理そのものというべきだが、その真理においては、表現されるものが、表現するものと一致することによって、もはや表現のないものとなるのである。なぜなら、表現されていて、もはや表現する必要がないからだが、そういうものとして、真理は、志向の死であったのだし（つまりそれゆえここで「真理」ということばが用いられてなくともこの「ひとつの層」とはあきらかに真理そのもののことでありまた真理についてのみ該当しうることであって、ベンヤミンは言語を脱した純粋な言語のままいきおいで書きついでいるが正確にはもはやなにも表現しないところでそれは真理に為り替わる）、また、ものごとの志向される客観面である事物と主観的な志向の磁場であるアレゴリーとの一致をなしもするのだ。それは、表現しおおされているものなのであり、表現のなかでこそ、もはや表現せず、表現のないものなのである。（なお「表現のない」という用語は親和力論でのあの「表現をもたぬもの[35]」と同じアウスドゥルックスロースだが、ここは仮象をこわすことで真理を完成させる要素ではなくて、完成されたもの、かつ、ことが表現のうちにあるものなのであり、ことがらの方向があの「表現をもたぬもの」とは異なっている。）この真理のあり方自体は、表現のないと言われかつ表現についてのことであって矛盾しているようだが、真理という、「理念」から成るものの、構造、なりたちとして、理念的に（理性的に）想定しうる。それは、ベンヤミンそのものについて、優にいえる（またベンヤミンに即せば、「創造的」ということが、表現をもはやせずとも表現しおおされかたちあるものになりおおせているありかたを体現している)。しかも、ひょっとしてベンヤミンが思う以上に、成功した翻訳が、理念的以上に実現するものとしても考えうるのだから、そこにある「表現の真理」は、なおさら矛盾でなく、純粋な相が確定したものとして、なりたつのだ。

それにひきかえ、ベンヤミン自身が「真理」という用語を使っている最終段落の第十二段落においては、いささか、ことが微妙になる。「テクストが直接、意味が媒介をなすということなく、ことばどおりであるままのありかたで、真の言語、真理、教義に属しているならば、そのテクストは、まさしく翻訳可能である。もちろんもはやそのテクストのためにでなく、諸言語のためにのみ、そのことは役立つのである」[36]。一方で、テクストそれ自身の翻訳可能性がすべてのもとだったから、このような原作内在的なことが言われているわけだが、他方で、「ことばどおり」であることが、二つ以上の言語での親縁性の補完そのものとしてでなく、翻訳元の言語というひとつの言語そのものにおいて、可能であるかのような言い方である。じっさいそれに呼応して、ベンヤミンはこの直前直後で聖書を例に挙げつつ、「言語」と「啓示」、およびそれらが一致することの、すぐそばにいる。だがほんとうは、ベンヤミンの言語観にあってはそもそも、啓示においては言語は伝達不可能な部分をもたないため[37]、そこには、表現の真理のなりたちが、そのいっさいにおいて、欠落しているのである。また、純粋な言語が、じつは言語でなく非言語とこそいうべきものであることがだいじなのであって、それが言語になると、とたんに真理は、矛盾したものとなり、その言語も未到達態であるがそれ以上にその真理も到達不可能なものになってしまう。ところが表現の真理においては、真理は、じっさいにすでに実現したあり方なのだ。引用の後半のドイツ語を(ウム……ヴィレンの中心義自体も試訳のとおりだろうが)、ベンヤミン自身が「テクストは翻訳可能性の源泉だからただ恩恵をおよぼす側なのであり」ととらずに「もはやそのテクストゆえにでなく、諸言語のゆえにのみ、翻訳可能である」と自分で瞬間的に誤解するかどうかに、それはかかっている。引用につづいてベンヤミンの最終文であげられる「行間の翻訳」は、ここでは、表現の行間に翻訳可能性とその実現が潜在しているということ（つまり行間にひそむものの翻訳ということ）にしかなるはずはないが、用語自体はラテン語聖書の行間に逐語断片的に書きこまれた、意味のみを大まかに追うものであるにしかむろんならないアンチョコ訳のことを、指しもするのである（この語そのものをも、ゲーテのれいの箇所が、これと同様に二義的なまま使っていたのだった）。いずれにせよ、問題は、おためごかしのようにいきなり持ち出された、あの聖書（聖書とはむろん、実在するあの具体的宗教書のことである）のことなどではなく、言語や啓示こそが、ここになおひそんだ躓きの石であるということだ。「言語」は、言語ならぬものとしてのみそもそも純粋な言語がありえかつ言語の志向から最後の最後に最終的に脱してこそ純粋な言語が言語ならぬ真理となるべきものとして。また「啓示」は、真理の排反物でありつづけるものとして。それにたいし、表現の真理が、言語全般にかんしても文学の翻訳にかんしても、問題と解決のすべてを、かたちづくり、指ししめしているのである。——そもそも言語の完全性がないからこそ、翻訳先の言語に無理をおわせ言語そのものを壊すこととしてのみ、補完もありうるし真理もありうるのだ。またもともと文学作品の創作自体、言語でいっさいないものからのいわば言語への翻訳なのである。他言語からの翻訳でないから、語を根本要素としつつの意味するしかたのことばどおりの訳にならないだけであって、翻訳先の言語つまりそのばあい原作の書かれる言語を壊しながらである点は、文学作品の他言語への翻訳と同じなのである。だからこそ、原作においても事象内実と真理内実が外的世界の変遷とともに離れていくのだったのであるにほかならない。だが言語を壊しながらであっても、空想的もしくは理論的に言語を捨て去ったところにでなく言語の不純物にまさにそのまま身をまかせつつ言語の理念的な象徴的側面のたどりつくところに、表現の真理として、原作の真理も翻訳の真理も、あるのである。

第十章　ベンヤミンのカント論
——真に「来たるべき」哲学のプログラムのために——

一　本論の諸前提と対象領域
——ベンヤミンと、カント、ヘーゲル、フィヒテ及びシェリング、ノヴァーリス及びシュレーゲル——

ベンヤミンは、多くの著作を、その著作があつかうはずの対象を限定づけ、そこでの論の土俵を設定することで、書き出しの部分を書き始める。初期の大作『ドイツ・ロマン主義における芸術批評の概念』や、「暴力批判論」にかぎらず、後期の「複製技術時代の芸術作品」においてまで、その書き方は踏襲される。それは、じつは多くの読者を、その著作の本体内容についての理解を助けるどころか、むしろまよわせることに、はたらいている。なにしろ、著作の冒頭なのであるから、たとえば連続講義第一回目での講義内容を特定する明言のように、その全体に対してさいごまで有効な宣言として読者（連続講義なら受講者）に対して機能しそうなものなのだが、そうはいかない。連続講義ならば冒頭での対象限定は、たとえば講義名科目名そのものに準ずるものとして受講者につよく印象づけられ銘記される。ところが著作の場合、限定がはじめからついていても、読者はピンとこず、その先に書かれてある本体部分へと、関心が走ってしまうのだ。しかも、ベンヤミンの場合、それが本体部分を理解していないとその限定づけ自体がいかにも朦朧たるものであるかのように見えることが多く、そういう場合およそ読書というものは、それよりあとの部分へととりあえず読み進んでみて、前の部分の意味もあらためて考えてみる、というふうに、なされて当然であるものである。しかしそれが、ただに対象を限定づけ、そこでの論の土俵を設定する部分であった場合には、再読のさいにすら、まれにしか読者の厳密な再検討がなされず、むしろ再読の場合かえってうしろへと読み急ぐ結果となりやすい。その結果、研究者ですら、多くの場合、その対象限定と土俵設定にもとづいてのみしか内容本体が正確に理解できないような内容のものでベンヤミンの著作がじっさいあるにもかかわらず、その対象限定と土俵設定を忘れる結果、ベンヤミンを誤読する、ということがきたされるのである。それどころではない。多くの場合、その土俵の限定づけは、のみならず、ベンヤミン自身によってすら、往々にして、論の進むうちに忘れられ、そのため自分が土俵から排除したから論じられなかっただけなのに、そのことがいつのまにか、原理的に論外だから論じられなかったことになっていたりする。(「暴力批判論」や「複製技術時代の芸術作品」はそういう箇所を含んでいる。)そのような場合には、読者は、ベンヤミンのその論を、そのあったはずのほんらいのすがたとして、ベンヤミンがはじめに論旨の範囲外としたことがらについて、意識的に、展開し直し、その上で理解し直さなければならない、こととなる。(それが、たとえば「暴力批判論」の場合だと、ベンヤミンがまったく展開していないことについて倍、倍と、自前で展開し直す、こととなろう。)しかしそれについてはここでは措く。ここでのこの論自身の対象範囲づけは、それゆえ、ベンヤミンにならってのものではない。ここでとりあえずあつかいえていることがらがなにであるか、なにを念頭に置きつつなにを目的として論じようとしているのか、そこで念頭からはずれてはいないが不十分にしかあつかえないものはなにか、を、――しかもその残念ながら不十分にしか援用できないことがここでの発想上重要でありもするのだが――ともかくしるしておく、ものである。

ベンヤミンの初期のかなりまとまった量の論文(批評作品)「来たるべき哲学のプログラムについて」(一九一

七―八年）は、ベンヤミンによるカント哲学批判（カントの批判哲学的意味での批判ではないがとりあえず根本的にカントを検討する批評作品であるとの意味において）であり、かつ、じっさいにその批評は、カントに対して、きわめてきびしい、また誤解をも含みつつある意味できびしすぎる、内容評価となっている。そして、カント研究者からは、いまにいたるまで、カントに対してあらぬ難癖をつけているにすぎぬものに等しいととられ、まじめにとりあわれていないのが、実情であろう。しかし他方でカント研究者は、（ヘーゲルによるカント批判に対してはほぼみんな或る典型的に、ヘーゲルとカントの発想の相違をもってしてヘーゲルとはたがいに水と油かであるような境界線をもって対処する、反応を示すものの）フィヒテやシェリングによるカント批判には、カントにおける主観や客観や統覚の性質を逆に明らかにできる手段であるかのように（そしてじじつフィヒテやシェリングによるカント批判はその主観性、客観性等の細かな話題がカントにとってもある種中心的な位置を占めるものでもあるため、カント研究者もこれを捨ておくわけにはいかないのでもある）、こと細かく対応する。

　ところが、ベンヤミンこそ、そのような主観性、客観性や、また、認識、定立、自己意識、思惟、反省、などについて、ほかならぬその『ドイツ・ロマン主義における芸術批評の概念』（一九一九年博士論文として提出、一九二〇年刊）のなかで、フィヒテを途中まで伴走者としながらフィヒテと訣別するかたちで、ノヴァーリスとF・シュレーゲルに、一思想体系を作り込み読み込んでいるのである。ノヴァーリスとF・シュレーゲルにじっさいにあるとは思われない「ロマン派（ノヴァーリスとシュレーゲル）の哲学思想」を、まるでクラゲに骨を入れるように、作りあげているのだ。（なお、ドイツ文学史における、その二人を中心とする前期ロマン派と、ブレンターノ・アルニムからシャミッソー・アイヒェンドルフ・ホフマンに連なる――中世への指向などにたしかに前期ロマン派とともにロマン派たるべき共通点はある――後期ロマン派のうち、ここでは後期ロマン派は問題のうちに入らない。それよりも、「思想」にかかわるロマン派としては、文学者がノヴァーリスとシュレーゲル、哲学者がフィヒテとシェリング、という、四人のことであり、そのうち文学者二人をベンヤミンは対象としているのである。）

ノヴァーリスの魅力的な断片には、たしかに、主体と客体に対して重要な示唆を含むものが多く、いわば、主客分立以前のところからノヴァーリスの思想が出発しているのはあきらかであり、それはきわめて重要である。しかし、その舌の根も乾かぬうちにノヴァーリス本人の場合には（まるでいかにも哲学ニガテの文学者としてといったぐあいに）、主体や客体を裏口から密輸し前提にしてしまっているような箇所もめだつのであり、その矛盾、混乱には、通常ならば、ベンヤミンがそこにシュレーゲルをも交えつつ読み込んでいるような、十全な哲学的思想体系をみとめることはできないだろう。あるいは、ベンヤミンは、ノヴァーリスとシュレーゲルのそれぞれ断片的記述を共通理解するこころみをなしたのであり、そこに、ひとつの哲学的思想体系（すなわち前述の、クラゲの骨たる、「ロマン派の哲学思想」）が成立したのである、とも、同様に本質的に、いうことができる。（ここでは、しかし、それについては、これ以上くわしく論ずることはできない。）

ベンヤミンによるそこでの「ロマン派（ノヴァーリスとシュレーゲル）の哲学思想」は、資格上、ドイツ観念論哲学をなす四人である一大カント、一大フィヒテ、一大シェリング、一大ヘーゲルの思想体系に、並び立つことのできるものであると考えられる。そうであるならば、カント研究者が、ベンヤミンによるカント批判を、てんでおかどちがいの文学者のざれごとであるかのように、無視しておいてすむわけには、いかないはずなのである。

他方でベンヤミンはしかし、カントの超越論的統覚に対して、およその、無理解——賛成しない立場であるという以前にことがら自体を理解しているとは思われない諸見解を、この「来たるべき哲学のプログラムについて」のなかで示してもいる。その部分は、そのままだとたしかに見当違いであるにすぎず、カントの説とかみあわないのみである、と思われるのである。

ここでは、カントの超越論的思考法を精密に理解する立場から、ベンヤミンのその無理解の部分は批判し直し、しかし、しかるのち、ベンヤミンの批判のうちいかなる点がいかなるぐあいにカントに命中するのか、それは思想的にどういう結果を帰結するのか、批判を行ないたい。これは、カント批判であるとともにベンヤミン批判であり、しかし他方でその両者を橋わたしする作業であって、そこに、真に「来たるべき哲学」のありかが、たとえほのかなりとも、描き出されるものと考えている。

だが、およそ、その、転形期たるゲーテ時代の哲学者で、近代哲学のいかなる意味においても最大の結節点カントとは、なにものなのであり、その思想の要諦は、どこにあるのだろうか——。

たとえば微分法は、ある意味で、ゼロで割ることを精密に成立させているような作業である。いうまでもなく分子分母ともが変数込みであらわされる段階で割りきれてしまっているから消えた分母がゼロになるような代入をそののち行なっても答が出るのである。そういういわばゼロで割る微分法が、不可能や論理矛盾でなく精密の極みであるのとも似て、カントは、無定義語と公理などをたてるのとはまったくちがったやり方で、およそ、根拠を問い続ける。根拠を思考法自身のうちに内在するものとして、思考法そのものと根拠とを、カントは同時に問う。そういういうしくみに、『純粋理性批判』におけるカントの超越論的な論の立論は、なっているのである。人間によって思考がなされる、そのあり方、しくみの解明が、問題となるわけだが、思考があるとすればすでにかならずそこには、思考法が内含されている(いわゆるコペルニクス的転回——客観的真理に主観の認識が一致するのではなく主観にすでに客観が入ってきて思考法のうちにものごとがとらえられていることが思考というもののことがらそのものである——は同時につねにそこまでをも意味してしまっている)。そしてその思考法には、根拠が自律的に内在している——そういうものとしてとらえられるように、つねにカントの探究の方向は向けられている(根拠も思考法もそういうものであるとして考えられている)。ここで扱われる、その思考法は、ロマン派四人が俎上に上せるような、思考の主客ということをいきなり問題そのものとしてとらえたり主客以前というところを出発点としたりということはなく、思考の主客という構造はとりあえずあらかじめもったものとなっている。それを問うべきものとはしていないところから(それはすでにそういうものとして、しかしそれを経験的に自省してみるのでなく、そのさい論理的にはそのしくみがどうなっているということが導出できるのかという論法によりつつ）、超越論的な叙述は、始まっている。しかも、問われているのは思考法と（それに内在するしくみでの）根拠なのであって、思考の主客は、けっして動かしがたいものとして固定されているのではなく、いわば、思考法と根拠のなかで、間主観的なものとしての全体像に――そういうものとしてのこの現実の総体に――、結果的に同致するものとして転換する、という構制の結構となる。

思考のあり方、しくみを、それゆえ思考法というものを問い抜くこと、という作業そのもののうちで、そこで扱われる思考法というものそのものの中に、およそ、思考法の根拠、あるいはさらに、およそ、ありとあらゆる根拠というものそれ自体が、内在したものとして、同時解明されるのだ。

数学というものは、カントにおいては、現代の論理学（にとどまらず科学一般の論理的常識）の考え方からすれば奇妙なことにアプリオリ（な綜合判断）であるとされている。しかしそれがそうなるのは、直接にはカントがお算数が苦手だったからでもなんでもない（そのきらいは前批判期論文でありはするのだが）。ひとえに、公理系ではなく、思考法そのものに内在する根拠に、焦点を当てているからである。公理系などというような、不可到達点として当の公理系を残し認めてしまう方法など、およそそこでカントはみとめてはいない。しかも、公理系などを要請しなくても、思考法はすでにあるじゃないかというところから、始まっているのである。（ただし、カントが万一現在に生きていたら、よろこんで公理系を認めて、科学哲学や論理実証主義のやり方に走っていかねなくも、それはそれで、ないわけではない。カントの具体的関心としての出発点――数学、物理学と比較しての形而上学という関心――は、そういう、あやふやさをかねそなえている。その関心を結果的にはるかに凌駕して、超越論的な論法で根拠を問う成果へといたったカントの批判哲学は、諸学の水準の歴史的条件に制約されながらその歴史的条件が結果的に論のなりたちに幸運をもたらしたというべき、奇跡的な産物である。）

もちろん、論理実証主義の立場からでも、論理実証主義自体が論理的にカントの伝統のもとにこそ位置づけられるものである、という研究もなされている。[1] また、アプリオリな綜合的判断は現代論理学の内部においても論理そのものから進んで排除しきれないのではないか、ということも言えよう。それはほんらい、公理をもってくる根拠がどうしても要るがそれを欠く、という、無定義語と公理による記号論理学の方法の欠陥に根本的に由来するものであるわけだが（れいの、「完全かつ無矛盾の公理系は存在しない」という、ゲーデルの有名な「不完全性定理」は、その証明が背理法によってなされるわけだが、それはほんとうはまさしく背理法によって、公理系というあり方のうちには公理系というあり方の根拠を必然的に欠くということが、照らし出されざるをえないからなのである）、アプリオリなものが綜合的でないという証明が不可能だからということも原理的に言えるから、という理由（これはだれかによってすでに指摘がなされていようが）にとどまってすら、それが言えるかもしれない。

また、木田元は、カント以前のイギリス経験論からすると2＋3＝5というような数学的認識さえも蓋然的真理でしかないことになる、という、たしかにそのとおりであるもののひとが通常気づかずにいる指摘をしているが、[2] このことは、興味深い含意をもつ。つまり、常識とは逆に、むしろ、公理系のような考え方をとる場合にも、それが対象に適合するものであるという点が哲学的にはもっとも中心なのであり、その点においてはじつは、数学的判断が、放っておけば「経験的判断」である（つまり公理系が現実に対応している箇所は経験的にのみ真とされる）ということが、ここで言えてしまうのである。ユークリッドの公理系に対して非ユークリッド幾何学が完全に同様の資格をもってありうる（そのことは数学的もしくは記号論理学的考え方にとって常識である）のとまったく同様に、数学的ないしは記号論理学的な「真」のみが、形式的抽象的普遍的「真」としては唯一正しいものである、という、ほとんどの数学者や記号論理学者の妄想は、まさしく数学的もしくは記号論理学的に、破棄されるのである。たんにそれが世界に存在する物理現象に対応しているということ（数学者や記号論理学者はたんにそうであると通常思っているのだが）のみならず、それが抽象的形式的なレベルで「真」であるとすることそれじたいが、すでに経験的な認識なのである。そして、少なくとも抽象論理的に「真」であることの同様に経験的資格がカントの考察にもおどろくべきことに記号論理学にとってはあらかじめ与えられているはずであることとなるが、――しかしこちらはそんな経験的な抽象的真なんどにとどまらないのが、すでに述べたようにカントの超越論的な探究方法なのである。

さて、ロマン派は、主客未分明からの思考の反省（思考を思考するということの反省と、そのさい動詞の主客の反省）と、およそ、主体というものと客体というものの分かれ方を問う。その興味においては、カントの叙述が、主客をあたりまえのこととして疑っていないかのようであるのが、不思議なこととなる。それは、ロマン派が、自身たちの直前の必読書であるカントの枠組から直接には出発しているのではありつつ、およそカントとは、コンセプトが異なるアプローチ法である。しかも、そこからさらに進んだヘーゲルは、相互承認の社会の意義を、〈超越論的〉にとも通ずる反―正の〈弁証法的に〉（ヘーゲルの弁証法の真髄は、正―反―合というよりも、反から正へとのみ、いたるものと理解されねばなるまい、不完全な手近の実体が、そのほんらいの主体へと到達するにいたるものでこそあるのだから）、問うこととなり、むしろカントと通底する。ただ、ロマン派は、非常に精緻に、思考の反省とおよそ主体客体の分かれ方とを問う場面自体のみは、じっさいに意義深いものではある。（ここでは、フィヒテもシェリングも、直接には扱うことができない。ノヴァーリスとシュレーゲルについてはすでにその最核心にふれた。）

カントにあっては、社会ということについての思考水準は（いかにかれが市民社会をこころざそうとも）ホッブズ・ロック的な権力体の社会契約論に基本的にすぎぬものであるともいえる一方で、個人においての「善」（カントの倫理学の独創的核心であるとともにカントの思想が基本的に社会でなく個人にあてはまってのみ、わずかな修正さえそこにほどこせばきわめて普遍的な正しさを今なお保持する位相である）を超えて、法・権利・正義の思想が、さらになされている（『道徳形而上学』）。それは欠陥にみちたものではあるが、それを修正しつつ検討し直すことに、カントの、もうひとつのさらなる研究意義がある。ヘーゲルもその点でも同様である（『法の哲学』)。というのもその後、一九世紀・二〇世紀において法哲学は、たんなる、法の適正だとなされる運用史の積み重ねについての、根拠を欠いた事後肯定や、公共体論や正義論のほかは、なくなってしまうからである。カント・ヘーゲルを一七・一八世紀および一九・二〇世紀の近代思想の成果の結節点としつつ、社会思想・法思想・人間思想は、一九世紀以降、カント・ヘーゲルからの思想的発展という側面を失い、たんに資本主義社会にとりこまれたものとしてのいわば擬人間としての「人間」のみをあつかうものとなっている。少なくとも、社会というものそのものと、カントおよびヘーゲルとを、あわせて検討し直し、思想をそこから組み立てるしかない——そういう状況に、現在の法哲学・社会思想は、あるのだ。ベンヤミンの法批判・社会批判・歴史意識・芸術思想を、そこでカント・ヘーゲルの法・権利・正義の思想にあわせて視野に入れることが、およそ、可能性のありかを指ししめすこととなるだろう。

ベンヤミンのカント研究・カント批判「来たるべき哲学のプログラムについて」自体は、ちょっと見にそう見えるような、カントは数学や物理学のような単純な真理をモデルにして「神」を失った、という言い方はさすがにしておらず、もっと慎重な論を展開している——しかし、乱暴に総括するならそれに近いような批判を中心としていることも否めない。このことは、しかし根拠をカントが問う点において、的をはずしている。(しかもカントは、理性宗教をも、根拠と重ね合わせつつ、とはおよそ宗教というものそのものが哲学にとっての問題となるかぎりの関心事すべてにおいて、さらに、問うたのである。そこではほんとうは、宗教においての理性と啓示の両方を、より深いところで含みこんでいるのであり、汎神論でも理神論でも理性宗教ですらもおそらくない。宗教の啓示面を極小化して理性の場面に含有させるものである。)さきほどは社会思想についての見とおしにまで話が及んだが、およそ、カントとベンヤミンのすりあわせは、ベンヤミンが「来たるべき哲学のプログラムについて」で直接扱う主体客体の認識論的問題や、哲学の根本構想においても、まさに慎重を要するものなのであるにほかならない。

二　同一性と知覚
——超越論的問題構成における経験と経験の認識——

ベンヤミンのカント論「来たるべき哲学のプログラムについて」を検討する前に、予備作業として、関連するベンヤミンの断片「同一性の問題についての諸テーゼ」（一九一六年、全集第六巻で付与されている番号は断片一四番）と「知覚について」（一九一七年、断片一九番）をとりあげたい。同一性という概念は、「来たるべき哲学のプログラムについて」の中で、ベンヤミンが——まがりなりにも——具体的プログラムの中身として、提出することになる契機のうちの、いちおう重要部分をなすものであり、また後者は、具体的にカントを題材とする断片である。

前者は、同一性をめぐっての、一番から十一番までの連番のつけられた、諸テーゼから成る。ここでは、その全体をめぐっての詳細な解釈をほどこすのではなく、いくつかの具体的な話題を扱うものである。（たとえば、冒頭テーゼ一番から四番までなどは、同一的なものと非同一的なものとの、有限、ないし無限、などといいつつ、そのじつ、とりあえずそこのかぎりでは、それが「周縁」されているかどうかの謂いであるだけなのではないか——つまり「周縁」されればそれは有限であるわけである——とも解されたりするわけだが、それは措く。また、テーゼ四番の、無限な同一なものは、たとえばシェリングにおける、ものごとの場合だろう。それを、それが原理的にはありうるかもしれないともテーゼ二番でしつつも、ベンヤミンは論から除外するのである。そうではなく、非同一なものの同一性が、ここで問題となる、同一性関係であるだろう。つまり、はじめからの徹頭徹尾単純同一——それはいう必要がないからいうことが不要である——ではなく、非同一のものを同一とイクオールづけするという、通常の場合のことが、ここでの問題であるだろう。だがシェリングについても、ここでは措く。）

同一性の問題は、——あたりまえのようながら——同一律の問題と、関係する。ところが、ここでほんらい問題であるのは、いま述べたとおり、いうなれば、「a＝b」ということがらであると思われる。ところが、同一律は、古来、「a＝a」と表わされるものだから、ベンヤミンも、テーゼ五番以降で、「a＝a」の諸問題を、扱うにいたる。そこには、ことがらのうえでおそらく少々の混乱がありながら、また、興味深い諸問題が、そこでえぐり出されることになる。（同一性や同一律の意味として、伝統的三段論法に対する記号表記のかぎりにおいても、排中律や証明論とかかわるそれなりに精密な議論は、世ですでになされているが、ベンヤミンにとっても本章にとっても、そのようなことが問題なのではあまりない。静的には、同一ということそのもの、動的には、記号表現を超え出た流動するものを前提としての同一性、が、問題なのである。）

同一律とは、中心的には「みずからと等しいものは等しい」との意味なので、伝統的な三段論法の記号表記にかぎらず、現代の記号論理学でも、「a＝a」というのに準じたような表記が、同一律にたいして与えられざるをえない。だが、ここでベンヤミンやわれわれにとって問題であるのは、いわば「a＝bかつa＝cならばb＝c」という事態ではなくて、「a＝bという事態がある、ただしそのさい〈＝〉とはa＝aとのこと」とでもいうべき、そこに記されたさいごの〈a＝a〉がもつ——流動するいろいろなものごとのなかにおいての——意味の種々相なのである。

テーゼ六番以降[3]、ベンヤミンは、同一性関係は同語反復ではない（同語反復であっていいはずがない）、それゆえ、同一性関係は、むろん判断ではないこととなる、との論を展開しつつ（さらにそこにおいて、判断ではないから結局は否定されるのだが、「a＝a」の左辺を主辞ないし主体、右辺を賓辞ないし客体とする興味深い仮説も交えられている）、論は、「＝」の意味・性質全般をめぐってではなく、ことに右辺の「a」をめぐる局面に集約されていく。左辺のaは、まだaですらないから、右辺においてaが初めて与えられる規定となることとなる。ヘーゲル的に流動する場面ですら、時間や空間のなかでの話（物質的存在の流動でなくとも流動となれば時空的なわけだが）となるのが、ベンヤミンの問題とするのは、左辺が「a」ですらない場面なのである。それは、実体、因果性、相互作用といった（カントの四組掛けるそれぞれ三分法の、十二個のうち、第三番目の三つ組をなす）関係カテゴリーや、空間・時間の彼岸にある。ベンヤミンの論は、「それ自身と同一であるもの」へと収斂する。右辺の「a」もおのずから「a」であるわけではないので、ただ「a＝a」ということが、はじめて、「a」という同定をなす、というのである。およそあらゆる同定、あらゆる規定の元の元を、ベンヤミンは「a＝a」というところへと追い込むことによって、問題の所在として取りだして見せ、論として明示してみせたのである。

ここで、およそ「＝」ということについても、イクオールづけが問題ではなくて、その等置されているということ全体の抽象性が問題なのだ、ということが、ここに副次的に含意されるだろうということにも、注意を向けてみたい。たとえば、マルクスの価値形態論が貨幣を導出するしくみは、相対的価値形態と等価である等価形態が、あらゆる等価形態に入れ替わりうるものであるとしそれの代替品として通常理解されているが（たしかに金本位制の金はそのようなイメージを喚起するが）それは誤っている。左辺たる相対的価値形態までもふくめた、その、延々と右辺が入れ替わりつつ連なる等式全体を抽象するものとして、貨幣が導出されるのである。貨幣は、その式のあらゆる右辺の代替物なのではなくて、左辺と「＝」とをもふくむその延々たる等式全体の、抽象物なのである。だからこそ資本の蓄積も可能になるし、マルクスよりのちに現在の不換紙幣や信用通貨も、本質的性質の変わらないものとして貨幣そのものとして成立するのだ。——これが、等式における同一性の、きわめて現実に即応する場面である。（また、労働価値説は、労働が実体として製品に転移し含有されるものとして成立するのでは、けっしてない。あとづけで計算すれば、製品化における価値増加分が、抽象的に労働分と同一である、ということなのである。だからこそ、労働価値説は、異なる価格体系間の交換やおよそ異なる複数の価格体系の存在などを前提としなくとも、恒真的に、妥当するのである。(4)）

だが、主たる問題は、なによりも「a」という同定ということそのものである。じじつたとえば、記号論理学やコンピューターにおいては、イクオールということ以前の「a」という同定は、言外に——およそこのベンヤミンのような吟味を経なければ同定ということの問題はあらわれないからおのずと言外での前提となってしまう――公理（のようなもの）とされ、そしてなによりベンヤミンが問題とするような、「a」を言明するということ自体が、無定義語ですらない無定義語として、その根拠を問わぬ位置に巧妙に封じ込まれているから、記号論理学による処理やコンピューターによる処理が、可能である（それ以後の現象的な結果だけが実用には用をなしている）のに、すぎないのだ。また、たとえばフッサールの、「意味」とは〈あるものaの意味はあるものaをあるものaとして理解する所以の構造[5]〉だとの解説は、いちおう妥当なことを言っているものと見えるが、そこでも問題はおそらくやはりそれ以前にあるのだ。つまり通常の、文化的コードとしての、存在物に対して文化共同体内で共通理解したものたる悟性的概念（たとえば犬[6]というものが何を指すかということの共有と棚上げと安心によりそれに遭遇したときいちいち新たに驚かなくてすむが、しかしまたそのさい、およそ悟性的概念の弁別含有作用により、個々具体的なレフェランを同一化コードの中にのみ捨象化して見ることとなる）も、このフッサールの妥当と見える「意味」が、コード的に共有されたものなのであり、フッサールはそれをまぬがれてはいないのだ。だが、ベンヤミンの論は、その、あるものaを「a」としてみうること自体の問題まで、ゆきつく。「a」として同定しつつ把握すること（すでに流布する概念たる「a」というのでなく、新作概念にせよそれが「aというまとまりである」とすること）の問題である。たぶんほんとうは、（主客を前提とするかどうかでなくとも、ことがらの事実として）客観的に（対象的に、現実的に）それをささえる現実があり、主観的に（思念的に）その作用がそこに働かないと、その「a」というとりまとめ自体がいえない。それは、おのずと、ベンヤミンとカントの結節点をなしている。

　さてベンヤミンは、カント論たる、断片一九番「知覚について」において、微妙な言い方で、カントを批判し――あるいは読みかえる――こころみを行なっている。カントに対するベンヤミンの不満は、一見したところ、カントが第一批判を（批判は予備作業であるとしつつも）その出発点においてじじつ自然に対して形而上学的にもあてはまることを求めて、自然認識の確実性のために、数学と物理学をモデルにとってしまったようなおよそその発想のあり方に、向けられているように見える。[7] またたしかに、カント以前の哲学者たちが、世界の思弁的演繹によって認識と経験のきわめて内奥にわたる結合を作り出そうとしたところへ分離をなした、という言い方で、[8] ベンヤミンは、カントにおける独断論批判と懐疑論批判の両方の組合せ（がまねくコペルニクス的転回）という構造にまで、容赦ない矛先を向けているかのように見え（坂部恵もじつはどちらかといえばことがらを整理することによって生き生きとした部分を失する結果を同時にもたらしもしたとして、その点を評価する以上にむしろ難じている）[9]、じっさいまたベンヤミンはそこで、カントが空間と時間を直観形式であるとしてあの十二個のカテゴリーと別建てにしたことを、論難している。しかし、空間時間を直観形式とし、カテゴリーを悟性概念としたことは、対象世界の可能性として、カントの出発点以上の成果なのであるというべきだろう――しかも、その論法が超越論的だったこと自体が、つまり、「思考のしくみを観察してみるに」といわずに「思考を論理的に細部へと落ち着かせてみるなら」と言っているのであって、これが、頭ごなしであるのとともに、現実的に、間主観性をも保証することとなっているのである（アポステリオリな経験可能性の基礎を、コペルニクス的展開のあとでさらに求める必要があることは、カント専門家からも指摘される点であり、しかしそれと同義の「純粋認識と経験の分離」批判は、カントの立論からすればないものねだりの非難と見なされがちだろうけれども、ともに、同じ解決を、カントの思考法それ自体が超越論的だからということそのもののうちに、じつはみるのである）。ベンヤミンにとって、ここでそれよりも大事な批判は、ひとえに、経験概念のあり方、ベンヤミンの言い方をもってすれば、「経験の認識という概念と経験という概念の混同」[10]、という点にあるだろう。（そしてベンヤミンのその批判には、次章で確認するそれ自体大きな意義がある。）

だが、ことカントに即していえば、この点における非難も、結果的には、その非難があてはまらなくなるような迂回路と着地点を、カントの論の構造自体が、もっていると思われる。つまり、カントにおいては、世界が演繹可能ではないが、直観形式の素材に悟性のカテゴリーが適用されたものそのものが、まさに、世界と同致するのである。それは、カントの目の前にある同時代エピステーメーの世界にあてはまるもののみならず、まさしく時空を超えつつ普遍的にしかし空間時間にあてはまるような、だからいま現在のわれわれの目の前の世界をいきいきと構成する、その意味での世界なのである。カントが、科学的経験とまでもそれを同致させたことのみが、立論の発想点と同様の、カントの誤りだったのであり、じつは、そこで出てくるものは、そんな科学的経験などではなく、ベンヤミンが求める、現実的にヴィヴィッドな経験でこそあるはずだったのだ。（科学的経験は、その経験を、帰納的にのみ用い、それを、公理と無定義語にあらゆる対象も意味も封じ込めてしまいつつ公理と無定義語からなる記号論理学に適用するものであることは、二〇世紀以来、いうまでもない。）カントが経験的なものを経験的であるにすぎぬものとして論理自体的なものから峻別する場面が目立とうとも、経験的なものにすぎぬものが、経験の認識なのではない。それを可能にさせている立論構成自体が、あらかじめ、その経験とこそ、じっさいにはカントにおいて（カントを下にも置かぬカント主義者が思う以上にすら）同致しているのだ。それが、「超越論的演繹[11]」の手続きによってもたらされた、超越論的統覚のしくみが意味するところであるにほかならない。（そもそも、カントにおける演繹の意味が、「帰納の逆の三段論法的導出たる演繹」ではなく、「事実問題でなく権利問題における正当性を証明するもの」であることは、ベンヤミンも十分承知していようが、強調されて余りある。）

なお、カントにおいて特徴的なことだが、認識統一の象徴（ベンヤミンは自分の言う経験をそう言いかえるが）、充溢した（あらかじめの）経験、神に近く神との関わりをもつ経験は、超越的な宇宙概念として、やはり、結果的には必ずしも論の表面に必要ではないのである。カントにおける宇宙概念・神概念は、カント自身が判断不能としたのではあっても（たしかにプラトン的イデア界なる別次元世界はカントの論には不要である）、そのかわりに、日常の中に、カント的には、根拠として溶かしこまれてこそあると考えるべきなのだ。

ベンヤミンは、ここでの（最終部分直前の）結語に言う。「哲学とは、言語という体系的に象徴的な関連のうちで演繹される絶対的な経験の、ことである」。[12]だが、――たしかにカントは「言語」という用語を使わないが――ベンヤミンのいうこの言語、絶対的経験こそ、それが、超越論的思考法の帰結と同致しているものなのである。言語遍在視でなくして、カントの批判が本として言語で書かれていることが、まさに言語そのもののうちでなされていることとなる。認識されえた経験が、カント的には言語として成立しているのであるにほかならない。

三　超越論的統覚と経験
――希望の地位――

ベンヤミンのカント論「来たるべき哲学のプログラムについて」。だが、その要諦に移るまえに、カントそのものについて、もう二、三のことを、大急ぎで確認しておきたい。

思えば、カントの第二批判での実践理性の「要請」そのものの構造は、第一批判での「純粋理性の誤謬推理」という事態とたんにまったく同じ構造であるにすぎない。つまり推理としては誤謬となってしまうものが、「要請」というかたちをとっている、ということである。小泉義之は、哲学にとっては神とは「宇宙」全体のことなのであり、これはたんにそのときそのときで構成されるものである「世界」とは異なって、哲学にとって不可欠のものであるとする。[13]あるいは学者というよりは正直なキリスト者というアプローチでものを述べている関根清三は、第二批判での実践理性の応報アンチノミー（道徳と幸福が一致するかどうかつまり倫理的行為が報われるかどうか）について、カントによる幸福の要請にかんし、「多くの論者が指摘するとおり、カントは不整合を犯している」[14]（つまりカントの立論では道徳はそれ自体のものであり幸福の要請など必要としないはずだから）としている。これらを合わせれば、カントに、そのような宇宙万有としての神が欠けているという不満は、じっさいには第二批判での、「要請」という言及そのものによって、やはりそのまま解消されていることには、とりあえずなるのである。しかも同時に、この言及は第一批判での誤謬推理と等価にすぎないもの、第二批判の枠内でもそのままふたたび誤謬を形成してしまうものでも、やはりあったことになるのだ。しかも既述のように、第一批判の真価のなかでは、カントは、宇宙のとらえられる全体、すなわちそっくりプラトン的な別界としてのイデア界をも形成するものであるとともに神とも呼んでいいようなものを、この世界の内側からものごとを見るときに、必要としない。なぜなら、超越論的統覚に内在する、根拠そのものが、日常の時々刻々にとかしこまれたかたちで、さながらその神に相当するものを、持つからだ。しかも、それをふたたび、世界外の位置に「要請」(同時に推論としては「誤謬」)して描いてみせたのが、第二批判における、「要請」という意匠だった、ということとなる。だが、さらに言えることがある。カントにおける世界は、いかにそれが超越論的統覚の精密なはたらきでまさにヴィヴィッドで有機的で力動的流動的な、われわれの現実世界そのものとして構成されようとも(すでに述べたように、超越論的統覚による世界は、最終結果においてそういうものと同致するというしくみなのであり、あの、「超越論的観念論イクオール経験的実在論」[15]とは、二元論へのある種逃避や、ものごとにあらたに都合のいい別側面からの記述可能性を導入するものではなくて、まさにわれわれの経験的な実在と思っていることそのものがそっくりさながら結果としてそこにあることになるのだという結構とおのずと完全一致している、との意である)、その世界は、当然ながら知的直観者(まさしく神の知性を有する者)以外にとっては(つまり超越論的統覚にとっても)、意のままになるわけのない、不随意の他物・他者存在からなる、進展が知的に必然であるようなことのありえない(その意味で偶然的な)世界である。そこでは、意志されることとの内容は、ほんとうはあくまで「要請」(=誤謬)などでなく、「希望」こそ、されるべきものなのである。(第三批判の枠組全体が、そのことを暗示するものでもある。美の、超越論的に普遍的な原理をもちながら主観的な実現であるというあり方も、合目的性の位置も、第一批判よりもより現実世界根本的で原理的な説明として繰り返される「構想力と悟性の自由な遊び」[16]も、そのすべてが、このことを示している。そしてこれがまた、真・善・美のすべてが、それぞれ超越論的に、社会ではなく個人の範囲内では超時代的に普遍妥当するようなべつべつのものとして三批判書においてそれぞれ示されえていながら、美が、より原理的には、そのすべてをしめくくる地位を同時にえているものだということを、本質的に示しているのだとまで、考えることが可能である。）

ベンヤミンの、「来たるべき哲学のプログラムについて」において示されるカントに対する種々の変更要求点は、具体的には無軌道化してゆき、たとえばカテゴリーの組み替えの提案にまで及ぶ。しかしそのことは、――そのことならば――ほんらいまったく不要なことである、なぜなら、カントのあの十二個のカテゴリーは、部分的修正を加えてなんとかより改善されるといったしろ物なのではほんらいまったくなくて、むしろ、「こういうしくみで超越論的統覚が世界をきちんと現実的に空間・時間的に、しかも結果的には間主観的に統合されるにいたる主体が客体を認識するその認識関係において、作りあげられますよ」というスケッチのみで力尽きることなく、（そのカテゴリーの有効性とはじつはまったく無関係に）そのじっさいに提示してみせられたカテゴリーの結果、まったく形式的に、最終的にはそれがわれわれの現実と同致する、ということで十分であるからだ。そこでは、形式的であることが、結果の、この現実との最終的同致を、むしろ保証しているのである。――ベンヤミンの、もっとも重要な指摘は、そんな個別の指摘（カント自身の「負量の概念」を思わせるような、「積極的誤謬」[17]論にまでそれは及んでいる）ではなくて、ひとえに、カントにおける経験の性質、その時代的背景（ゲーテ時代固有的また近代全体が一度そこに収斂する焦点的の両方の意味での）をカントがいかに負っているか、という点にあるのだ。

ベンヤミンはここで、カントの経験が、数学的あるいは物理学的なそれであるとは、さすがにみなしてはいない。[18] それは、確実な経験であるというだけではなくて、経験的（エムピーリッシュな）意識に与えられる、素朴で自明な経験でも、あるのである。しかし同時にベンヤミンは、まさにこの点を手がかりに、カントを批判するのである。この、経験的意識に与えられる、素朴で自明な経験とは、ドイツの啓蒙主義「およびそれにとどまらぬ近代[19]」（とはつまり、ドイツ文学史の常識に反して、啓蒙主義・シュトルムウントドラング・古典主義・ロマン主義をひっくるめて、ひとまとめに同質の擬古典主義時代と呼ぶべきもの）に特有の、意味の最小点、事象内実を欠いた裸で剝き出し（ナックト）のもの、（カントのばあいのように）精密な地図であろうとも木の生えていない（カール）森の地図となるにすぎぬもの[20]、であるからである。ここでベンヤミンは、（同所でいう「しばしば強調されてきた啓蒙主義の宗教的盲目性や歴史的盲目性」といった、ベンヤミン自身の時代背景的な常識に自身も制約されたものでもありつつ本質的にそれをはるかに超え出て）近代というものの紐帯としてのカント・ゲーテ時代の、核心を射ぬいている。一七・一八世紀的な段階での近代（さらにベンヤミンがロマン主義までひっくるめる擬古典主義の一点に集約する大転機となるカント・ゲーテ時代（の知）と一九・二〇世紀的段階での近代（の知）を、ただ一連の時代という意味においてはヘーゲルまでをもある意味で含みつつ）の知は、時代的特質として、まさに事象内実を欠いたものでこそあったのだ。そこにはなによりも、「社会」というものの、ほんらいのすがたがいっさい欠けていて、いかにカントやゲーテがもがこうとも、完全に空無な全的失敗たるお題目としかなりえぬものであったのであって、それは、ヘーゲルにおいて「相互承認、相互依存」として初めて、資本主義社会の全体に対応しうるかたちで登場することとなる。ベンヤミンのこの、一連の（しかも近代史のなかではわずかの期間においてそれ以前とそれ以後の近代の総体をたばね、わずかな期間ながら近代の諸相のなかで他と――たとえば一七・一八世紀という一大時代や一九世紀あるいは二〇世紀というそれぞれ一大時代に――匹敵する一大時代を形成する）カント・ゲーテ時代そのものにおける、事象内実の欠落は、いかに強調しても強調しすぎでないほど、重要なものであるにほかならない。

ところが、――ある意味では本質的に既述のようにということとなるが――カントにおいては、カントが持ち出す社会がたしかにけっして社会ではないものの、カントの経験そのものは、眼前に剝き出しの、エムピーリッシュなものにとどまるものではなかったのである。たとえばベンヤミンは、カントを修正すべく「純粋な超越論的意識[21]」ということを言いだすが、カントにおいての超越論的認識に含まれる重点すら変えて見れば（つまりエムピーリッシュなかけらの外的触発の受容といったしくみの点ではなく、それが結果的にヴィヴィッドな現実全体と同致したところで見れば）、カントがまさに、すでにそうでこそ、あるのである。ベンヤミンの批判とはちがって、カントはエムピーリッシュなものの認識を、経験のかわりに扱ったのなどではなかったのだ。エムピーリッシュなものの認識というしくみで語られていることが、資格上では、そのまま経験を——いかに歴史的には裸のものであろうとも——なすことを、構成していたのであった。

そのほかに、カントと、ベンヤミンの論難を仲介する重要な点は、もう二点ほど、あるだろう。

ひとつは、同所で、ベンヤミンがやはり、歴史の総体に——ここではふれていないがベンヤミンの思考のあり方によれば、たとえば歴史外の最後の審判、およびそれが歴史世界内にまさしくそれこそがベンヤミンにとって「歴史的」ということとなるのであるおよそものの見方において与える影響、またそのメシア性——、カントの第一批判における現実世界に時々刻々と内在する根拠というのではやはりすまぬような、総体としての哲学的な神を、求める、という点である。これは、カントにおいては、根拠としての内在以外には、世界内で、とりあえず意に任せぬ他者他物問題として、第三批判的に「要請」でなく「希望」としてあるはずのものである、とは、とりあえずは、言える。それが、世界外（また世界総体）とも、それはそれで対応もする。倫理の実現を要求すべき対象でありそうな社会性のもろもろの内実が、すべからくあてはまってしかるべき規範としてなどではなく、それじたい他者への「希望」でのみあることと、それはなるであろう。歴史内の完成ではないのに（ありえないのに）、実践かつそのさいの「希望」において完成とかかわることをも、それは意味しよう。これはとりあえずは、ベンヤミンにおいての歴史哲学とは、あまりにも問題を異にしている思考圏であるようにも、思われる。ベンヤミンの歴史哲学は、認識論的には世界外であるもの（最後の審判など）を、少なくとも認識論的な立場からすれば思考実験上のいわば補助線のような虚点でもあるようなものとして、どうしても要求することになるからである。しかし、「希望」としてのみ、実践がある、というカント的事態は、ベンヤミンの歴史哲学に対して、ある種の解明の光を、おぼろげに投げかけもするものである。なぜならそれは、その「歴史内での完成」と「実践」と「希望」の関係によって、ベンヤミンの、世界外と関係する歴史哲学に対する（その歴史哲学全体は扱えないがおおまかには）、現実の歴史時間世界内のみからする、整理にもなってもいるものだからだ。

もうひとつは、カントのカテゴリー表のうちにすでにある「統一性」と、それにカントにはないものとしてベンヤミンがあらたに加える「連続性」[22]とが、「同一性」の、「統一の統合[23]（インテグラール）」へといたらしめる、カントを補うための重大な変更であるというふうに、ベンヤミンが要求している点である。

この点は、しかし、本論で詳述してきた諸点よりも、はるかに単純に、あからさまに、カントのうちにすでにあるのである。「連続性」は、第一批判における、線をひくという話における「連続性[24]」として、また、ほかならぬその「同一性」は、生々流転する人間の「同一性[25]」として（ベンヤミンがもしそれは意味がちがうと言いたくてもカントの側で柔軟にひろがってそのベンヤミンが要求したい意味をも十分に含むことのできるものとして）、明示的に、ことばで書かれているのである。

だが、それはたいした問題ではない。まさにベンヤミンが、ここでの「補遺」部分の直前の結語で言う、「経験とは、認識の、統一的で連続的な多様性である[26]」ということが、ほんらい、カントにこそおよそあてはまっている、ということが、だいじなのである。およそ、カントは、そうこそ、読まれうるし、また、だからこそ、ベンヤミンが「読みかえもしくは変更のこころみ」としてそう指ししめしたのであるように、そうこそ、読まれなくてはならないのだ。

それが、いかに近代のそれぞれの相の、そして現代の、社会的中心課題であるかは、すでに述べた。

さらには、ベンヤミンは——たとえばアドルノが、たんに啓蒙暴力暴露や疎外論や自然支配や非同一性弁証法一本やりにおいて、ファンタスマゴリーを資本主義の被支配者の悲惨さの疎外出現態として読みかつベンヤミンに対してもその要素に焦点をしぼった書き直しを命じているのとは根本的にことなって——、資本主義下における芸術に、下部構造との、直接な弁証的な関係を考えており、その弁証的直接関係によってこそ、資本主義社会を射ぬこうとする意図を、根本的に秘めている。これはあきらかにアドルノよりもベンヤミンの方が解放の意図がよけいにあったということを意味する。そのばあいベンヤミンにおいては、現代芸術の構造としては、思想的意味が「非美的」なものをまといつつ、また、表現が時代の技術水準に合った場合には、直接的快をも、そのまま形成もする。技術水準に合わない場合には、逆にわざわざひどい不快な感覚が、その同じ社会的意味・政治的意味・弁証的意味を、になう（「複製技術時代の芸術作品」第二稿第一、十、十七、十八、十九章[27]）。繰り返せば、生産条件の諸関係と上部構造（経済でも芸術でも）の発展傾向が、直接にとる、弁証法的関係なのである。これはこれでまた、カントにおける、個人の領域における倫理学や美学とも関連づけて（ベンヤミン自身もわずかながらそれにふれている[28]）、その内容・場面を拡大させ発展させることが可能であろう。それが、さらにわれわれの思想に、決定的に重要な方向性をあたえるものとなるに、ちがいない。

終章

一

善ということと、合法ということと、選択が望ましいということと、みっつのことは、まったく別々のことである。たとえばカントの『道徳形而上学』は、とくにそのうち前者ふたつを扱うものである。そこではそのうち善は、第二批判でのすべてに優先する明確な自己根拠をもつ法則化から、カント自身がそこからもすぐ証明されると即座に勘違いしてしまった雑多な道徳箇条の中に、埋没してしまっている。第二批判でもすでにそういうありさまになってもいる。しかし、これは、ヘーゲルによる一見説得力があるかのような、カント批判、道徳的義務間に当然にある衝突をカントが無視したからだ、という理由によるものではない。カントの定式化そのものとしては絶対である善が、しかし論理的に、そこからカントが思うようには、そのへんにころがっている道徳条項が証明されるぐあいにあるのではなく、むしろ、そのへんにころがっている道徳箇条を——衝突もくそもなく——片っぱしから否定してまわって、善の定式そのものの形式的な普遍性のみを、それらより上級の自律的な善の内容とするのであるところなのに、カント自身が勘違いしたことによっている。そしてヘーゲルはその方面からも、その意味で理解してのカントの善の定式は抽象的であるにすぎず「崇高だが空ろな、ただ首尾一貫しているにすぎない空虚さ」であってそれが「目的に内的実在性や内容を与えず、あるいは与えることを許さない」との、カント批判を行なってもいる。いかにも説得力があるかに見えるがこれもまたヘーゲルの誤りである。善の定式からたしかにカントが思っていたような通常の道徳箇条は論理的に出てくるべくもなくまたそんな箇条が道徳とはならないこと自体が善の定式の根拠だったはずでもたしかにあるのだが、ヘーゲルが思ったのとはちがって、善の定式は、具体的場面とは共存不可なのではなく、個人がその定式にあてはまると思えるその個人の節操としての具体性は、単純にそこに包摂可能なのである。それがカントの善の定式の、具体的な場での内実なのだ。またここで、たんに「選択が望ましいもの」とは別である、善、の意味を、そう理解しておくことができる。それに対して、「合法的」なことは、たんに外的なことがらであり、つまりほんらいそれは、善とは領域的に排反のことである。少なくともそのことを、合法性の社会的前提としなければならない。――さらにカントは、「法の形而上学」の部分（法論への序論C）で、ロールズやハーバマスが想定するような、ゆるやかな社会的合意に基づくような解決法の可能性を、もののみごとにすでにじつは否定しさって遇している。ある自由な行為が他者の自由と両立しうるならその行為は正当である、という、消極的な規定は、カントによればむろんそれ自体いたって当然なのだが、ところがそれ自体をさらに原理とすることは自己矛盾である、なぜなら、この消極的規定はまさに、外的行為とならなければ心の中で他者の自由を妨害したいと望むことは自由に許容するものであるのだから、この規定がよりによってこの規定自体を主観的行動基準となすことを他者に要求することは許されないからだ（そこからも、カントにとっては、善を論ずる話題領域である倫理学が、内的なものとして、それと別に存在しなければならない）。カントよりはるかにのちの存在でありもとより論争相手として想定してもいなかった現在のロールズ等の論の息の根をあらかじめじつは止める、秀逸な論である。――いずれにせよ、カント、ヘーゲルにおける、善、また、合法的、ということは、まさに現代的な関心対象として再検討される必要があるが、カントやヘーゲル自身が(またヘーゲルにしてカントを)、容易に誤解していることから、一九世紀以降の全ヨーロッパ思想史において、正当に理解されないできたのにも、かれら自身の責任もないではない。ともかく、少なくとも現代倫理学というものは、むろんそのロールズやハーバマスも含め(彼らがカントの名を方便的にひくことがいかにあろうとも)、功利主義倫理学そのものであり、そこでは、善、ということや、合法的、ということに、とりあうべき内容がいっさい欠けているものであると(意識的あるいは無意識的前提として)しているのにほかならず、それに対して社会的「選択の望ましさ」のみが論議の対象になる(あるいは善とか合法的とかいうことは社会的「選択の望ましさ」へと書きかえ可能でありそうやって社会的「選択の望ましさ」に還元してはじめて、論ずるに足る有意味なものとされる)。善の原理など、忖度もされず顧みられないものとなる。現代「倫理学は、社会的決疑論である」(加藤尚武『現代倫理学入門』、講談社学術文庫、一九九七年、三ページ)。

功利主義的「選択の望ましさ」ということ自体、単純に、「善をいうのなら定義しないといけないが、定義できないから、望ましいこと、と言いかえておこう、そして、選択が望ましいということであれば、その用法は、また意味するところは、自明だろう」という、安易な考え方で採用されているものであり、その理由づけ自体、教条的独断的な狂信にもとづくものであるにすぎない。もちろんいうまでもなく、「選択が望ましい」ということも、それだけでなんら定義されていることにはならないのである。(むしろ単純にカント第三批判的に、適意の種々相として、そっちこそが分析されてしかるべきですら、あるだろう。)

しかも現代倫理学は、じつは本人たちが思っているほど、「選択の望ましさ」の議論を深めているわけではない。ひとを自分たちの土俵に引きずり込むために極端な事例を持ちだして、ではそのさい「選択の望ましさ」はどう選ばれるべきかという「議論」を、個別話題(環境倫理学、医療倫理学、生命倫理学、等々)に関して張りめぐらすのだが、その多くは、たんに科学的な個別知識をどう常識としてもっているかによって左右されるにすぎないレベルのものである。または個別科学の知識の(学自体の発展の、あるいは論者個人の学習の)進展によって、かんたんに結論が左右されるようなものであるにすぎない。たとえば、ヒトクローン技術についての、「それがどれくらい許されるべきか、それはどこまでしていいことなのか、してはいけないことなのか」という議論は、「それがしていいことであるかどうかの社会的選択」の話の中で語られている（または語られるべき）ことがらのようであるかに見えながら、じっさいには、そうではないのである。有性生殖についての正しい科学的知識をどれだけ持ち、そしてそれに照らして、どれだけの予想外の歴史的・生命史（四〇億年）逆行的危険を想定しなくてはならないか、そして怖れて待たなければならないか、という、問題である。「科学的な知識レベル」自体がその知識の不知としてどれだけのことを想定しておくのが当然であるか、という、たんなる、科学技術内の危機管理の水準のあり方の、問題なのである。本来的には、科学者・技術者の、科学史科学哲学的な知識の質の上下（そして言っては悪いが科学・技術自体としての質の上下もそれと完全に連動している）の話であるにすぎない。社会的「選択の望ましさ」の話では、それ自体、ない。（もっとも、一般に社会的「選択の望ましさ」のうちにないことがらを、社会的に許可または不許可として選択する必要がある場合に、どう選択決定するよう制度をデザインしておくべきか、ということそのものならば、社会的「選択の望ましさ」の話ではある。だが、それは、環境、医療、生命等の個別決疑題材を離れての、ただただ一般的な話としてである。）

二

レッセ・フェール（自由放任主義、神の見えざる手、リバータリアニズム）の論理的なまちがいは明白である。ひとがいろいろな思惑をいだきもくろみやたくらみをするのに、レッセ・フェールでは、すべての分子が物理法則に当然にしたがっているのと同様に、あらかじめすべての人間が、同一の目的合理的利害の正しい判断に、そしてそれにのみ、いっさいの遅滞も時差も乱れも過誤もなく、従っていることにならなければならないからである。そこにおいて、たとえば不合理な価格設定により倒産して市場から退場することになる会社に、バカ上司も個別有能部下もいず、全員が倒産の直前まで均質の社員で倒産直後から均質に自己利害を考えるという同一の経済行動をとることになるし、その社への愛着の温度差もなく、また政治が倒産の影響を懸念して援助をする可能性も除外されている。またあたりまえだが、そもそも目的合理的行動を全員が同時にとれることが前提とされるなら、少なくとも不合理な保守政党が地縁血縁金縁関係によって票をあつめ選挙で勝利するということは世界で一度も生じえない（じじつはもし多くの者が一致して目的合理的行動をとれば選挙結果はかわるのにとだれもが思うにもかかわらず、ひとびとがまれに合理的行動をすること自体に時差があるから結集的結果にはならず選挙結果はつねにあったとおりである）ことになり、少なくともいっさいの「手続き論的理想」は、あらかじめすべてがすでに自動的に実現し終わっていることになるはずなのだ。（いうまでもなく通常はレッセ・フェールの論は、論とは反対に勝者による無競争状態を必然的に帰結するし、また、その無競争状態を維持するために、詭弁的にもちだされるのである。）

ハーバマスのコミュニケーション的行為の理論は、修正功利主義であるという以上に、じつは論の根本的性質において、レッセ・フェールのこの考え方そのものである。とどこおりなくゆきわたるそのコミュニケーション意欲、コミュニケーション善意、という仮定が、その考え方もまたその考えがじっさいには非現実である理由も、とどこおりなくゆきわたるこの目的合理的行動、という誤った仮定と、まったく同質だからである。逆の既勝者の立場から詭弁的に持ちだしているのでない点が、善意であるだけましというより、もっとなさけないと言えるかもしれない。（ハーバマスが、ルーマンの自己完結的オートポイエシスの部分システム的法システム論や、ロールズの非コミュニケーション継続性抽象正義性や、ドゥウォーキンの統合性としての法のモノローグ的構成性を、なんともこつこつばかていねいに批判していることが、一種それはそれできちんとしたしごとでなくもないことは、措く。だがルーマンが半ば盲目的にながら言ったように、法システムは、内的秩序に対応した社会制度のあらわれであったり可視的警告的誘導的な「おふれ」であったりするだけでなくて、不可視的な法措定的法維持的暴力による法理であったりそこに流入する法措定法維持欲望者の実効支配階層維持的立法意図であったりもするのである。ハーバマスは、それを、まるでソクラテスの問答法的産婆術的に、あるいは不能微分方程式近似微分計算的に正解近似的に、市民正義導出的なものへと、換骨奪胎しようと、試みて——あがいて——いることになる。それはしかし、むろん法措定法維持欲望者によっても、たとえば「民主主義」というのと同様に、簡単に、その手続にのっとっていると詐称されて骨抜きになるにすぎない。)

もっとも、レッセ・フェールも、コミュニケーション的行為も、それが意味するところと逆のものとしては、つまり、現実にはそんな状態はけっして存在しないが擬制的に機会均等の絶えざる回復維持のために人工的修正目的としてはその状態が必要である、という考え方においては、有効性をもちうる。(またそれゆえ、機会の平等という主張は、結果の不平等ゆえに次世代の機会不平等を生みそうでありながら、それのみがじっさいに機会の平等を主張するものであり続ける。)だが、そのさい、むろんコミュニケーション的行為の理論は、自然的原理もしくは動力的原理、つまりあらかじめ道しるべもしくはコンパスや海図として頼れるような原理、とはならない。そうでなく、——もし有効だとしても——たんに絶えざる修正の手段、絶えざる徳政令バイアス、でありうるのにすぎない。

三

精神としての民主主義と、手続としての民主主義と、制度としての民主主義、という、まったく別々のみっつのものがあるだろう。

精神としての民主主義は、大衆の解放を当然とするという、精神である。いたって当然のような精神でありながら、じつはほとんど一匹狼のような破れかぶれのものとしてしか存在しない。それは制度を指向しないときまってはいないのだが、それでも制度外の場所にとりあえず身を置いて始めるしかない。またそれが制度を指向する側面に傾くとき、まさしく「主義」という現われ方をするだろう。

制度としての民主主義とは、民主制の政治体制、古典古代にはアテネの自由民の間でのみ行なわれ、現代は多数決、代議制、三権分立等の仕組みを根幹とする。それは、民主制であり、民主主義ではほんとうはない。「制度であって「主義」ではありえないのである。それが、しかし、「主義」として通用してしまう場合には、じつはそれは、ほんとうには単なる浅薄な社会的強迫・社会的気分であるにすぎないものが、ヒステリー的に蔓延した、そのなれの果てのすがたなのである。

その間をつなぐニュートラルなものが、手続としての民主主義である。それは、しくみのデザインとしての制度よりも、たんに、決定過程において手続的な了解手順がふまれているかどうかという問題である。制度上は、多数決のほかに全会一致その他半数より多い数のラインとの組合せが通常なされているのであり、手続としての民主主義とは、制度のその細部のデザイン総体信任いかんでなく、とりあえず了解を成立させる場合の「手続論」的な正統性の問題である。かつて（市民派が「ことばなき被爆者に成りかわって」と言ったのにたいしてだったか）三島由紀夫が「だれがあんたにそれを託したのだというのだ、純然たるヒューマニズムの観点からして抗議する」と言ったのを、だれも理解できなかったのだが、またいま三島の言い分自体を理解できても、三島が制度としての民主主義も精神としての民主主義も唾棄していたことからこれがどうまじめに言われているのかは理解しにくいのだが、三島は手続としての民主主義のことだけを、ことばとして急に持ちだしていたわけである。

中立な、手続としての民主主義は、しかしそれが機能するさい、じっさいには、中立すなわち没価値的であることにより、かえって、たんに形骸化した大義名分であり気分であるにすぎないような制度としての民主主義に、多くの場合に軍配をあげざるをえなくなって、結果的に、精神でなく制度としての民主主義に加担してしまう。

それは、手続としての民主主義が、精神としての内実がどうであるかを問わないことと連動して、じつは手続も眼前の場合における「手続論」以上に、たとえばその相手の現実において実態として守られているかどうかを問わないので、じっさいには実効力を保持している現制度を単純に追認してしまう機能を必然的に帯びてしまう、という本性のものであることとも、表裏一体の関係にある。現実に関与し濁世を飲み込まなければならないのだが、単なる現勢を、変革の対象として同定するためという以上の前提にしてしまってはしかたないだろう。

四

一七世紀の、ホッブズとロックの、法制度思想・政治思想である、社会契約説が、現在の制度としての民主主義の基礎、根幹となっている。このことは、通常、世界史的なものごとの発展——とくに言論的根拠づけの発展と、経済的生産力の発展や、生産関係の変化が当然にもたらす脱教会秩序のしくみの発展、また科学技術の発展——のなかで、連続的に生起したことのうちとくに画期的であったことが、そのまま今日まで、歴史的修正も加えられつつ、典拠・権威としても通用し続けているのであるかのように、あたりまえのこととして受けとめられている。

だが、じっさいには、ホッブズやロックの思想の意味内容やそれがおかれた文脈と、現代——というより、フーコーの人間のエピステーメー全域、つまり、一八世紀末からこんにちにいたるまですべて——とのあいだに、思いもよらぬ不適合性が、そこにはひそんでいる。

ベンヤミンによって、ひとつながりのドイツ「擬古典主義」の時代としてみられている、啓蒙主義、シュトゥルムウントドラング、古典派、ロマン派という時代は、つまりカントとゲーテの時代は、事象内実を欠いた時代であった。それはなによりも、カントとゲーテの思考構成力そのものの不足に由来するよりは、時代そのものが労働者を等資格で市民社会に受けいれざるをえない生産資本主義にいたっていなかったからであった。ヘーゲルは、思考のあり方自体が、その生産資本主義の市民社会に突入しているが、しかしヘーゲル自身は奇妙なことに資本主義社会でなく古典古代をしばしばモデルにとったのだし、かれの家族・市民社会・国家の論も、その生産資本主義の現実を取り扱いえたものではなかったのだった。そのヘーゲルよりも前の、カントやゲーテの思いえがいていた社会は、単純に、現実自体また思考の枠組自体がそのひとつながりの「擬古典主義」よりも一時代前の、そっくりホッブズとロックのレベルにすぎないものだった。そのことが、すでにカントやゲーテの思いえがく社会にすら、現実との不適合さを与えている。ましてや、ヘーゲル以降の時代では、ホッブズ・ロック的思考要素はそうであらざるをえない。

つまり、フーコーのいう、一八世紀末以来現在まで続いている「人間のエピステーメー」においては、社会の現実は、資本主義（一九世紀の生産資本主義から、二〇世紀には消費資本主義に移り変わっていったが）に刻印されたものであった。ところが、啓蒙主義の「人権」の思想（常識の先入観ではいかに近いものであるかのように見えようともホッブズやロックとは「人権」はたしかに発想や用語上ではなから無縁である）をとおりこして、資本主義の時代（ベンヤミンの言う「擬古典主義」よりあとのヘーゲルから現代まで）に、ホッブズやロックの、法制度思想、政治思想が、適合すべくもない、のである。それは、カントやゲーテが思いえがいていた（そして役に立たなかった）社会モデルがホッブズやロックであったということにおいてすでに決定的である。

つまり、生産資本主義において肝要だったのは、啓蒙主義の人権思想が思っていた以上に、労働者を、それぞれ法的には平等な一齣という処遇で、労働力として、社会に迎えいれることだった。そのために、資本主義社会は、人権思想では実現すべくもなかった法の条項上での平等を、労働者にも資本家にも表面上は同等のものとして描いて見せた。それこそが、労働者の確保と、労働力としての雇用および機械的使用のために不可欠だったからである。ところが、法制度上の直接の思想的な裏づけとしては、そこに、資本主義とはなんら関係のない、ホッブズやロックの社会契約説が、——そして同時にそれをもとにした自然法の政治思想が労働者を雇用する資本家によって成りたつ現実の政治体制の思想的典拠として——、そのまま、ヘーゲル以降の資本主義社会の時代に貫入しなだれこんでしまっているのである。要は、資本主義が、それ自体としては政治体制や政治理想ではない、市民社会の生産体制にすぎないわけだが、その現実に見あうだけの法制度思想も政治思想も自前でもつことなく、その社会に前時代（じつは前々時代）の法制度思想をそのままかかえこんで、社会本丸へ労働力を参入させる平等条件と資本家が実質支配権を得るための平等骨抜き条件との同時に両方として、むりやり身にまとい、なじませてしまったのである。別の点からいえば、これは、その後の時代が、カントの法思想やヘーゲルの法思想を、ちゃんと生産的にかつ当然あるべく批判的に、うけとりそこね、発展させそこなったことであるに、ほかならない。（なおマルクスをいま正確に読み返すことも、興味は尽きないものの、マルクスの経済学的予測分析自体が現代の消費資本主義には対応していないため、効果は存外限定的でありうる。ところで柄谷行人の、労働を単純に脱色漂白したマルクスの読み方はそれこそフーコーの一七・一八世紀「表象」のエピステーメー時代レベルそのものの「交換」の観点にのみマルクスのすべてを矮小化する——というより読みのあり方自体を退行させる——ものであるにすぎない。）

資本主義のしくみの中での、社会内で法の占めていい位置というものからして、すでに、あるべき検討を経ずに、ただ現在に至っているように、思われる。

このことはしかしまた逆に、現代の社会がいかに言論的にも制度的にも人間主義気分的にも民主主義ヒステリー的にも閉塞しきっていておよそその現実から目をそらすことなくその社会と交わっているかぎりは「社会の根本的変革」など絵空事であるように見えようとも、思想的には考え直してみれば存外歯が立つほどの、ほどき直すべき糸口が与えられていることをも、意味する。

つまり、法、正義、権利、また、善、その他にかんしての、思想的に徹底的な、カントの（また一部ヘーゲルの）再読、再批判、再検討と、それをもとにしての、それ以降の（そしてなにより現在の）社会の段階にも身をぴたりと寄せ合わせつつの、あるべき自前の思想の展開である。（そうしなければ、げんざい、平等、自由、人類全体の幸福、私的な幸福、などということばをひとつ使って思索を進めるにも、じっさいには思う以上に、ホッブズ・ロック的な法制度思想にとらわれた部分と一九世紀の生産資本主義から二〇世紀以降の消費資本主義の日常との適合不全で、語が意味をなしきっていない、ことになってしまうだろう。どうしても、あるべき解決のみちすじは、こちらの方向にある。）

五

第Ⅲ部第七章でいう「近代の五つのステージ」は、フーコーの三つのエピステーメーすなわち一六世紀以前（ルネサンス）の「類似」エピステーメー（三項的記号関係、外徴）と一七・一八世紀（フランス古典主義）の「表象」エピステーメー（二項的記号関係、タブロー・比較・分析）と一八世紀末以来現代まで（モダン）の「人間」エピステーメーと、からは、独立の、想念の異なるものであるように思っていた。だが、そうでもないようである。ベンヤミンにとってのおしなべて「ドイツ擬古典主義」であるドイツ啓蒙主義・シュトゥルムウントドラング・ドイツ古典派・ドイツロマン派をひっくるめてカント・ゲーテ時代とまとめるとすればそれがまさに近代の第二ステージなのだが、ヘーゲルの第三（生産資本主義）、ニーチェ以降の第四（消費資本主義）、そしていまからの変革の第五ステージまであわせて、（カント・ゲーテ時代を一八世紀の最後の十年にあてることとすれば）フーコーではすべて人間エピステーメーのものとなる。近代の第一ステージは、ホッブズ・ロックの、「人権」概念をいまだいっさい欠いた法制度思想・政治思想をこそむしろ中心とするのであり（類似エピステーメーの時代はむしろそれ以前のものとして除外される）、これはじつは、「表象」エピステーメーと重なっていることになる。ここでは、それを、本格的近代にとってのゼロレベルと考えているわけであり、ゼロレベルより前（類似エピステーメー以前）の細かい差を、見ないということである。（じっさいだれもが、エピステーメーの考え方には魅惑され、ラテン語フランス語系の厖大な量の文献からの引用には圧倒されながら、しかしその区分けそのものは、たいしてまにうけもせず、読んでいるわけではないか。）じっさい、坂部恵は、人間のエピステーメーの開始（哲学と自由学芸の間の亀裂）を大きな区切りとしてとらえつつ、フーコーが注目した類似エピステーメーと表象エピステーメーの大変化どころか類似エピステーメーのはじまりすなわちルネサンスの開始をもたいして問題視せず、九世紀（ヨーロッパのルーツとしてのラテン中世、カロリング朝ルネサンス、神学と哲学と自由学芸という大学プロトタイプ）と、一四世紀（中世末期、神学と哲学の間の亀裂）とに、一八世紀末の区切り以前の大きな区切りを置いているのである（坂部恵『ヨーロッパ精神史入門』、岩波書店、一九九七年、五ページ、一三〇ページ、他）。それを、ここでは、いっさいをたんに、近代のゼロレベルの中のゼロ時刻の諸段階として、扱うこととするわけである（そもそもエジプト文明もギリシア古典古代もあまりにヨーロッパ直結で、カント時代以来の近代的自意識にとってじっさいあまりにただひとつながりの揺籃期であるではないか）。ただフーコーは、そのゼロレベルが、いかにその中のさらにゼロ時刻である段階とちがって、そのあとの近代の諸段階である人間エピステーメーに直結する（しかも奇異なほど人権思想とは段差的に無縁な）ものであったかということを、強調している、ということになる。

ここで、ベンヤミンによる法批判や、その見通し、過誤、可能性について、正確な素描をしておくことはできない（それは、れいによってベンヤミンのわずかな過誤自体の同定がそこでの可能性定位のために決定的な役割を果たすものだから、なにより素描不可能である）。だが、それはつまり直接には、カントの近代つまり近代第二ステージにとっての、近代第一ステージたるホッブズ・ロックの法制度思想からの改めての隔絶づけの見通しおよび、ヘーゲルの近代つまり近代第三ステージへのその受けわたし直しの見通しについて、ということと重なってくるものである。

ベンヤミンの近代と、カントの近代とが、近代というもののそのもののあらたな問題性の中心をめぐって、また、同時に、その解決をもめぐって、交錯し、仮想的にすでにはげしく切り結んでいる。

存在しなかったまま破断された人間、また、法、真理、正義、といったものの、再構築(だが存在しなかったのだから「再」だろうか)が、つまり、カント時代に照準を戻してのボタンのかけ直しが、行なわれなければならない。カントそのものの(また一部ヘーゲルの)あるべき再読の方向は、この終章ですでに、じつは正しい理解のありかまでをも、提示しえている。カントの法哲学の批判的検討はさすがに手つかずだが、そしてそれはそれで必要不可欠だが、カントにかんして誤りやすい最重要点はすでに指摘した。ベンヤミンの、法批判の徹底的な再読、そして(ベンヤミン自身のできなかった)再構築が、まさに求められている。(むろんそのさい、ニクラス・ルーマンの自己組織的な社会システムなどは、ゲーテの原現象として考えうるわきたつ雲の一個一個の自存性が仮定的理念であるにすぎぬように、論理的擬制としてのみ言えるにすぎない。社会への人間の関与はむろん可能であり、それをルーマンの社会システムの側から見るとシステム内の別の用語連関での処理に翻訳変換される、というのみである。そしてそんな問題でなく、社会の閉塞構造が変革をシステム的に無化する、という本文第II部での論点を、のりこえるみちすじが存外はっきりと論理的にありうることを示したのが、この終章だった。)

それは、資本主義の、経済制度・生産消費制度をという以上に、法制度と、倫理学(倫理規範や徳目や功利主義現代倫理学や規範言説メタ分析などとはまったく無関係な善そのものの学たるべきもの)のあやふやに溶解した気分化とを、直撃するものである。

注

第一章

ベンヤミンの引用は Walter Benjamin : Gesammelte Schriften, Suhrkamp Verlag, Frankfurt a. M. 1972ff. に拠り、略号（GS.）、巻数、ページ数によって示す。ゲーテの作品は、題名と章名のみ示す。

（1）『トルクヴァート・タッソー』第二幕第一場。
（2）GS. I-1, S. 135.
（3）a. a. O. S. 164-165.
（4）a. a. O. S. 154.
（5）GS. I-3, S. 835-837.
（6）GS. I-1, S. 140.
（7）a. a. O. S. 130.
（8）a. a. O. S. 134.
（9）a. a. O. S. 148.
（10）a. a. O. S. 154.
（11）a. a. O. S. 145.
（12）a. a. O. S. 131.

（13）a. a. O. S. 126.
（14）a. a. O. S. 125-126.
（15）a. a. O. S. 358.
（16）a. a. O. S. 126-127.
（17）a. a. O. S. 127-128.
（18）a. a. O. S. 128.
（19）a. a. O. S. 163.
（20）a. a. O. S. 165.
（21）a. a. O. S. 158.
（22）a. a. O. S. 171.
（23）a. a. O. S. 167-169.
（24）a. a. O. S. 170.
（25）a. a. O. S. 171.
（26）a. a. O. S. 158.
（27）a. a. O. S. 200.
（28）a. a. O. S. 200.
（29）a. a. O. S. 201.
（30）a. a. O. S. 181.
（31）a. a. O. S. 173.
（32）a. a. O. S. 181.
（33）a. a. O. S. 195.
（34）a. a. O. S. 201.

（35） a. a. O. S. 185.
（36） a. a. O. S. 145.
（37） a. a. O. S. 201.

第二章

Immanuel Kant の著作の本文は Felix Meiner Verlag の Philosophische Bibliothek 各巻に拠ったが、この版で欄外に原典版のページ数が記されているものは、版の記述を一切せずに著名とその原典版ページの数のみを記す。

（1） Immanuel Kant : Beantwortung der Frage : Was ist Aufklärung? In : Ausgewählte kleine Schriften, Hamburg, 1965, S. 1.
（2） a. a. O. S. 3.
（3） Theodor Wiesengrund Adorno/Max Horkheimer : Dialektik der Aufklärung, Frankfurt a. M. (Fischer Taschenbuch), 1988, S. 90.「計算的思考の法廷」をかたちづくるのは、哲学の反省や思想を、記号論理学体系のみを論理とみなしその中ではまさしく無であることをたてに抹殺する論理実証主義である。
（4） a. a. O. S. 2, S. 3.
（5） a. a. O. S. 30.
（6） a. a. O. S. 30.
（7） a. a. O. S. 6.
（8） 清水穣「D線上のアリア」、美術出版社「美術手帖」一九九七年三月号三四―五一ページ。
（9） Adorno, a. a. O. S. 89.
（10） Kant : Kritik der reinen Vernunft, B356.
（11） Adorno, a. a. O. S. 90.

(12) a. a. O. S. 92.
(13) Kant : Kritik der praktischen Vernunft, 54.
(14) Kant : Grundlegung zur Metaphysik der Sitten, 432, Adorno, a. a. O. S. 122-3.
(15) a. a. O. S. 123.
(16) 渋沢龍彦『快楽主義の哲学』、文春文庫、一九九六年、一八―二一ページ。
(17) Kant, Kritik der praktischen Vernunft, 37.
(18) a. a. O. 38.
(19) Kant, Grundlegung zur Metaphysik der Sitten, 420-1.
(20) Kant, Kritik der praktischen Vernunft, 35.
(21) ジャック・ラカン『エクリIII』、佐々木孝次訳、弘文堂、一九八一年、二七八ページ。
(22) 同、二八〇ページ。
(23) Kant : Kritik der Urteilskraft, 50.
(24) a. a. O. 49.
(25) a. a. O. 173.
(26) a. a. O. 43.
(27) a. a. O. 182.
(28) ウィリアム・モリス『ユートピアだより』、松村達雄訳、岩波文庫、一九六八年、一三〇ページ、一八二ページ。
(29) 「神の視座」自体の着想は、柴田翔『内面世界に映る歴史――ゲーテ時代ドイツ文学史論』、筑摩書房、一九八六年、第十五章「思考実験空間と宇宙の調和――『ヴィルヘルム・マイスターの遍歴時代』試論」四三五ページ「人間の眼には混沌としか見えない広大無辺な世界をしかし疑いがたく支配している調和」から得た。(なお後出「文化」「反文化」も同書五〇七―五四四ページよりの概念でまたこちらはそこでの論旨どおりの用法だが、これらは同書の特殊主張という以上に普遍的真実であると思われ、出典明記の別注を改めてもうけず、ここに併記する。)

（30） Adorno, a. a. O. S. 131, S. 132, S. 135.

（31） a. a. O. S. 138-9.

（32） a. a. O. S. 167.

（33） Kant, Kritik der Urteilskraft, 16.定式的にいわれる語としては、„uninteressiertes Wohlgefallen“, a. a. O. 15。ところで、柄谷行人「美学の効用――『オリエンタリズム』以後」、太田出版「批評空間」II―14号（一九九七年）四五ページ「（カントの考えでは、美は、関心を）積極的に放棄する能動性から生じるのである。その場合、関心の括弧入れが困難である場合ほど、そうすることの主観の能動性が快として、自覚される。カントの美学が主観的だというのは、そのことを意味する」は、日本の大学の訓詁的哲学研究者たちがそこでのみ柄谷に対抗できるような初歩的な誤りだが、また、なぜか彼らがよりによってこのような場合のみいかにもものわかりのよさそうな顔をして柄谷の言を論の脈絡のままにまかせておく様も、目にうかぶようである。もちろん、カントでは正しくは、第一に、関心の能動的括弧入れから逆に鋳型的に美が生じるのではなく、美は関心とムカンケーというだけだ。第二に、美が主観的だとは、美は対象の属性として存在はせず趣味判断そのものに由来する、ということであるにすぎない。これは判断の諸側面の解析として言えることなのであって、柄谷の決めの断に押しでる、ゆきあたりばったりの俗的個別主観の先入主的個別判断という意味なのでは全くなく、じじつ普遍を念頭におき論旨が普遍妥当へとつながっていくものだ。（しかしさらに、一般にこの第三批判では、どだい客観的対象を前提とする想像力と悟性の話題で、判断の成り立ちの中で対象の概念にかかわりのない側面のみをクローズアップして先に照らしだしたものを、傾向性としてことさらに主観的と呼ぶに他ならぬ、ややまぎらわしい用法がなされる。第一批判コペルニクス的転回における主観的側面の当然な地位とはまたちがって、「主観的」関係としての、対象の表象に直接に依存しない「想像力と悟性の自由な遊び」が、認識一般を成立させる根拠となる。a. a. O. 27-9.これこそカントの美学が主観的だということのすぐれた意味となるにほかならない。）

（34） a. a. O. 6.

（35） a. a. O. 18.

（36） a. a. O. 32.

（37） a. a. O. 33.

（38） a. a. O. 61.定式的にいわれる語としては、„Zweckmäßigkeit ohne Zweck", a. a. O. 44 等。

（39） a. a. O. 55-9.

（40） a. a. O. 182.

（41） 現代音楽とジャズとの成功したジョイントでは、現代音楽側はこうした美学的現代水準を裸で露出しジャズ側はその同水準を音楽的身体感性に置きかえたものとなる。また、超時代的自然条件的な快感の断片に仮託しつつ、ほんとうの表現の不成立との落差を、哀愁という味付けとなしてとりこみ、表現となりえているように仮構したものが、ポップアートと並んで例えばコメディアン言説の、地盤をなす。

第三章

本稿の祖型はベルリンFU留学中の一九九五年春に成ったものであり（初出時に大幅に加筆した）、参加していたゼミで用いたテクストにより、ノヴァーリスの各作品の出典となる版は異なる。それぞれ次のものに依拠した。

「モノローグ」：Monolog. In：Novalis：Schriften, Bd. 2（HKA II), Das philosophische Werk, hrsg. v. R. Samuel, Darmstadt 1981, S. 672–673.

「ザイスの弟子たち」：Novalis：Gedichte/Die Lehrlinge zu Sais（Reclams UB Nr. 7991), Stuttgart 1984, S. 61–98.

「一七九八年一月一二日A・W・シュレーゲル宛て手紙」：Novalis：Schriften, Bd. 4（HKA IV), Tagebücher, Briefwechsel, Zeitgenössische Zeugnisse, hrsg. v. R. Samuel, Darmstadt 1975, S. 244–247.

「散文断章」：Philosophische Studien der Jahre 1795–96（Fichte-Studien), 11. In：Novalis：Schriften, Bd. 2（HKA II), Das philosophische Werk, hrsg. v. R. Samuel, Darmstadt 1981, S. 108–111.

なお、「ザイスの弟子たち」は、それ自体未完の作であるが、たとえばレクラム文庫の注二三五―二三七ページにおいて、その構成の緊密さが指摘されており、ここでも、意図的構成をもったまとまった作として扱った。但し、レクラム文庫で紹介されている各構成部分の解釈には、ここでは全く従っていない。

第四章

本稿の祖型はベルリンFU留学中の一九九五年春に成ったものであり（初出時に大幅に加筆した）、どの文献どの資料なぞとは言い尽くせない当地での生活実感自体が、最大の論拠をなすものである。ハインの出典は次の版に依拠した。

『タンゴ弾き』: Christoph Hein : Der Tangospieler. Erzählung (Aufbau Taschenbuch Verlag, AtV 1025), Berlin 1994.

第五章

Immanuel Kant の著作の本文は Felix Meiner Verlag の Philosophische Bibliothek 各巻に拠ったが、版の記述を一切せずに著名と欄外に記されている原典版ページの数のみを記す。

なお、エピグラフにひいた中也の詩（この三行のみで、独立の、無題の詩一篇の全体をなす。ゐる、いないの表記はママ、『中原中也全詩歌集』下巻、講談社文芸文庫、一九九一年、二九八ページによる）は、普通には、まず、単に奇妙に見え、しかしその味から、少したつと、感性的実在をうたい、かつ、その感性的直観が実在そのものだというしくみを表現しようとして、どう読んでみても単にあまりに単純なあたりまえの同語反復に終わっている、と読めるものであるが、失敗とはやはり思えないこの味の秘密は、これが感性的実在をうたっているのでなく、むしろ、カントの理性の位置にあるような、根拠の、統一の存在を、うたっているからであって、そしてそれに成功しているものである。

同じく、朔太郎の俳句は、まさにそういう、理性の立場をになう、根拠の統一が、その統一の強烈さにおいて、イデア的な非在存在である虹のかかった夏の空の、虹が季語であることに由来する日本の夏の感性的実在すべてを含みこんだ空気の肌ざわりの上に、まさにイデア的な人馬のにぎわいを実在とまでなして、幻出させたものであって、文学史俳句史的に文学として傑出した絶品の宝庫である近代俳句・現代俳句の、語法・発想法とまっこうから異なって歳時記例句選択対象からはずれるものとなってしまいながら、季語による人事象徴の方法によって俳句の本質にはそぐっているものであり、――この句のほか「枯菊や日々にさめ行く憤り」「冬日暮れぬ思ひ起せや岩に牡蠣」等わずか数句の――余技において近代俳句現代俳句の全体にまで拮抗する価値をなしとげた、詩人の、ヴィジオンする意志の、炸裂である。

本論は、本書第二章の、補完・続編をなすものとして構想され、しかしその前稿と無関係に単独で読みうる、独立の論をなすに至ったものである。前稿は、体裁上、アドルノ・ホルクハイマーの『啓蒙の弁証法』批判を立論の骨格としつつ、主要な内容としてはカントを論ずるものであったが、本論は、カントにおいてまさに根幹となる、前稿で論じ残した部分を骨格とし、アドルノの「啓蒙の弁証法」概念（すでに『啓蒙の弁証法』の著作そのものに対してでなく）の、ここで思いつくままの、しかしたんに『啓蒙の弁証法』の立論上の欠陥にとどまらぬアドルノ全般にかんするより根底的な批判――すでに体系的批判は前稿で行なってある――を、つけ加えるという構成である。――本論は、文芸批評の視点から、現代思想としてのカントを読み解こうという試みである。

（1）Kant : Kritik der reinen Vernunft, B356, B359.
（2）a. a. O. B356.
（3）a. a. O. B94.
（4）a. a. O. B37-58.
（5）a. a. O. B106.
（6）a. a. O. BXVI.
（7）a. a. O. B199.
（8）a. a. O. B137.
（9）Kant : Kritik der Urteilskraft, XXI, XXV, 312.
（10）Kant, Kritik der reinen Vernunft, B164.
（11）坂部恵『ヨーロッパ精神史入門――カロリング・ルネサンスの残光――』、岩波書店、一九九七年、八八ページ、一三六―九ページ。
（12）Kant, Kritik der reinen Vernunft, BXVI-XX, B14-18.
（13）a. a. O. B25.
（14）a. a. O. B352-3.

（15）太田出版『批評空間』II—9、12、15、18各号（一九九六—八年）巻頭共同討議および同II—3、7、11、15、16、17各号（一九九四—八年）掲載東浩紀論文での、常連諸氏の発言のはしばしあるいはモチーフ。

（16）同一性の中でも、A＝Aという表現が、奇妙な様相を呈していることに対して、アンチノミー解決的なたねあかしを提示しておく。一、A＝Aは有意味であり、それは二つの側面においてである。まず、A＝Aとは、A＝Bにおける「イクオール」ということについての一般的な意味を表示化してみたものである。両項のAは別ものであり、そしてこのようにAといえる一致を示すときイクオールと呼べる。（「イクオール」における同一律。）次に、A＝Aとは、いやしくも「A」といいあらわされるもの自体の性質を、表示化してみたものである。「A」といわれたとき、Bなのでなく、やはりAであるものが、Aといわれうる。（同一律の本当の意味である、概念Aにおける同一律。）二、A＝Aは無意味であり、それは二つの側面においてである。まず、A＝Aが、およそA＝BでなくてA＝Aのときのみ成りたつという、絶対イクオールの特殊定義をしているのであれば、無価値な暴挙である。次に、A＝Bということではじめて命題が何かをあらわすのである「イクオール」の一般的意味を前提にしているのであれば、表現A＝Aは無意味である。——これらの、それぞれの仮定のもとでは単に正しい一、二両方は相殺され、ことがら自体のつまらなさが、「AはAでしかない」という論述の中の、機械的論理ではぬけおちる有意味な「しか」に対する理性の問い——の初歩——の前に、霧消する。（これについては本書第十章でさらに細かく再展開する。）

（17）もちろん、統覚それ自体はこのような複雑な各部分をもつので、統覚自体としてのじっさいの構造は、またこれとは全く別に、当然問題となる。

（18）Kant, Kritik der reinen Vernunft, B699.

（19）本書第二章、『実践理性批判』については第二節、『判断力批判』については第三節。

（20）Theodor Wiesengrund Adorno/Max Horkheimer: Dialektik der Aufklärung, Frankfurt a. M.（Fischer Taschenbuch), 1988, S. 88-127. なおここでホルクハイマーを考えずアドルノのみの名をあげているのは、たんに論者が、ここでこの共著に関してアドルノ的印象を強く感じている部分・ことがらを論じていることによるものである。

（21）a. a. O. S. 6.

（22）a. a. O. S. 30.

(23) a. a. O. S. 43-49.
(24) Kant, Kritik der Urteilskraft, LVIII.
(25) Kant : Kritik der praktischen Vernunft, 42.
(26) カントの第二批判における「善」の定式自体、正しくはそのように読める。本書第二章第二節。
(27) Kant, Kritik der praktischen Vernunft, 224-6.
(28) 丸山圭三郎『ソシュールの思想』、岩波書店、一九八一年、一四四―七ページ。
(29) Adorno, a. a. O. S. 62.
(30) a. a. O. S. 20.
(31) a. a. O. S. 90.
(32) 注(24)に同じ。
(33) Kant, Kritik der Urteilskraft, 284, 329-339.
(34) カントの第三批判における「美」の定式については、本書第二章第三節。なおカントにおける美と自然に関連して、カントの述べていない機能美について補足しておく(一九九四年秋に十数年ぶりに『判断力批判』を読み返した時にこれがまず気になり考える手がかりとなった点でもあった)。まず第一に、カントにおいては、人間の知識や目的が関与するとそれだけで純粋な美でなくなるので、カントにとっては根本的に機能美は形容矛盾にほかならない。しかし第二に、カントにおける「美」の定式「目的のない合目的性」に、機能美も実はとても納得的にあてはまり、カントの定式の普遍性を、カントを超えてここでも感じさせるものである。美でなく機能を追究した結果、おのずから造形にあらわれているものが機能美なのであり、しかも、カントの注文どおり、機能そのものでなく、まさしく、いかにも機能にすぐれていそうということを、かつおあつらえむきに知的判断でなく快・不快の趣味判断において感じてしまうものだからである。それで、アメリカの最新設備をごちゃごちゃに積んだ軍艦は本当はいくら最先端に機能的でも、つねに未来の目から見るとゆきあたりばったりの半端な技術であることを如実に示すように、不細工なただの鉄の箱に見え、一方戦艦大和や空母大鳳は、そのみじめな戦績や技術史的に実は沈められることを直接に目的として存在したとまでいえるほど貧弱な防空エレクトロニクスにもかかわらず、技術をしぼりこみそぎこんだぎりぎりの結晶としてあくまで機能美あふれて見えるのである。第三に、しかしふたたびたとえばこの例が、カントの自然への特権的尊重に対して、非カント構想的に息の根を止めるものである。「連合艦隊建艦デザイン史の集大成としてなけなしの金をつぎこんでのぎりぎりの造形」といった程度の、或る日常的連関それ自体が、カントが自然目的を考えたときの主語と同格の、有機的美を産出するものとして、たやすく想定されるということを、機能美はあかしている。その結果、カントの自然目的は、たとえば、生殖という目的とか進化という目的というばらばらの科学的概念（そして実はそれら自体、当然存在そのものの画定はない連関なのだから、ある意味で、理念であるといえる）の中に、実体的に、解体する。

（35） a. a. O. 410-443.

（36） Heinrich Heine : Die Geschichte der Religion und Philosophie in Deutschland. In : Sämtliche Schriften in 12 Bde. hrsg. v. Klaus Briegleb (Ullstein Werkausgaben), Frankfurt am Main-Berlin-Wien 1981, Bd. 5 (Schriften 1831-1837) hrsg. v. Karl Pörnbacher, S. 594.

（37） Kant, Kritik der Urteilskraft, 91, 105.

（38） a. a. O. 102.

（39） a. a. O. 80.

（40） 『批評空間』II―18号、太田出版、一九九八年、共同討議（東浩紀、大澤真幸、浅田彰、柄谷行人）「トランスクリティークと（しての）脱構築」、二六ページ。これにひきかえ今村仁司は「美学的概念としてのアウラは、カントが定義した意味での崇高と一致する。カントの定義を解釈的に言いかえれば、崇高の感情は、美の感情と違って、絶対的他者への接近の願望でありながら、それへの接近を禁止されるときに起きる高揚感（エアハーベネ）（ママ―論者）である」と述べているが、――ベンヤミンの崇高についてその他ほぼいちいちの叙述もそうであるように――カントの表面的論旨にも本質にもそむく粗雑で浅薄な誤りであるにすぎない。今村仁司『ベンヤミンの〈問い〉――「目覚め」の歴史哲学――』、講談社選書メチエ、一九九五年、二九ページ。なお、ここに付記すれば、柄谷が最近述べている、カントにおいて理性にも欲望があると（カントははっきり書いていないが柄谷が）解釈する、という説は、柄谷自身が認めているようにアドルノの『啓蒙の弁証法』の理性が犯す野蛮と同じようなものなのであって、本論で述べた真への意志とは全く発想が異なる。『批評空間』II―12号、太田出版、一九九七年、共同討議

（木田元、徳永恂、矢代梓、浅田彰、柄谷行人）「アドルノのアクチュアリティー」、二三―二四ページ。真への意志は、論者独自の、十数年来にわたる発想である。

（41） Kant, Kritik der Urteilskraft, 113.

（42） シラーについては、水田恭平「美的思考の誕生」、『批評空間』II―12号、太田出版、一九九七年、四五ページ。

（43） 人間の行為をはかなく流れ去らせない、上級認識能力諸力による（の中への）位置づけ、という考え方は、ジル・ドゥルーズ『カントの批判哲学――諸能力の理説――』、中島盛夫訳、法政大学出版局、一九八四年、の、直接・間接の影響によっている。

（44） Adorno, a. a. O. S. 138-9.

（45） 本書第二章第三節最終段落は、現代美術を否定したものでは決してなく、非言語表現作品がこれと並ぶための方法を示したものであった。

（46） 生そのものの真、言いぬく真、というこの方向に、さらに、事物、アレゴリー、真理という三項関係のうちにあるベンヤミンにおける真理が考えられるであろう。一方、渡辺二郎『芸術の哲学』、ちくま学芸文庫、一九九八年、二七、三七、八一、一七四―二四七ページでいうような、ハイデガーやガダマーの、芸術の根本としての真実は、その文化へのいかめしい内在性によって、むしろ、本質的には、カントにおいての、自然の造化の妙になりかかわる天才の造形の美（Kant, Kritik der Urteilskraft, 182）のレベルに対応しているにすぎない。（カントを玉石混淆のまま再提示しつつの渡辺四二〇―一ページ「天賦の才」「究極の存在の真実」並記は、このことを逆の方向から示す。）

第六章

（1） Immanuel Kant : Beantwortung der Frage : Was ist Aufklärung? In : Ausgewählte kleine Schriften, Hamburg（PhB TA24）1965, S. 3.

（2） 日本近代の思想家の例となるが、荻生徂徠（『政談』『弁名』）の考えも、この典型である。加藤典洋『日本の無思想』、平凡社新書、一九九九年、二〇七ページ。

（3） 同、一四三ページ。

(4) 同、一三〇―一三一ページ。
(5) 同、一四七ページ。
(6) 阿部卓也「カント『啓蒙とは何か』への註――分割と迂回――」、七〇ページは、ポリスと家に注目しているにもかかわらず、そこでむしろ王・政府を家の領域とみなしてしまうことで、この主旨となっている。『詩・言語』第三四号、詩・言語同人会・朝日出版社、一九九〇年。
(7) 加藤、前掲書、一四八―一四九ページ。なお加藤はハンナ・アーレントの『人間の条件』『革命について』を典拠にあげている。
(8) 同、一四一ページ。
(9) 同、一四五ページ。
(10) 同、一四五ページ。
(11) 同、一四六ページ。
(12) 同、一五〇ページ。
(13) 同、一五一ページ。
(14) 同、一四九ページ。
(15) 同、一四九ページ。
(16) 柴田翔『内的世界に映る歴史――ゲーテ時代ドイツ文学史論――』、筑摩書房、一九八六年、一七八ページほか。
(17) 阿部美規「いかなる基準によってドイツ語の Standardsprache は定義されるのか?――社会言語学の研究史と課題――」、『京都ドイツ文学会会報』、第二五号、日本独文学会京都支部、一九九九年、一一―一五ページで整理されている事情。
(18) Georg Wilhelm Friedrich Hegel : Phänomenologie des Geistes, Hamburg (PhB 114) 1952, S. 33-34.
(19) 丸山圭三郎『ソシュールの思想』、岩波書店、一九八一年、三〇四ページ。
(20) 同、二八〇ページほか。
(21) 同、一六七ページ。二四九ページ。

(22) 同、一五二ページ。
(23) 丸山圭三郎『ソシュールを読む』、岩波書店、一九八三年、二五〇ページ。
(24) 同、二五五ページ。
(25) 同、二七五―二七六ページ。
(26) 同、二六四ページ。
(27) 同、二七八―二七九ページ。
(28) 柴田、前掲書、五一六―五一七ページ。
(29) 同、五一八ページ。
(30) 同、五一九―五二三ページ。
(31) 加藤典洋『可能性としての戦後以後』、岩波書店、一九九九年(以下、加藤Aと略記)、一五七ページ、加藤『日本の無思想』(注2以下に既出、以下、加藤Bと略記)、八九―九〇ページ。
(32) 加藤A、一三二―一三三ページ、加藤B、三三―三四ページ。
(33) 加藤A、一五一―一五六ページ、加藤B、五九―六二ページ。以下、前者であげられている例(一五一―一五三ページ)を全文引用する。

タテマエとホンネが、「一方なくして他方はない」相補性を本質にすることに関して、前出の増原良彦『タテマエとホンネ』、講談社現代新書、一九八四年」は、面白い話を紹介している。

ある小さな団体が毎年一人を選んで「賞」を出していたが、その「賞」自体があまりマスコミに取りあげられない。ある年、賞をマスコミに宣伝するため、「今年はひとつ、有名人を選ぼう」という提案がなされ、承認されたが、具体的に受賞者の選考に入ったところで「タテマエとホンネ」に関し、議論がわかれた。

二つの意見は、次の通りだった。

第一の説

タテマエ……立派な人(賞にふさわしい人)を表彰する

ホンネ　……有名人を表彰したい

第二の説

タテマエ……有名人を表彰する

ホンネ　……立派な人（賞にふさわしい人）を表彰したい

第一の説は、対外的には賞にふさわしい人を選んだことにするが、内部的には有名人を選ぶとするもの、第二の説は、選考委員会の申し合わせとしては有名人を選ぶのがタテマエだが、でもそのタテマエの範囲内で、やはりふさわしい人を選びたい、と委員の誰彼が内心で思うというケースである。

こうした例をひいて、増原は、こう考えると次のような第三の説すら、成立可能にならないだろうか、という。

第三の説

タテマエ……立派な人を選びたい

タテマエ……有名人を選びたい

ホンネ　……どっちだっていいや

だいぶ無責任な考え方だといわれそうだが、この第三の説では、「どっちだっていいや」という投げやりなホンネがあるため、さまざまなタテマエ（とってつけたような理由）が出てくる、というのである。

増原はこれを、タテマエとホンネが「わかったようでわからぬ」概念であることの例に引くが、しかし、わたしにいわせれば、こういう話の中にこそ、タテマエとホンネの本質が顔をのぞかせている。

土居［健郎『表と裏』、弘文堂、一九八五年］のいうように、タテマエとホンネとは「常にその背後に建前において合意する集団があること」を前提とした概念である。この増原のエピソードが語っているのは、あの「視点」［加藤A、一四六ページ］が一つの合意集団の単位から別の単位に移れば、タテマエとホンネは容易に入れ替わるということである。しかし、この話はもう少し先のことも語っている。第一の説、第二の説におけるタテマエとホンネの「入れ替わり」は、この対概念を成り立たせる集合の大きさの差、合意集団の規模の違いから生じているが、第三の説が語っているのは、この合意集団の併存それ自体が何に支えられているのかということだからである。

第一の説でタテマエを共有している集合単位は、社会全体で、受賞者発表の記者会見の場面がこの集合規模を代表している。これにたいし、第二のタテマエを共有する集合単位は、選考委員会で、この集合規模を代表するのは選考会議の場面である。この前二者に対し、第三の説は、「建前において合意する集団」のほとんど成り立たなくなる寸前の極小の集合単位を示していて、選考委員会の会議中、委員の一人が隣の委員にボヤキとして囁く場面が、この集合単位を代表しているが、そこでのホンネ、「どっちだっていいや」は、先の二つと違い、他のものとは「入れ替わり」不可能であり、むしろ他のホンネがタテマエにすぎないことを暴露する、いわばホンネのホンネとなっているのである。(以上引用)

(34) 加藤A、一六二―一六八ページ、加藤B、六七―八三ページ。
(35) 加藤A、一五九―一六一ページ、加藤B、一二九―一三二ページ。
(36) 加藤A、一九七―一九八ページ。
(37) カール・シュミット『現代議会主義の精神史的地位』(一九二三年)、服部平治・宮本盛太郎訳、社会思想社、一九六二年、二一―二二ページ。
(38) カール・シュミット『政治的なものの概念』(一九三二年)、田中浩・原田武雄訳、未来社、一九七一年、一〇―一一ページ。
(39) ハンナ・アーレント『全体主義の起源Ⅰ　反ユダヤ主義』(一九五一年)、大久保和郎訳、みすず書房、一九七二年、一〇一―一〇二ページ。
(40) 加藤B、一七七ページ、加藤A、二二五ページ。
(41) 加藤B、一三二ページ。一五二―一六二ページ。
(42) 同、二三七―二四六ページ。
(43) 福沢諭吉「瘠我慢の説」(一八九一年)、『福沢諭吉選集』第十二巻、岩波書店、一九八一年。
(44) 加藤A、二〇一ページ。
(45) 同、二〇三ページ。
(46) 同、二一二ページ。
(47) 一八七七年。『福沢諭吉全集』第十九巻、岩波書店、一九六二年。

(48) 一八八五年。『福沢諭吉全集』第十巻、岩波書店、一九六〇年。
(49) 一八八七年。『福沢諭吉全集』第十一巻、岩波書店、一九六〇年。
(50) 加藤A、二一六ページ。福沢、前掲書(注43)、二四一ページ。
(51) Walter Benjamin : Gesammelte Schriften Bd. II-1, Frankfurt a. M. 1977, S. 153-154.
(52) 吉本隆明『私の「戦争論」』、ぶんか社、一九九九年、二二一―二二二ページ。
(53) ここで参照している条約条文および条項番号自体は、それが一九六〇年に改定後ひきつがれた、現行のものである。
(54) Benjamin, a. a. O. S. 199-203.
(55) a. a. O. S. 193-195.
(56) a. a. O. S. 191-193.
(57) それは、ベンヤミンのこの論が、正義と合法性、目的と手段、自然法と実定法をめぐって、おどろくべき精密な基礎論を実は展開しているのであるにもかかわらず、それらにおいては、結果的に合法性、手段、実定法をめぐる問題に話題をしぼり込んでいて、神話的でなく神的、という観点を、正義や目的や自然法との、むろん単純にそれらに依拠するのではない複合的関わりによって追求するに至っていないという、論の構成とも、関係している。目的にかかわる「神的」と、論の当初からあえて厳密に手段のみの領域で論ぜられてきた「暴力」との、唐突にあらわれた結合は、そのままではあくまで形容矛盾となってもいるのであり、現代における具体的な形態をもつ複合的展開が、本格的には、さらに要請される。ここでの試みは、〈神的暴力〉の理解において、その、形容矛盾をすりぬける形式的な形態のひとつを、かたちとして、あらかじめ例示するものとなる。

第七章

(1) 小浜逸郎『なぜ人を殺してはいけないのか――新しい倫理学のために――』、新書y(洋泉社)、二〇〇〇年、二九ページ。
(2) 小林秀雄『モオツァルト・無常という事』、新潮文庫、一九九一年、「当麻」、六九ページ。そこでの「花」はむろん世阿弥のいう「花」であるが、小林はそれを、概念でなく具体現象であるととらえているため、ここでいうことがらは、普通の植物の花にも共通である。

（3）木田元『反哲学史』、講談社学術文庫、二〇〇〇年、二二一ページ。
（4）小浜、前掲書、五四ページ。
（5）ジャック・デリダ『グラマトロジーについて』（邦題『根源のかなたに』）での記述全般を特に念頭に置いている。
（6）吉本隆明『心的現象論序説』（角川文庫）での記述全般を特に念頭に置いている。
（7）『批評空間』II―23号、太田出版、一九九九年、ジャック・デリダとの対話（無記名共同インタビュー）「歓待、正義、責任」、二〇三ページ。
（8）セーレン・キェルケゴール『死に至る病』、斎藤信治訳、岩波文庫、一九五七年、二〇ページ。訳文は、小浜が引用している、中央公論社「世界の名著」版による。小浜、前掲書、六〇ページ。
（9）小浜は、愛の類別を試みている。小浜、前掲書、七九―八六ページ。しかし、人間の性愛こそが、独自のものなのであり、ほかのもの（そこでいう同志愛など）は、「情の濃さ」といったものであるにすぎないし、家族愛は、親子や兄弟の近親姦の禁止とペアになっているとおり、吉本隆明の、それ自体を対幻想の一部として両親の性愛に含める考えの方が、納得できよう。これは、吉本隆明『共同幻想論』（角川文庫）での記述全般を特に念頭に置いている。
（10）Immanuel Kant : Kritik der reinen Vernunft, BXXV.（カントの著作のページ数は慣例により現行諸版の欄外記載の原典のページ。ただし『純粋理性批判』の場合は第一版にしかないもののほかはBと表記される第二版を用いる。）
（11）Walter Benjamin : Gesammelte Schriften, Suhrkamp Verlag, Frankfurt a. M. 1972ff., I-1, S. 126.
（12）ただしベンヤミン自身にとっては、これは、とりあえず、「来たるべき哲学のプログラム」でのべたような、経験概念に関してこそのものであることになる。Benjamin : Gesammelte Schriften, Suhrkamp Verlag, Frankfurt a. M. 1972ff., II-1, S. 157ff. また、カントについての論点は、ここで述べた点のほか本書第II部や本書第十章で主張していることも重要であり、――カントの超越論的世界構成それ自体は、全体として結果的には、主観にかんしてのみでなく、主観が客観をとらえている場面そのものにつねにヴィヴィッドにあてはまりはするのではある。
（13）小浜、前掲書、九一―九八ページ。
（14）Kant : Kritik der Urteilskraft, 27-9.

(15) a. a. O. 44等。「美」の定式である、「目的のない合目的性」については、本書第二章第三節。
(16) 本書第二章、注(33)。
(17) ミシェル・フーコー『言葉と物——人文科学の考古学——』での記述全般を特に念頭に置いている。
(18) このゲーテ時代についての見解にまっこうから対立するものである(したがってここでこの点については支持できない見解をなす)すぐれた労作に、水田恭平『タブローの解体——ゲーテ「親和力」を読む——』、未来社、一九九一年、坂部恵『ヨーロッパ精神史入門——カロリング・ルネサンスの残光——』、岩波書店、一九九七年、がある。前者は、ゲーテを表象の時代をこわす、というよりむしろすでにまさにこわされたさまである、様相によって読む。後者は、一四世紀以来すでにして哲学と神学が分裂していたという点に焦点をあてる息の長い近代論の中で、一七七〇年から一八二〇年という幅で哲学と自由学芸の分裂を見るから、その壮大さにもかかわらずゲーテ時代はむしろ通常の近代歴史観と同様に一九、二〇世紀と一体化する近代の、秩序形成基礎期にほかならないものとなる。
(19) 「善」の定式である、いわゆる「定言命法」(「あなたが行動の原理というものをもつなら、その原理は同時にそっくりそのまま普遍妥当するものでなくてはならないという、そういう原理に従って、行動せよ」については、本書第二章第二節。
(20) 笹沢豊『自分の頭で考える倫理——カント・ヘーゲル・ニーチェ——』、ちくま新書(筑摩書房)、二〇〇〇年、三二ページ。実はカント自身にも似たストーリーで似た結論の小論まであるはするのだが、笹沢の言うのとちがって、カントの定言命法の本質にとっては、嘘をつかないことも、危難の回避と同様に下位の相対的な効用価値であるにすぎない。
(21) 同、五六ページ。
(22) Kant : Grundlegung zur Metaphysik der Sitten, 421ff.
(23) 笹沢、前掲書、四六、四八ページ。この手のずさんさは、のちに、二一五ページの、どうみても前の箇所に逆接しかしていない部分に用いられた「だから」で最高点に達する。おそらく、コンピューター編集に頼っての加筆の不徹底さのせいでの(そこでも括弧ですましえぬ論旨完全逆転が括弧でごまかされている)、すぐ前後との矛盾なのだろう。(そして、語り口の軟らかい本というものは、それを、編集者までもが見過ごして、そのままでかまわないと感じていられる気分になるもののようである。)
(24) 同、六〇ページ。

(25) 同、六三ページ。なお、のちの一三六ページでロールズからひかれる「自由のための自由の制限」は、もっと直接的に、「自由競争のための自由競争の制限」としてこの根本的価値観への信条告白をなしている。
(26) 同、七四ページ。
(27) Kant : Kritik der praktischen Vernunft, 79ff.
(28) a. a. O. 288.
(29) 萩原朔太郎が、断章において共産主義者に対して示した、なぜ、共産主義化は歴史的必然であると言い、同時に、自身や他者が共産主義側への加担を自由意志によって選ぶ(もしくは選ばなければならない)と言うのか、という、素朴かつ正当な疑問への、あるべき答は、これと似ているがまた異なり、おおよそ次のようなものであろう。すなわち、歴史的必然を理由とするような共産主義同調者は、歴史的時間軸上の不可逆的変化においてみじめに天に唾してむだに旧価値側にしがみついてけちらさる、という、いちばんあさましくおぞましい無意味さを避けたい、という理由で、自由意志によって共産主義側を選ぶのである。
(30) 笹沢、前掲書、八〇―一〇八ページ。
(31) 同、一二四―一五三ページ。
(32) 同、一一三ページ。
(33) 同、二一三ページ。
(34) 同、二一〇ページ。
(35) 同、二三一ページ。
(36) 同、一六八―一八〇ページ。
(37) 木田、前掲書、一四三―一四六ページ。
(38) 坂部、前掲書、二九ページ。
(39) 小浜、前掲書、一五三ページ。
(40) 同、一六九―一八六ページ。
(41) 同、一八七―二〇七ページ。

(42) 同、二二七—二三二ページ。
(43) 同、二三三—二三四ページ。

第八章

ベンヤミンの引用は Walter Benjamin : Gesammelte Schriften, Suhrkamp Verlag, Frankfurt a. M. 1972ff. に拠り、略号（GS.）、巻数（本論ではすべて II-1）、ページ数によって示す。

(1) GS. II-1, S. 140.
(2) a. a. O. S. 140-141.
(3) a. a. O. S. 142.
(4) a. a. O. S. 142.
(5) a. a. O. S. 142.
(6) a. a. O. S. 146.
(7) a. a. O. S. 144.
(8) a. a. O. S. 141-142.
(9) a. a. O. S. 141.
(10) a. a. O. S. 143.
(11) a. a. O. S. 142.
(12) a. a. O. S. 142.
(13) a. a. O. S. 147.
(14) a. a. O. S. 143.
(15) a. a. O. S. 150.

(16) 佐藤信夫『レトリックの意味論——意味の弾性——』、講談社学術文庫、一九九六年、一五七—二一四ページ（6　表現と意味の《ずれ》、7　意味の《自己同一性》）。また、それに関して、本書第三章第一節。
(17) GS. II-1, S. 143.
(18) a. a. O. S. 143.
(19) a. a. O. S. 143.
(20) a. a. O. S. 144.
(21) a. a. O. S. 144.
(22) a. a. O. S. 142.
(23) a. a. O. S. 147.
(24) a. a. O. S. 147.
(25) a. a. O. S. 148.
(26) a. a. O. S. 150.
(27) a. a. O. S. 149.
(28) a. a. O. S. 151.
(29) a. a. O. S. 146.
(30) a. a. O. S. 153.
(31) a. a. O. S. 153.
(32) a. a. O. S. 143-154.
(33) a. a. O. S. 155.
(34) a. a. O. S. 155-156.
(35) a. a. O. S. 155.
(36) 本書第二章第三節。

（37） GS. II-1, S. 156. 本書第七章第三節。

第九章

ベンヤミンの引用は Walter Benjamin : Gesammelte Schriften, Suhrkamp Verlag, Frankfurt a. M. 1972ff. に拠り、略号（GS.）、巻数、ページ数によって示す。

（1） ジャック・デリダ『他者の言語』、高橋允昭編訳、法政大学出版局、一九八九年、二四五ページ。
（2） GS. II-1, S. 157.
（3） a. a. O. S. 142.
（4） GS. IV-1, S. 9.
（5） GS. II-1, S. 156.
（6） a. a. O.
（7） GS. IV-1, S. 9.
（8） a. a. O. S. 10.
（9） GS. I-1, S. 125.
（10） GS. I-1, S. 86.
（11） a. a. O. S. 96.
（12） Johann Wolfgang von Goethe : Werke Kommentare und Register. Hamburger Ausgabe in 14 Bde., München 1981, Bd. 2, S. 255.
（13） GS. IV-1, S. 12.
（14） GS. II-1, S. 211.
（15） a. a. O. S. 213.

(16) GS. IV-1, S. 12.
(17) a. a. O. S. 13.
(18) a. a. O. S. 12.
(19) a. a. O. S. 13-14.
(20) GS. I-1, S. 216.
(21) GS. IV-1, S. 13.
(22) a. a. O. S. 14.
(23) GS. I-1, S. 227.
(24) GS. IV-1, S. 14.
(25) a. a. O. S. 16.
(26) a. a. O.
(27) a. a. O. S. 17. シュテファン・マラルメ『詩と散文』(一八九二年)所収「詩の危機」、全作品集(パリ一九六一年)三六三ページ以下。
(28) GS. IV-1, S. 17.
(29) a. a. O. S. 18.
(30) a. a. O.
(31) a. a. O.
(32) a. a. O.
(33) a. a. O. S. 20.
(34) a. a. O. S. 19.
(35) GS. I-1, S. 181.
(36) GS. IV-1, S. 21.

（37）GS. II-1, S. 146. 本書第八章第一節。

第十章

ベンヤミンの引用は Walter Benjamin : Gesammelte Schriften, Suhrkamp Verlag, Frankfurt a. M. 1972ff. に拠り、略号（GS.）、巻数、ページ数によって示す。

（1）牧野英二・中島義道・大橋容一郎編『カント──現代思想としての批判哲学』、状況出版、一九九四年、一五六ページ。

（2）木田元『反哲学史』、講談社学術文庫、二〇〇〇年、一五八ページ。

（3）GS. VI, S. 27-28.

（4）柄谷行人『マルクスその可能性の中心』（講談社学術文庫版では一九九〇年）、岩井克人『ヴェニスの商人の資本論』（ちくま学芸文庫版では一九九二年）等を、ここでは主要論敵として想定している。

（5）渡辺二郎教授の一九八一年冬学期もしくは一九八二年夏学期における東京大学文学部での講義の記憶。記憶上「あるもの」だったところを「あるものa」とした点のみ論者の脚色。保管できるかたちでノートをとる習性は一九八三年春までなかったため、記憶はあっても記録はない。

（6）柴田翔『犬は空を飛ぶか』、筑摩書房、一九七六年、一一〇ページ。柴田翔『内面世界に映る歴史──ゲーテ時代ドイツ文学史論』、筑摩書房、一九八六年、五二一ページ。

（7）GS. VI, S. 34.

（8）a. a. O. S. 35.

（9）坂部恵『理性の不安──カント哲学の生成と構造』、勁草書房、一九七六年、の、全体の根元的発想ないしは戦略。むりにとりたてて文言上でひろえば、たとえばとくに一二九―一三〇ページ。

（10）GS. VI, S. 37.

（11）Immanuel Kant : Kritik der reinen Vernunft, 1781（B : 1787), B129-170. ここでは第二版のほうをとる。

(12) GS. VI, S. 37.

(13) 小泉義之『デカルト＝哲学のすすめ』、講談社現代新書、一九九六年、一一一―一三九ページ、第四章「哲学者の神」。この、「宇宙」と「世界」の区別は、一見奇異にも見えるが、小泉の独断ではなく、小泉が批判対象とはしているスピノザ等、哲学の伝統において、いちおう見られるものではある。

(14) 関根清三『倫理の探索』、中公新書、二〇〇二年、一一ページ。

(15) Kant, a. a. O. B44, B52, B54, B620.

(16) Kant : Kritik der Urteilskraft, 1790, XLIV, 28, 47, 146, 179, 192, 278.

(17) GS. II-1, S. 167.

(18) a. a. O. S. 158.

(19) a. a. O. S. 159.

(20) a. a. O.および、GS. I-1, S. 216.

(21) GS. II-1, S. 163.

(22) a. a. O. S. 168.

(23) a. a. O. S. 170.

(24) Kant : Kritik der reinen Vernunft, B150-155, B211-212.

(25) a. a. O. B408.

(26) GS. II-1, S. 168.

(27) GS. VII-1, S. 350-384.

(28) GS. II-1, S. 167.

あとがき

ドイツ本国の大学でのドイツ文学研究においては、制度上、一六〇〇年ごろを境にして、それより古い古中ドイツ文学研究と、それより新しい近代ドイツ文学研究とに、大別されるのがつねである。日本の国文学科でも、万葉と平安時代の上代、鎌倉室町の中世、江戸の近世、明治以降の近代に分けるからそのよっつをふたつずつあわせれば、ちょうど一六〇〇年を境により古い方とより新しい方とを分けていることになる。日本の場合はそれにより一六〇〇年以降の方は、自前の近代と開国以後のそれに接ぎ木された西欧式近代とにあたることになって合理性もあるし、同時に国語の歴史においてもその区分に一定の合理性が認められようが、ドイツの場合この区分はまずドイツ語史により、そしてそれゆえに具体作品によって、ほとんど当然にといった感じで、なされている。

この、一六〇〇年を境に平気な顔をして、それよりも新しいつまり現代と直結する時代と、それより古い過ぎ去った時代とを半々のものとして分ける、という観念は、数年前までは、そのあまりものリアリティーの感じられなさに、絶句していたものだった。なんといっても、ドイツのもので関心のあるものはそれよりももっとあとのみ（つまり近代の第一ステージ以降、表象のエピステーメー以降）に集中しているし、そこから読書の対象を広げていっても、それより古いものに手が回ることなどありえぬとしか考えられないのである。

ところが、ここ二、三年は、人類の過ごしてきた歴史に関して、おのずから自分がもってしまっている実感が、まったくちがったものとなっている。近代のゼロレベルとしての近代の第一ステージのそのまた中のゼロ時刻がもつ種々さまざまの諸段階が、たとえばエジプト文明やギリシア古典古代からその近代の始源をとるとしても、それが、逆に、わずかひと息の、数千年のことにすぎないではないか、むしろほんのきのうのようなものだ、と思ってしまうのである。

この、わずかきのうのようなものだという感覚それ自体、荒唐無稽な想念であるとは思えない。数百年のスパンをとるのだって、世代的な記憶のはるかかなたのことなのである。ところが、人類の歴史はほんとうに新しくて、得体の知れぬ無限の過去を欠きまったくむしろ得体の知れぬほど新しくて、記録がここ数百年とそうかわらぬだけきっちりと残ってしまっている分でも数千年のことでおさまってしまうのであり、しかしそれ以前の、卵が先か鶏が先かといったものでありそうなおサルさんに毛の生えた程度の幼年期が、はるかかなたの気の遠くなる以前というのと逆に、種としてとぎれていない現生人類クロマニョン人に限るならまったく「たったの」四万年前からということですんでしまうのだ。カントが崇高さの観念をひねり出した、宇宙的に圧倒的なものとまさしく逆に、ほんとうにほんの、最近のことであるにすぎない。それだけじっさい、「近代のゼロレベルのそのまた中のゼロ時刻」でのできごとでそれらはあるに、すぎないのである。

綿々と続いている脈々たる太古からの伝統、などというものを、むしろ人類史すべてを含んでのこの「近代」は欠いている。必要な論理さえ磨き出すみちすじを正確に見つければ、近代の第五ステージにおいてめざされる変革自体に、気の遠くなるような点は、なにもないのだ。

とはいえ、個人の読むことと書くことと、といった話は、これはこれでまた、ちょっとちがってもいる。たかだか一六〇〇年以降のスパンの中であたらなくてはいけない文献、というのだって、じっさいには、個人の生活の中で、精度を保ったまますべて処理しきれるものでは、とうてい、やはりない。

多くの学者が、読めている精度に問題があるか、読めている文献の範囲（もしくは量）に問題があるか、どちらかの、脳味噌の台所事情を、じっさいにはかかえている。当然でもある。読んだものは、やはりそれだけの頭の中での熟成をへなければ、なかなか、望ましいぐあいにつながってきてくれるものではない。もちろん、アウトプットの注文（原稿の商業的注文）があって、読んだものがむりやり生活の根っこからちゃんと尻をたたかれるようなぐあいに片っぱしからまたどうにか書き物に結実して出ていって、またつぎを読んでねたを仕入れるしかないから、つぎの仕事に移り、ということを繰り返しているうちに、読みがどんどん蓄積もされる、というサイクルがちゃんとできてくれれば、それはじっさいに、しめた話だ。そうなれば、いちおう、雪だるま式に、読むことと書くこととが、ふくれあがってまわっていって、走行練習の間もないぐあいにつねに空をぶんぶん飛んでいる、ということになるだろう。（アウトプットしておくことが可能なら、その分、未完成な思考段階を徐々に提示しておくことができて、いつまでも自分の中で整合性をはかって改作することや調整することを繰り返すのを余儀なくされるのより、そののちの思考の展開のためにちゃんと生産的でもある。）ところが、じっさいには、なかなか空はとべず、みんなエンジンをちょっと調整しては、走行練習を繰り返してみているといったところであるはずだ。エンジンが冗談でなくまったくかからない（かかったことがかつて一度もない）、もしくはそもそもエンジンを搭載もしてなくてエンジンルームがほんとうに張り子でからっぽである、学者も、世の中にはごまんといるので、走行練習を定期的に繰り返しているだけでも、まあ上出来の部類になるだろう。

ようするにほとんどの文学・思想系の学者が、じつは読みの量はお寒い、そしてその自覚はたいていはある、のだ。ただし、雪だるま式に読むことと書くこととがふくれあがってまわっていくのは、原稿の定期的注文なしでも、自分のよろこびとしてだってできてもよさそうなことでもある。少しでもそうなるようにしたいものだとは思う。

げんざい、いちおう、短期中期長期の、研究見通しはたってはいる。短期的には、これと、もう一冊カフカ論の刊行。中期的には、ベンヤミンの、古代と近代の英雄論、複製技術時代の芸術作品論、資本主義の一九世紀歴史論の、個別研究。そして長期的には、その中期的計画と並行しつつ、ベンヤミンの、暴力批判論を批判的に読み返し、近代の第五ステージの形成に、肉づけを行なっていくこと（近代の第四ステージに模したニーチェは、ドゥルーズの論をてがかりに読み直しているところだが、第七章での位置づけを根本的に変える必要は認めないものの、ドゥルーズの提示する読みをどれだけ受けいれるかもあわせて、読みの細部は、微妙な話になると思う）。ベンヤミン個別研究が、思想的近代批判の中心と社会的改革とに直結していくので、こちらが、より長期的なもくろみであることになる。なんとか、読みの質も量もお寒い話にならないように、努力をかさねたい。

なお、さいごに、概要のそのまたさわりとしかなりえず恐縮だが、ここで、本書およびそれを端緒とする研究にかんしてもう三点、補足をしておきたい。

ひとつめ。

マルクスとマックス・ヴェーバーは、すぐれた業績をもちつつ、ここで大幅に視野の中に入ってこないのは、彼らの議論が、消費資本主義にむかないほど生産資本主義に特化するというかたちをとっているために、ヘーゲルの十全たる発展となっていないためである。大塚久雄、内田義彦の名著を再読しても、それらが名著でマルクスやヴェーバーの美点をよくおさえているためによけいに、その感を強くする。マルクスについてひと言だけいえば、資本と商品の回転は、たしかにマルクスの言うとおり、学者などの例外者をおおざっぱに誤差的にそういうものだと許容することが問題なく機能しつつ、資本と商品の回転自体は、マルクスの説の本筋どおりきちんと成り立つのだということは、生産資本主義にかんしては言えるのである。ところがなにより、マルクスの予想とちがって革命が起こらないのは、消費資本主義において、資本家自体が、労働者の消費に頼らなくては、もはや恐慌のない資本の回転が不可能であるというしくみにおいて、価値が、労働者に、正当分とは言えないまでもそれなりに、還元されていることによっているからなのである。

ふたつめ。

その、消費資本主義であるが、二〇世紀初頭以来、街角風景と芸術風景が、とたんにそれまでと異なる、「現代そのものと直接に通底」することがありありと明らかなものとなっている。そのあたりに、消費が、要素として生産を逆転した、基層が、まずひとつある。ところが、帝国主義が、その必要な消費を行なったのは、レーニンの帝国主義論どおり、戦争によってなのであった。それが、本格的に、高度資本主義と一致するような、大衆の消費に資本家が依存する本格的な消費資本主義が確立するまでには、理論として困るほどの長大なタイムスパンをおいて、一九七〇年代になるまで、待たなければならなかったのだった。しかし明らかに、そういうものとして、二〇世紀が、近代の第四のステージとしての、消費資本主義なのであることは見まがいようもなく、それを、二〇世紀以降の現代芸術シーンや、コンピューターやハイテクを含む現代シーンが、明かしている。

みっつめ。

近代の第五ステージのために、カントとヘーゲルの法哲学を、ベンヤミンの暴力批判論をふくらますこと（そこで論の土俵からたんに排除されている、自然法と、正義とが、論に入ってくるから、論が少なくとも四倍の内実をもちつつ、指針的参照対象物となる）を軸としつつ読み直すとき、近代の第一ステージの、ホッブズ、ロック、ルソー、さらには、アダム・スミスを、やはり対照的に、読み直す必要を、感じてきている。このあたりまでを細かく見直しての、近代の五つのステージの詳細の分析、そしてなによりその第五ステージの解放の明確な提示が、これからの長大なライフワークになるものだろう、と感じている。前項（「ふたつめ」）で述べた消費資本主義分析や、この、近代諸理念の直接研究と批判も、第七章末尾でふれた「革命」に資し、現代社会の閉塞を打破する思想のいとなみにつながるものと考える。

なお、本書のいちばんの中心的事項に、かさねがさね微変更を加えるかのようで、はなはだ恐縮なのだが、カント・ゲーテ時代（近代の第二ステージ）は、「事象内実と社会を欠いた、しかし、枠組みとしての全的人間というものとその個人における内容づけが完成した時代」と特徴づけし直すことが、もっとも一般的でありうるかもしれない。（そして、それはフーコーにおいては、「一八世紀の最後の十年」に、直接対応するものとやはりなるだろう。）しかし、これが、本書第一章、第七章、終章と、矛盾し直接変更するものなのではなく、微調整し整合化させるものであることは、おわかりいただけると思う。

本書の成立にさいしては、カバーのヨハネス・イッテンの絵の選定（意気投合）にいたるまで、本書続編である同時刊行の『空気のような世界、空気としての構造――カフカより孤独に――』同様、人文書院の谷誠二編集長に、はなはだ辛抱づよくおつきあい頂き、たいそうお世話になった。深く感謝申し上げたい。

初出一覧

第I部
第一章　希望のありか　『希土』第二六号、二〇〇〇年一二月
第II部
第二章　啓蒙の弁証論　京都工芸繊維大学『人文』第四六号、一九九八年三月
第三章　浸透と弾性のポエジー　『希土』第二四号、一九九八年一〇月
第四章　終末の改良主義社会とその小説　『クヴェレ』第五一号、一九九八年一二月
第III部
第五章　特異点と真への意志　京都工芸繊維大学『人文』第四七号、一九九九年二月
第六章　意志のかたち　京都工芸繊維大学『人文』第四八号、二〇〇〇年二月
第七章　近代の五つのステージ　京都工芸繊維大学『人文』第四九号、二〇〇一年三月
第IV部
第八章　事物と表現　『希土』第二五号、一九九九年一二月
第九章　表現と真理　『希土』第二八号、二〇〇三年三月
第十章　ベンヤミンのカント論　京都工芸繊維大学『人文』第五二号、二〇〇四年三月
まえがき・序章・終章・あとがき　京都工芸繊維大学『人文』第五一号、二〇〇三年三月

著者略歴

南　剛（みなみ・つよし）

1959年　広島県に生まれる。
東京大学大学院人文科学研究科博士課程満期修了。
ドイツ文学専攻。
現在、京都工芸繊維大学助教授。

ISBN4-409-04071-5 C1010

意志《いし》のかたち、希望《きぼう》のありか
——カントとベンヤミンの近代——

二〇〇五年四月一〇日　初版第一刷印刷
二〇〇五年四月二〇日　初版第一刷発行

著者　南　剛
発行者　渡辺睦久
発行所　人文書院
〒六一二-八四四七
京都市伏見区竹田西内畑町九
電話〇七五・六〇三・一三四四
振替〇一〇〇〇-八-一一〇三

印刷　創栄図書印刷株式会社
製本　坂井製本所

落丁・乱丁本は送料小社負担にてお取替いたします